KB046056

전생했더니 검이었습니다
15
타나카 유 지음
Llo 일러스트
이소정 옮김

전생했더니 검이었습니다 15

"I became the sword by transmigrating" Story by Yuu Tanaka, Illustration by Llo

타나카 유 지음
Llo 일러스트
이소정 옮김

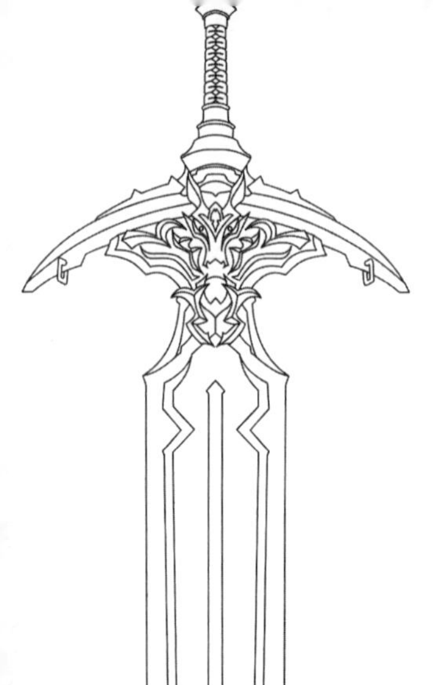

CONTENTS

"I became the sword by transmigrating"
Volume *15*
Story by Yuu Tanaka, Illustration by Llo

프롤로그 시에라×????

『파트너. 지금 저 여자, 분명 나를 보고 있었지?』

"어? 여자?"

『눈치 못 챘어? 새파란 머리에 눈이 빨간 검은색 피부의 화려한 여자가 있었잖아? 내가 범상치 않은 존재라는 걸 깨달았으니 확실히 보통내기가 아니야. 꽤 강할 거야.』

"그런 게 있었어?"

파트너——시에라는 정말 모르는 눈치였다. 저렇게나 존재감을 가진 상대를 전혀 눈치채지 못할 수도 있는 걸까? 외형이 인상적인 것은 물론 서 있는 모습만 봐도 분명한 강자임을 알 수 있는 수준이었다.

파트너는 전사로서는 이제 막 걸음마를 뗀 수준이지만 날카로운 감각을 갖추고 있었다. 그런 파트너가 눈치채지 못했다는 것은 뭔가 은신 계열 스킬을 사용했을지도 모른다. 나에게 효과가 없었던 건 생물이 아니라서 그런 것일지도.

"그렇게 강했어?"

『솔직히 서로 싸우고 싶지는 않네.』

"그 정도야?"

싸웠다면 위험한 상황이 벌어졌을지도 모른다. 질 생각은 없지만 이길 수 있다는 보장도 없었다.

어쩌면 지난번에 사투를 벌였던 흑묘족 프란과 막상막하일지도 모른다.

다시 말해, 홀로 전황을 바꿔버릴 수도 있는 괴물 중 한 명이라는 것이다.

중요한 시기에 저런 비정상적인 것이 이 호수에 나타나다니. 아무 관련이 없는 건가? 그냥 지나가는 거라면 좋겠는데……. 만약 적이라면 우리 목적에 큰 걸림돌이 될 수도 있었다.

뭐, 우리들이 보기엔 나 자신과 파트너 빼고는 다 경계 대상이지만. 위날렌도 프란도 제라이세 녀석들도 적대할 가능성은 있었다.

하지만 목적을 달성하기 위해서라면 어떤 시련이든 반드시 이겨내 보일 것이다.

시에라도 로미오도 반드시 구할 것이다.

"전에는 없었지?"

『그래……. 파트너. 저 여자도 조심해 두자. 전에 본 적 없는 강자다. 앞으로 어떻게 관여해 올지 몰라.』

"그러게."

그 누구도 방해하게 놔두지 않겠다.

더는 로미오를 죽이게 두지 않겠어! 이번에야말로 반드시 살린다!

제1장 검으로 변하다

『생각했던 것보다 줄이 기네.』

"응. 마차가 많아."

"워후."

무심코 내뱉은 내 중얼거림에 프란과 울시가 동의하듯 중얼거렸다.

지금 우리가 있는 곳은 레이디 블루 바깥. 대지에서 20미터 정도 떨어진 상공이다.

서러브레드(말의 한 종류) 정도의 크기인 울시에 걸터앉아 있는 프란이 공중에서 긴 마차의 행렬을 내려다보았다.

프란이 교관 겸 학생으로 단기 재적하고 있는 마술 학원은 오늘부터 학외에서 서바이벌 실습이 있었다. 자재 운반용 마차까지 포함해 총 40대의 마차로 비비안호까지 이동한다.

참가하는 학생은 20명이 넘고, 그 호위역인 교관들도 30명이나 동행한다고 한다.

교관 대우를 받는 프란도 유격 역할을 부여받은 덕에 전체 상황을 살피면서 위험한 마수가 나올 경우 대응할 예정이었다.

반대로 잔챙이의 경우는 학생들이 처리하게 해야 하므로 손을 대서는 안 된다. 그들에게 경험을 쌓게 하기 위함이었다. 특전반 등의 상급생이 되면 교대로 마차 호위를 하며 이동을 하게 된다. 이동 중에도 실습을 병행하는 것이다. 역시 마술 학원의 실습이다.

다만 목적지까지 마차에서 거의 내리지 않고 계속 호위만 받는 학생들도 있었다. 실은 이 학외 서바이벌 실습에는 신입생이 30명 정도 동행하고 있었다. 이것은 학원의 전통인 것인지, 특전반 학생들도 입학할 때 경험했다고 한다.

지구에서도 상급생과의 합동 수련회 같은 것이 있으니 아마 그와 비슷한 행사인 거겠지.

위급 상황에 즉시 대응할 수 있도록 뚜껑이 열려 있는 마차를 보자 동급생과 담소를 나누고 있는 카나의 모습이 보였다. 한 마차에는 3명의 신입생과 3명의 상급생이 타고 있다. 다만 상급생은 항상 두 사람이 마차 밖에서 호위를 하고 교대로 휴식을 취하는 형태였다.

별 도움이 안 되는 신입생을 상대하면서 호위를 하는 것도 경험의 일환이었다.

카나가 탄 마차의 호위역은 캐로나가 있는 반이었다. 그 캐로나 일행들로 대처가 안 되면 마부석에 타고 있는 교관이 나서고, 그때도 안 됐을 때를 위해 프란이나 위날렌이 있는 것이다.

『그럼 우리도 가볼까.』

“응. 울시.”

“웡웡!”

한동안은 울시를 타고 상공 주위에 있을 생각이었다.

울시가 공중 도약을 하며 달려나가자 아래쪽에 있는 사람들이 이쪽을 올려다보는 것이 느껴졌다.

거대한 늑대가 하늘을 박차고 달리는 모습은 쉽게 볼 수 있는 광경이 아니겠지. 울시는 특히 더 늠름한 외관을 하고 있으니 분명 그림이 되었을 것이다.

『지킬 걸 생각하면 큰 게 한 마리만 있는 것보다 작은 게 우르르 나오는 편이 더 귀찮을 것 같네.』
"고블린 같은 거?"
『아니면 도적이나 벌레 타입의 무리 정도려나.』
제일 위험한 건 대형 무리였다. 대형 마수들이 마차 행렬에 돌진하는 사태가 벌어지면 대참사를 면치 못할 것이다. 강해 보이는 녀석이라면 빠르게 격파해 두는 편이 좋을지도 모른다.
『색적만큼은 게을리하지 말자.』
"응!"
"웡!"

출발한 지 몇 시간. 학원 관계자들을 태운 마차 행렬은 첫 휴식 지점을 지나 평원에서 삼림지대로 접어들고 있었다. 여기서부터는 주변 시야도 좋지 못했기에 그 어느 때보다 신중한 경계가 필요했다. 호위역을 맡은 학생들에게는 난관이라고 할 수 있는 단계였다. 전체적인 긴장감이 훅 늘어난 것이 확연히 느껴졌다.
프란은 지금은 마차 행렬에서 조금 떨어진 곳에 있었다. 땡땡이치는 거 아니다?
오히려 일하는 중이라고.
"하압!"
"기이! 기긱!"
삼림지대에 서식하는 마수와 전투 중이었기 때문이다.
지금 상대하고 있는 건 토르토르맨티스. 팔다리가 비정상적으로 긴 거대한 사마귀다. 체구가 7, 8미터인데 손과 발은 10미터 이상이나 된다. 그 손발의 강점을 살려 깊은 나무 위를 능숙하게 이동하는 마수였다. 거대 사마귀라고 하면 무섭게 들리지만, 숲 사이를 가로지르듯이 빠르게 이동하기 때문에 그 몸은 무척 가늘었다. 그렇기에 방어력도 상당히 낮아서 종합적인 위협도는 E 수준. 우리에겐 잔챙이지만 학생들에겐 상당한 강적이었다.

토르토르맨티스는 다수의 사냥감이 이동하는 기척과 냄새를 감지한 것인지 상당한 속도로 다가오고 있었다. 따라서 프란이 요격에 나선 것이다. 마수들은 보기 드문 '겸술(鎌術)'이라는 낫 무술 스킬을 소지하고 있었다.

그것들은 놀랍게도 프란의 첫 공격을 낫으로 받아내는 재주를 보여주었다. 상대의 역량을 가늠하기 위해 보인 견제라고는 하지만 제법 괜찮은 대응이었다. 게다가 그 낫에는 약한 전기까지 두르고 있어서, 뇌명 무효가 있는 프란이 아니었다면 마비되었을지도 모른다.

다만 마수의 저항은 딱 거기까지였다. 낫이 닿지 않는 사각지대를 간파한 프란에 의해 뒤를 잡혀 두 동강이 나며 무너져 내린다. 이 녀석은 깊은 숲속에서 싸우면 머리 위에서 낫을 휘둘러오는 성가신 적이라고 하는데, 우리처럼 상시 하늘에서 공격할 수 있는 입장에서는 빈틈투성이인 상대였다.

『큰 녀석도 치웠으니 마차로 돌아가자. 아무래도 고블린과 싸우고 있는 것 같아.』

"알았어."

가세하기 위해 돌아가는 것이 아니라 크게 다친 학생이 있다면 치유하기 위해서 돌아가는 것이었다. 물론 상대는 평범한 고블린이니 회복 마술이 필요할 정도의 부상을 입는 사람은 없을 것이다. 특전반 학생들에게 그 정도의 실력은 있었다.

조금 떨어진 곳에서 지켜보고 있었지만 역시 별다른 문제는 없었다.

눈 깜짝할 사이에 고블린을 쓰러뜨리고 솜씨 좋게 가죽 등을 벗겨내고 있다. 표정도 여유롭고 이 정도는 익숙하다는 느낌이었다. 다만 신입생들은 창백하게 질린 낯을 하고 있다.

카나처럼 침착한 경우가 오히려 드문 케이스다. 그녀의 경우는 이미 실전 경험도 있고, 고블린을 쓰러뜨릴 수 있는 실력도 있다. 하지만 대다수의 아이들은 전투 경험이 없을 것이다. 그러니 갑자기 눈앞에서 마수를 죽이는 모습을 목격하면 저렇게 되는 것도 어쩔 수 없다.

"스승."

『왜?』

"저거."

『아아, 천룡의 침상 말이지? 잘 보이네.』

프란은 눈앞의 자잘한 싸움에는 관심이 없다는 듯 아득한 상공에 유유히 떠 있는 부유도를 올려다보았다.

오늘도 천룡의 모습은 찾아볼 수 없었다. 그러나 흰 구름에 싸인 부유도의 모습은 몇 번을 봐도 질리지 않았다. 프란과 울시 모두 눈을 반짝이며 부유도를 바라보고 있다. 하지만 곧바로 시선을 대지로 되돌려 날카로운 눈으로 삼림의 안쪽을 노려본다.

"스승, 울시, 간다!"

"웡!"

『이번엔 무리구나. 단숨에 해치우자.』

접근하는 마수의 기척을 감지한 것이다. 어설픈 고블린 무리보다 훨씬 강해 보였다.

어쌔신 에이프라고 하는, 은밀하게 숨어 일격필살을 특기로 하는 마수였다. 크기는 마운틴 고릴라보다 조금 큰 정도이며, 위협도는 거대한 토르토르맨티스와 똑같은 E.

사실상 과녁이 큰 토르토르맨티스보다는 빠르게 움직이는 데다 인간을 즉사시킬 만한 공격력을 갖춘 이 녀석들이 훨씬 더 성가신 상대였다. 그런 것이 여섯 마리. 큰 나뭇가지를 발판 삼아 도약을 거듭하며 엄청난 속도로 학원생들을 향해 오고 있었다.

숙련된 모험가처럼 기척을 지우고 다가오는 탓에 학생들은 아직도 그 존재를 깨닫지 못하고 있었다.

"울시는 오른쪽 두 마리."

"웡."

『그럼 내가 왼쪽 두 마리를 맡을게.』

"응!"

조용히 다가오는 어쌔신 에이프 무리에게 우리가 선제공격을 가했다. 기척을 지우는 방법도, 감지 능력도 우리가 한 수 위다. 전이하여 나타난 프란에게 처음 한 마리가 당했고, 그 후 전멸까지는 채 1분도 걸리지 않았다. 숲속에서 자신들이 기습을 당할 거라고는 생각도 못한 모양인지 죽어가는 거대 원숭이의 얼굴에는 경악스러움이 묻어 있었다.

『이 짧은 시간에 위협도 E 이상의 적이 두 번이라. 호수에 도착할 때까지 꽤 바쁘겠네.』

"응!"

고개를 끄덕이는 프란은 기뻐 보였다. 마수를 상대로 날뛰어서 속이 후련해졌기 때문이리라. 뭐, 스트레스가 쌓여서 기분이 언짢은 것보단 낫겠지.

그리고 출발 첫날 밤. 마술 학원 일행은 삼림지대 한가운데에 뚫린 큰 광장에서 야영을 했다. 광장의 바깥 둘레를 따라 마차를 벽처럼 원형으로 나란히 세워두고, 그 안쪽에 천막을 쳤다. 호위는 교대제로 쉬면서 마차 바깥을 순회하는 형태였다.

그 야영지의 한구석. 위날렌의 천막으로 프란이 불려 갔다. 학원장이라 그런지 좀 더 크고 호화로운 천막이다. 이 일행의 최대 전력인 두 사람이 자리를 벗어나면 위험할 것 같아 일단 울시는 바깥쪽에 남겨두었는데, 쓸데없는 걱정이었다는 사실을 뒤늦게 알게 되었다.

"정령이 있어."

『호오? 어디에?』

"저 근방. 그리고 저쪽에도."

프란의 손가락이 가리키는 쪽을 바라보았지만 아무것도 느껴지지 않는다. 역시 내게는 정령의 존재를 감지하는 능력이 없는 것 같았다. 그곳에 보이는 것은 온통 숲뿐, 정말로 아무것도 느껴지지 않았다.

『……모르겠네. 그것뿐이야?』

"그 밖에도 몇 마리 있어. 아마."

『강해?』

"모르겠어."

정령을 느끼는 힘은 강해졌지만 아직 상대가 어떤 정령인지는 판별할 수 없는 듯했다.

아마 숙소의 큰 나무에 깃들어 있던 정령은 나름대로 고위 정령이었을 것이다. 엘프 할멈이 '정령님'이라고 불렀을 정도고, 무려 1000년이 넘는 시간 동안 존재해 왔으니까.

하지만 프란은 학원에 있는 하급 정령과 숙소에 있는 정령을 아예 구별하지 못했다. 세기나 속성, 능력까지는 알 수 없고 정말 희미하게 느껴지는 정도의 단계인 것 같다.

나는 정령을 전혀 느낄 수 없었기 때문에 프란의 부족한 설명으로 상상할 수밖에 없었는데, 정령이 희미하게 발하는 소리 같은 것이 들린다고 했다. 그것도 상당히 집중해야 이명 같은 것이 들리는 정도라고.

그 소리가 나는 방향이나 간격으로 미루어봤을 때 이 근방에 정령이 있다고 판단한 것 같았다.

『위날렌의 정령인가?』

"모르겠어. 하지만 같은 곳에 계속 머물러 있어."

아마 여러 마리가 있는 거겠지. 그렇다면 우리가 계속 주의해서 망을 볼 필요는 없어 보였다. 애초에 매년 같은 일을 반복해 왔으니 익숙해져 있을 만도 했다. 프란이 있어주면 호위하는 전력이 더 올라갈 뿐이지, 없다고 해도 문제는 없는 것이다.

그대로 위날렌의 천막에 들어서자 그곳에 있었던 것은 하이 엘프 마술사뿐만이 아니었다.

"……제로스리드."

"……."

위날렌 뒤에 놓인 의자에 제로스리드가 앉아 있었다.
그 옆에는 여전히 프란을 노려보고 있는 로미오의 모습까지.
기척으로 알고는 있었지만 직접 대면하니 역시 느껴지는 바가 있는 모양이었다. 프란은 꽉 이를 꽉 물고 감정을 억누르고 있는 모습이다. 뭐, 살기는 꽤 새어 나오고 있지만.
"아무리 힘을 봉했다지만 내가 없는 학원에 두고 오는 것도 좀 걱정돼서 말야. 어쩔 수 없으니 구속해서 데려온 거야."
위날렌이 말한 대로 제로스리드의 양팔은 금속제 팔찌가 채워진 채로 움직임이 봉해져 있었다. 게다가 마력 봉쇄 효과도 있는 것인지 힘이 더욱 약해진 상태였다.
이 상태에서 바로 옆에 위날렌까지 있다면 쓸데없는 짓은 할 수 없을 것이다.
"……."
"……."
프란과 로미오가 서로를 노려보았다. 아니, 프란은 노려보는 건 아니지만 이렇게 대놓고 적의를 드러내면 역시 신경 쓰지 않을 수는 없다. 그 결과 서로 대치하듯 바라보는 상태가 되어버렸다.
반대로 제로스리드는 프란을 보고도 감정을 거의 드러내지 않았다. 순간 움찔하긴 했지만 이내 태연한 얼굴로 돌아갔다. 무슨 말을 해도 긁어 부스럼이 될 수 있으니 가급적 엮이지 않으려는 거겠지. 하지만 프란은 그 태도가 마음에 들지 않는 듯했다. 뭐, 제로스리드의 모든 것이 다 마음에 들지 않는 거겠지.
분노 섞인 눈으로 제로스리드를 노려보는 프란.
물론 이 상황에서 날뛰지는 않겠지만, 죽일 수만 있다면 당장이라도 죽이고 싶은 상대를 앞에 두고 쉽게 감정을 다스릴 수 있을 리가 없다. 그 긴박한 공기를 깨부순 것은 제로스리드의 다리에 달라붙은 채 프란을 올려다보고 있는 로미오였다.

"아저씨 괴롭히지 마!"

"……괴롭힌 적 없어."

"거짓말! 다 알고 있어!"

"……흥."

프란도 역시 로미오를 상대로는 언쟁을 벌이지 않았다. 로미오에게는 잘못이 없다는 것을 알고 있는 것이다. 게다가 살기를 내뿜는 지금의 프란은 어린아이가 보기에 상당히 무서운 존재라, 제로스리드를 감싸기 위해 그런 상대에게 맞서려고 하는 소년에게 조금이나마 감탄한 모양이었다.

하지만 지금은 칭찬할 만한 상황도 아니다. 결국 프란은 어떻게 대처해야 할지 모르겠다는 듯 로미오에게서 휙 시선을 떼고 위날렌에게 자신을 불러들인 이유를 물었다.

"무슨 용건?"

"음, 앞으로의 호위에 대해서 할 말이 있어."

제로스리드나 로미오를 만나게 하는 것이 목적인가 했더니 그렇지 않았던 모양이다.

위날렌이 이 나라의 대략적인 지도를 보여주며 이 앞의 지형을 설명했다. 삼림지대를 벗어난 끝에는 대형 마수가 서식하는 평원이 펼쳐져 있는데, 그곳에서 학생들이 사냥을 벌일 것이라고 했다.

위날렌이 프란을 부른 이유는 그에 대한 회의 때문이었다.

"노리고 있는 건 슬로 토터스. 단단하고 강한 마수지만 움직임이 아주 느려서 학생들도 어떻게든 사냥할 수 있는 상대야."

슬로 토터스는 강적이 상대일 경우에는 시종일관 등딱지에 숨어버리는 타입의 초식 마수다. 원거리 공격 수단도 빈약하여 몇 가지 공격만 조심하면 사냥하기엔 비교적 쉬운 마수였다.

위협도는 E지만 준비만 되어 있으면 학생이라도 쓰러뜨릴 수 있을 것이다. 발을 묶어두는 마도구와 방어용 마도구가 있다고 하니 준비는 만전에 가까웠다.

"내 역할은?"

"슬로 토터스를 상대로 해줄 일은 없어. 하지만 슬로 토터스의 피 냄새를 맡으면 많은 마수들이 다가올 거야. 특히 고블린은 매년 나타나지."

프란의 역할은 그런 식으로 난입하는 마수의 격파였다.

"알았어."

"그리고 이 남자도 부려먹을 생각이고."

"……왜?"

"모처럼 쓸 수 있는 전력이 있으니까 학생들의 안전을 위해 쓰면 좋잖아?"

"……알았어."

프란은 반대도 찬성도 하지 않고 조용히 고개를 끄덕였다.

그 얼굴에는 형언할 수 없는 복잡한 표정이 떠올라 있었다.

『괜찮아?』

'……모르겠어.'

그 대답 그대로 프란 역시 자신의 감정을 이해하지 못하는 것 같았다.

학생을 위해서라고 하니 싫다고 말하기는 힘든 거겠지. 게다가 강제노동이나 인간 방패역이라고 생각하면 이건 벌 같기도 했다. 노역이나 다름없는 것이다. 그럼에도 손을 빌린다는 것에는 역시 기피감이 있는 건가. 프란의 가슴속에서 부정과 긍정이 소용돌이치며 쉽사리 마음 정리가 되지 않는 듯했다.

학원을 출발한 지 사흘째 되는 밤. 학외 서바이벌 실습 일행은 예정대로 비비안호에 도착해 있었다. 둘째 날 거북이 사냥이나 식량 조달, 고블린 대군의 습격 등으로 나름대로 고생하긴 했지만 그것도 교사쪽 입장에서는 상정 범위 내였던 것 같다.

교사들은 예년과 변함없다며 웃는 얼굴로 대화를 나누고 있다. 반면 학생들의 얼굴에는 짙은 피로의 빛이 역력했다. 긴 여행에 더해 전투까지 해야 하니 당연했다.

심지어 둘째 날 밤에는 야영 자체를 하지 않았다. 밤에 나아가기 위험한 삼림지대에서는 어쩔 수 없이 야영을 했지만, 야간 행군이 가능한 평원에서는 마차를 멈추지 않고 계속 나아간 것이다. 그것 또한 경험이라는 논리였다. 그 와중에도 호위하는 학생들은 교대로 쪽잠을 잤겠지만 굉장히 피곤해 보였다. 그보다 더 가혹한 조건이었을 교사들이 멀쩡해 보이는 것은 스테이터스와 경험의 차이 때문이겠지.

프란? 프란이라면 멀쩡하다. 틈틈이 울시 등에서 쪽잠을 자기도 했고. 물론 마수가 다가오면 일어날 수 있는 상태였다. 울시는 진화한 덕분에 이전보다 잠에 필요한 시간이 줄어들어 며칠 동안은 잠들지 않고 활동할 수 있었다. 뭐, 잠자는 것 자체를 좋아했기에 평소에는 평범하게 자고 있지만. 그 성질이 이번만큼은 무척 든든했다. 사실상 출발 후 한숨도 잠들지 못했는데도 기운이 넘쳤다.

『다시 세프텐트로 돌아왔네.』

"응."

크란젤 왕국에서 돌아오는 길에 들른 호숫가 마을이다. 의뢰를 받기도 하고 소동이 일어나는 등 여러 사건 사고가 있었던 마을이었다.

마술 학원 일행이 천막을 치고 있는 곳은 세프텐트 마을 옆. 외벽 등이 있는 것은 아니지만 평평하고 고른 땅이 펼쳐져 있어 야영을 하기 수월해 보이는 곳이다. 매년 이곳을 거점으로 비비안 호에서 훈련을 하고 있다고 한다.

"다들 피곤해 보여."

『저 상태로 제대로 호위를 하긴 힘들 것 같은데.』

수마와 싸우고 있는 호위역 학생들이 힘겹게 보초를 서고 있는 것이 보였다. 저 상태라면 눈앞에 수상한 사람이 지나가도 놓칠 것 같았다. 나중에 분명 혼나겠지. 눈에 익은 얼굴도 있다.

"캐로나, 지금 위험했어."

『저 진지한 아가씨가 조는 모습이라니, 처음 봤어.』

존다고 해야 할까, 거의 잠든 느낌이었다. 캐로나는 크게 고개를 꾸벅거린 순간 그 기세에 잠에서 깬 모양이다. 당황한 얼굴로 주위를 둘러보며 이상이 없는 것에 안도하고 있다.

사실 야영지 주변에 대지 마술로 벽을 만들자고 제안했지만 위날렌에게 기각당하고 말았다. 피곤한 상태에서의 야영이나 호위를 경험하는 것도 이 학외 실습의 목적이라면서.

벽이 있으면 학생들의 긴장감이 떨어질 것이고, 적게나마 마수가 모습을 드러내지 않으면 학생들에게 아무런 교훈이 되지 않는다. 스파르타이긴 하지만 일리는 있었다.

우리가 할 수 있는 일은 큰 마수가 나타나지 않게 최선을 다해 주위를 살펴주는 것뿐이다. 마을 옆이라 그리 위험한 마물이 나올 것 같지는 않지만 수많은 사냥감 냄새에 이끌려 다가올 가능성은 충분히 있었다. 다만 그것도 필요 없는 일이었다.

"스승, 잔뜩 왔어."

마을에서 야영지를 향해 걸어오는 모험가 무리가 보였다. 30명 정도는 돼 보인다.

특별히 적의를 품은 것도 아니었고, 편안하게 담소를 나누고 있는 모습이었다.

『세프텐트의 모험가들이야. 학원 호위로 고용된 거겠지.』

"질이 있어."

『정말이네. 길드 마스터께서 직접 행차하시다니.』

선두는 몸집이 작은 노파. 그러나 그 몸에서 뿜어져 나오는 마력은 일류 마도사에 버금갔다. 젊은 사람부터 베테랑까지 갖춘 모험가들 사이에 있어도 가장 강할 것이다. 세프텐트의 길드 마스터 질 할멈으로, 프란에게 모험가와의 모의전을 부탁했던 인물이기도 했다.

그 모습을 울시의 등에서 내려다보고 있는데 프란이 시선을 허공으로 돌렸다. 하지만 그곳에 존재하는 것은 밤의 어둠뿐이다.

『무슨 일 있어?』
"정령이 왔어."
『뭐라고?』
프란이 그 말을 뱉은 직후, 아무것도 없던 어둠 속에서 솟아나듯 희미한 빛 덩어리가 그 자리에 나타났다. 볼링공 정도의 크기로 빛의 강도는 콩전구 수준이었다.
"프란. 천막으로 와줄래?"
"알았어."
『그렇군. 정령의 가시화라는 건가.』
정령 사역의 가장 큰 이점은 그 은밀성에 있었다. 하지만 그렇게 되면 불편한 경우도 있다. 예를 들어 지금처럼 전령으로 사용하는 경우다. 정령이 눈에 보이지 않는 상태라면 위급한 상황에서 사람을 유도하거나 적 등에게 경고를 하기도 어렵다. 그래서 정령이 누구에게나 보이도록 가시화하는 기술이 있다고 한다. 정령사라면 누구나 쓸 수 있는 기술이라고.
다만 먼 곳에 자신의 목소리를 전달하는 것은 상급 정령사밖에 할 수 없다고도 했다.
지금 정령을 통해 목소리를 전달해 온 것을 보면, 위날렌은 상당한 고등 기술을 썼다는 거겠지. 알레사 마을에 있을 때 길드 마스터 클림트가 같은 행동을 했었는데, 알고 보니 굉장히 어려운 일을 하고 있었던 셈이다.
정령을 따라 위날렌 천막으로 향하자 밖에 나와 있는 위날렌과 질 할멈이 인사를 나누는 중이었다. 주위에 있는 모험가들 중에는 모의전 때 본 얼굴도 있었다. 다만 프란에게 살기를 보이던 소년은 없는 듯했다. 뭐, 호위 의뢰 중에 쓸데없는 일에 휘말리는 건 사양이니 없는 게 더 낫겠지.

"올해도 잘 부탁드립니다. 위날렌 님."

"그래, 올해도 잘 부탁해."

악수를 나누는 두 사람. 언뜻 보면 질 할멈이 더 경험이 많고 높아 보였지만, 실제로는 반대다. 질 할멈이 내뱉는 말끝마다 경외감과 존경심이 담겨 있다는 것이 느껴졌다.

"내일부터 수련을 하고 싶은데 상황은 어때? 호숫가가 좀 시끄러운 것 같은데."

"역시 위날렌 님. 이미 알고 계셨군요."

"정령이 알려주니까."

"요즘 호수에 이변이 일어나고 있습니다. 아마 평소와는 조금 다르지 않을지……."

시에라×????

『파트너, 왜 그러지?』

"아저씨, 녀석들이 도착했나 봐."

『드디어 온 건가…….』

파트너가 숙소 창문으로 밖을 내다보고 있다.

시간은 밤. 하늘에는 별이 빛나고, 어둠의 장막이 내려와 있다.

하지만 파트너에게는 확실히 느껴지고 있을 것이다. 밤의 어둠 너머에 있는 무수한 인간들의 기척이.

랭크 E 모험가이면서도 이 정도의 능력을 가진 인간은 그리 많지 않았다. 특히 기척과 위기감을 느끼는 능력은 오랜 세월 홀로 싸워온 결과 괄목할 만한 성장세를 보이고 있었다.

반대로 나는 지금의 몸이 된 후로 찰지 능력이 현저하게 떨어져 버렸다.

생물이 마땅히 갖추고 있는 생존 본능이나 동물적인 감이 무뎌졌기 때문이리라. 그만큼 지금까지 보이지 않던 것을 느낄 수 있게 되기는 했지만.

나는 기척을 찾기 위해 의식을 집중했다. 파트너 정도의 정밀도는 없어도 집중하면 기척을 분간할 수는 있었다.

그러자 거리 밖에서 수많은 인간의 기척이 느껴졌다. 드디어 왔구나.

10년……. 길었던 것 같기도, 눈 깜짝할 사이인 것 같기도 했다. 하지만 더는 시간을 되돌릴 수 없다. 각오를 마쳐야 했다.

『로미오도 있는 것 같군.』

"그러게. 아무것도 모르고 징징 우는 것 같아. 짜증 나게."

로미오에 대해 언급하는 파트너의 얼굴에 짙은 짜증스러움이 묻어났다.

『너무 그런 소리 마라. 저 정도 나이면 어쩔 수 없지. 그 아이에게는 자신이 본 것만이 세상의 전부다.』

"그렇긴 하지……."

『로미오 근처에 망할 하이 엘프도 있군.』

역시 예전과 똑같구나. 만일의 경우를 대비하기 위해 매그놀리아의 핏줄을 데려왔다.

로미오에 관한 정보를 흘려 하이 엘프를 유인한 것은 우리였다.

예전처럼 제라이세에게 잡혀 실험 동물 취급을 받는 것보다는 나을 거라 생각했기 때문이었다.

하지만 정말 옳은 선택이었을까? 그 하이 엘프도 결국은 로미오 안에 있는 봉인술에 눈독을 들이고 있다. 이대로라면 과거의 실수를 되풀이하는 것이 아닐까……. 아니, 그걸 막기 위해서 그동안 준비해 온 것이 아닌가. 분명 괜찮을 것이다.

"당연하지만 굉장한 기척이네. 역시 하이 엘프야."

『때려죽이고 싶은 심정이지만 지금의 우리들이라도 무리겠지.』

"저 사람은 너무 강해. 이 나이가 되어서야 하이 엘프가 얼마나 괴물 같은 존재인지 깨닫게 됐어."

『…….』

전의 시간에서는 저 녀석이 파트너를 죽였다. 그리고 이번에도 또 죽일지도 모른다.

그것만은 막아야 했다.

그러나 하이 엘프에 대해 이야기하는 파트너의 얼굴에는 혐오나 증오가 보이지 않았다. 오히려 순수하게 칭찬하는 것 같았다.

『너는 녀석을 용서할 수 있는 건가?』

"그때는 그게 가장 확실한 방법이었어."

『그건 그렇지만…….』

"이번에는 막아낼 거야."

『이번에는 전과 달리 제라이세가 로미오의 피의 힘을 얻지 못했다. 분명 어떻게든 할 수 있을 거다.』

"어떻게든 할 거야."

『그래.』

그 무르기만 했던 아이가 제법 그럴싸한 말을 할 수 있게 된 것이다.

"역시 프란도 있네……."

『전에도 있었고 말이지.』

"응."

『그런 얼굴 하지 마라. 이번에는 전과 다르다. 이미 로미오 녀석들과 대면도 마친 것 같은데.』

"알아. 하지만……."

파트너의 얼굴이 분통함으로 일그러졌다. 살기마저 배어 나왔다.

나로서는 위날렌이 더 용서가 안 되지만, 파트너는 그렇지 않은 것 같다. 흑묘족 아가씨에게 강한 살의를 품고 있다.

그것을 보고 나는 뭐라 말로 형용할 수 없는 기분이 들었다. 그 흑묘족 아가씨가 나를 미워하고 내 목숨을 노리는 것은 당연한 일이었다. 나에게 소중한 사람을 살해당했으니.

나는 그것을 기꺼이 수용하는 삶의 방식을 취하며 살아왔다. 마음껏 원망해도 좋다. 그렇게 이어지는 부정의 사슬이 서로를 죽고 죽이는 소용돌이가 더 많은 투쟁을 나에게 가져다 주기 때문이었다. 그 결과 자신이 원수로서 보복을 당한다면 어쩔 수 없다. 받아들인다. 하지만 원망하지 말라고 미리 말해 줬음에도 파트너는 그 상대를 용서하지 않았다.

그리하여 부정적인 연쇄는 계속된다. 내가 썩어 멸한 뒤에도. 내가 해온 일은──.

"──씨?"

『…….』

“아저씨!”

『이런, 미안하다, 로미오. 잠시 생각을 좀 하느라.』

“이제 난 로미오가 아니야.”

『그랬었지. 시에라.』

“생각이라는 건 대마수 봉인을 말하는 거야?”

『좀 다르지만 지금은 봉인에 집중하는 게 좋겠지.』

“가장 경계해야 하는 건 역시 제라이세의 존재겠지만…….”

『나도 녀석이 있는 곳은 모르겠다. 이 근처에 있을지도 모르지.』

“예전에는 있었어. 이번에도 있을 가능성이 높아.”

연금술사 제라이세. 자신의 욕망에 따라 행동하는 남자다. 그 목적을 위해 몇 명이 희생되든 그에겐 상관없다. 오히려 희생이 늘어나고 자신의 악명이 높아지는 것에서 기쁨을 찾는 사내였다.

“예전에는 제라이세에게 좋을 대로 이용만 당했었지. 하지만 지금이라면 녀석과 맞설 수 있어.”

『그래. 하지만 그 녀석은 방심할 수 없다. 아무리 유리한 상황에서도 상황을 반전시킬 비장의 카드를 갖고 있다고 생각하는 편이 좋아.』

“응.”

『무엇보다 지금의 내가 그에게 어디까지 버틸 수 있을지도 알 수 없다. 경우에 따라서는 뭔가 주입당할지도 모르니까.』

“그렇, 지.”

솔직한 심정으로는 편리한 몸이 되었다고 생각하지만, 이렇게 된 것은 틀림없이 제라이세의 녀석에 의해 박힌 마석이나 검 때문일 것이다. 주도면밀한 제라이세의 성격상 이렇게 될 것까지

내다보고 나를 조종하는 저주를 걸어놨다 해도 이상하지 않았다.
"지금의 제라이세가 그걸 쓸 수 있을까? 지금의 로미오가 이전의 로미오——즉 나와는 다른 인물이듯이, 지금의 제라이세도 이전의 제라이세와는 다른 인물이야. 아저씨의 몸을 바꾼 기억을 갖고 있지 않아."
『그렇지. 하지만 쓸 수 있다고 생각해 두는 편이 나아. 만일의 경우에 대처할 수 있을 테니까.』
위날렌. 로미오. 제로스리드. 프란. 핵심 인물들이 파멸의 무대 위에 갖춰진 가운데 제라이세의 행방만이 묘연했다.
그렇다 해도 우리는 파멸을 막아낼 것이다. 그러기 위해 8년을 보내오지 않았나.
"선단이 수상한 건 확실해. 다시 이상이 없는지 찾아보자."
『그래, 그럴까.』
다음에야말로, 파트너를 구해내고 말겠어.

*

비비안호에 도착한 다음 날.
학원생들은 10인 1조가 되어 세프텐트 마을 주변에 흩어져 있었다. 약초 채취나, 위협도 F인 마수의 토벌을 실시하는 것이다. 어엿한 모험가 길드의 정식 의뢰이기에 각 반에 모험가 길드에 등록한 학생이 반드시 들어가 있었고, 다른 학생은 동행자 입장으로 따라갔다.
특전반뿐만 아니라 상급반 등에도 평소 모험가로 활동하는 학생은 많았다. 그들에겐 여느 때와 다름없는 수수한 의뢰처럼 보이겠지만, 사실 그리 간단한 이야기는 아니었다.

레이디 블루와 비비안호 주변은 식생도 서식동물도 기후도 상당히 다르다. 평소와 같다고 생각하다 보면 크게 고전할 가능성도 있었다. 그래도 뭐, 각 반에 교관과 모험가가 한 명씩 붙어 있으니 별다른 일만 없다면 위험은 적을 것이다.

"찰스입니다."

"프란. 잘 부탁해."

"잘 부탁드립니다. 흑뢰희 님이 함께하다니 든든하네요."

프란도 조 하나의 호위를 맡고 있었다. 동행하는 모험가는 랭크 E의 젊은 모험가다.

교관과 모험가는 힘의 균형을 맞추고 있는 것인지 강한 모험가일 경우 약한 교관, 약한 모험가일 경우 강한 교관이 세트가 되도록 편성되어 있었다.

그래서 교관 중 가장 강한 프란과 함께 가장 약한 찰스가 배정된 것이다. 게다가 노린 것인지는 모르겠으나 같은 반에 캐로나와 카나가 있었다.

"잘 부탁드립니다. 프란 씨."

"응."

"저도 또 프란 씨와 함께할 수 있어서 기쁘네요."

찰스의 미덥지 못한 모습을 보고 처음에는 불안해하던 학생들도 동행한 교관이 프란임을 알고 미소 띤 얼굴로 돌아갔다. 상급생들은 프란의 실력을 알기 때문이다. 여전히 불안해하는 것은 신입생들뿐. 그들에게는 프란이 그저 신출내기 모험가로 보이는 듯했다.

울시 등에 타고 있는 모습은 보았겠지만 실력을 제대로 보여주지는 않았으니까. 우수한 마수사 정도로 생각하는 것일지도 모른다. 게다가 지금 그 울시는 그림자 속에 있어서 현재는 프란밖에 없다. 그렇게 되면 누가 봐도 신참인 찰스와 어린아이 프란이라는 초보 콤비의 호위가 되는 셈이다. 당연히 불안하기도 하겠지. 그것도 훈련이라고 생각하고 참아줘.

현재 프란 일행이 있는 3조는 약초류 채취와 울프 떼 토벌을 하고 있었다. 장소는 호수에서 조금 떨어진 산 중턱이다.

캐로나가 지도를 보면서 선두를 걸었다. 우리가 도와주면 눈 깜짝할 사이에 끝낼 수 있는 의뢰뿐이지만, 이번에는 학생들이 직접 해야만 했다. 불필요하게 나서지 말고 지켜봐 주자.

"개울가 주변에서 채취하죠."

캐로나의 말에 불안한 표정으로 대답한 것은 카나였다. 사전에 이런저런 주의를 받았기 때문이었다.

"네? 괜찮을까요? 물가에 가까이 가도."

"가까이 다가가면 안 되는 건 호수입니다. 개울가라면 문제없어요. 그렇죠? 찰스 씨? 이 앞에 있는 강이라면 가까이 가도 괜찮지요?"

"음? 아, 맞아요. 이 앞의 개울이라면 괜찮아요."

"감사합니다. 그럼 그쪽으로 갈까요."

"네."

캐로나, 제법인데. 은근슬쩍 개울이 있다는 정보를 끄집어냈어. 캐로나가 가진 지도는 세프텐트의 모험가 길드에서 베껴온 것이지만 어디까지 정확한지는 알 수 없다.

계절에 따라 사라지는 강도 있고, 정보가 오래됐을 경우 강이 아예 남아 있지 않을 수도 있다. 그러나 찰스가 언질을 준 덕분에 지금도 강이 있다는 사실이 확실해졌다. 찰스가 굳이 거짓말을 하지 않았다면 말이다.

뭐, 별생각 없이 말을 흘린 거겠지. 애초에 본인은 힌트를 줬다는 것조차 눈치채지 못한 것인지 태평한 모습으로 캐로나와 대화하고 있다. 저 모습을 보니 그 밖에도 정보를 술술 불어줄 것 같았다.

"모조품이라는 게 그렇게 무시무시한 존재인가요?"

"당연하죠. 모조품을 보더라도 절대 싸우려고 하지 마세요."

이번 학외 서바이벌 실습에서 학생들에게는 몇 가지 제한이 걸려 있었다. 그것은 비비안호에 접근하지 않는 것이었다. 이는 학원 측이 설정한 것이 아니라 모험가 길드에서 요청해 온 것이다. '어떤' 마수의 출현 빈도가 높아지고 있어 너무 위험하다는 이유에서였다.

원래 이 호수에는 비비안 가디언이라고 하는 고유종 몬스터가 있다. 전 세계에서도 이 호수에만 있는 희귀 몬스터다. 하지만 그 몬스터가 사냥당한 기록은 거의 없다고 한다.

일단 성격부터가 굉장히 온후하다. 세력권에서 나오지도 않고, 그곳을 넘어가지 않는 한 그쪽에서 먼저 접촉해 오는 일은 없다. 게다가 세력권에 들어섰다 하더라도 우선은 몇 마리만 먼저 모습을 드러내 이쪽의 진로를 막아서는 정도로 주의를 준다고 한다. 무시하고 앞으로 나아가려고 하면 공격을 받겠지만, 그럼에도 살해는 당하지 않는다. 무력화시켜서 근처 육지로 내던져 버리는 모양이었다.

다만 그렇다고 해서 또 일방적으로 사냥할 수 있는 것은 아니었다. 강한 공격을 가하면 공격 태세를 갖춘 형태로 변신하기 때문이었다. 심지어 주변에 있는 수백 마리의 가디언 모두가. 공격 형태를 갖추게 되면 그 일대에서 인간을 배제할 때까지 멈추지 않기 때문에, 무관한 어선이나 모험가 등도 말려드는 일이 있다고 한다.

위협도는 E. 먼저 공격해 오지 않기 때문에 위협도는 낮게 산정되어 있었다. 또한 전투 기록도 적어 정확한 강도도 알려지지 않은 상태. 다만 질 할멈이 젊었을 때 보았던, 공격 형태를 갖춘 한 무리의 위협도는 최소 B 이상이었다고 한다.

위협도 B라고 하면 자칫하면 나라가 위기에 빠질 수 있는 수준의 마수라는 뜻이었다.

길드에서 요란하게 퍼뜨리지 않은 것은, 희귀한 마수의 정보를 퍼뜨리면 그것을 노린 밀렵꾼이 나타날 수 있기 때문이었다. 평소에는 그 정보를 숨겨둔 채 서식 지역만을 출입 금지 상태로 두고 대응하고 있는 것 같다. 애초에 일반적인 경우라면 그렇게 위험하지 않은 마수였다.

하지만 현재 그 비비안 가디언에게 이변이 일어나고 있었다.

무려 자신의 세력권에서 나와 사람을 덮치는 이상종이 나타나고 있다는 것이다. 본래는 껍질부터 촉수까지 모든 것이 반투명한 색의 아름다운 모습을 하고 있어야 하는데, 모조품은 다갈색의 더러운 색을 띠고 있고 쓰러뜨려도 주위의 가디언들이 날뛰지 않았다.

이 정도면 아예 다른 종이 아닐까 싶은데 모양과 크기, 생태 일부가 흡사해 동일종임이 확실하다고 한다. 그 이상종을 이 주변 모험가들은 '모조품'이라고 불렀다.

"모조품이라는 걸 한번 보고 싶었는데 힘들겠네요."

"다, 당연하죠! 애초에 연구도 거의 진행되지 않아서 자세한 것도 몰라요. 절대로 가까이 가면 안 돼요!"

"알고 있어요. 하지만 학자가 조사 같은 걸 하기도 하잖아요? 연구에는 별로 진척이 없나요?"

"맞아요. 세력권에서 나오는 이유도, 상업선단을 노리는 이유도 전혀 알아내지 못했어요."

"상업선단을 노린다고요? 정말요?"

"아무래도 그런 것 같다고 추정하는 단계지만요. 목격되는 장소가 매번 상업선단 근처였고, 그 진로도 선단을 목표로 하고 있는 것처럼 보인다고 하더라고요."

그렇다면 꽤나 불길한 사태 아닌가? 이 선단이 이 호수 일대의 삶을 지탱하고 있다고 해도 과언이 아닐 텐데, 만약 선단이 괴멸이라도 당하면 그 주변 마을들은 모두 무너질 것이아닌가.

찰스는 그렇게 심각한 일로 여기지 않는 것 같지만, 경우에 따라서는 실습이 끝날 수도 있었다. 나도 모조품이라는 녀석을 좀 더 신경 써야겠다.

모조품에 관한 이야기를 나누며 걷다 보니 이내 개울가에 도달했다. 캐로나 일행은 그곳에서 약초류를 찾기 시작했다. 그러자 한 학생이 환호성을 질렀다.

"봐! 이거 약초의 일종이지?"

"오, 비수초잖아요! 지금은 품귀라서 비싸요!"

예전에 우리도 채취했었던 그 비수초다. 그때도 부족하다는 얘기를 들었는데 지금도 여전히 부족한가 보다. 비수초는 이 나라 특유의 풍토병 특효약이 되어주는 약초인데, 그 풍토병 감염이 확대되고 있는 건가?

프란에게 그에 관한 일을 물어보게 했지만 찰스도 자세히는 모르는 것 같았다.

"이 근방에선 딱히 그런 일은 없어요. 하지만 나라의 동쪽에서는 수요가 올라가고 있다나봐요. 여러분들은 마술 학원에서 오신 거죠? 잘 아시지 않나요?"

『아니, 풍토병이 퍼지고 있다는 말은 전혀 듣지 못했는데.』

"몰라."

"그런가요?"

"캐로나는?"

"학원에서도 별문제는 없을 거예요. 예년처럼 다른 나라에서 온 신입생이 몇 명 병에 걸린 정도 아닐까요?"

캐로나도 풍토병이 유행하고 있다는 이야기는 듣지 못한 것 같았다.

"다른 동네에서 유행하고 있나?"

"아뇨, 프란 씨. 그건 불가능해요."

이 풍토병은 아이들이 더 취약하기 때문에 유행할 때는 마술 학원에서도 눈에 띄게 환자의 수가 증가한다고 한다. 반대로 말해 마술 학원에서 유행하지 않는데 다른 곳에서 유행하는 일은 있을 수 없다는 것이다.

"그럼 어디서 유행해?"

"그건 저도 잘 모르겠어요. 어쩌면 좀 더 동쪽 연안 지역에서만 유행하는 걸지도 모르겠네요."

아, 참고로 프란이라면 걱정 없다. 비수초로 만든 약은 예방약이 되기도 하는데 이미 프란에게는 그것을 먹였기 때문이다.

"카나, 왜 그래?"

"어? 아뇨, 조금 신경이 쓰였을 뿐이에요. 부족한 약을 조달하면 돈을 벌 수 있지 않을까 싶어서요."

"오오, 역시 학원생이네요. 지금 이야기를 듣고 그런 생각을 하시다니."

"상회의 딸이니까요."

그렇게 말하며 웃는 카나는 어딘가 석연치 않다는 듯한 얼굴을 하고 있었다. 국내 사람들은 늘 있는 일이라며 웃고 있지만, 외국인인 카나는 우리와 같은 위화감을 느꼈을지도 모른다.

채취 목표인 약초를 구해 의뢰를 달성했지만, 캐로나 일행의 얼굴에 떠오른 것은 기쁨뿐만은 아니었다.

이들 반은 약초 채취와 병행해 울프 토벌 의뢰도 받았다. 하지만 울프의 탐색은 고전을 면치 못하고 있었다. 학원 주변이라면 평원에 구멍을 파고 지내는데, 이 근방의 울프는 삼림에 둥지가 있는 것이다. 게다가 나무 밑동에 구멍을 파고 숨어 있다.

그 위치를 모르면 찾기가 어려웠다. 모험가 길드 접수처에서 이야기를 들었다면 금방 알 수 있었을 텐데. 길드에서 지도를 구한다는 생각까지는 했던 캐로나 일행도 울프의 습성이 이렇게까지 다를 줄은 몰랐던 모양이다.

호위역인 찰스는 뭐라 말로 표현하기 어려운 표정을 짓고 있었다. 엉뚱한 곳에서 계속 탐색하는 학생들에게 울프의 습성을 알려주고 싶지만, 그래서는 그들의 경험이 되지 않는다. 알려주고 싶은데 알려줄 수가 없는 상황. 그런 답답함에 속으로 끙끙대고 있는 거겠지.

개울가에서 약초를 찾고 있었을 때가 울프와 가장 가까웠었다. 나도 모르게 알려주고 싶어지네.

울시는 그림자 속에 들어가 있었기에 소지하고 있는 동족 혐오 스킬은 영향을 미치지 않았다. 그게 기능해 버리면 캐로나 일행은 절대로 울프를 찾지 못할 것이다. 이 호위 중에는 가능한 한 그림자 속에서 얌전히 있을 수밖에 없겠지.

우리는 다가오는 마수는 없는지 경계하면서 여유롭게 학생들의 뒤를 따랐다.

오늘은 아직 한 번밖에 전투를 하지 않았다. 그것도 원거리에 있던 레서 와이번을 전이로 즉사시켰을 뿐.

다만 지난 며칠간 나름대로 꽤 싸운 덕분인지 프란도 오늘은 그렇게 기분이 언짢아 보이지는 않았다. 답답한 동네 안쪽과는 달리 이곳은 개방적이기도 하고. 역시 요즘 들어 날카로운 태도를 보였던 것은 한동안 만족스러운 전투를 하지 못해서였던 것 같았다. 게다가 지금은 캐로나와 카나와 소풍이라도 하는 기분이겠지. 계속 신경을 곤두세우고 있어야 하는 캐로나 일행에게는 미안하지만 프란에게는 근처를 산책하는 것이나 다름없을 테니까 말이다.

그대로 이동하고 있는데 찰스가 경고를 했다.
"아, 그 이상 호수에 가까이 가지 마세요."
"어머, 벌써 그런 위치인가요?"
"맞아요."
모조품은 대체로 깊은 곳에서 많이 목격되지만 호숫가에서 사람이 습격당한 사례도 적게나마 보고되고 있었다. 그래서 모험가 길드는 학생들의 안전을 생각해 호수로의 접근 자체를 금지하기로 한 것이다.
다만 그것은 어디까지나 마술 학원생에 대한 배려와 대책의 일환이었다. 현지인의 삶의 양식과 다리가 되어주는 수단을 빼앗을 수는 없었기에 배의 왕래에 관해서는 별다른 제한이 없었다. 그 결과가 눈앞의 광경이었다.
우리 다음으로 깨달은 것은 캐로나였다. 깨달을 수밖에 없었다고 해야 할까. 무조건 귀찮은 일이 생길 것 같은데 말이지.
"어? 저기 저 배, 습격당하고 있어요!"
"저, 정말이에요!"
짐 운반선이 모조품에게 습격당하고 있었다.
캐로나와 카나가 비명을 지르자 다른 학생들도 이변을 눈치챈 모양이다.
"기, 기다리세요! 가면 안 돼요!"
무심코 달려나가려던 학생들을 찰스가 필사적으로 제어했다. 하지만 그런 말로 아이들이 순순히 납득할 리 없다.
"하지만 저러다가는 배가 가라앉을 텐데!"
"맞아! 우리 위치라면 구하러 갈 수 있어!"

"야, 너희들 좀 진정해!"
"우리가 가도 무리야!"
일부 학생들은 구출하러 가야 한다며 호소했지만, 모조품의 정보를 떠올린 학생들이 반대했다. 하지만 구출파 학생들은 선의의 감정으로 호소하는 것이었기에 반대파인 학생들도 목소리에 힘이 없었다. 반대파들도 가능하면 돕고 싶은 마음일 것이다.
다만 학생들이 간다면 확실하게 모조품에게 살해당하겠지.
'스승, 우리가 가자.'
『그래, 내버려 두면 학생들이 폭주할 테니까.』
'응.'
『울시, 여기를 부탁해.』
"웡!"
프란의 그림자에서 튀어나온 울시에게 학생들의 이목이 집중되었다.
"내가 구조하러 갈게. 울시는 남기고 갈 테니 안심해."
"어? 하지만……."
아직 프란의 실력을 보지 못한 신입생들에게서는 이런 어린아이가 가서 무슨 도움이 되겠냐 하는 의심의 눈초리가 섞여 있었지만, 상급생들은 수긍한 모습이었다.
"부탁드립니다."
"부탁합니다!"
"응."
이미 돛대가 꺾이고 갑판에 모조품의 촉수가 달라붙어 있었다. 서두르는 편이 좋겠다.

『한 번에 뛴다!』
"알았어!"
우리는 롱 점프를 써서 배 바로 위로 전이했다. 위에서 보니 배의 참상이 훤히 드러났다. 갑판과 배 쪽에 큰 구멍이 나 있어 모조품을 없앤다고 해도 금방 가라앉을 것 같았다.
『호수 위에 사람들이 떠 있네. 선원들인가?』
"아직 살아있어."
『모조품의 목적은 배뿐인 건가……?』
모조품은 수면에 던져진 것으로 보이는 선원들에게는 눈길도 주지 않고 배를 계속 습격하고 있었다. 인간을 포식하는 습성이 없는 건가? 그렇게 생각했더니 아직도 선상에 남아 있던 남성이 촉수에 감겨들어 올려지는 것이 보였다.
『저 사람 위험해!』
"도와줄게!"
프란이 공중 도약을 사용하여 배를 향해 전속력으로 돌진. 새로운 적의 출현을 눈치챈 모조품이 촉수를 뻗어왔지만 프란은 그것을 뚫고 갑판으로 내려갔다.
"하앗!"
촉수를 베어내어 당장이라도 호수에 끌려갈 뻔한 남성을 구출했다.
5미터 정도 높이에서 갑판 위로 떨어진 남성이 통증을 호소했지만 큰 부상을 입지는 않은 것 같았다. 그의 몸을 붙잡고 있던 촉수가 약간의 쿠션이 되어준 모양이다.
"괜찮아?"

“아, 으응.”
“잠깐만.”
남자를 남겨두고 프란이 다시 뛰어올랐다. 모두를 구하기 위해서는 모조품을 먼저 처치해야 했기 때문이다.
『프란, 뇌명 속성 공격은 안 돼. 선원들이 휘말릴 거야.』
“알았어. 그럼 꿰뚫을게.”
『오케이!』
프란의 뜻을 받아들여 나는 순식간에 형태를 변화시켰다. 투척에 적합하도록 날밑 없는 원뿔 모양 칼날을 가진 한손검이다. 마상용 창을 작게 만들었다고 생각하면 알기 쉬울 것이다.
“하아아압!”
『간다앗!』
프란이 나를 잡고 공중에서 팔을 휘둘렀다. 온몸의 반동을 이용해 나를 바로 아래로 던진 것이다. 동시에 나는 염동 캐터펄트를 발동했다. 프란의 전력을 다한 투척, 바람 마술, 염동 캐터펄트. 그 합동 기술로 초고속 탄환이 된 나는 모조품의 몸을 순식간에 꿰뚫었다.
딱딱한 껍질도, 충격을 흡수할 수 있는 탄력 있는 육체도 우리 앞에서는 얇은 합판이나 다름없었다.
위력이 한 점에 집중된 덕분에 주변에 피해도 없다. 호수에 떠 있는 선원들이 여파를 받은 기색은 없었다.
커다란 구멍이 뚫린 모조품의 몸이 부글부글 녹아갔다. 그러고 보니 이 녀석은 소재도 마석도 얻을 수 없다고 했던가. 이렇게 녹아서 사라지는 것 같다.

"다른 모조품이 오기 전에 전부 구할게."

『그래, 일단 물가로 옮기자. 배는 이미 틀린 것 같아.』

"응!"

그나저나 겉보기엔 평범한 배인데 왜 모조품에게 습격당한 걸까? 무슨 이유가 있을까? 아니면 움직이는 큰 물건을 무차별적으로 덮치는 건가? 수수께끼네.

선원들을 구출하는 동안에도 여러모로 살펴보았지만 원인은 알 수 없었다.

남은 건 선원들에게 이야기를 물어보는 정도였다. 프란에 의해 구조된 다섯 명의 선원들이 땅 위에서 신음하고 있었다. 물을 마신 사람도 있지만 생명에는 지장이 없어 보였다.

"아가씨, 덕분에 살았네……."

"모조품이 이런 곳까지 나오다니……."

"아아, 짐들이……."

가장 나이가 많은 선장이 가라앉는 배를 바라보며 탄식했다.

"적하물은 물에 젖으면 안 되는 거야?"

"곡물류는 아마 못쓰겠지. 다만 비수약만은 어떻게든 회수해야 해. 부족하다는 얘기가 있었으니까. 튼튼한 상자에 들어 있었으니 무사한 병도 있겠지."

"비수약?"

"최근에 개발된 건데 비수초로 만든 약이야. 풍토병에 효과가 있는 건 지금까지의 알약과 다를 바 없지만 물약으로 만들면 더 효능이 높아진다더군."

저 배에는 그 신약이 실려 있었다고 한다. 부족한 약이라면 쉽게 포기할 수도 없을 것이다.

“약의 인양은 모험가에게 부탁할 수밖에 없겠군……. 마수가 적은 곳이라면 좋겠는데.”

그건, 어떨까. 지금은 모조품 덕분에 다른 생물들이 도망친 것인지 기척은 느껴지지 않는다. 하지만 조금만 시간이 지나면 다시 돌아올 것이다.

‘스승.’

『갈까?』

‘응.’

지금이라면 우리도 가지러 갈 수 있으니까.

“그 약은 어디 있어?”

“음? 뱃전 쪽에 있는 창고일세. 마침 모조품 녀석이 붙어 있던 근처지.”

선장이 가리킨 곳은 배 옆구리에 뚫린 큰 구멍이었다. 모조품이 사라지면서 단숨에 물이 흘러들기 시작하는 것 같았다. 저기라면 문제없다. 오히려 큰 구멍이 뚫려 있어서 들어가기 쉬울 것이다.

뭐, 가라앉는 이유의 절반 정도는 저 구멍이지만. 나머지 절반은 선체 곳곳에 생긴 균열이다. 모조품의 촉수 때문이었다.

“잠깐만 기다려.”

“아, 아가씨?”

놀라는 선장에게 가볍게 손을 흔들어 보인 프란은 다시 뛰어올랐다.

『우선은 선체 자체를 수납할 수 없는지 시험해 보자.』

"오, 그렇구나."

그것이 가능하다면 제일 빠르다. 그러나 선체를 수납할 수는 없었다. 아마도 배 안에 생물이 있을 것이다. 인간이 아니더라도 물고기나 쥐 같은 것만 있어도 차원수납은 할 수 없게 된다.

"안 돼……."

『어쩔 수 없지. 내가 호흡을 담당할게. 프란은 물 마술로 이동을 부탁해.』

'알았어.'

좁은 선내를 탐색한다면 프란이 직접 움직이는 편이 더 가볍게 이동할 수 있어 안전할 것이다.

모조품에 의해 뚫린 구멍을 통해 배 안으로 들어갔다. 내부는 이미 물이 들어차 있었고 짐의 절반 정도는 물에 잠겨 있었다. 프란은 반쯤 물에 잠긴 나무상자 위에 내려앉더니 창고 안을 둘러보았다.

"어디야?"

『으음…….』

마법약이라고 해서 마력 감지를 써봤는데 잘 되지 않았다.

이 방에 있는 물 전체에서 미량의 마력이 느껴졌던 것이다. 어쩌면 비수약병이 깨지면서 내용물이 물에 녹아내린 것일지도 모른다.

다만 뭔가가 이상하단 말이지. 뭐가 이상하냐고 물으면 콕 집어 대답할 수 없지만…….

『어쩔 수 없지. 상자 라벨을 확인할 수밖에 없겠다.』

"응."

아직 물에 잠기지 않은 상자를 확인해 나갔지만 비수약은 없었다. 아니지, 이렇게 된 이상 박스를 전부 수납해 두고 나중에 확인하는 편이 낫겠다.

『일단 전부 다 수납하자.』

"알았어."

그렇게 물 위에서 물속으로 적하물을 빠르게 수거해 가고 있었는데, 물속으로 들어간 프란이 바로 올라와 버렸다. 당황한 것 같지는 않은데, 조금 놀란 듯한 얼굴을 하고 있다.

『왜 그래?』

"……마술이 이상해."

『이상해?』

"뭔가…… 너무 잘 들어."

『무슨 뜻이야?』

자세히 이야기를 들어보니, 자신의 예상보다 마술의 출력이 높다고 한다. 미세한 부분이었지만 물속에서 10센티미터 정도만 움직이려고 물을 조작하면 예상했던 것보다 몇 밀리미터 더 나가버리는 것이다. 일반적인 경우라면 알아차리지 못했겠지만 수행으로 높은 마술 제어력을 얻은 프란은 미세한 위화감을 깨달은 모양이다.

『비수약 외에 뭔가 다른 마법약도 새어 나온 걸지도 몰라.』

위기 감지가 작동하지 않는 것을 보면 독은 아니겠지만 좀 꺼림칙하긴 했다. 빠르게 수거를 끝내고 여기서 나가자. 물속은 내가 담당하기로 하고 빠르게 적재물 수납을 끝냈다.

나도 물 마술을 써봤는데 확실히 위화감이 느껴졌다. 아무래도 발동한 물 마술이 이상하다기보단 조작하는 물 자체에 문제가 있는 것 같다. 역시 어떤 마법약이 녹아내렸을 가능성이 높다.

아니면 물에 녹아버린 모조품의 영향인 걸까? 그럴 가능성도 있을 것 같다.

『어쨌든 빨리 탈출하자.』

"응."

전이를 사용하여 단번에 호숫가까지 돌아왔다. 그 모습을 본 선장들이 안도한 표정으로 달려왔다.

"무사했군! 약은 건져내면 그만이야! 무모한 짓은 하지 말아주게나!"

"괜찮아. 그보다 짐을 가져왔어."

"뭐라고? 아니, 지금 그건 전이…… 혹시 시공 마술을 다룰 수 있는 건가?"

"응. 여기다 꺼내도 돼?"

"아, 아아. 부탁해."

이미 선원 중에서 건강한 자들을 선발해 세프텐트로 향하게 한 모양이다. 구조가 곧 온다는 모양이다.

다만 프란이 나무상자를 쌓아 나가자 선장의 얼굴이 시시각각 변했다. 처음에는 기쁨, 다음으로 당황과 초조함이 뒤섞이더니 마지막에는 경악. 시공 마술은 수준이 낮으면 효과가 무척 약했다. 그야말로 아이템 박스가 작은 상자 크기여도 이상하지 않았다.

선장으로서는 비수약이 든 상자만 찾아내 회수해 온 것이라고 생각했을 것이다. 하지만 우리는 모든 적재물을 회수해 와 버렸다. 거의 30개의 나무상자를 눈앞에 쌓아두자 기쁨을 완전히 넘어서 버린 거겠지. 이후에 옮기는 것도 힘들 거고.

"이거면 됐어?"

"그, 그래……. 고, 고마워."

엄청 난감해 보인다. 그럼에도 고맙다는 말을 해 주다니 좋은 사람이다.

다만 우리도 이 이상은 어쩔 방법이 없었다. 지금은 학생들의 호위를 맡고 있는 중이다. 위급한 상황이라 멀어지긴 했지만 최대한 빨리 학생들 곁으로 돌아가야 했다. 마음 같아서는 세프텐트까지 짐을 옮겨주고 싶었지만 그렇게 되면 호위로서 실격이었다.

돌아가기 전에 궁금했던 것을 물어보았다. 모조품에게 습격당할 뻔한 일 말이다. 그런데 전혀 짚이는 곳이 없다고 했다. 겉으로 보기에도 식량이랑 비수약 뿐이니까. 수상한 것은 비수약이지만 옛날부터 비슷한 약은 존재해 왔다. 모조품이 노릴 가능성은 낮아 보였다.

물 마술의 위화감에 대해서도 잘 모르는 기색이었다. 적어도 비수약 외의 마법약은 싣고 있지 않았다고 한다. 그렇다면 모조품 체액설에 유력해지는 건가? 아, 아니면 비수약 자체가 원인일 수도 있다. 다만 약이 부족한 지금은 실험을 위해 나눠달라고는 할 수 없었다.

나중에 잘 알만한 사람――질 할멈에게라도 물어볼까.

"프란 씨! 멋진 전투였습니다!"

"괴, 굉장하네요!"

모두의 곁으로 돌아오자 칭찬의 말이 쏟아졌다. 신입생뿐만 아니라 실력을 알고 있던 캐로나 일행도 흥분한 분위기다. 실제로 화려한 전투를 눈앞에서 보고 프란의 힘을 더욱 실감한 거겠지. 그들의 흥분은 그 후에도 한동안 계속되었다.

뭐, 울프를 전혀 찾지 못해서 점차 흥분보다는 초조함이 강해졌지만.

결국 캐로나 일행은 울프를 발견하지 못했다. 그대로 침울한 모습으로 야영지로 돌아가자마자 반성회. 이때는 호위역도 조언을 하는 것이 허용됐다. 단순히 학생들만 생각하게 하는 것이 아니라 프로의 의견을 듣는 것도 귀중하게 여기는 것이다.

프란과 찰스는 그날의 의뢰에 관해 미비한 점 등을 일러주었다. 랭크가 낮다고는 하지만 찰스도 이 호수를 거점으로 하는 모험가의 일원이다. 채취나 탐색에 관해서는 프란보다도 정확한 조언을 해 주었다.

그 반성회가 끝난 후, 프란은 침소로 마련된 천막으로 향했다. 울시가 있어서 그런지 혼자 천막 하나를 다 쓰고 있었다. 실력적인 부분에서도 다른 사람들에게서 반대의 목소리는 나오지 않았다. 오히려 다른 전기(戰技) 교관들은 프란과 함께 있으면 더 긴장할지도 모른다.

그러던 중 풀숲에 웅크리고 있는 작은 그림자를 발견했다. 동물이 아니다. 옷을 제대로 입고 있다.

어린아이, 로미오였다.

아니, 기척을 감지했기에 거기에 있다는 것은 이미 알고 있었지만, 가까이 다가가 보니 아무래도 상태가 이상했다. 뺨과 이마를 붉게 상기시킨 채 거친 숨을 몰아쉬고 있던 것이다.

"읏!"

프란이 급히 달려가 그 작은 몸을 황급히 안아 일으켰다.

열이 꽤 높은 것 같았다. 아이 특유의 통통한 볼이 열로 인해 붉게 물들었고 이마에는 굵은 땀방울이 맺혀 있다. 그리고 누가 봐도 알 수 있을 정도로 괴로워 보였다.

"……."

로미오가 희미하게 눈을 뜨고 프란의 모습을 확인했지만, 더는 말을 꺼낼 기운조차 없는 듯했다.

프란도 괜찮냐고 묻지는 않았다. 확실하게 괜찮지 않아 보였으니까.

'스승, 어떻게 해야 돼? 힐?'

『회복 마술은 잠깐 기다려.』

'왜?'

『체력 소모가 어떻게 될지 알 수 없으니까…….』

체력이 없는 아이에게 회복 마술을 쓰면 불필요한 체력을 소모시켜 더 악화될 수 있다고 들은 적이 있다. 포션류도 마찬가지다. 게다가 다친 건지 아픈 건지, 단순히 피곤한 탓에 컨디션이 무너진 건지도 알 수 없었다. 단순히 회복 마술을 쓰면 되는 상황은 아니었다.

감정한 결과 로미오의 상태는 피로로 나왔다. 하지만 그것이 어디까지 믿을 만한 것인지는 모르겠다.

사인인 제로스리드와 계약 상태였기 때문에 로미오는 녀석의 사기에 영향을 받을 수밖에 없었다. 그러다 보니 일부 감정 결과가 불분명하게 표시되고 마는 것이다. 스킬에도 정체를 알 수 없는 것이 몇 가지 있었고, 스테이터스도 조금씩 비어 있어 모든 것을 볼 수는 없었다.
『바로 위날렌이 있는 곳으로 데려가자!』
"응!"
프란이 조심스럽게 로미오를 안아 올렸다. 이른바 공주님 안기라는 것이다. 프란이 누군가를 이렇게 안고 있는 모습은 꽤 신선했다.
로미오가 희미하게 몸을 움츠렸지만 크게 움직일 만한 체력은 남아 있지 않은 탓에 결국 힘없이 안겨 있을 수밖에 없었다.
"힘내."
"……!"
프란이 말을 걸어주자 로미오의 눈이 놀란 것처럼 휘둥그레졌다.
이 소년에게 있어 프란은 적이다. 아직 네 살 정도인 로미오에게 세계는 이제 막 시작되었을 것이고, 그 세계에서 제로스리드는 의지할 수 있는 보호자였다. 적어도 로미오는 그렇게 인식하고 있다.
놈이 로미오 앞에서 어떻게 처신하고 있는지는 모르겠지만, 못되게 굴지는 않는 것 같았다. 그게 아니라면 로미오가 이렇게 잘 따를 리 없으니까.
그런 로미오에게 있어서 둘도 없는 존재인 제로스리드를 부당하게 공격해 오는 적. 그것이 바로 프란이다. 물론 그에 관해서는 아무것도 모르는 아이에게 화를 내도 어쩔 수 없다는 것을 프란도 이해하고 있었다.
그렇기 때문에 로미오에게 품은 악감정은 거의 없다. 전혀 없다고는 할 수 없겠지만 적의로 결부될 정도는 아니었다. 기껏해야 대하기 어렵다는 마음을 느끼는 정도였다.

지금도 아픈 로미오를 순수하게 걱정하고 있다. 그리고 그것이 로미오에게는 놀라웠던 것이다.

로미오는 어린아이답게――아니, 오히려 어린아이이기 때문에 세상은 적과 아군으로 극명하게 갈라져 있다고 생각했다. 그런데 적이어야 할 프란이 왜 자신을 돕는 것인가? 이해가 되지 않겠지.

혼란스러워하는 로미오를 보자 청묘족 제프메트와 만났을 때의 프란이 떠올랐다. 제프메트는 프란이 태어나서 처음 만난, 흑묘족에게 호의를 보인 청묘족이었다. 그때의 프란도 혼란스러운 표정을 짓고 있었다. 지금 로미오의 얼굴은 그때의 프란과 쏙 빼닮았다.

자신들 흑묘족의 천적이자, 악질이고 비겁하고 냉혹한, 악의 화신 같은 존재. 그렇게 생각했던 청묘족 중에도 선한 사람이 있었다는 사실에 대한 놀라움. 로미오는 그와 비슷한 감정을 품고 있는 것 같았다.

"위날렌! 로미오가 쓰러져 있었어!"

"……이쪽에 눕혀주겠어?"

"알았어."

제로스리드는 없다. 아무래도 다른 노동을 하고 있는 것 같다. 어쩌면 로미오는 제로스리드를 찾으러 갔던 걸지도 모르겠다.

위날렌이 시키는 대로 축 늘어져 있는 로미오를 침대 위에 눕혔다. 당황하는 기색 없이 뭔가 진찰 같은 것을 시작하는 위날렌.

"흠……. 피로가 누적된 것뿐이네. 뭐, 제로스리드의 옆에 있는 것만으로도 사기의 영향을 받을 테니까 어쩔 수 없지."

"그래?"

"이 정도로 힘이 소모됐구나."

위날렌이 그렇게 말하며 어깨를 으쓱했다. 남의 일처럼 말하네. 아니, 남의 일이긴 하지만…….

뭐, 하이 엘프인 그녀에게 어린 시절이란 아득한 옛날 일이겠지. 로미오의 고통에 크게 공감하지 못했을 수도 있다.

"로미오, 나아?"

"생명에는 지장이 없어."

"그래. 다행이다."

"의외네. 너는 이 애를 싫어하는 거 아니었어?"

"딱히 싫어하지 않아."

위날렌의 질문에 프란이 붕붕 고개를 저으며 대답했다.

그래, 싫은 것은 아니다. 다만 어떻게 대해야 할지 모를 뿐이다.

그렇게 위날렌과 대화하던 프란이 갑자기 몸을 휙 돌렸다.

"! 나는 이제 갈게."

마지막으로 로미오의 얼굴을 보고는 빠른 걸음으로 천막 입구로 향한다.

"……."

"……!"

제로스리드가 돌아오는 것을 감지했기 때문이다. 입구에서 스쳐 지나갔지만 서로 말을 걸지는 않았다. 하지만 이내 등 뒤에서 제로스리드의 목소리가 들렸다.

"로미오!"

얼굴을 봤을 때는 무표정했던 프란이 제로스리드의 목소리를 듣고 눈을 부릅떴다. 그 얼굴에 떠오른 것은 초조함이나 분노의 감정이 아니었다. 어느 쪽인가 하면 놀라움과 낭패감일까. 이런 표정을 짓는 프란은 별로 본 적이 없다.

『프란, 무슨 일이야?』

"……아무것도 아니야."

아닌 게 아닌 것 같은데……. 지금 한 말의 어디에 그렇게 놀랄 만한 부분이 있었지? 프란은 말없이 계속 걸어가더니 자신의 천막으로 돌아왔다.

조금 전 보인 당황했던 표정은 이미 사라지고, 겉보기엔 차분해 보였다. 다만 프란은 제로스리드의 일이 되면 상당히 감정적으로 변한다. 예민해진다고 표현해도 좋다.

말을 걸어야 하나 말아야 하나……. 판단이 서질 않았다. 그렇게 고민하고 있는데 갑자기 누군가가 프란에게 말을 걸어왔다.

"무슨 고민이라도 있어?"

"누구야!"

『누구냐!』

"크릉!"

나도 프란도 울시도 당황해서 등 뒤를 돌아보았다. 그도 그럴 것이 기척을 일절 느끼지 못한 것이다. 다소 방심하고 있긴 했지만 결코 무방비한 상태였던 것은 아니다. 그러나 모두가 그 목소리 주인의 기척을 전혀 눈치채지 못했다.

이는 비정상적인 사태다. 아니, 한 가지 가능한 존재가 있었구나.

정령이다. 정령이라면 나와 울시는 일체의 기척을 느낄 수 없었고, 프란도 상당히 집중하지 않으면 놓치고 만다. 하지만 그럴 가능성도 없어 보였다.

눈앞에 있었던 것은 정령 따위가 아니었다. 오히려 낯익은 소녀다. 예전과 달리 안대는 착용하지 않았지만.

"노점에서 봤던?"

"오랜만이야."

그것은 키아라젠 마을에서 노점을 운영하던 맹인 소녀 렌이었다. 아름답고 결 좋은 금발을 하프 트윈으로 묶은 흰 피부의 미소녀. 하지만 지금은 두 눈을 가리고 있던 검은 안대를 벗고 그 눈동자를 드러내고 있다. 오른쪽 눈은 보라색, 왼쪽 눈은 녹색인 이른바 오드아이였다.

작은 마도구에 의해 희미한 빛이 하나 켜져 있을 뿐인 어두컴컴한 천막 속에서도, 그녀의 눈동자는 마치 빛이라도 나는 듯 선명하게 보였다. 빨려 들어갈 것 같은 눈동자라는 건 바로 이런 눈을 말하는 거겠지. 그야말로 보석처럼 반짝이는 렌의 두 눈에서 눈을 뗄 수 없을 정도였다.

눈의 초점은 확실히 프란에게 맞춰져 있는 것처럼 보였다. 장님이 아니었던 건가? 그때 했던 감정에서는 확실히 결손 · 두 눈이라고 표시되어 있었는데……. 재차 감정을 시도했다.

『앗!』

'스승?'

『감정이 튕겼어.』

예전에는 확실히 감정을 할 수 있었는데. 그뿐만이 아니다.

"후후. 검 씨. 소용없어."

"……무슨 뜻이야?"

"후후후."

완전히 내 존재를 들켰어! 하지만 렌은 그것에 관해서는 더는 추궁할 생각이 없는지, 그저 미소를 지으며 시치미를 떼는 프란을 바라보았다.

"오늘은 프란을 만나러 왔어."

"왜? 그리고 넌……정령이야?"

『뭐라고?』

'렌에게서 정령의 기척이 나.'

진짜로? 확실히 나는 렌의 기척을 전혀 느끼지 못했다. 마치 실체 없는 환상이 눈앞에 서 있는 느낌이었다. 키아라젠에서는 분명 기척이 있었는데…….

정말로 정령인 건가? 이런 인간형 정령은 본 적이 없다. 꽤 오래전에 클림트가 인간형 정령은 상급이라고 말했었다. 그렇다면 눈앞에 있는 소녀는 상급 정령인가?

"다시 한번 내 소개를 할게. 나는 정령 렌. 시간과 물의 정령이야."

"역시, 정령……. 대단해. 인간 같아."

정령. 게다가 오른쪽 눈은 보라색이고 왼쪽 눈은 녹색? 그것은 비비안호를 지키고 있다는 대정령의 특징 아닌가? 다만 정령이라는 말을 들으니 그 신비로움과 아름다운 모습이 납득이 갔다. 오히려 그게 아니고서는 납득할 수 없을 정도로 속세와 동떨어진 느낌이었다.

"오늘은 당신들에게 전하고 싶은 말이 있어서 왔어."

“……전하고 싶은 말?”

프란은 렌의 정체를 캐묻기보다 먼저 이야기를 들을 생각인 것 같았다. 갑자기 안색을 바꾼 렌의 진지한 표정에는 반박할 수 없게 하는 압력이 있었다.

“나는 물을 통해 과거의 인과를 볼 수 있어. 그리고 보이는 과거를 통해 미래를 알 수 있지.”

“미래?”

“맞아. 이 세상에 정해진 운명이란 건 없어. 하지만 이대로 아무것도 하지 않으면 찾아올 가능성이 높은 미래라는 이름의 결과는 있지.”

나도 완벽히 다 이해한 건 아니지만, 렌에게는 사이코메트리 같은 능력이 있어서 상당히 자세하게 과거를 볼 수 있는 것 같았다. 게다가 과거의 정보를 바탕으로 연산을 진행해 미래를 예측하는 힘도 있다고 한다.

내가 단순한 검이 아니라는 것을 들킨 것도 그 능력 때문이겠지. 프란의 과거를 볼 수 있다면 당연히 그곳에는 나도 있었을 것이다.

“물론 확실하지는 않아. 지금 이대로라면 높은 확률로 찾아온다는 것뿐이니까.”

“즉 무슨 뜻이야?”

“당신들에게 비극이 다가오고 있어.”

렌이 안타깝다는 얼굴로 중얼거렸다. 이 소녀의 모습을 한 정령에게 들으니 그대로 믿어버릴 것만 같다.

“비극?”

"그래, 전에 너에게 구원을 받았으니 그 은혜를 갚고 싶어서."

"전에? 아까부터 무슨 말을 하는 거야?"

"미안해. 내가 지나치게 간섭하면 지금 보고 있는 미래가 전혀 다른 것으로 변해버릴지도 몰라. 그래도 믿을 수밖에 없어. 검 씨. 이 비극을 피하려면 당신이 제대로 정신을 차리고 있어야 해."

렌의 눈이 정확하게 나를 포착하고 있었다.

"당신은, 깨닫지 못하고 있어. 자신의 변화를."

『……무슨 뜻이야?』

이미 다 들켰다. 더 이상은 숨겨도 소용없다. 그보다는 프란에게 찾아온다는 비극인지 뭔지가 더 궁금했다.

"당신은 검이 되어가고 있어."

『되어간다? 이미 검인데?』

"몸은 그렇지, 하지만 속은 달라. 아직도 사람이야."

아아, 그런 뜻이구나. 원래 사람이었으니 그 부분은 어쩔 수 없지.

하지만 사람인 게 나쁘다는 뜻은 아닌 것 같았다. 오히려 사람으로 있으라고 말하고 싶은 느낌이다.

"하지만 점점 사람의 부분이 사라지고 있어. 사람으로서의 정신에서 검에 걸맞은 정신으로 빠르게 변화가 일어나고 있지."

『그건 안 좋은 건가?』

"예전 같으면 프란을 말렸을 상황에서 당신은 망설였어. 최근의 당신은 한 발짝 물러선 곳에서 부감하듯이 프란을 보고 있어."

『그건, 전부터──.』

"아니. 결정적으로, 달라. 이전의 당신은 보호자였지. 하지만 지금은 검. 단순한 검이야."

『그야 나는 검이니까…….』

“그렇게 생각하는 것에 대해 위화감이 사라지고 있어.”

『아니야……. 나, 나는……!』

렌의 말에 반박하려다 스스로에게서 튀어나온 힘없는 말에 놀랐다.

뭐지? 더 강하게 “아니야! 나는 검이지만 사람이기도 해!”라고 말하려 했지만 실패하고 말았다.

부정의 말을 입 밖으로 꺼내지 못했다.

“당신은 프란의 변화도 깨닫지 못하고 있어.”

『뭐?』

“움직이질 못해서, 전투를 못해서 짜증을 내는 거라고, 정말 그렇게 생각해?”

무슨 말이야? 프란을 바라보자 귀를 납작 눕힌 채 뭐라 말로 표현할 수 없는 얼굴로 고개를 숙이고 있다. 미안함이나 슬픔, 외로움, 여러 감정이 뒤섞여 있는 듯한 얼굴이었다.

“미안해…….”

『왜, 왜 사과하는 거야?』

“스승이 좀 이상하다는 걸 알고 있었어. 하지만 말하는 게 무서워서…….”

『프란…….』

“프란의 마음을 가장 어지럽히고 있는 건 당신이야. 당신에 대한 불안.”

안고 있던 불안 때문에 짜증을 내고 더 공격적으로 변한 거라고……? 나 때문에?

"당신은 확실히 검이지. 하지만 사람이기도 해. 그 사실을 잊지 마."

그렇게 말한 직후 렌의 몸이 흐려지기 시작했다.

『아, 잠깐!』

"당신은 스승이잖아? 단순한 방관자가 되지 말아줘. 마음을 강하게 가져. 자신은 프란의 스승이라는 마음을――."

『렌! 잠깐만 기다려! 좀 더 자세히 알려줘!』

이미 늦었다. 하고 싶은 말만 하고 사라져 버렸다.

『프란, 렌은?』

"사라졌어."

『그래…….』

내가 검이 되어가고 있다고? 그게 어떻게 비극으로 이어진다는 거지?

"스승."

『왜?』

"나는, 지금 그대로의 스승이 좋아."

『프란…….』

프란의 목소리에는 뚜렷한 슬픔이 담겨 있었다. 긴 속눈썹이 미세하게 떨리고 있고 그 눈은 약간 젖어 있다. 프란은 나를 칼집에서 빼내더니 그 칼날을 힘껏 껴안았다. 프란의 따스함과 심장 박동이 또렷하게 전해져 왔다. 동시에 프란의 불안감도 느낄 수 있었다.

어린 여자아이가, 떨고 있었다.

"검이라면 잔뜩 있어. 하지만 스승은 스승뿐이야."

『나는…….』

그 프란이, 두려워하고 있다. 내가 검이 되어버리는 것을. 나를 위해서 눈물까지 흘리면서.

나는 오싹함을 느꼈다. 프란에게 이런 말까지 들었는데, 스스로가 검이 되어버린다는 사실에 아무 두려움을 느끼지 못한 것이다. 프란을 만났을 당시의 나였다면 반드시 미안함과 공포심을 느꼈을 것이다.

렌이 말했던 대로 검이 되어 가고 있다. 그 사실을 확실히 자각할 수 있었다.

안 돼!

그래서는 안 돼!

프란을 슬프게 하다니 스승 실격이잖아! 난 절대 검 따위는 되지 않겠어! 프란을 슬프게 하지 않아! 절대로!

그렇게 강하게 결의한 순간, 나는 강렬한 오한에 사로잡혔다.

『윽…….』

"스승?"

검이 되고 처음 느껴보는 감각이다. 그리고 다음 순간, 나는 마음속을 지배한 알 수 없는 충동에 몸을 떨었다. 아니, 떨릴 육신 따위는 없을 텐데…….

희로애락, 아무것도 아닌 것도 같고 전부인 것도 같은 신기하고 강렬한 감정. 그것이 내 마음속에 끓어오르는 것 같았다.

『아아…….』

"——!"

그러다가 문득 깨달았다. 검이 된다는 것에 대해 강렬한 두려움을 느끼고 있는 자신을.

이것은──.

"──! 스승!"

완전히 주위가 보이지 않았던 모양이다. 프란의 목소리도 듣지 못하고 말았다. 하지만 그 비통한 호소가 귀에 들린 순간, 빠르게 냉정을 되찾을 수 있었다.

『……프란?』

"스승! 괜찮아?"

『괘, 괜찮아. 정말 괜찮아. 미안, 좀 혼란스러워서…… 저기, 요즘 내가 이상했어?』

"조금. 하지만 정말 조금이었어."

약간의 위화감 정도였다는 건가. 그래서 말을 꺼내지 못했나 보다. 하지만 프란이 확실하게 안심하고 있었다.

『프란.』

"왜?"

『나는, 나야. 프란의 스승이야.』

"응……."

다만 어떻게 하면 좋지? 렌은 마음을 강하게 가지라고 했다. 그러니까 아직 어떻게든 될 여지는 남아 있다는 뜻이다.

『나 힘내볼게.』

"응!"

내가 정신까지 검이 되어 가고 있다. 방관자가 되려고 한다. 렌은 그렇게 말했다.

그렇다면 인간답게, 그리고 프란의 보호자답게 있으면 된다.

그 말을 듣고 보니 요즘 내 말수가 적어진 것 같기도 했다. 게다가 프란에게 행동에 관한 결정을 떠넘기고 있었다. 물론 지금까지도 프란이 하고 싶다고 하는 일은 다 하게 해 줬다. 하지만 최근의 나는 프란을 믿고 맡긴다기보단 판단을 떠맡긴다는 느낌에 가까웠을지도 모른다.

의식하려니 반대로 어려운 것 같기도 했지만, 우선은 대화부터 되찾아 나가자.

『저기, 프란.』

"왜?"

『아까 제로스리드가 로미오의 이름을 부르는 걸 들었을 때 놀랐지? 그건 왜 그랬던 거야?』

이런 대화조차 프란은 기쁜 얼굴로 대답해 주었다.

"그 녀석의 목소리, 똑같았거든."

『똑같다니, 누구랑?』

"스승이랑."

『뭐? 나랑 똑같아?』

"응. 스승이 나한테 '괜찮아?'라고 물었을 때랑 똑같은 목소리였어……. 다정한 목소리."

예상 밖의 대답이었다. 나와 녀석의 목소리가 비슷한가? 다정한 목소리라고? 물론 성질이 아니라 그 분위기를 말하는 거겠지만……. 나 자신은 알 수 없었지만 프란에게는 확신이 있는 것 같았다.

『제로스리드가 로미오를 정말 걱정하고 있었다는 건가?』

매그놀리아 가문의 피가 어떠한 영향을 미치고 있다는 이야기는 들었지만…….

『매그놀리아의 피라는 건 그렇게 강력한가? 정신의 근본까지 바뀔 정도로?』

"모르겠어. 그런데 그 말은 진짜였어. 확실해."

『……프란이 그렇게 생각한다면 나는 그 말을 믿어.』

"응."

프란이 당황했던 이유도 알았다. 원수인 제로스리드가 로미오에게 보인 다정함을 보고 놀랐을 것이다. 그리고 제로스리드의 좋은 변화와 나의 안 좋은 변화를 비교하고 슬픈 감정을 느낀 거겠지.

나는…… 못난 보호자구나. 프란을 슬프게 했다는 것을 깨닫지도 못했다.

"저기, 스승."

『응? 왜?』

"오늘은 같이 자도, 돼?"

『……물론이지.』

"웡웡!"

"울시도 같이 자자."

"웡!"

이렇게 들뜬 프란은 오랜만에 본 것 같았다. 그 사실에 깜짝 놀라고 말았다.

『그럼 다 같이 잘까!』

"웡!"

"응!"

프란이 나를 껴안은 채 침대에 뛰어들었다. 나의 도신은 전부 드러나 있다. 프란은 어리광부리고 싶을 때면 이렇게 칼집 없이 안아온다. 아, 이미 형태 변형으로 칼날 부분은 없앴다.

"저기, 스승."

『왜?』

"……내일, 아침밥 만들어 줘."

『내일?』

"응. 안 돼?"

『좋아. 뭐가 먹고 싶어?』

"팬케이크."

『오, 그래. 오랜만에 만들어볼까.』

"응. 저기, 스승."

『왜~?』

"있지——."

울시의 푹신한 털에 감싸인 채 나와 프란은 이야기를 나누었다. 딱히 영양가 있는 이야기가 아닌 단순한 잡담이었다.

하지만 지금의 우리에게는 제일 중요한 것이었다. 프란이 기뻐해 주고 있다.

그것만으로도 나 역시 기쁨을 느꼈다. 한 시간 가까이 소소한 잡담을 나누었을까. 프란이 졸음을 참지 못하고 잠에 들면서 우리의 대화는 끝났다.

『……잠들었나?』

"색…… 색……."

"쿨…… 쿨……."

더는 나로 인해 프란을 슬프게 하지 않을 것이다. 평범한 검 따위 누가 될까 보냐.

울시와 서로 끌어안은 채 잠든 프란을 보고 나는 그렇게 생각했다.

『알림.』

〈네〉

『내 정신은……. 내 마음은, 검이 되어 가고 있는 거야?』

〈맞습니다. 개체명 스승의 정신은 검이라는 그릇에 적응해가고 있습니다〉

『그렇구나. 그럼 어떻게 하면 막을 수 있어? 어떻게 하면 프란을 슬프게 하지 않을 수 있지?』

〈그 요구는 상반됩니다. 명확한 답변을 준비할 수 없습니다〉

『뭐? 무슨 말이야?』

〈정신을 사람으로 유지하는 방법은 간단합니다. 검에 대한 적응 시스템을 삭제하면 해결됩니다. 이미 일부는 정지 완료〉

그런 것들이 내게 구비되어 있었던 건가. 그 시스템으로 인해 내 정신이 검이 되어가고 있는 것 같았다.

『정지 완료라니?』

〈스승의 요구에 의해 현재는 일부 감정의 움직임을 그대로 두고 있습니다〉

혹시 조금 전의 영문 모를 충동은 시스템이 멈춘 탓인가? 하지만 그것만으로는 뭔가 부족한 말투였다.

『상반된다는 건 내가 검에 대한 적응을 그만두면 프란이 슬퍼한다는 거야? 어째서?』

〈적응 시스템은 신이 마련한 구제 조치입니다. 적응을 멈춤으로써 개체명 스승이 정신적 안정을 잃고 미쳐버릴 확률 88%〉

『그게 무슨……!』

내 정신이 검이 되려고 하는 것은 신께서 내린 구원이라는 건가? 아니, 확실히 검에 사람의 정신을 넣으면 미친다고 하긴 했었지…….

〈개체명 스승이 미침으로써 개체명 프란이 슬퍼할 확률 100%〉

즉, 내가 검이 되는 것을 멈추면 언젠가 미쳐서 프란을 슬프게 한다. 하지만 이대로 검이 되어 버린다면, 그것도 프란을 슬프게 한다는 건가?

『그렇다면…… 어떻게 해야 하지? 나는, 어떻게 해야…….』

〈제안. 개체명 스승이 사람의 정신을 유지하면서 검으로서 미치지 않을 만한 정신의 유연성, 강인함을 몸에 익히는 것에 성공하면 문제없습니다〉

『그건, 가능한 거야?』

간단하게 말하지만 엄청나게 어려운 거 아닌가?

〈성공할 확률 5%〉

『……제로는 아니구나?』

〈네〉

조금 전 프란을 슬프게 하지 않기로 결정했다. 그렇다면 가능성은 낮아도 포기할 생각은 없었다. 어려우니까 뭐 어쩌라고?

『얼마든지 해 주겠다 이거야. 알림도 같이 도와줄 거지?』

〈네〉

어째서일까. 평소처럼 무기질적인 목소리인데, 알림이 기뻐하는 것 같았다. 기분 탓인가?

〈검화(劍化)의 해석 및 연구를 권장〉

『설마 그걸로 어떻게든 할 수 있는 거야?』

〈검화의 진행을 지체시키는 것이 가능해질 가능성 71%. 다만 내부 영역을 일부 사용하기 때문에 가칭 알림의 기능이 일시적으로 저하됩니다〉

검화에 대한 대책을 연구하는 동안 알림이 말을 자주 못 하게 된다는 건가?

알림의 도움이 없어지는 건 불안하지만…….

『부탁할 수 있을까?』

〈네. 맡겨주세요〉

그럼에도 역시 검화를 해결할 수 있는 가능성은 조금이라도 올리고 싶었다.

Side 프란?

"저기, 스승."

『왜?』

"스승은 어쩌다 그렇게 된 거야?"

『무슨 말인지 모르겠다.』

"……제로스리드를 베었는데, 왜 칭찬을 안 해줘?"

『물론 제로스리드를 쓰러뜨린 것은 큰 성과다. 하지만 거기선 무리하게 공격해서는 안 됐어. 오히려 반성이 필요하다.』

"이제 됐어."

『알았다.』

"스승!"

『뭐지?』

"……아무것도 아니야."

『그렇군.』

"……."

『…….』

"……정말 됐어!"

『프란이 화난 이유를 모르겠다. 분노는 판단을 무뎌지게 한다. 무슨 이유가 있다면 배제하는 것이 좋다.』

"바보!"

『왜 욕을 하는 거지? 원인이 뭐야?』

"스승 때문이야!"

『무슨 뜻인지 모르겠다. 왜 화를 내고 있는 거지?』

"더는 말 안 해도 돼……."

『알았다.』

"……."

『…….』

"어째서……."

누가 좀 도와줘.

누군가——.

제2장 레이도스의 마수

렌에게 충격적인 사실을 통보받은 다음 날 아침.

내 수제 팬케이크를 배불리 먹고 기분이 좋아진 프란은 위날렌의 천막으로 향하고 있었다. 할 말이 있다는 이유로 호출을 받은 것이다.

"좋은 아침."

"어서 와. 프란. 의논할 게 좀 있어."

위날렌이 인사를 끝내자마자 이야기를 꺼냈다. 그 얼굴에는 미묘하게 초조함 같은 것이 떠 있는 듯했다.

"무슨 일이야?"

"이 호수에 이변이 일어나고 있다는 건 알고 있지?"

"응. 모조품이 나와."

"그래, 그거야. 솔직히…… 나도 왜 그렇게 된 건지 모르겠어. 작년까지는 그런 일이 없었는데……."

이변은 정말 최근에 일어난 것 같다.

"네가 그 이변의 원인을 찾아줬으면 좋겠어."

"내가?"

"그래, 내가 부탁할 수 있는 사람 중에 가장 강한 사람이 너니까. 호위하는 일은 일시적으로 풀어줄게."

"스승?"

『프란도 호수의 이변에 대해 궁금하지? 모조품과 조우하기도 했고.』

"응."

『그럼 받아도 될 것 같아.』

"알았어."

게다가 지금의 프란은 위날렌에게 고용된 거나 마찬가지이고, 새로운 일거리를 배정받았다면 그것을 해내는 것이 최선이었다. 이것이 교관의 일인가 하면 좀 미묘하지만.

마음에 걸렸던 호수의 이변을 마음 편히 조사할 수 있게 됐으니 우리로서도 불만은 없었다.

하지만 나는 의문이 하나 들었다.

『위날렌이 직접 움직이는 편이 더 빠르지 않나?』

물을 조종하는 대해 마술사로 정찰에 효과적일 법한 정령사. 게다가 현지에 얼굴도 잘 알려져 있고 권력도 돈도 있다. 호수 조사를 한다면 분명 위날렌이 더 적합할 것이다.

하지만 그것은 불가능한 것 같았다. 내 말에 위날렌이 고개를 저었다.

"이런저런 사정이 좀 있어서, 난 가능하면 호수에 가까이 가고 싶지 않아."

"? 지금도 가까워."

"여기가 딱 한계야. 물에는 들어갈 수 없어."

위날렌의 얼굴에 떠오른 것은…… 공포일까? 아니면 혐오? 뭔가 중대한 이유가 있는 것만은 분명해 보였다.

"왜?"

"이건…… 아무한테도 말하면 안 된다? 다른 나라에 새 나가면 일이 복잡해지니까."

"알았어. 절대 말 안 해."

"그렇다고 해도 전부 다 알려주기엔 시간이 없으니까 가볍게만 설명할게."

"응."

"우선 비비안호 바닥에는 어떤 마수가 봉인되어 있어."

"마수?"

"그래, 위협도 A 이상은 확실한 대마수가 말이지."

예전에도 키아라젠에서 이야기를 들은 적이 있는데, 아주 옛날 비비안호는 더 작은 호수였다고 한다. 그러나 천재지변으로 인해 바다와 이어졌다가 이후 다시 바다와 분리되면서 지금의 큰 호수가 되었다고 들었다. 그리고 그 천재지변이라는 것이 바로 그 대마수가 일으킨 것이라고.

바다에 있던 대마수가 비비안호에 사는 대정령의 존재를 감지하고 그 힘을 얻고자 한 것이다.

그래서 정령에게 가까이 다가가기 위해 바다와 호수를 연결해 버렸다고 한다. 나라의 지형을 대규모로 바꿔버릴 정도의 힘을 갖고 있다면 틀림없이 위협도 A 이상이겠지.

"결국 호수의 정령은 마수에게 먹혔고, 마수는 강대한 힘을 얻었어. 대륙 전체가 큰 재앙이 닥칠 뻔했던 거지."

본래에도 대륙 일부를 바다에 가라앉힐 수 있는 힘을 가진 대마수가 대정령을 흡수한 것이다. 실제로는 위협도 S로 인정받아도 이상하지 않았다고 한다. 날뛰기라도 하면 확실히 질버드 대륙이 멸망할 레벨이었다.

하지만 위날렌의 지인이 그 마수 봉인에 성공했다. 마수를 그 힘의 원천이기도 한 바다에서 분리해 새로 생겨난 호수 밑바닥에 봉인한 것이다. 마수는 바다에 적합한 존재이기에 담수 속에 장기간 있기만 해도 약해진다고 한다. 그리고 그 지인이 죽은 뒤에는 위날렌이 봉인을 인계받아 지켜온 것이다.

지인에 관련해서는 자세히 말하지 않았지만, 하이 엘프일지도 모른다. 말투 속에서 친근함이 느껴지기도 하고, 사후에 굳이 봉인을 넘겨받았을 정도이니 말이다.

"봉인 인계와 동시에 나는 그 마수와 계약 상태가 됐어. 정확히는 마수 안에 흡수된 호수의 수호 정령과 계약해서 마수와도 계약하게 되었다는 느낌일까."

"수호 정령이 살아있어?"

"정령이니까 살아 있다고는 할 수 없지만 아직 소멸하지는 않았어. 마수와 일체화된 상태로 계속 존재하고 있지."

위날렌은 그 정령과의 계약을 이용하여 봉인 상태의 대마수를 움직이지 못하게 제어하고 있다고 했다.

"내 안에는 그 마수와 정령의 힘 일부가 담겨 있어. 그래서 내가 호수에 들어가 버리면 그 힘이 마수를 끌어당기면서 양쪽이 모두 활성화되고 봉인이 느슨해지지."

그렇기 때문에 위날렌은 호수에 접근하지 않는다는 것이었다. 그럼에도 이변의 원인을 찾아보고자 호수에 사는 정령들에게 이야기를 물어보았지만 좀처럼 알 수 없었다고.

『애초에 모조품의 원형인 비비안 가디언이라는 건 대체 뭐야? 단순한 마수는 아니라던데. 그 봉인된 대마수와 관련이 있어?』

"비비안 가디언은 봉인을 지키기 위한 수호자. 뭐, 내가 아니라

마수 안에 있는 정령이 만들어낸 거지만."

그래서 그랬던 건가. 비비안 가디언은 스스로 사람을 습격하지 않고, 일정한 장소에 접근하는 자만을 배제하려고 한다. 수상한 사람을 마수의 봉인에 접근하지 못하게 만드는 성질이 있는 거겠지.

"공격당하면 날뛰는 건?"

"나도 다 아는 건 아니지만 경고의 의미인 것 같아. 봉인에 접근하는 사람들이 자주 나타나지 않도록 하려는 거지."

"그렇구나."

그리고 나는 갑자기 궁금해진 것을 물어보았다.

『그 정령의 이름은 렌인가?』

"어? 어떻게 알아?"

『스스로를 그렇게 칭했으니까.』

"어제 만났어."

프란이 내 말을 이었다. 그 직후였다. 위날렌이 꽉 메인 목소리로 말을 이었다.

"지금…… 뭐라고……?"

우리 입에서 나온 렌이라는 이름을 듣고 위날렌의 표정이 눈에 띄게 달라졌다.

그 얼굴에 떠 있는 것은 의심과 경악이었다. 한계까지 눈을 부릅뜨고 프란을 응시한다.

"거짓말이지……?"

거짓말이었으면 좋겠다. 위날렌의 표정은 마치 그러길 바라는 듯했다. 그러나 프란은 고개를 저었다.

"정말."

"정말, 정말로……?"
"응."
그리고 앉아 있던 의자가 쓰러질 정도로 거칠게 몸을 일으키더니 믿을 수 없다는 듯 소리쳤다.
"말도 안 돼! 그럴 리가 없어!"
"왜?"
"렌은……! 그 애는……!"
힘없는 몸짓으로 책상에 손을 얹고는 힘겨운 호흡으로 말을 잇는다.
"내가 여기 있는 한! 위날렌이 존재하는 한, 렌은 나타날 수 없어……!"
『무슨 뜻이야?』
"위날렌?"
"맞아, 나는 아직도 위날렌……. 어떻게 된 거지? 호수의 이변은 그것 때문이었나?"
안 되겠다. 우리 말이 전혀 귀에 들어오지 않는 것 같아.
혼란과 낭패감이 뒤섞인 얼굴로 자신의 머리카락을 벅벅 긁어대고 있다. 그건 지금까지의 침착했던 모습에서는 상상할 수도 없는, 그야말로 광인이라 부를 수 있는 모습이었다.
물론 렌이 위날렌의 이야기에 나온 호수의 정령이고 마수에게 사로잡혀 있다면 나타나는 것이 이상하다는 것은 알겠다. 함께 봉인돼 있어야 할 테니까.
다만 위날렌의 어조는 그런 느낌처럼은 들리지 않았다.
"……프란."

위날렌이 갑자기 움직임을 멈추고 낮은 목소리로 프란의 이름을 불렀다.

"왜?"

"호수 조사, 빠르게 진행해 줄 수 있을까?

지금의 위날렌에게 더 이상의 질문을 할 용기는 우리에게 없었다. 프란조차 눈에 띄게 압력에 눌린 것을 알 수 있을 정도로, 위날렌의 목소리와 진지한 얼굴에 위압감이 있었기 때문이다.

"……알았어."

솔직히 거역할 수 없었다. 그보단 거절하면 무슨 일이라도 당할 것만 같은 두려움이 느껴졌다.

"현지 길드에 이 일과 관련해 움직이는 사람이 있을 테니까 그쪽에서 얘기를 들어줘."

"응."

"내 이름을 써도 상관없어. 조금 강제적인 방법도 용서할게. 어지간한 거라면 다 용인해 줄 테니까 어떻게든, 정보를 갖고 돌아와 줘."

『이봐, 이봐. 듣기 좀 흉흉하네.』

"그 정도의 사태가 일어나고 있다는 뜻이야."

하이 엘프가 당황할 정도의 사태? 그건 정말로 위험한 거 아닌가……. 이렇게 된 이상 이변의 정체를 밝혀내지 않으면 상황이 좋지 않게 흘러갈 것 같았다.

"부탁해."

"응."

그리고 우리들은 천막을 뒤로하려다가, 위날렌의 말에 다시 붙잡혔다.
“저기, 렌이 혹시 나에 대해선 뭐라고 말 안 했어?”
“응? 딱히 없었어.”
“그래…….”
내가 잘못 본 것일까? 위날렌의 얼굴에는 외로움이 묻어 있는 듯했다.
“위날렌…… 괜찮을까?”
『그러게, 물어볼 수 있는 분위기도 아니었고. 우리가 할 수 있는 건 최선을 다해 의뢰를 해내는 것뿐이겠지.』
“응!”
야영지를 떠난 우리가 찾아간 것은 세프텐트의 모험가 길드였다.
여기에 와서야 렌의 노점에 대해 전하는 것을 깜빡했다는 사실을 깨달았다. 위날렌의 박력을 앞에 두고 조금 동요한 탓이다. 뭐, 다음에 만났을 때 전해 주면 되겠지.
“안쪽으로 오세요.”
접수원 여성도 프란을 기억하고 있는 것인지 완전히 얼굴만으로 프리패스였다. 질 할멈을 보고 싶다고 했더니 바로 통과시켜 주었다.
“이게 누구야, 흑뢰희 아닌가. 무슨 일로 왔지?”
“응. 호수 조사를 하러 왔어.”
“……그건 또 왜?”
프란이 위날렌에게 조사를 부탁받았다는 내용을 천천히 설명했다. 그 말을 듣고 사태가 자신들의 상상 이상으로 심각하다는 것을 깨달은 것일까, 질 할멈이 자세를 바로 했다.

“그렇군. 그분도 사태를 우려하고 있다는 건가?”
“응. 뭔가 정보 없어?”
“물론 이쪽에서도 알아보고는 있지만 조사는 진행되지 않았어.”
애초에 모조품이 출현하는 비비안호의 중앙부는 여전히 비비안 가디언들이 지키고 있었다. 그것 때문에 근원을 알아볼 수가 없는 것이다.
“이상을 조사하고 있는 모험가는 없어?”
“몇 명 있지. 네가 아는 모험가라면 로브렌과 시에라 정도일까. 아, 그리고 주제카도 있겠군. 화려한 외모에 비해 기척은 희박한 여자지만, 분명 모조품에게 흥미를 갖고 있었을 거야.”
로브렌이라면 기억하고 있다. 상업선단에 소속된 랭크 B 모험가다. 울시와 모의전을 벌였다가 진 인물로, 굉장히 서글서글한 인상의 미남이었지. 시에라는 프란에게 살기를 향해 왔던 아이다. 어째서인지 초면인 프란에게 살기를 드러냈던 모험가였다. 그 소년이 프란에게 이야기를 들려줄 수 있을까? 근데 주제카는 누구지? 들은 기억이 없는데.
“주제카가 누구야?”
“최근에 등록한 지 얼마 안 된 랭크 G 모험가다. 뭐, 재미있어 보이는 여자니까 만나게 되면 얘길 들어봐도 좋겠지. 푸른 머리에 검은 피부라 이 근방에서는 볼 수 없는 색이니 보면 한눈에 알 수 있을 게다.”
주제카라는 여자, 아무래도 뭔가 사연이 있어 보였다. 그래도 질 할멈이 굳이 이름을 거론할 정도니 실력은 있는 거겠지. 만나게 되면 이야기를 들어봐도 좋겠다.

"우리 쪽에서 의뢰를 낸 사람은 로브렌뿐이다. 시에라나 주제카는 자체적으로 알아보고 있는 것 같더군. 뭐, 그건 녀석들뿐만은 아니지만 말야."

모험가 길드에서도 이변에 관한 정보를 널리 요청하고, 상급 모험가인 로브렌에게 지명 의뢰까지 내면서 이번 일에 주력하고 있다고 했다. 이변의 수수께끼를 풀고 이름을 알리거나 상급 모험가를 이기고 길드에 자신의 존재를 어필하려는 모험가들이 많은 모양이었다.

"일단 알고 있는 것까진 알려주랴?"

"부탁해."

"우선 모조품 녀석들은 배를 노리는 경우가 많아. 아직 이유는 모르겠지만. 그리고 정상체와는 다르게 사람을 잡아먹지."

"먹어? 와구와구?"

"그래, 와구와구 말이다. 뭐, 아무래도 마력을 흡수하려고 그러는 것 같은데. 다른 마수를 습격한 모습도 확인한 적이 있어."

비비안 가디언이 생물을 습격하는 것은 공격받을 때뿐이다. 게다가 그때도 먹지는 않고 어디까지나 습격만 할 뿐이다.

그렇게 생각하니 사람을 덮쳐 마력을 흡수하는 모조품의 이상사태를 확실히 느낄 수 있었다.

"배가 습격당한 이유는?"

"그것도 몰라. 적하물부터 범위를 좁혀보려고 하긴 했는데, 단일 물건만 실은 배는 거의 없으니 말야."

이 정도면 거의 아무것도 모르는 거랑 똑같지 않나? 그렇게 생각했는데 괜찮은 정보도 있었다.

"다만 노려지는 확률로 보면 상업선단이 단연코 많다는 것만은 확실해. 배의 수가 많으니까 단순히 한꺼번에 습격하려고 그러는지는 모르겠지만, 다른 이유가 있을 수도 있지."

그렇군. 그럼 그쪽도 조사해 볼까? 처음에는 로브렌에게 이야기를 들으러 가겠지만 말이다. 지금은 우선 위날렌에게 돌아가서 렌의 노점에 대해 보고하자. 이제 좀 이성을 되찾았을 테니까.

하지만 대화를 마무리하기 전에 질 할멈에게 물어보고 싶은 것이 있었다는 사실을 떠올렸다.

"저기, 혹시 비수약은 주변에 무슨 영향을 끼쳐?"

"무슨 뜻이지?"

"어제——."

모조품이 습격한 배를 구했을 때 물 마술에 다소 위화감이 있었다는 것을 설명하고, 그 원인이 비수약이나 모조품의 체액에 있지 않았을까 추측한 내용을 설명했다. 그러자 질 할멈이 납득한 듯 고개를 끄덕였다.

"그렇군……. 아가씨 수준이라면 느낄 수 있을지도 모르지. 아마 그건 비수약의 효과일 게다."

"그래?"

"시공 마술을 썼다고 했지?"

"응."

"그렇다면 민감한 것도 납득이 가는군."

그리고 질 할멈이 설명을 덧붙였다.

"이 호수의 물에는 아주 약간의 마력이 섞여 있다."

"마력?"

“그래, 시공 계열에 가까운 마력이지.”

“흐음. 어째서?”

“글쎄, 그건 나도 모른다. 수백 년 전부터 그랬다는 말 외엔 할 말이 없구나.”

이 근처 사람들은 당연하게 그런 것이라고 받아들이며 살고 있고 딱히 의문스럽게 여기지는 않는 것 같았다.

“일반적으로는 전혀 느낄 수 없을 정도로 극히 미량이다. 아마 너도 몰랐겠지?”

“응.”

확실히 비수약이 없었다면 우리도 눈치채지 못했을 것이다. 그 정도로 극미량의 마력인 듯했다. 다만 주위에 전혀 영향이 없는 것은 아니다.

그것이 바로 이 나라에 뿌리내린 풍토병이다. 병원균 등이 원인이 아니라 수원이 되는 비비안호의 물을 태어날 때부터 계속 섭취해 온 것이 원인이었다.

실제로 국내에 얼마 되지 않는, 호수 이외의 곳을 수원으로 삼고 있는 지역에서는 풍토병이 존재하지 않는다고 한다.

구조는 단순하다. 호수의 물을 계속 마시면 체내에 시공 마력이 쌓이게 된다. 결과적으로 그 마력에 의해 아주 약간 헤이스트에 걸린 것과 비슷한 상태가 되고 만다. 다시 말해 호수의 물이 아주 미미한 효과를 가진 헤이스토 포션 역할을 하게 되는 셈이다. 다만 효과가 정말 미미하기 때문에 아무도 눈치채지 못한다. 눈치채지 못하기 때문에 본인의 감각과 몸의 반응이 계속 어긋나는 것에 피로가 쌓여 더욱 취한 듯한 상태가 되는 것이다. 그것이 풍토병의 정체였다.

성인에게 거의 발병하지 않는 것은 한번 발병하면 몸이 차차 적응하면서 문제가 사라지기 때문이었다. 애초에 발병하지 않고 그대로 적응하는 사람도 많다.

또한 아무리 심각해도 풍토병으로 죽음에 이르는 사람은 없었다. 심한 차멀미 같은 거니까.

게다가 특효약을 섭취하면 금세 낫는다. 그래서 이 나라 사람들은 이 풍토병을 그렇게 중요하게 여기지 않았다. 사망 위험은 없지만 일생에 한 번 걸릴 가능성이 있는 홍역과도 같은 느낌이었다. 당연히 다른 합병증이 나거나 체력 저하가 원인이 되어 숨지는 사람은 있겠지만, 그 부분은 감기의 경우도 다르지 않다.

"그리고 그 특효약에도 시공 마술 계열의 마력이 깃들어 있지."

비비안호 근방에서만 자라나는 비수초는 그 물에 대한 내성을 갖고 있었다.

쉽게 말해 줄기에는 시공 마술을 튕겨내 희석시키는 효과가 있고, 그 덕분에 비수초는 호수의 물에서도 몸을 보호할 수 있었다. 그리고 그 내부는 뿌리에서 흡수한 물에 포함된 마력을 축적하고 제어하는 힘을 갖추고 있다고 한다. 비수초에서 그 효과를 추출하여 풍토병의 특효약이 만들어지고 것이다.

이 약을 먹으면 몸에 걸려 있는 헤이스트 효과가 더욱 강화된다. 그 결과 감각의 어긋남을 뇌가 자각하고 바로 조정해 주는 것이다. 인간의 몸이라는 것은 굉장해서 한번 조정하는 감각을 이해하기만 하면 두 번 다시 어지러움을 느끼지는 않는 것 같았다.

"시공 마술에 적성을 가진 녀석 말로는 약을 먹고 강화된 상태로도 헤이스트 100분의 1 정도의 효과라더군."

평소 헤이스트에 익숙해져 있는 프란에게는 그것이 큰 어긋남으로 느껴졌을 것이다.

다만 의문도 남았다. 지금의 이야기만을 들었을 땐 풍토병은 전염될 만한 것이 아니다. 그렇다면 올해처럼 유행한다는 일이 있을 수 있는 걸까?

매년 일정한 환자가 나오는 건 어쩔 수 없다 하더라도 급격히 유행하게 된 이유는 알 수 없었다.

프란이 그렇게 묻자 질 할멈이 몇 가지 이유를 들어주었다.

"여러 이유가 있지. 전쟁이다 뭐다 하는 게 끝나면 아이가 많이 태어나는 해가 있지 않느냐?"

아무래도 이쪽 세계에도 베이비붐이라는 것이 있나 보다.

"그 아이들이 자라서 일제히 풍토병에 걸리면 예년보다 환자가 더 많은 사태가 벌어지지."

이외에도 외국 이민자를 받아들이면 몇 년 후 환자가 늘어나는 경우가 있다고 한다. 결국 내성이 없는 인간이 한꺼번에 늘어나면 그것이 계기가 되는 셈이었다.

"그리고 기후에 따라서도 다르다. 날이 좀 따뜻하고 안개가 많이 발생한 해에는 아무래도 물이 체내로 들어오는 양이 늘어나게 되지. 그러면 환자가 늘어나는 거야. 그 밖에도 물을 많이 이용하는 신종 작물이 유행하거나 새로운 제법을 가진 술을 개발하거나. 아, 물에 녹여쓰는 향이 유행하면서 환자가 늘어난 적도 있었지."

물이란 사람의 생활과 떼려야 뗄 수 없는 것이었기에 사소한 이유가 풍토병 환자의 증감으로 이어지게 된다.

"그럼 올해는 어떤 이유로 환자가 늘어난 거야?"

"글쎄다……? 이유는 유행이 끝난 후에 밝혀지는 경우가 많으니 난 모르겠군. 그거야말로 위날렌 님께 물어봐야 하지 않겠냐?"

모험가 길드 관할이 아니라는 건가. 확실히 병이 유행하는 이유에 관해서라면 국가나 연구기관의 소관일 것이다. 어차피 조금 후에 위날렌에게 돌아갈 예정이니 그때 물어보는 걸로 하자.

그렇게 생각했지만 천막에 그녀의 모습은 없었다.

"위날렌이 없어."

『그러게……. 한 시간 정도밖에 안 지났는데.』

"……어디 갔어?"

"난 아무것도 못 들었다."

프란이 천막 안에 구속되어 있는 제로스리드에게 물어보았지만 그도 행선지는 모르는 것 같았다.

『단독으로 조사에 나선 걸지도 몰라.』

'어떻게 하지?'

『으음…….』

할 수 없지. 제로스리드에게 전갈을 남겨두고 로브렌에게 이야기를 들어보러 갈까? 제로스리드가 상대라도 업무적인 대화라면 할 수 있게 됐으니까.

그건 그렇고 이 남자를 혼자 남겨놔도 괜찮을까 싶었는데, 정령의 감시가 확실하게 이뤄지고 있는 듯 보였다. 힘이 크게 억제된 제로스리드라면 별일은 없겠지.

하지만 양 발목에 쇠사슬이 묶인 채 목에 구속구까지 찬 그 모습은 노예로밖에 보이지 않았다. 그럼에도 날뛰지 않고 가만히 있는 모습을 보니 도저히 그 전투광과 같은 인물이라고는 생각되지 않았다.

"위날렌에게 키아라젠에 렌이 있을지도 모른다고 전해줘. 노점을 하고 있다고."

"……알았다."

서로 무표정한 얼굴로 그런 대화를 주고받는다. 프란은 여전히 제로스리드를 싫어했지만, 그쪽은 어떨까? 증오하나? 싫어하나? 잘 모르겠다.

할 말을 마친 프란이 천막을 나서려 하는데, 제로스리드가 갑자기 불러 세운다.

"기다려."

"……왜?"

프란이 잠시 멈추고 험악한 목소리로 대꾸했다.

"……부탁이 있다."

"부탁? 부탁이라고……!"

제로스리드가 그 말을 하자 프란이 잠시 고개를 기울이는가 싶더니 이내 분노가 담긴 표정으로 중얼거렸다. 억누르지 못한 살기가 주위의 공간을 뒤덮었다.

하지만 제로스리드는 조금도 주눅 들지 않고, 그 자리에서 무릎을 꿇었다. 두려워하지 않는 것이 아니라 각오를 다진 것 같았다. 여기서 프란에게 베인다고 해도 어쩔 수 없다고 생각하는 것이리라.

무릎을 꿇고 있었음에도 프란을 바라보는 그 눈은 제로스리드의 것이라고는 생각할 수 없을 정도로 맑았다.

“부탁이, 있다.”

프란의 입에서 으득, 하고 치아가 맞물리는 둔탁한 소리가 들렸다. 무의식 중에 내 자루로 뻗은 손이 믿을 수 없을 정도로 떨리고 있었다.

『프란! 잠깐만! 여기선──.』

‘……괜찮아.’

아직도 그 눈에는 분노의 불길이 타오르고 있다. 그러나 프란은 내 자루를 쥔 손을 풀고 그대로 천천히 주먹을 내려놓았다.

‘알아. 알고 있어…….’

프란의 그 모습을 보고 계속 이야기하는 것을 허락받았다고 판단한 것일까? 제로스리드가 다시 입을 열었다.

“……대가는, 내 목숨이다.”

“?!”

“위날렌은 나와 로미오의 계약을 해지할 거야. 그 후라면 내 목숨을 마음대로 해도 괜찮아.”

“무슨 의미인지 알아?”

“그래, 그냥 죽이는 걸로 성에 차지 않는다면 고문이든 뭐든 해도 좋다.”

“…….”

“부탁하고 싶은 건 로미오에 관한 일이야. 내가 죽은 후, 로미오를 바르보라 고아원에 맡겨줘.”

“…….”

“내가 같이 있으면 로미오는 불행해진다. 그러니까 부탁하마.”

있을 수 없는 일. 나조차도 그렇게 생각했다. 자신의 목숨을 보수로 내걸고 로미오를 맡긴다고?

하지만 거짓말은 아니다. 진심으로 그렇게 말하고 있다. 허탈감을 느낀 듯 프란의 팔에서 힘이 탁 빠졌다. 동시에 그렇게나 흩뿌려져 있던 살기가 씻은 듯이 사라졌다. 이번에는 섬뜩할 정도로 고요한 분위기였다.

아래로 축 늘어져 있던 손이 조금씩 흔들리고 있다. 마치 나를 뽑을까 말까 망설이는 것처럼 보였다.

하지만 프란은, 한동안 침묵하는가 싶더니 제로스리드를 향해 고개를 끄덕여 보이는 것이 아닌가.

"……알았어."

"정말인가?"

"응. 네 목숨을 대가로 로미오를 고아원에 데려다줄게."

"……정말, 고맙다."

"……흥."

무릎까지 꿇은 채 고개를 숙이는 제로스리드에게 프란은 등을 돌렸다. 그대로 말로 형용하기 어려운 복잡한 표정으로 걷기 시작한다.

『프란, 잘 참았네.』

'……저 녀석, 변했어. 역시 이전의 제로스리드가 아니야.'

『그래서 용서한 거야?』

'……용서하지는 않았어. 하지만…….'

프란도 말로 표현하긴 어려운 모양이었다. 그래도 당장 검을 뽑지 않고 그 말에 귀를 기울이려고 한 정도로는 제로스리드가 바뀌었다는 뜻이겠지. 아니, 변한 건 프란도 마찬가지이려나.

여전히 증오는 있지만 다른 감정도 싹트고 있는 것 같았다.

『기특해.』

"……응."

마술 학원에서 프란이 제로스리드를 베려고 달려들었을 때, 나는 어쩔 수 없다고 생각하고 말았다.

예를 들어 내가 프란의 입장이었다면 무조건 공격했을 것이다. 말 그대로 상관없는 인간이 휘말리든 말든 상관없이, 확실히 폭주하지 않았을까?

그렇게 생각하고 프란이 제로스리드에게 덤벼드는 일은 당연한 일이라 생각해 버렸다. 그래서 말리는 것이 늦었고, 내가 말릴 권리가 있는가 하는 생각마저 하게 된 것이다.

게다가 나는 프란의 검이니 그 결과가 파멸로 가는 길이라고 해도 끝까지 따라가겠다는 생각을 하고 있었다. 바보 같은 소리다. 그건 더는 보호자가 아니다. 렌이 말한 대로 피가 흐르지 않는 객관적인 사고다. 보호자 실격이다.

자신의 일은 제쳐두고라도 꾸짖는 것이 보호자라는 것이 아닐까? 내 부모가 떠올랐다. 결코 성인군자도 아니었고, 제대로 된 어른도 아니었다. 장점과 단점을 들춰보면 단점이 더 많은 사람들이었다. 어렸을 때는 부모님한테 혼나면서도 '네가 할 소린 아니지'라는 생각을 한 적도 있다.

하지만 그럼에도 그들은 나를 혼내면서 키워왔다. 어쩌면 반면교사가 되는 것도 부모의 역할일 것이다.

굳이 '역할'이라고 말한 것은 부모에게 필요한 것은 애정만이 아니기 때문이다. 보호자에게는 의무도 있다. 자신의 비호 아래에 있는 아이를 건강하고 바르게 키울 의무가.

보호자를 자처한 이상 그 사실을 잊어서는 안 된다.

그래서 나는 칭찬했다. 순간이나마 증오를 억누르고 적의를 거둔 프란을.

『프란, 잘했어.』

"응."

다만 신경 쓰이는 것이 있다면 정말로 프란이 제로스리드의 목숨을 앗아갈 생각인가 하는 점이었다. 프란에게 그것을 물어보자 난처한 얼굴로 고개를 숙인다.

"……모르겠어."

『그렇구나.』

아무래도 그 자리의 분위기에 휩쓸려 약속을 해버린 모양이다.

"……하지만."

『하지만?』

"제로스리드는, 아직 용서할 수 없어."

『그렇구나.』

"응."

아직, 말이지. 어쩌면 언젠가는――. 그렇게 생각하는 것만으로도 지금은 충분했다.

제로스리드와의 긴박했던 장면 이후.

우리는 키아라젠 마을에 와 있었다. 이곳에 로브렌이 있다고 들었기 때문이었다.

다른 나라와도 가깝고 호반의 소녀라는 전설도 남아 있으니 호수에 일어난 이변을 조사한다면 빼놓을 수 없는 장소라고 할 수 있었다. 그리고 렌의 노점도 한 번 더 가보고 싶었다.

하지만 이전 장소에 그녀의 노점은 없었다. 장소를 옮긴 건가 싶어서 동네를 이리저리 돌아봤지만 어디에도 없다. 프란이 음식을 먹어치운 횟수가 스무 번을 넘어설 무렵, 완전히 마을 끝까지 도달하고야 말았다. 이만큼 찾아도 없다는 건 더는 노점을 내지 않았다는 거겠지.

길에서 만난 학원생에게도 이야기를 물어보았지만 목격 정보는 없었다. 학생들은 실습 중이었지만 견문을 넓히기 위한 관광은 권장되었다. 그래서 많은 학생들이 세프텐트 마을을 걷고 있었다. 캐로나 일행도 군것질을 하며 돌아다니는 것인지 카나의 모습도 보였다.

『카나와 함께 있던 여자, 저 애가 질 할멈이 말했던 주제카라는 녀석 아닌가?』

'카나? 어디에 있었는데?'

『어? 눈치 못 챘어? 아까 지나온 공원에 있었잖아. 카나와 푸른 머리에 검은 피부를 가진 여자가 뭔가 말하고 있었어. 나는 방해하지 않으려고 일부러 스쳐 지나간 줄 알았는데…….』

프란은 카나 일행을 알아차리지 못한 것 같았다. 포장마차에 정신이 팔려있기도 했으니까……. 그건 그렇고 카나와 주제카는 아는 사이인가? 아니면 우연히 말을 건 것뿐일까?

으음, 모처럼 봤으니 이야기를 들어봤어야 했나? 뭐, 지나간 일은 어쩔 수 없다. 다음에 만나면 확실히 말을 걸어보는 걸로 하자.

그 후 우리는 이 동네 포장마차를 관리하고 있는 상회로 가서 렌에 대해 물어보기까지 했다. 그러자 그런 이름의 장사꾼은 없다는 대답을 들었다.

그 말에 거짓말은 없을 것이고, 급조한 대답도 아닐 것이다. 그도 그럴 것이 위날렌의 이름을 꺼낸 데다 모험가 카드까지 보여주었다. 심지어 나도 분신 창조를 사용해 보호자로서 동반했다. 이것은 사람으로서의 정신을 유지하는 데에 이 스킬이 유효한지 시험해 보는 의미도 있었다. 이 상태에서 사람과 대화를 해본다면 어떻게 될까.

거물급의 이름에 더해 고랭크 모험가 상대다. 동네 포장마차 임무를 배정받은 담당자는 창백한 얼굴로 떨고 있었다. 명단을 몇 번이고 다시 확인하는 모습을 보니 살짝 가여울 정도다.

그 모습을 보다 못한 상회장이 대신 대응해 주었지만, 그가 알아보았음에도 결과는 달라지지 않았다.

딱 한 가지 짚이는 게 있다는 말은 했다.

"이 마을에는 한 도시 전설이 있습니다."

"도시 전설?"

"진위 여부가 불분명한 불확실한 이야기입니다만……."

언제부터인지는 모르겠지만, 평소에는 만날 수 없는 환상의 포장마차가 있다는 소문이 상인들 사이에서 돌고 있다는 듯했다. 언제, 몇 시에, 어떤 장소에 나타날지는 모른다. 하지만 여행객들이 신기한 포장마차를 만나 놀라울 정도로 맛있는 음식을 먹었다는 이야기가 전해지고 있다고.

"그 포장마차의 판매자는 검은 천으로 눈을 가린 기묘한 모습을 한 소녀라더군요."

"응. 맞아. 그거야."

"설마 진짜였다니……. 다만 그렇다고 하면 저희로서도 더 이상의 정보는 없습니다. 이전에도 찾으려 했던 사람이 있다던데 결국 찾지는 못했다고 들었습니다."

"그렇구나……."

"그 정체만 하더라도 호반의 소녀가 사람들의 삶을 살피기 위해 어린아이로 모습을 감추고 온 거라는 둥, 악마가 사람의 모습을 가장한 거라는 둥 셀 수 없이 많으니까요."

렌은 확실하게 스테이터스 위장 계열 능력을 소지하고 있을 것이다. 또한 인식 장애 능력도 갖고 있을지도 모른다. 정령이기 때문에 평범한 사람들에겐 보이지 않겠지만 그것만으로는 포장마차까지 발견하지 못할 이유는 되지 않는다. 아마 자신 이외에도 효과가 미치는 인식 장애를 사용하고 있는 거겠지. 평범한 상인이 찾아본다한들 답을 찾을 수 있을 리가 만무했다.

『뭐, 발견하지 못하는 건 어쩔 수 없지. 로브렌에게 가자.』

"어때? 뭔가 달라졌어?"

『응? 아아, 이 몸 말야?』

프란이 고개를 갸우뚱하며 분신을 바라보았다. 다만 나로서는 미묘한 느낌이었다.

『음, 뭐라고 할까…….』

"안됐어?"

애초에 본체는 검이고 동시에 분신을 함께 움직이고 있는 것이지, 완전히 사람의 몸으로 돌아온 것은 아니다. 게다가 분신은 감각이 약해서 도저히 사람의 몸이라는 느낌은 들지 않았다. 풀다 이브 VR 게임의 아바타 버전이랄까? 어쨌든 내 것이 아니라는 느낌이 심하게 강했다. 오히려 인간의 행세를 해 보니 스스로가 검이라는 사실만 더 깊이 깨달은 기분이다.

그리고 프란이 미묘하게 싫어 보인단 말이지. 프란에게 나는 검이다. 그것이 당연한 탓에 오랜만에 보는 내 분신에 위화감을 갖고 있는 것 같았다.

『음, 목표하는 방향과는 좀 다른 것 같기도 하고, 이 스킬을 굳이 자주 쓸 필요는 없을 것 같아.』

"흐음."

그렇게 말하면서도 프란은 좀 기뻐 보였다. 역시 분신 창조를 별로 좋아하지 않나 보다.

앞으로도 가끔 사용해 보긴 하겠지만, 계속 분신을 꺼내고 있는 일은 없을 것이다.

나는 분신을 없애고 프란을 재촉했다.

『자, 항구로 가자!』

"오~."

정보에 의하면 로브렌은 한 시간 정도 전까지는 항구에 있었다고 한다.

이 근처에서 유명한 사람이다 보니 상인들에게 물어보자 금세 거처가 드러난 것이다.

들은 곳으로 향하자, 그곳에서 우리는 예정 밖의 인물과 마주했다.

"어…… 으음……."

『시에라네.』

그곳에 있었던 것은 살기를 띤 소녀 시에라였다. 칠흑의 칼날을 가진 어딘가 꺼림칙한 느낌의 검을 거꾸로 들고, 이유는 모르겠지만 호수에 칼끝을 담그고 있다. 뭐 하고 있는 거지?

"——네."

"——인가?"

작은 소리로 뭔가를 중얼거리고 있었는데, 확실하게 알아들을 수는 없었다. 누군가와 대화하는 것 같은 느낌도 들었지만 주변에는 아무도 없다. 혼잣말을 중얼거리는 버릇이라도 있는 건가?

그대로 더 가까이 다가가자 시에라 소녀이 휙 이쪽을 돌아보았다.

"……!"

"……."

잠시 서로를 바라보는 시에라와 프란.

흥미로운 표정의 프란과는 대조적으로 프란을 바라보는 시에라의 시선에는 역시 살기가 서려 있었다.

"……."

프란과 시에라가 말없이 서로 노려보았다. 프란은 평소와 다름없이 말수가 적고 무표정한 것뿐이지만.

결국 시에라가 시선을 떼고 몸을 일으키더니 프란의 옆을 지나가기 위해 걷기 시작했다.

순간 프란 옆에 있던 울시가 단숨에 거대해지더니 프란과 시에라 사이로 끼어들었다.

"크르르……."

위압을 드러내며 으르렁대는 울시. 갑작스런 그 반응에 시에라가 놀란 듯 걸음을 멈췄다. 울시의 시선은 시에라가 아니라 그 허리에 드리워진 검을 향하고 있었다.

울시가 경계할 정도의 마검이라는 건가? 아니, 그렇다고 해도 이 반응은 뭐지? 살기를 내뿜는 상대가 강력한 마검을 소지하고 있어서? 나는 여러 의문을 느끼면서 시에라와 그 마검을 감정했다.

『딱히 이렇다 할 건 없는데……?』

시에라의 스테이터스는 이전에 본 것과 다르지 않았다. 나이에 비해 강하긴 하지만 기껏해야 랭크 D 모험가 수준의 능력이었다. 하지만 검을 감정해 보고 나는 울시가 경계하는 이유를 알았다.

『명칭이 불명이라고?』

상대방이 나보다 훨씬 고위 레벨이라 감정에 실패할 경우, 단순히 표시되지 않는 것으로 끝난다. 불명이라고는 표시되지 않는다. 불명으로 표시되는 것은 사인이나 사기를 두른 것뿐이었다. 그러고 보니 울시는 사기 감지 스킬을 가지고 있었다. 나나 프란조차 느끼지 못한 아주 미세한 사기를 검에서 느낀 것이리라.

『울시, 좀 줄여.』

"그릉……."

울시가 대형견 크기로 돌아와 그 위압을 약화시켰다. 하지만 언제든지 달려들 수 있는 자세는 변함이 없었다. 시에라도 그것을 알아차렸는지 똑같이 경계하는 모습으로 자세를 취했다.

"그 검…… 어디서 구했어?"

"……알려줄 필요가 있나?"

목소리는 처음 들었을지도 모른다. 생각보다 어린 목소리다.

"사기(邪氣)가 느껴져."

"그래서?"

"딱히."
"흥."
지금의 반응을 보니 시에라는 자신의 검에 사기가 깃들어 있다는 것을 알고 있는 듯했다. 솔직히, 어떻게 할지 고민이 됐다.
본인에게서 사기를 느낄 수 없는데 단순히 사기가 깃든 무기를 가지고 있다는 이유로 사악하다고 할 수는 없었다. 사악하다고 하면 나 역시 마찬가지다. 아니, 오히려 더 심한가? 어쨌든 사신의 파편이 봉해져 있으니까. 그런 나를 쓰는 프란은 사악한가? 아니다. 다만 사용하고 있는 검에 약간의 사연이 있을 뿐이다.
아마 시에라도 그럴 것이다. 소년은 불쾌한 듯 눈살을 찌푸리더니 그대로 걷기 시작했다. 울시의 위압에 가볍게 놀란 정도로 끝나다니 굉장하네. 실력으로 따지면 즉사해도 이상하지 않을 상황이었는데……. 엄청나게 담력이 큰 모양이었다.
그대로 울시를 피해 프란과 스쳐 지나간 순간이었다. 시에라가 걸음을 멈추고 입을 열었다.
"……위날렌이 로미오를 죽일지도 몰라."
"! 무슨 말이야?"
"하지만 그 여자가 그렇게 결정했다면 그 일이 필요하다는 뜻이야. 그때가 오면 쓸데없는 간섭은 하지 마."
"잠깐! 자세히 설명해!"
"……위날렌한테 물어봐."
시에라는 그 말만을 하고 걸어가려고 했지만 프란이 그것을 허락하지 않았다. 앞으로 돌아와서 노려본다. 한동안 서로를 노려보던 두 사람이었지만, 결국 시에라가 성가시다는 듯 한숨을 내

쉬었다.

"하아…… 매그놀리아의 핏줄에는 '사신의 성찬'이라는 힘이 숨겨져 있어. 하지만 그 힘을 사용하면 로미오는 죽어."

"사신의 성찬?"

"사(邪)를 먹고, 그 사를 흡수해서 체내에서 힘으로 바꾼다. 사신에게 부여받은 '사'를 통솔하기 위한 저주받은 은총. 그게 바로 매그놀리아 가문의 사신의 성찬. 각 가문에 전해지는 사신의 은총이야말로 골디시아 3대 가문이 가진 힘의 원천이야."

골디시아 3대 가문이라면 사신을 봉인하고 있다는 신관과 비슷한 가계였지? 매그놀리아, 카멜리아, 위스텔리아였나? 위날렌의 말로는 아득한 과거 골디시아 대륙에 존재했지만 이미 멸망한 가문이라고 했다. 지금 하는 말이 맞다면 사신에게 힘을 부여받았다는 뜻? 다시 말해 사신을 숭배하고 있었다는 건가? 그런데 사신을 봉인했다고?

"사신에게 부여받았다니?"

"직접 알아봐. 지금 중요한 건 이 호수야. 여기에 갇힌 마수에겐 사신의 파편의 힘도 담겨 있어. 그 힘을 억누르기 위해서는 로미오를 제물로 삼고 사신의 성찬이라는 힘을 이용해 봉인하는 게 최선이야."

진짜로? 호수의 대마수에겐 사신의 힘까지 섞여 있는 거야?

"어떻게 그런 걸 알아?"

확실히 시에라는 로미오에 대해 너무 잘 알고 있었다. 단순한 조사로 이 정도까지 알 수 있을 것 같지는 않았다. 하지만 시에라가 대답해 줄 리도 만무하다.

"너랑은 상관없어. 아무튼 나나 위날렌을 방해하지나 마. 그것뿐이야."

싸늘한 표정으로 말하는 시에라에게 프란이 반박하듯 대꾸했다.

"로미오는 죽게 놔두지 않아!"

"……? 넌 로미오의 적 아닌가?"

"어째서?"

"제로스리드의 적이잖아?"

"응. 제로스리드는 적. 하지만 로미오는 적이 아니야."

"……칫."

프란의 말을 들은 시에라는 불쾌한 표정으로 혀를 찼다. 시에라는 무엇을 어디까지 알고 있는 거지? 로미오나 제로스리드와 프란의 관계를 알고 있는 이유를 잘 모르겠다. 대체 뭐 하는 녀석이야? 내가 궁금해하자 프란이 떠나려는 시에라의 등을 향해 의문을 던졌다.

"너는…… 로미오의 형이야?"

"아니야."

시에라는 뒤도 돌아보지 않은 채 그것만을 말하고 마을의 인파 속으로 사라졌다.

『로미오의 형? 왜 그렇게 생각했어?』

"이것저것 잘 알고 있길래."

『그렇구나. 뭐, 하긴 매그놀리아가 가진 피의 힘이라든가, 그와 관련된 이야기를 잘 알고 있긴 했으니까.』

"게다가……."

『게다가?』

“로미오를 닮았어.”

『그래?』

그러고 보니 머리 색깔은 똑같긴 했는데, 그렇게까지 비슷했나?

“응. 눈이 똑같아.”

『눈?』

“나를 노려보는 눈이 똑같았어.”

아아, 듣고 보니 확실히 비슷한 느낌도 들었다. 로미오가 프란을 바라보는 눈과 시에라가 프란을 바라보는 눈. 적개심이 섞인 날카로운 눈은 분위기가 똑 닮아 있었다.

왜 프란에게 저런 것을 알려준 걸까? 뭐가 목적이지? 어쨌든 단순한 모험가가 아닌 것만은 확실해졌다.

시에라를 떠나보낸 우리는 그 후 무사히 로브렌과 접촉할 수 있었다. 시에라 소년에게 정신이 팔려 깨닫지 못했을 뿐 같은 항구에 있었던 것이다.

“마을 안에서는 좀 더 얌전히 있어주면 고맙겠는데.”

로브렌은 조금 전 시에라와 대치했던 일을 본 모양이었다. 충고를 듣고 말았다.

특히 울시가 문제였을까. 갑자기 그렇게 큰 늑대가 출현해 위압을 흩뿌리며 사납게 으르렁댔으니 말이다. 다행히 항구에 사람이 없었으니 망정이지 경우에 따라서는 큰 소동이 났을지도 모른다. 모험가나 위병이 출동하는 사태가 벌어져도 이상하지 않았다.

『프란, 울시. 사과해둬. 이번엔 우리가 잘못했어.』

“미안해.”

“웡.”

"이해했다면 됐어. 다음엔 조금 더 조심해줘?"
엥? 그게 끝? 좀 더 잔소리가 이어져도 어쩔 수 없다고 생각했는데.
역시 고위 모험가로 보이지 않을 만큼 온화한 사내다.
"저기, 시에라가 들고 있는 검. 그거, 뭐야?"
"궁금해?"
"호수에 끝을 푹 담그고 있었어."
"음? 그런 짓을 했어?"
"응."
"으음, 시에라가 모험가가 되었을 무렵엔 이미 갖고 있었지. 육, 칠 년 전쯤인가?"
뭐라고? 6, 7년 전이라면 시에라는 정말 한참 어린애인데?
"이 나라에서는 그런 아이가 모험가가 될 수 있어?"
"뭐, 등록은 가능해. 12살이 넘기 전까지는 랭크 G 위로 올라갈 수 없어서 허드렛일 정도밖에 못하지만."
그런 건가. 모험가가 되려는 아이가 제대로 된 성격을 갖고 있을 리 만무하다. 돌려보낸다 해도 범죄에 손을 대거나 길가에서 죽을 운명인 것이다. 그렇다면 차라리 일을 주는 편이 아이에게도 나을지 모른다.
특히 호수 주변에서는 상업선단이 젊은 모험가들을 관리하고 있었으니 일은 제법 있을 것이다.
"그 검은……. 이 근처에서는 저주의 마검이라고 불려. 그 검을 억지로 빼앗으려 했던 모험가가 모조리 불운을 겪었거든."
"……죽었어?"

"아니, 기껏해야 크게 다친 정도야. 처음에는 시에라가 무슨 일이 꾸민 게 아니냐는 말들이 많았는데, 매번 알리바이가 있더라고. 하지만 무관하다는 느낌도 들지 않았지. 그래서 저주인 거야."

"그렇구나."

사기와 관련되어 있는 걸까? 저주를 건 기색도 없었고, 정말 저주라면 상태 이상 내성으로 막을 수 있을 테니 프란은 괜찮을 것이다.

결과적으로 로브렌은 검에 관해 그 이상의 정보를 갖고 있진 않았다. 뭐, 마검이라고 하면 탐사나 감지 계열 능력이 있을지도 모른다. 그걸로 호수의 이변을 조사하고 있었겠지.

"시에라가 모조품에 대해 조사하고 있다는 건 알고 있었지만……. 뭔가 알아낸 게 있나? 다음에 만나면 물어봐야겠네."

"그때는 나한테도 알려줘."

"이런, 혹시 프란도 이변에 대해 알아보고 있는 거야?"

"응."

"이런 곳에서 뭘 하고 있나 했더니. 근데 세프텐트를 떠나도 돼?"

프란이 마술 학원 교관이 됐다는 정보는 이미 파악하고 있는 모양이다. 그렇다면 이야기는 빠르다.

우리는 로브렌을 찾고 있던 이유를 설명하고 뭔가 다른 정보는 더 없는지 물었다. 물론 위날렌의 이름도 유용하게 써먹었다. 그게 제일 대화가 빠를 테니까.

그러자 로브렌도 납득한 듯 고개를 끄덕였다.

"그렇군. 위날렌 님이 이 일에 나서신 건가."

"응."

"실은 지금부터 상회에 가서 자료를 받아올 생각이었거든."
"자료?"
"그래, 괜찮다면 같이 갈래? 도와주면 고맙겠는데."
『그러는 편이 더 빨리 정보를 얻을 수 있을 테니 여기서는 도와주는 게 좋겠다.』
"알았어."
"오오, 고마워. 그럼 갈까?"
상회로 다시 돌아온 프란을 보고 정보가 미흡했다며 불평하러 온 거라 생각한 걸까. 아까와 똑같은 담당자가 새파랗게 질린 얼굴을 했는데, 그렇지 않다는 사실을 알고는 무척 정중하게 대응해 주었다.
"잘은 모르겠지만 덕분에 살았어. 이렇게 간단하게 자료를 보여줄 줄은 몰랐거든."
적하물의 정보 등은 상회의 기밀로 취급되는 경우도 많았다. 로브렌이 랭크 B 모험가라고는 해도 그렇게까지 순순히 보여주는 경우는 드물다고 한다.
그런데 이번에는 부탁했더니 곧바로 자료실까지 안내받았다. 그것에 놀란 모양이었다.
"보통은 이러이러한 자료를 보고 싶다고 부탁하면 그에 관한 자료를 가져다주기만 하거든."
게다가 당연하게도 반출 금지였고 사본을 찍는 것조차 눈치를 봐야 했다.
자료를 보는 사람 입장에서는 상회의 속사정이나 매입 상황까지 모두 알게 되는 셈이다. 그렇기 때문에 일반적인 모험가에게 모든 정보를 공개하는 짓은 절대로 하지 않는 것이다.

"아까 왔을 때 위날렌 이름을 댔으니까."

"아아, 그건 확실히 무서울지도. 그분을 거역했다가는 이 나라에서는 살 수 없을 테니 말야."

『무섭잖아! 단순한 권력자인 줄 알았는데 그 정도였다니!』

그런 대화를 나누다 보니 자료실에 도착했다. 그곳에는 이미 몇 가지 자료가 책상 위에 올려져 있었다. 차도 주전자와 함께 준비되어 있고 다과까지 놓여 있다.

융숭한 대접이다. 역시 위날렌의 세가 그 정도로 대단하다는 것일까. 그 부하로 보이는 프란에게 최대한의 편의를 봐주려는 것이 느껴졌다.

"뭘 알아봐야 해?"

"습격당한 배가 실은 짐에 대해서."

들어보니 로브렌은 여러 마을의 상회를 돌면서 모조품에게 습격당한 배의 적하물들을 조사하고 있다고 했다.

경우에 따라서는 선장 등에게 직접 이야기까지 듣고 있다고.

"마력을 목적으로 사람을 습격한 건지, 특정 적하물을 노리고 있는 건지 확실히 해두려고. 프란 씨는 이쪽 자료의 확인을 부탁할게."

"……알았어."

순간 굉장히 질색한 표정을 짓는 프란. 하지만 여기까지 와서 거절할 수는 없었다.

『프란, 힘내.』

"……응."

그렇게 두 사람은 자료를 읽으며 배의 적하물 목록을 추려나갔다. 끈기가 필요한 작업이었음에도 프란은 꿋꿋하게 해냈다. 두 시간이 넘는 동안 몇 번 졸 뻔하긴 했지만 내가 말을 걸면 곧바로 부활해서 작업으로 돌아왔으니까. 기특하다, 기특해.

이번에 알아낸 정보와 로브렌이 이미 조사했던 다른 상회의 적하물 목록을 대조해 나가다 보니 하나의 결론에 도달했다.

"뭔지 알았어?"

"그래, 습격당한 배, 그 모든 배에 실려 있던 짐은 딱 한 종류밖에 없었어."

"뭔데?"

"비수약. 아니면 그 원료가 되는 비수초."

그의 말대로 모든 배에는 비수약과 비수초가 실려 있었다. 나머지는 식료품류였지만, 모조품이 빵이나 밀을 노렸을 것 같지는 않았다.

"인간의 마력을 노리고 있을 가능성도 완전히 사라진 건 아니지만……."

"마수 같은 것도 있어. 사람을 습격하는 건 이상해."

"그렇지."

마력을 섭취하고 싶다면 더 손쉬운 사냥감이 얼마든지 있었다. 레이크 머더 같은 마수라면 인간보다도 더 마력이 많을 것이다. 그리고 모조품이라면 그 정도 레벨은 아무런 문제가 되지 않을 텐데.

"……공방에 가볼까?"

"공방?"

"비수약을 제조하고 있는 공방 말야."

"어디 있어?"

"상업선단에."

다만 상업선단으로 향한다고 해도 쉽게 갈 수 있는 것은 아니었다. 현재는 기항하지 않기 때문에 한 번 세프텐트로 향한 다음 거기서 다시 쾌속정을 타고 가야 했다.

'스승, 위날렌이 돌아왔어.'

『그러게. 그쪽에 잠시 들렀다 갈까?』

'응.'

세프텐트 옆에 만들어진 마술 학원 야영지에서 위날렌의 기척이 느껴졌다.

우리는 조사의 중간보고를 하러 갈 생각이었다. 로브렌은 보고를 위해 모험가 길드로 향했고 우리는 야영지로 돌아왔다.

천막 안에는 의자에 앉아 무언가에 집중하고 있는 위날렌의 모습이 있었다. 로미오와 제로스리드는 옆 천막에 있는 것 같았다.

『뭔가 하고 있는 건가? 마력이 이상한 흐름이라는 건 알겠는데.』

"정령이 있어……."

아무래도 정령과 교신 중인 것 같았다. 방해하면 안 된다고 생각하고 발길을 돌리려던 프란이었지만, 눈을 뜬 위날렌이 그 등을 향해 말을 걸었다.

"프란. 괜찮아."

"괜찮아?"

"그래. 별 대단한 건 아니었으니까. 주위의 정령들에게 정보를 모으고 있었을 뿐이야."

정령과의 교신은 숙련된 정령술사도 힘들다고 들었는데, 위날렌에게는 별 대단한 일도 아닌 모양이었다.

"전갈은 들었어. 렌이 키아라젠에 있다고?"

"미안해. 못 찾았어."

『한 번 더 가봤는데 이상한 소녀가 운영하는 포장마차가 있다는 소문만 들었을 뿐 렌은 만나지 못했어.』

그 후 우리는 위날렌에게 지금까지 렌과 나눴던 대화나 만났던 상황을 보고했다. 시간이 지난 덕분인지 이제 렌의 이름만 들어도 흐트러진 모습을 보이지는 않았다. 덕분에 이쪽도 차분하게 대화를 나눌 수 있었다.

우선은 키아라젠의 포장마차에서 만났을 때의 일. 처음에는 맹인 소녀라고만 생각했던 것이나 우리에게까지 모습이 보였다는 것 등을 말해 주었다.

"……동네에서 노점을?"

"응. 맛있었어. 근데 왜 정령 렌이 그런 걸 하고 있어?"

"그건 나야말로 알고 싶네."

"위날렌도 몰라?"

"모르겠어……."

위날렌의 얼굴에는 깊은 고뇌의 빛이 드리워져 있었다. 렌의 행동 이유를 모르는 것 같았다.

"정말로 무슨 생각을 하고 있는 건지……. 애초에 단독으로 행동을 할 수 있었던 거야? 역시 만나볼 수밖에 없겠네. 일단 알았어. 계속 이야길 들려줘."

"응."

위날렌의 재촉에 우리는 다음으로 렌과 재회했을 때의 일을 이야기했다. 갑자기 등장한 것이나 렌에게 들은 충고의 내용 등을 말이다.

“렌은 정말 미래를 보는 힘이 있어?”

“그래, 사실이야. 게다가 정령은 계약자에게 명령받은 것이 아닌 이상 거짓말은 하지 않아. 그 아이의 경우는 조금 특별하지만……. 아마 거짓말은 아닐 거야.”

『그렇다면 내 정신이 검에 적응해 버린다면 정말 프란에게 비극이 오는 건가……?』

“그렇게 되겠지.”

『저기, 그럼 어떻게 하는 게 좋을 것 같아?』

수천 년째 살아온 상대다. 어쩌면 뭔가 조언을 얻을 수 있을지도 모른다.

솔직히 그렇게 큰 기대를 갖고 물은 것은 아니지만, 위날렌은 턱에 손을 얹고 곰곰이 생각하기 시작했다.

“으음……. 꽤 어려운 질문이네. 우선 스승은 미치고 싶진 않겠지. 하지만 미치지 않으려면 검에 적응해야 해.”

『맞아.』

“하지만 검에 동화되게 되면 사람의 정 같은 걸 잃게 돼. 게다가 프란에게 어떤 비극이 올지도 몰라.”

『그래.』

“즉, 미치지 않도록 검에 적응하면서 사람의 마음도 유지해야 한다는 거네.”

『가능하다고 생각해?』

내 질문에 위날렌이 생각에 잠겼다.

"……그렇지. 나는 과거에 몇 번인가 인텔리전스 웨폰과 만난 적이 있어. 하지만 대부분은 미쳤어. 다만 그 미치는 방식에는 몇 가지 종류가 있었어."

"종류?"

미치는 방법에 차이라는 게 있을 수 있나?

"하나는 언동이 갈피를 잡지 못하고 조울이 심한 상태. 뭐, 미쳤다는 말을 들었을 때 바로 떠오르는 타입이 이거겠지. 공통적인 건 검인 자신의 몸을 증오하고 검으로서 사는 것에 지쳐버렸다는 것. 사람으로서의 자아가 검의 몸을 받아들이지 못한 거겠지."

파나틱스도 그랬다. 다음에 무슨 짓을 할지 종잡을 수 없는 타입이었다.

"다음으로는 도저히 사고하는 무기라고는 느껴지지 않을 정도로 마음이 느껴지지 않는 타입. 인간에게서 마음이나 감정을 모두 없애고 대답만 하는 기능만을 얻으면 그렇게 되지 않을까."

기계 같은 타입이라는 건가.

"물론 인공적으로 만들어진 존재라면 드물지 않아. 회화 기능이 있는 골렘이라면 그럴 수도 있어. 하지만 원래 인간이었던 존재를 봉인했거나 정신을 심어놓은 존재가 그렇게 돼 버린다면, 그건 이미 미쳤다고 말할 수 있는 거겠지."

알림은 본래 그러한 존재로 태어났기 때문에 미쳤다고는 하지 않는다. 그것이 당연한 것이기 때문이다. 하지만 내가 알림처럼 되어 버린다면 확실히 미친 것이 맞다.

『전자는 인간으로서의 의식이 너무 강했을 때. 검에 적응하지 못해서 미친다. 그리고 후자는 검에 너무 적응한 경우인가?』
"그럴 거야."
나는 후자가 되어 가고 있었던 것이다. 심지어 스스로는 깨닫지도 못한 채.
무섭다. 생각보다 더 위험한 상태였다는 것을 자각하고 오싹함을 느꼈다.
가능하면 위날렌에게 대처 방법에 관한 정보를 알아낼 수 있다면 좋겠는데.
"여기선 내가 만난 미치지 않은 유일한 인텔리전스 웨폰의 존재가 중요하겠지. 지금 생각하면 검과 사람. 쌍방의 정신의 균형을 유지하고 있었어."
"그 검은 왜 미치지 않았어?"
"……이건 확실한 이유는 아니야. 하지만 그녀가 다른 검들과 다른 점이 있었다면 사용자와의 유대감일까?"
위날렌이 말하길, 미친 검들은 여러 사용자의 손을 거치며 강력하고 희귀한 검 취급을 받고 있었다고 한다. 하지만 예외인 그 검만은 만들어졌을 때부터 줄곧 같은 사용자에게 쓰였고, 그 사용자와 파트너 관계를 맺어왔다고 한다.
"검이기도 하고 사람이기도 해. 그런 스스로를 자랑스럽게 여기고 받아들였지. 그게 그녀의 정신을 지탱하고 있었던 거라 생각해. 뭐, 추측이지만."
『그렇군…….』
사용자와의 유대감이라. 그렇다면 구체적으로 어떻게 해야 할까. 프란과 더 소통하면 되려나? 하지만 고민하는 나를 개의치 않고 프란이 안도한 표정으로 웃었다.

"그럼 스승은 괜찮아."

『어?』

"왜냐하면 우리는 최고의 콤비."

『프란…….』

"그러니까 스승은 괜찮아."

프란은 위로나 희망적인 추측을 말하는 것이 아니라, 진심으로 그렇게 생각하는 것 같았다. 이제 이 문제는 해결됐다는 듯이 웃고 있다.

그 얼굴을 보자, 어느 순간 나를 지배하고 있던 초조감이 말끔히 사라지는 느낌을 받았다. 프란과 함께라면 난 괜찮다. 일말의 불안감도 없이 그저 그런 생각이 들었다.

"미칠지도 모른다고 겁을 먹으면 그것이 정신의 균형을 무너뜨리는 계기가 되어 버릴지도 몰라. 나 역시 프란 만큼 긍정적인 마음을 가지는 편이 좋을 거라 생각해. 완벽한 대처법이 있는 것도 아니니 계속 자각하는 게 중요하지 않을까?"

『……그렇구나.』

"응!"

"너희들이 자신들의 문제점을 파악하고 어떻게든 해결하고자 발버둥치기 시작한 시점에서 미래는 이미 크게 달라졌을 거야. 어쩌면 렌이 전했던 비극은 이미 피하게 된 걸지도 모르지."

렌은 '이대로 아무것도 하지 않으면 찾아올 가능성이 높은, 미래라는 이름의 결과'라고 했었다. 확실히 문제를 이해한 시점에서 미래는 바뀌었을지도 모른다.

『하지만 그걸로 비극을 회피할 수 있을지 어떨지는 알 수 없어. 애초에 비극이 찾아오는 시기가 언제인지도 알 수 없고.』

내가 미치고 말고 하는 일은 둘째 치더라도, 대체 비극이라는 것은 무엇인가? 내가 검이 되어버려서 프란이 슬퍼하는 것뿐만은 아닌 것 같았고, 렌의 말로 미루어봤을 때 머지않아 찾아올 것 같다는 느낌도 들었다.

다만 장수종이나 정령 등, 오랫동안 존재해 온 자들의 시간 감각은 우리와는 미묘하게 다른 경우가 많다. 우리에게는 10년, 20년인 것이 렌에게는 하루, 이틀 정도의 감각일 가능성도 부정할 수는 없는 것이다.

『그렇다면 그 미치지 않은 인텔리전스 웨폰은 어디에 있어?』

렌이 말한 비극의 시기에 맞출 수 있을지는 모르겠지만, 만나보면 뭔가 힌트가 될지도 모른다.

"그래. 만약 이 호수의 이변의 원인을 알아낸다면 알려주는 걸로 하지. 어때?"

나도 프란도 인색하다는 생각은 하지 않았다. 그 정도로 가치 있는 정보였으니까. 더군다나 이번 이변과는 관련이 없는 정보다. 위날렌 역시 아무런 대가 없이 그것을 알려줄 의무는 없는 것이다.

"반드시 이변의 원인을 알아내겠어!"

『좋아!』

지금까지의 조사도 프란은 진심으로 임했었다. 하지만 절박하지는 않았을 것이다. 고용주인 위날렌의 부탁이니 최대한 힘닿는 데까지 하겠다. 그런 느낌이었다. 하지만 지금 이후로 이 사건은 우리가 적극적으로 관련된 사안이 되었다. 프란의 의욕이 눈에 띄게 상승했다.

"부탁할게."

"응!"

그렇게 우리는 위날렌에게 재차 원인의 조사를 부탁받은 것인데…….

현재는 로브렌과 합류하기로 한 지점으로 향하지 않고 야영지 안을 걷고 있었다. 캐로나 일행에게 인사를 하기 위해서다. 위날렌의 의뢰로 캐로나 일행이 있는 조의 교관역을 벗어나게 되었으니까 말이지. 심지어 그때는 위날렌의 압력에 눌려 제대로 된 인사조차 못 하고 조사에 나섰었다.

프란은 캐로나나 카나에게 아무 말도 못 하고 간 것을 내심 신경 쓰는 눈치였다. 그걸 탓할 아이들은 아니겠지만 인사 정도는 해두는 편이 좋겠지.

그대로 학생용 천막으로 향하자 안에는 캐로나를 포함한 다른 조원들과 모험가 찰스, 거기에 더해 안면이 있는 교관도 있었다. 그가 프란 대신 캐로나 일행의 호위가 되어준 것 같았다. 그리고 보아하니 지금부터 의뢰를 하러 가는 모양이었다. 하지만 프란을 발견하자 웃는 얼굴로 맞아주었다.

"프란! 돌아오신 건가요?"

"응. 위날렌이 부탁한 일 때문에 캐로나랑 애들한테 인사를 못 했으니까."

"그럼 일부러 인사를 하러? 감사해요. 하지만 호수의 이변에 대해 조사한다는 말을 들었어요. 그렇다면 어쩔 수 없죠."

위날렌이 직접 내린 부탁의 무게를 이해하고 있는 모습이었다. 게다가 캐로나 일행도 이 나라에서 태어난 몸으로서 호수의 이변에 관심이 있는 것인지, 모두에게서 질문 공세를 받았다.

프란은 캐로나 일행에게 모조품이 비수약을 노리고 있을 가능성이 매우 높다는 사실을 전하고, 물가에 접근할 때는 주위에 비수초가 없는지 확인하라고 충고했다.

아, 물론 위날렌의 허가는 받았다. 캐로나 일행에게는 아직 조사 중이라는 등의 이유로 정보를 퍼뜨리지 말아달라고 말해두었다. 위날렌의 명령이라는 말까지 전해뒀으니 퍼뜨리는 짓은 하지 않을 것이다.

거의 틀림없긴 하겠지만 그래도 미확인된 정보니까. 위날렌은 이 정보가 이상하게 전달된다면 민중들 사이에서 괜한 불안감이 조성되거나 마녀사냥이 횡행할지도 모른다며 우려했다.

아무런 근거 없이 비수초 관계자들이 저격을 당한다거나, 그런 일이 벌어지지 말라는 법도 없는 것이다.

그렇게 생각하면 지금 단계에서 소문이 퍼지는 것은 곤란하다는 거겠지.

우선 모조품이 정말로 비수약을 노리고 있는 것인지 확정 지을 필요가 있었다. 뭐, 그 부분은 위날렌이 알아봐 준다고 하니 우리는 당초 예정대로 로브렌과 함께 상업선단으로 향할 생각이었다.

캐로나 일행은 불안한 표정을 짓고 있었다. 풍토병 특효약이 마수의 표적이 된다면 당연히 국민으로서는 남의 일이 아닌 것이다.

그러던 중 조금 다른 반응을 보인 것이 카나였다. 불안보다는 놀라움이 더 강해 보였다.

"카나?"
"아, 아뇨……."
프란도 신경이 쓰였는지 카나에게 말을 걸었다.
"왜 그래?"
"……프란 씨, 잠시 괜찮을까요?"
그러자 카나가 결심한 표정을 짓더니 프란의 손을 잡고 모두에게서 조금 벗어나려 했다.
"……사실 제공할 수 있는 정보가 있어요."
"호수의 이변에 관해?"
"아직 거기로 연결될지 어떨지는 모르겠지만……. 본가와의 연락을 통해 알아낸 정보이니 가능하면 프란 씨에게만 전하고 싶어요."
카나가 그렇게 말하자 캐로나는 납득하고 나서서 거리를 벌렸다. 다른 조원들도 캐로나의 지시에 따랐다.
귀족이나 상회의 직접적인 연락이라고 하면 그것만으로도 여러 중요한 정보가 포함되어 있을 가능성이 있으니까. 스스로가 귀족인 만큼 캐로나는 자신들이 듣지 않는 편이 낫다는 사실을 이해했을 것이다.
"그래서, 뭔데?"
"정보는 비수약에 관한 겁니다."
카나가 속삭이듯 말을 꺼냈다. 가문의 사정과 엮여 있어 말하지 못하는 것도 있는 탓에 신중하게 말을 고르는 모습이었다. 특히나 정보 전달 방법은 어떻게든 숨기고 싶어하는 것처럼 보였다. 뭐, 상인 가문이라면 당연하려나?

카나는 이 나라에 들어온 이후로 비수초나 그것을 사용한 약에 관해 조사하고 있었다고 한다. 가격과 원료, 효능에 이르기까지 이동 중에도 다양한 정보를 입수했다고.

"어째서?"

"상품 자재로 쓸 수 없을까 생각했거든요."

이 나라에서는 풍토병 특효약의 원료로만 알려져 있는 비수초. 하지만 엄연한 마법약의 소재다. 연구하기에 따라서는 다양한 이용 방법이 있을지도 모른다.

카나는 비수초를 사들여 국외에 판매할 수 없을까 생각한 모양이었다. 역시 상회의 딸이다.

하지만 그 단계에서 꽤나 고전을 겪었다고 한다. 생명에 지장이 적다고는 하지만 병은 병. 그 특효약의 원료인 탓에 재배가 불가능한 비수초는 국외 판매가 거의 이뤄지지 않는 상황이었다. 금지되어 있는 것은 아니다. 다만 많은 국민이 국외로 대량 출하하는 것을 꺼리는 경향이 있었다.

상인도 예외는 아니었다. 만일의 경우 특효약이 부족해지면 어쩌나 싶어 비수초 수출에 난색을 표하는 것이다. 만약 내 행동으로 인해 약이 부족해지면 이 나라에서 살아가기도 힘들 테니까.

"그래도 뭔가 길이 없을까 고민하면서 여러모로 조사를 하고 있었는데……. 어느 순간 위화감을 느꼈어요."

"어떤?"

"대량의 수출은 무리라도 소량을 구입하는 것은 어렵지 않았어요. 그래서 우선은 비수초를 각지에서 구입해서 본가로 보내보기로 했습니다."

구입 장소를 굳이 바꾼 것은 생육 지역에 따른 차이를 알아보기 위한 목적에서다. 물론 그렇게 하지 않으면 연구용으로 필요한 개수를 다 모을 수 없다는 이유도 있었지만.

하지만 카나는 어느 시기에 가격 차이를 깨달았다.

보통은 많이 채취할 수 있는 호수 부근이 싸고 멀어질수록 높아지는 것이 당연하다. 그러나 현재는 그 시세가 무너지고 있다고 했다. 비수초는 호수 주변이 가장 비싸고 마술 학원 주변에서는 예년과 같은 가격에 판매되고 있었다. 게다가 급등한 이유도 동부 지역에서의 환자수 증가라고 들었는데…….

"풍토병 환자의 증가는 발생하지 않았어요."

"……정말?"

"네, 본가의 힘을 빌려 베리오스 왕국 내 풍토병 환자 수를 조사했습니다. 하지만 예년과 다름없었어요."

하지만 실제로 비수약 부족 현상이 일어나고 있는데?

"그렇다면 국내에서 판매된 것으로 처리된 비수약은 어디로 사라진 걸까요?"

"그것도 알아?"

"신종 비수약의 유통은 특수합니다. 개발에 성공한 공방과 계약을 맺은 한 상회가 거의 독점하고 있는 상태이고요. 그리고 그 상회는――뒤쪽으로 레이도스 왕국과 이어져 있습니다."

"!"

진짜냐. 그럼 이번 이변은 레이도스 왕국이 뒤에서 무슨 짓을 벌이고 있다는 건가?

"아직 무슨 일이 일어나고 있는지까지는 모르겠어요. 하지만 호수의 이변과 같은 시기에 새로운 특효약이 개발되었고, 그 장사에 레이도스 왕국의 입김이 닿아 있다……. 게다가 정보가 누군가에 의해 조작된 흔적도 있습니다. 꼼꼼하게 조사하지 않으면 풍토병 환자의 증가가 헛소문이라는 사실은 쉽게 알 수 없을 거예요."

그 상회는 이변과 무관한 것일까, 혹은 무슨 음모가 얽혀 있는 것일까. 갑자기 수상한 냄새가 났다.

그리고 카나와 비밀 이야기를 나누게 된 김에 궁금하던 것을 물어봤다. 공원에서 대화하고 있던 주제카에 관한 것이었다. 다만 카나는 작은 목소리로 "말할 수 없습니다"라는 말밖에는 하지 않았다. 혹시 카나의 정보원은 주제카인 건가? 그렇다면 말하지 못하는 것도 당연하겠지.

카나를 좋아하는 프란은 더 이상 주제카에 관해 추궁하는 것을 그만둘 생각인 것 같았다.

"고마워. 여러 가지로 알려줘서."

"실은 고국으로 돌아오라는 말을 들었어요. 하지만 친구들을 두고 혼자 도망치고 싶진 않아서……."

부모 입장에서는 확실히 걱정스럽겠지. 하지만 카나는 학원 생활이 무척 마음에 든 것 같았다. 어쩌면 프란이 그 음모를 저지해 주길 바라는 것일지도 모른다.

"응. 맡겨줘."

"네."

프란은 카나의 눈을 바라보며 힘있게 고개를 끄덕였다. 상회의 기밀이나 다름없는 정보를 흘려준 카나의 마음을 확실히 느낀 것이리라. 그대로 모두에게 인사를 하고 야영지를 나섰다. 그리고 빠른 걸음으로 세프텐트로 돌아왔다.

로브렌과 합류한 프란은 카나에게서 얻은 정보를 출처를 지우고 그에게 전했다.

"그 상회가 레이도스 왕국과 접점이 있다고? 믿을 수가 없네……."

로브렌도 상당히 놀란 모습이었다. 비수약을 판매하고 있는 메사 상회는 오래전부터 있었던 상회로 신용도가 높은 상회라고 한다.

"뒤를 캐볼 필요가 있겠어."

"응, 근데 로브렌은 몰랐어? 병이 사실은 유행하지 않았다는 거."

그랬다. 우리가 제일 궁금했던 부분은 거기였다. 풍토병의 유행이 유언비어라는 건 조금만 알아봐도 누구나 알 수 있었을 텐데, 국내에서 알아차린 사람은 없는 걸까?

"그렇지. 애초에 그런 것 자체를 알아볼 사람이 없어."

"왜?"

"왜냐니, 그걸로 곤란한 사람이 없으니까."

비수약이 부족하다고는 해도 유통이 전혀 없는 것은 아니다. 어느 정도의 수는 국내에 나돌고 있다. 그래도 전원에게 쓰기엔 부족하다고 여겨진 것 같지만…….

"정말로 풍토병이 유행하지 않았다면 원래의 환자들에게는 확실하게 다 전해졌겠지. 다시 말해 약이 손에 들어오지 않는다고 떠들어댈 사람이 어디에도 없는 거야."

"응."

"비수초 값이 오르긴 했지만 약값은 예년과 똑같고."

게다가 신형 약의 유통을 도맡아 관리하고 있는 것은 메사 상회다. 소문의 출처가 메사 상회 자체라면 물류의 이상함을 지적할 사람도 없을 것이다.

결국 '신종 비수약이 부족하다'며 쑥덕대고는 있지만 피해를 본 사람은 아무도 없는 셈이다. 평년보다 비수초를 더 많이 채취하게 된 모험가들이 좀 고생을 하는 정도였을까.

"그렇다면 그런 소문을 내는 이유는?"

"글쎄. 병이 유행한다는 헛소문을 퍼뜨리고 비수약의 값을 올린 거라면 알겠지만……. 그런 일은 벌어지지 않았어. 그렇다면 비수약 자체가 목적일지도 몰라."

"무슨 말이야?"

"국내에 판매한 것처럼 위장해 다른 곳으로 가져간다거나. 예를 들면 레이도스 왕국 같은 데 말이지. 목적은 모르겠지만 말이야."

즉, 비수약의 입수가 목적일 가능성이 높다는 건가.

"어떻게 조사해?"

"뭐, 상회 관계자한테 탐문해 보는 게 제일 아닐까?"

그렇겠지. 가능하면 간부급의 이야기를 듣고 싶었다.

"그 상회는 어디야?"

"본거지는 상업선단이야."

공방도 상회 본부도 상업선단에 자리 잡고 있는 듯했다.

"예약도 없이 돌격하면 이야기를 들려줄지가 문제겠네."

"괜찮아."

"무슨 비책이라도 있어?"

"위날렌의 이름을 대면 돼."

나도 프란도 이 나라에서 위날렌의 영향력이 얼마나 굉장한지는 이미 알고 있었다.

위날렌의 이름을 대고도 거역할 상대가 있을 거라는 생각은 들지 않았다. 이 정도면 거의 왕가의 인장 수준 아닐까? 게다가 약간의 사고는 수습해 주겠다는 고맙기도 하고 무섭기도 한 보증까지 받은 것이다.

남용할 생각은 없지만 이럴 때일수록 권력을 써야지.

"하하하, 그래. 넌 그분의 의뢰로 움직이고 있었지, 참. 그럼 그 작전으로 갈까?"

"응."

상업선단까지는 배로 갈 생각이었지만 울시를 쓰기로 했다. 그게 압도적으로 빠르기 때문이다. 물론 헤매지만 않는다면, 말이다. 호수라고 해도 그 사이즈는 소국 규모. 방향을 잃으면 조난당하는 일도 평범하게 있을 수 있다. 실제로 어떤 문제로 귀환하지 못하는 배가 1년에 몇 척씩은 나온다고 했다.

다만 이번에는 상업선단이 비교적 해안과 가까이 있었고, 길 안내——이번에는 호수 안내인가? 어쨌든 항로 사정에 빠삭한 로브렌도 있으니 헤맬 걱정은 없었다.

"하하! 빠르다! 굉장하네!"

"웡웡!"

하늘을 달리는 울시의 등에서 로브렌이 한껏 들떠 있었다. 하늘을 난다는 경험이 의외로 마음에 든 것일까. 칭찬을 들은 울시도 기분이 좋아 보였다.

로브렌은 모의전에서 울시에게 졌었는데, 앙금 같은 것이 있어 보이지는 않았다. 잘 이해하고 있는 거겠지. 오히려 존경이랄까, 울시를 인정해 주는 느낌마저 들었다. 울시도 로브렌의 실력은 이미 확인했기 때문에 등에 태우는 것을 싫어하지 않았다. 의외로 좋은 관계였다.

세프텐트를 출발해 호수 위를 달려 3시간.

잠시 마을로 돌아갈까 고민하기 시작할 무렵, 우리는 상업선단을 찾을 수 있었다.

"저 가운데에 있는 배 바로 뒤쪽 배. 저기에 내려주겠어?"

"알았어. 울시."

"웡!"

위에서 보면 알아보기 힘들지만 그곳은 모험가 길드의 배였다. 하늘에서 내려오는 울시를 보고 갑판의 모험가들이 놀라고 있다. 개중에는 무기를 겨눈 자도 있었지만, 등에 타고 있는 로브렌을 보자 이내 소동은 가라앉았다. 내린 게 이곳이라서 다행이다. 다른 배였으면 난리가 났을 것이다.

로브렌이 모험가들을 해산시키고 바로 행동을 개시했다.

"그럼, 바로 메사 상회로 가볼까?"

"응."

상업선단은 얼핏 보면 배가 혼잡스럽게 늘어서 있는 것처럼 보이지만, 실은 각 배의 세세한 배치가 정해져 있다고 한다. 그래서 이곳에 빠삭한 사람이라면 무엇이 어디에 있는지 잘 알고 있다고.

"어느 배야?"

"저기야. 저 빨간 깃발이 걸린 배."

의외로 가까워 보였는데 도착하기까지는 꽤 멀리 돌아가야 했다. 물론 배에서 배로 이동하는 거니까 어쩔 수 없었다. 가끔가다 배끼리 연결된 간이 현수교를 건너가며 작은 배로 배를 옮겼다.

"울시를 타고 가면 금방인데?"

"안 돼. 소동이 날 거야. 아까 일도 나중에 길드 마스터한테 한 소리 들을걸."

뭐, 그건 어쩔 수 없지. 상업선단은 작은 마을과도 같았다. 울시를 타고 그 위를 날아다니는 것은 울시를 타고 동네방네 뛰어다니는 것과 다름없었다.

그렇게 로브렌의 안내로 도착한 메사 상회의 배는 작지만 제법 화려했다. 난간에는 조각품이 장식되어 있었고 갑판에는 관엽 식물이 놓여 있다. 여기가 일반 상회에서 말하는 로비 같은 곳일지도 모른다. 이 배 전체가 메사 상회의 소유물이라고 한다.

처음에는 무슨 당연한 이야기를 하나 싶었는데, 작은 상회에서는 배 한 척을 소유하기도 어려워 저마다 대형선의 일부를 빌려 사무실로 쓰고 있다고 했다. 이른바 임대 방식이었다.

그렇게 생각하니 상업선단에 소속된 배 한 척을 통째로 소유하고 있는 메사 상회의 기세가 얼마나 큰지 알 수 있었다. 이런 상회에 갑자기 쳐들어간다 해도 이야기를 들어줄 수 있을까 걱정했는데……. 의외로 순순히 간부를 면회할 수 있었다.

"이 호수의 최고 모험가인 당신이 갑자기 방문하셨다는 소식을 들었거든요."

기다리지 않은 것은 로브렌 덕분이었다. 잘 생각해 보니 이 정도 규모를 가진 상회가 유력한 모험가인 로브렌을 모를 리 없었다.

"그쪽 아가씨를 소개해 주시겠습니까?"

"그녀는 프란. 이래 보여도 모험가예요. 여러모로 도움을 받고 있습니다."

"응. 나는 프란."

"그렇군요. 저는 메사 상회의 그레고리라고 합니다. 잘 부탁드립니다."

아직 프란이 흑뢰희라는 것을 알아차리지 못한 것일까? 정중하지만 고위 모험가의 동행자로 대우해 준다는 느낌이었다. 깔보지 않고 정중하게 대응하는 부분은 점수를 후하게 쳐줄만 했다. 하지만 레이도스와 연결돼 있다는 의심 때문인지 그런 태도조차 수상함을 감추려는 행동처럼 느껴졌다.

"그래서 오늘은 무슨 용건이십니까? 필요하신 것이 있으시다면 저희 상회가 전력을 다해 준비해 드릴 수 있습니다만."

"아니요, 마음은 무척 감사하지만 오늘은 거래를 하러 온 게 아닙니다."

"호오?"

우선은 원만하게 이야기가 시작되었다. 하지만 곧 상대방의 안색에 그늘이 질 것이다.

"사실 길드의 의뢰로 움직이고 있거든요. 조사에 협조해 주셨으면 해서 찾아왔습니다."

"조사라면 어떤?"

"호수의 이변에 관한 조사입니다."

로브렌이 그렇게 말한 순간, 그레고리가 순간적으로 몸을 떨었다. 하지만 그것은 정말 찰나의 일이었다. 표정이 변한 것도 아니고 목소리가 나온 것도 아니다.

하지만 처음부터 강한 의구심을 갖고 있던 우리에게는 그 정도로도 충분한 힌트가 되었다. 로브렌도 프란도 그레고리가 무엇인가 알고 있을 가능성이 높다는 확증이 강해진 것 같았다.

"호오? 그래서 저희 상회에 오신 이유는 무엇이지요? 호수 조사에서 도와드릴 만한 일은 없을 것 같은데요?"

"그럼 메사 상회 장부와 창고를 보여주시겠습니까?"

"뭐라고요?"

장부 따위는 얼마든지 가짜를 준비할 수 있었다. 하지만 여기선 상대방의 반응을 보는 것이 목적이다. 그것만으로도 충분하다. 게다가 정말 가짜 장부를 보여준다면 그것을 빌미 삼아 범죄를 입증할 수 있을지도 모른다. 아무리 가짜 장부를 그럴싸하게 작성해도 완벽한 물건은 존재하지 않는 법이니까.

"메사 상회의 비수약 매매 기록이 기재된 장부 전부와 비수약을 보관하고 있는 보관 창고를 확인할 수 있을까요?"

메사 상회가 흑막이라는 것을 확신한 로브렌은 상당히 강경한 자세로 나갔다.

"하하하. 무슨 말씀을 하시나 했더니……. 당연히 불가능하죠. 상회의 기밀이니까요."

"그걸 좀 양해해 달라고 부탁드리는 겁니다."

"혹시 저희 상회를 의심하고 계신 겁니까? 이번 이변과 관련이 있다고요?"

"그거야 모르죠. 그걸 조사하고 싶으니 협조를 부탁드리는 거 아니겠습니까?"

"황당한 말씀이시군요. 저희 상회는 일체의 관련이 없습니다."

그레고리가 굳은 표정으로 몸을 일으켰다. 더 이상 할 말이 없다는 의미였다.

"돌아가 주십시오. 아쉽군요, 로브렌 공. 당신은 모험가치고는 예의를 갖추신 분이라고 생각했는데 말이죠. 두 번 다시 거래하는 일은 없을 겁니다."

그레고리가 그대로 돌아서서 방의 출구를 향해 걷기 시작한다.

하지만 여기서 놓칠 수는 없었다. 무엇보다 이 녀석은 몇 번이나 거짓말을 하고 있었다. 호수 조사에 협조할 수 있는 것이 없다는 것뿐만 아니라 이변과 무관하다는 주장도 거짓이었다. 속이 아주 새까맣다.

『프란, 이 녀석은 분명 이것저것 알고 있을 거야.』

"응. 기다려. 아직 할 얘기가 있어."

"이쪽은 없습니다."

"그쪽은 없어도 이쪽은 있어."

프란의 말에 그레고리가 더욱 분노 섞인 표정을 지었다. 그러나 그가 고함을 지르기 전에 로브렌이 먼저 입을 열었다.

"그렇지, 참. 그녀는 저와는 다른 곳에서 의뢰를 받았거든요. 공동으로 조사를 하고 있습니다."

"다른 장소?"

"프란 씨는 위날렌 씨에게 전권을 위임받아 이번 이변에 대한 조사를 하고 있습니다."

"위날렌이라고요? 이런 어린애가?"

"후후. 확실히 어린애긴 하지만 그 실력은 이미 증명이 끝났습니다. 이명을 가진 랭크 B 모험가이자 마술 학원의 특별 교관 직함을 가지고 있는 분이거든요."

"무슨……? 이명? 혹시 흑뢰희……?"

"응. 랭크 B 모험가 프란. 잘 부탁해."

"그녀의 신원은 제가 보증하죠."

로브렌이 그렇게 말하자 그레고리의 움직임이 멈췄다. 속으로 갈등하는 모습이었다. 당연하다면 당연하다. 그레고리로서는 이대로 화난 척을 가장해 둘을 내쫓고 싶었을 것이다.

하지만 위날렌의 이름이 나오면 이야기가 달라진다. 오히려 이 나라에서는 웬만한 왕족 보다 훨씬 더 영향력을 가진 존재다. 그런 위날렌의 대리라고 밝힌 상대의 명령을 거절할 수 있는 상회는 존재할 리 없었다.

그런 상황에서 더욱 반발하며 장부나 창고 확인을 거부한다면 수상한 점이 있다는 것을 알리는 거나 다름없었다. 이미 로브렌이 어떤 정보를 포착하고 메사 상회를 의심하고 있다. 여기서 위날렌에게 조사를 의뢰받았다는 프란의 요청을 거절한다면 그 혐의는 확신으로 바뀔 것이다.

프란도 로브렌도 이미 확신하고 있었지만 그레고리는 아직 어떻게든 넘어갈 수 있을 거라 생각하고 있겠지. 로브렌이 보증한 이상 프란이 위날렌의 대리라는 것은 확실했다. 그것을 믿을 수 없다며 우기는 것도 가능은 하겠지만…….

10초가량 굳어 있던 그레고리는 결국 씁쓸한 얼굴로 고개를 끄덕였다.

"알겠습니다. 하지만 모든 장부를 준비하는 데엔 시간이 걸리니 창고로 먼저 안내해 드리죠."

그레고리가 사람을 불러 어디론가 안내하라는 말을 전하는가 싶더니, 본인은 장부를 준비하겠다며 나갔다. 나는 그 그레고리에게 장식끈에서 형태 변형으로 생성한 한 가닥의 실을 붙였다. 그레고리 정도의 실력이면 눈치채지도 못할 것이다. 뭐, 의미 없이 돌아보기라도 한다면 눈에 들어올 수는 있겠지만. 그런 경우라면 어쩔 수 없다.

다행히 끝까지 발견되는 일은 없었다. 그레고리가 부하들에게 고함을 치며 명령하는 모습이 실을 통해 선명하게 들여다보였다. 아무리 가늘어도 내 몸의 일부니까.

"이봐! 계획을 앞당긴다! 고국으로의 철수 준비를 서둘러!"

"무슨 일이 생겼습니까?"

"모험가들이 눈치챘다!"

"그, 그럴 리가요……. 모험가 같은 것들이 우리의 계획을 알아차릴 리가……."

"멍청아! 녀석들이 아무것도 못 하는 무능력자라고 떠들어대는 헛소문을 진심으로 믿는 거냐! 적기사들과 동급의 존재라고 생각하라고 했잖아!"

"죄, 죄송합니다."

"뭐, 됐어. 어쨌든 철수 준비는 맡기지. 상회장에게도 전해라."

"아, 알겠습니다. 그래서 모험가들은 어떻게 하시려고요?"

"놈들은 3번 창고로 데려가라고 지시했다. 나머지는 그 꺼림칙한 시인(屍人) 녀석에게 맡겨두면 돼. 기뻐하면서 죽여줄걸."

"괘, 괜찮을까요?"

"본인이 말하길 흑시인(黑屍人)들은 적기사를 능가한다고 하니 괜찮을 거다."

역시 제대로 된 창고로 안내해줄 리는 없다고 생각하긴 했지만, 앞으로 향하는 곳에는 뭔가가 기다리고 있는 것 같다. 시인? 즉 언데드라는 건가? 게다가 고국으로 철수한다는 말을 보면 역시 이 녀석들은 타국——레이도스 왕국의 인간인 모양이었다.

'스승, 어때?'

『창고에 적이 기다리고 있어. 준비를 계속해줘.』

'응. 알았어.'

상회 사람들에게 안내를 받으면서도 우리는 착착 준비를 갖춰 나가고 있었다. 프란은 전투에 대비해 신체 강화 등의 스킬을 발동했고, 나는 몇 가지 마술을 바로 발동할 수 있도록 준비했다. 그 부산스러운 모습을 진즉에 알아차렸을 로브렌이 눈에 띄게 얼굴을 경직시켰다. 하지만 이것으로 그도 알아차렸겠지. 앞으로 향하는 곳에 적이 기다리고 있다는 것을. 로브렌도 은밀하게 몸 속에서 마력을 가다듬기 시작했다. 좋아, 좋아.

안내하는 남성은 전투 능력이 전혀 없는 탓에 우리가 뭘 하는지 이해하지 못하는 모습이었다. 그러나 아무것도 느끼지 못하는 것은 아니었다.

이따금씩 우리 쪽을 돌아보며 무슨 일이 일어나는지 몰라 고개를 기울이는 것을 반복했다.

『울시.』

'웡?'

『그레고리를 감시해줘. 도망갈지도 모르니까.』

'웡!'

그대로 몇 분 걸으니 배 밑바닥에 가까운 축축한 구획으로 안내됐다. 그 한구석에 자리한, 언뜻 보기엔 평범한 문 앞에 안내인이 멈춰 섰다.

"여, 여깁니다."

"흐음."

문 너머에서 언데드의 마력이나 기척은 느껴지지 않았다.

다만 문과 벽에서는 희미하게 마력이 느껴졌다. 벽 같은 곳에 결계가 쳐져 있는 거겠지. 뭐, 일단 확인해 둘까? 나는 다시금 장식끈을 강사로 변하게 해 문틈을 통해 방 안으로 침입시켰다. 로브렌이나 다른 사람이 보기엔 프란이 실을 조종하는 스킬을 갖고 있는 것처럼 보였을 것이다. 안내인이 놀라고 있다.

"들어가기 전에 좀 알아볼 게 있어. 어차피 이 뒤에 안을 보여 줄 거니까 상관없지?"

"그, 그건……."

안내인 남성이 어쩔 줄 몰라 하며 대답을 망설이는데, 그 뒤로 로브렌이 슬며시 이동했다. 이쪽을 방해하려고 하면 저지할 생각인 것 같았다.

실을 방안에 넣자 역시나 언데드의 기척이 느껴졌다. 다만 정말로 미미했다. 그렇게 강한 언데드는 아닌 건가? 어디에 있나 싶어 가볍게 살펴보자 방 한가운데 놓인 관에서 사령의 마력이 피어오르고 있었다. 예전에 알레사에서 같은 것을 본 적이 있었다. 감정해 보니 같은 아이템이다. 언데드의 기척을 억누른 채로 마력 소비를 최소화하며 잠들 수 있게 한 마도구다.

은폐 마도구를 사용했음에도 여전히 기척이 새고 있는 것을 보면 강력한 상급 언데드가 숨어 있는 것일지도 모른다. 그나저나 너무 적나라한 거 아닌가? 언데드 침상에 관 모양 마도구라니……. 나름 숨어있을 생각인 거겠지만 자기주장이 너무 강하다. 수상함이 지나칠 정도다.

『뭐, 됐어. 일단 몰래 선제공격을 하자.』

나는 강사를 스킬로 조작해서 관 주변을 둘둘 감쌌다. 그리고 마력 강탈 스킬을 다중 기동시켰다. 언데드는 마력으로 움직이는 존재다 보니 마력을 흡수당하면 약화되고 마력이 끊어지면 소멸한다.

『자, 어떠냐! 등장도 전에 승천해 버려라!』

주변의 마력이 급격히 줄어들기 시작하는 것이 느껴졌다. 이렇게 되면 관뿐만 아니라 언데드에게도 영향이 있을 것이다. 자, 어쩔 거냐? 아직 형체도 모르는 언데드야?

스스로에게 닥칠 이변은 알아차렸겠지만 여기서 움직이면 프란 일행에게 자신의 존재가 들통나고 만다. 아직도 기습을 할 수 있다고 생각하는 언데드 입장에서는 지금 움직이는 것에 망설임이 있는 듯했다. 애초에 녀석은 이것이 프란 일행이 하는 공격인지 아닌지도 모를 것이다.

그대로 십여 초가 지났을 무렵, 마침내 관에 움직임이 발생했다. 안쪽부터 펑 하고 힘차게 뚜껑이 튀어 오르며 뒤이어 버석한 시체가 상체를 일으킨 것이다. 흔한 언데드보다는 더 고위 상대가 출현할 거라고 생각하긴 했지만, 그곳에 있었던 것은 예상을 뛰어넘는 상대였다.

『와이트 킹이잖아!』

바로 위협도 B 마수인 와이트 킹이었던 것이다. 틀림없다. 마랑의 평원에서 싸웠던 상대니까. 다만 위압감과 마력의 크기는 이전에 싸웠던 와이트 킹인 아이스맨보다 뒤처졌다. 같은 종류라 해도 레벨이나 살아생전의 능력 등에 따라 그 힘은 달라진다.

생김새도 굉장히 흡사했다. 입고 있는 로브도 거의 비슷하다. 하지만 이상하지 않은가? 아무리 같은 종류의 마수라 해도 장비가 같다는 것은 있을 수 없다. 아니, 아닌가. 이곳은 레이도스 왕국과 접점이 있다는 의심을 받고 있다. 마랑의 평원에서 싸웠던 아이스맨도 레이도스 왕국의 흑해병단 소속이었다. 그렇다는 건 같은 부대에 소속된 동료 같은 존재일지도 모른다.

『프란. 아이스맨 수준의 상대일 가능성도 있어. 절대 방심하지 마.』

'응! 알았어!'

내가 프란에게 정보를 전달하는 동안에도 와이트 킹은 당황한 표정으로 주위를 둘러보고 있었다.

"뭐, 뭐야, 이건……. 실……?"

아직 상황을 다 파악하지는 못했다. 그러나 이내 주위에 둘러쳐진 실이 마력을 빨아들인다는 것을 알아차렸는지 마력을 축적하기 시작했다. 단숨에 날려버릴 작정인 모양이었다. 그렇게는 안 되지.

『으랴아!』

"끄으윽! 이, 이건 정화의……!"

나는 와이트 킹의 몸에 실을 휘감고 정화 마술을 발동했다. 아직 스킬 레벨이 낮기 때문에 와이트 킹 레벨의 상대를 쓰러뜨릴 만큼의 위력은 없지만, 크게 약화시킬 수는 있을 것이다.

문 밖까지 와이트 킹의 외침이 들려왔다. 심지어 뭔가 괴로워하는 소리가 들려오니 안내인은 영문을 알 수 없는 표정을 짓고 있었다. 어떻게 해야 할지 모르는 것 같았다.

『나머진 부탁해! 프란!』

"응!"

"잠깐, 무슨 짓입니까!"

안내인의 제지를 무시한 채 프란은 문을 박차고 나가 말없이 언데드에게 달려들었다.

"어째서, 이 몸이――끄어어억!"

기습을 하려다가 기습을 당한 탓에 아무런 대응을 하지 못하고 있었다. 어떻게든 장벽을 쳐서 대응을 해 보려 한 것 같은데, 마력 강탈과 정화 마술에 의해 발동이 저지되고 있었다.

"그악――."

실로 꽁꽁 묶여 몸을 비트는 것조차 하지 못한 채 무방비로 프란의 공격을 받을 수밖에 없었다. 와이트 킹은 특기인 사령 마술을 부릴 새도 없이 프란에게 관째로 두 동강이 나 버리고 말았다.

『좋아, 잘했어 프란.』

"응……."

난적인 와이트 킹을 주위에 아무런 피해도 입히지 않고 즉사시켰는데 프란의 얼굴은 밝지 않았다.

『왜 그래?』

'또 마석이 없었어.'

『아, 그러고 보니 그렇네.』

이 와이트 킹도 마랑의 평원에서 쓰러뜨린 아이스맨과 마찬가지로 몸속에 마석을 갖고 있지 않았다. 혹시 와이트 킹은 마석이 없는 종족인가?

뭐, 지금은 경악한 로브렌에게 상황을 설명해 주는 것이 먼저겠지.

"프란 씨……?"

"응?"

눈앞에서 갑자기 벌어진 전투에 로브렌의 낯이 창백하게 질려 있었다. 아니, 전투라기보단 일방적인 토벌이었지만.

『프란, 설명해줘야지.』

"안에 언데드가 있어서 쓰러뜨렸어."

"언데드?"

"응. 게다가 비수약도 없어."

프란의 말을 들은 로브렌이 창고 안을 둘러보았다. 두 동강 난 언데드와 관의 잔해와 함께 창고 안에 확실히 약이 없다는 것을 확인한 것 같았다. 그가 아직도 주저앉아 있는 안내인에게 시선을 던졌다.

"이게 어떻게 된 걸까?"

"언데드가 있다는 건 알고 있었어?"

로브렌과 프란에게 동시에 질문을 받은 안내인이 몸을 떨었다.

"모, 몰랐어요! 몰랐습니다!"

『거짓말이다.』

"비수약이 없는 것도 알고 있었어?"

"몰랐어요!"

『거짓말.』

이 안내인도 어느 정도 사정을 알고 있다는 뜻이겠지.

"로브렌, 이 녀석은 뭔가 알고 있어."

"흐음?"

프란의 말에 안내인이 부들부들 몸을 떨었다. 자신의 거짓말이 간파당했다는 사실을 알아차린 모습이었다.

"조금만 아프게 하면 정보를 말할지도 몰라."

"아하, 그렇군."

"히, 히이이익!"

그 후 프란이 검을 휘둘렀고, 남자는 그것만으로 술술 정보를 말해 주었다.

자신은 이 나라 사람이지만 죽은 아버지가 레이도스 왕국 사람이었다고 한다. 그 나라는 곳곳에 장기 잠복 스파이를 보내고 있는데 이 남자의 아버지도 그 경우였다. 다만 타고난 레이도스 왕국인이 아니었기에 충성심은 낮은 것 같았다. 이쪽 질문에는 거짓 없이 대답하고 있다.

"레이도스 왕국은 이 호수에서 뭘 할 생각인 거야?"

"모, 모르겠어! 진짜야! 단지 동정공(東征公)의 전속 연금술사라는 녀석이 상회장들에게 지시를 내리고 있는 것 같아!"

"동정공?"

"모, 몰라?"

"로브렌은 알아?"

"이름은 들어봤어. 다만 레이도스에 관한 정보는 거의 들어오지 않으니까, 레이도스 왕국에 있는 4대 공작 중 한 명이라는 것밖에는 몰라."

국교가 없는 데다 모험가의 출입도 없다. 그래서 로브렌조차 레이도스 왕국의 속사정에 대해서는 잘 모르는 모양이었다. 안내인에게 자세히 설명하게 하자 현재 레이도스 왕국의 정세는 상당히 혼란스럽다고, 우선 국왕이 사고사하여 공석이라는 사실을 알려주었다. 그리고 서거한 전 국왕의 남겨진 아이 중 누구를 왕으로 할지도 결정되지 않았다고 한다.

적남은 왕과 함께 사망해 버려 정식 후계자가 부재한 상황이었다. 몇몇 파벌이 각각 옹립하는 후보를 밀고 있어 진흙탕 상태에 빠진 것이다. 가장 나이가 많은 아이도 13세여서 유력하다고 부를 만한 후보가 없다는 점도 문제의 장기화에 박차를 가하고 있는 것으로 보였다.

곧 결정될 것 같다는 소문도 있지만 확정된 정보는 아닌 듯했다.

그런 혼란스러운 레이도스 왕국을 지탱하고 있는 것이 국왕에 버금가는 지위와 영지를 가진 4대 공작가였다. 아득한 옛날 레이도스 왕국은 북쪽에 난립한 소국가군 중 하나일 뿐이었다. 그러나 어느 날 군사적 재능이 뛰어난 패왕이 왕위를 이었고, 그 왕이 주변 국가들을 병합하면서 지금의 국토를 구축한 것이다.

이때 활약한 것이 패왕의 심복이었던 네 명의 장군이다. 동정 장군, 서정 장군, 남정 장군, 북정 장군이 이끌던 4개 군단은 파죽지세로 주변 국가를 침략하였고, 레이도스 왕국은 급속히 영토를 늘려갔다.

그리고 대전이 끝난 후, 각 장군은 병합한 땅의 유력 국가의 왕족을 맞이해 공작으로 임명되었다. 다만 각각의 공작가에는 약간의 서열이 있다고 한다. 가장 유력한 곳이 북정 공작가. 그 다음으로는 서. 동과 남은 거의 동격에 가까운 느낌이라고 한다. 그 차이는 과거 전적에 따른 것이었다.

북정 장군은 적은 수의 군사들을 능숙하게 이끌어 목표로 삼았던 질버드 대륙 북부의 완전 제패를 이뤄냈다. 이런 공적 덕에 현 북정 공작가는 국민과 귀족들의 존경을 한몸에 받고 있었다.

서정 장군도 필리어스 왕국의 신검 디아볼로스를 입수하는 데는 실패했지만 서부의 대부분을 수중에 넣는 데 성공하였다. 노예 매매 등을 통해 경제적으로 가장 윤택했기에 서정 공작가도 북정 공작가 못지않은 위세를 자랑하고 있다고 한다.

반대로 동쪽과 남쪽의 공작가들은 힘이 약화되고 있었다. 몰락까지는 아니지만 북, 서에 비하면 절반 이하의 힘만 갖고 있다고 한다. 그것 또한 과거의 전쟁이 영향을 미친 탓이었다.

동쪽으로는 위날렌이, 남쪽으로는 크란젤 왕국이 가로막아 두 공작가의 진격을 막아 세운 것이다. 그 바람에 두 가문은 영지도 다소 좁은 데다 발언력도 북과 서에 비해 낮았다. 그 현상을 못마땅하게 여기던 남과 동 두 가문은 공작 자리를 받은 뒤에도 끊임없이 전투를 벌였다. 그리고 계속 연패하면서 막대하게 커진 전쟁 비용이 경제를 압박하는 악순환에 빠지고 말았다.

최근에는 정면으로 싸움을 걸지 않게 된 대신 물밑에서 여러 음모를 진행하고 있다고 했다. 이번 일도 그 밑바닥에는 동정 공작가가 있는 것 같다고.

"하지만 나 같은 말단은 자세한 건 몰라! 그레고리 씨가 그런 말을 중얼거리는 것만 들은 것뿐이야!"

안내인 남자가 알고 있는 것은 메사 상회가 레이도스 왕국의 은신처가 되고 있다는 것과 그 우두머리가 동정 공작이라는 것. 그리고 현재는 공작에 의해 파견되어 온 연금술사들이 상회 안에서 지시를 내리고 있다는 것뿐이었다.

"그 연금술사는 뭐 하는 자야?"

"모, 모르겠어……. 이름도 몰라! 지금은 비수약을 만드는 공방에 출입하고 있다고만……."

정보를 어느 정도 알아낸 우리는 일단 안내인을 후려쳐서 기절시킨 다음 손발을 묶어 눕혀놓았다.

"이제 어떻게 할 거야?"

"프란 씨는 어쩔 건데?"

"간부를 잡을 거야. 울시가 감시하고 있으니까 금방 끝나."

"그럼 그쪽은 맡겨도 될까? 나는 길드에 보고하고 바로 공방으로 가볼게."

"알았어."

확실히 각자 움직이는 편이 도망칠 가능성도 낮겠지. 로브렌은 안내인을 안아 올리고는 그대로 모험가 길드로 향하려는 것 같았다.

레이도스 왕국이 배후에 있다면 개인의 문제는 아니라는 걸까.

『우린 그레고리를 포박하자.』

"응!"

멀리서 느껴지는 울시의 기척에 의지해 배 안을 나아갔다.

길에서 상회 사람을 만난 경우엔 가능한 한 온건한 방식으로 잠들게 했다. 모두가 레이도스 왕국 사람인지 현지 고용인인지 알 수 없었기 때문이다.

확실하게 적이라는 걸 알았다면 다리라도 부러뜨려서 내던졌을 텐데 말이지.

『프란, 저기 모퉁이야.』

"응."

도착한 곳은 배의 상층부 일각이었다. 위층이 사무실이고 아래층이 창고로 된 구조인 거겠지.

『울시. 있지?』

'웡.'

내가 부르자 관엽 식물의 그림자 속에서 울시가 나타났다.

『이 방에 그레고리가 있어?』

'웡웡!'

틀림없는 것 같다.

『프란, 방 안에 있는 놈은 전부 포박한다.』

'응!'

『울시는 배에서 도망치는 녀석이 없는지 감시해. 누구 한 명 놓치면 안 돼. 좀 난폭한 수단을 써도 괜찮아.』

'가릉!'

그리고 울시를 배웅한 우리는 눈앞의 실내로 발을 들였다.

안에 있던 인간들은 프란이 문을 부수면서 그 문이 쓰러지는 소리에 비로소 침입자를 알아챈 모양이었다. 책상을 뒤지던 그레고리가 이쪽을 돌아보았다. 곧이어 경악에 찬 표정을 짓는다.

"무슨, 어떻게……."

"어떻게 언데드에게 살해당하지 않고 여기 있냐고?"

"!"

그 말로 인해 자신들의 속셈이 드러났음을 알아차린 거겠지.

"저그! 베드! 죽여라!"

방안에는 그레고리 외에도 모험가처럼 보이는 남자들이 있었다.

방 밖에 있는 프란의 기척에 전혀 반응하지 못한 것만 봐도 알 수 있지만 그다지 강하지는 않다. 아니, 전사로서의 능력은 평범하지만 감지 등 전투 이외의 기능이 낮다는 느낌일까.

"……하압!"

"우오오!"

다만 훈련은 제대로 받은 것처럼 보였다. 가타부타 따지지 않고 프란에게 바로 공격을 해 온다. 상대방의 정체도 나이도 신경 쓰지 않고 그저 명령에만 따르는 습성이 몸에 밴 거겠지. 연계의 부드러움도 나쁘지 않았다. 상대가 랭크 E 모험가 정도였다면 먹혔을지도 모르겠네.

하지만 유감스럽게도 여기에 있는 것은 랭크 A와도 막상막하로 싸우는 일류 전사였다.

두 사람이 휘두른 연속 공격은 허무하게 허공을 갈랐다.

플리커 잽이라도 하듯 휘두른 프란의 주먹이 두 사람의 턱을 연속으로 내리쳐 순식간에 의식을 날려버렸다. 잽이라고는 해도 프란의 힘으로 얻어맞았으니 아마 턱뼈가 최소한 산산조각이 났을 것이다.

"무슨…… 기, 기사 두 명을 해치우다니?"

"언데드를 쓰러뜨린 내가 이제 와서 이런 녀석들한테 고전할 리가 없잖아."

어째서인지 경악하는 그레고리에게 프란이 고개를 갸우뚱하며 말했다. 그러자 휘둥그레졌던 그레고리의 눈이 더욱 크게 뜨였다. 사람 눈이 저렇게도 커질 수 있구나.

"쓰러뜨려……? 쓰러뜨렸다?"

"응."

"거짓말!"

"거짓말 아니야."

"그건 소국이라면 멸망까지도 가능한 괴물이라고……! 본체는 비전투원이었지만 평범한 모험가라면 상처 하나 내지 못할 터! 그런 것을……!"

"쓰러뜨렸어."

"말도 안 돼!"

아무래도 언데드라는 것을 알자마자 싸우지 않고 지나왔다고 생각한 모양이었다. 뭐, 와이트 킹의 힘을 안다면 그렇게 생각해도 어쩔 수 없다. 눈앞에서 남자 둘이 나가떨어진 광경을 봤다 해도 프란이 와이트 킹보다 강해 보이지는 않겠지. 하지만 어느 쪽이든 자신이 이길 수 없는 상대라는 것은 이해한 모양이었다. 그레고리의 눈에 분노와 초조감의 빛이 떠올랐다.

"꼬맹이…… 지금이라면 온건하게――."

프란을 협박해서 이 자리를 넘기자고 생각한 것일까. 그러나 그레고리의 말을 가로막듯이 프란이 입을 열었다.

"너희들이 레이도스 왕국과 이어져 있다는 건 알고 있어."

"하, 하하……. 무슨 말을 하나 했더니. 어디서 그런 말도 안 되는 정보를……."

여기까지 왔는데도 발뺌을 하려 하지만, 더는 됐다. 여기서 입씨름을 해 봐야 소용없다.

프란이 몸을 낮추고 가볍게 발을 내밀어 그레고리의 배에 보디블로를 먹였다. 프란의 주먹이 두툼한 그레고리의 뱃살에 완전히 파묻힐 정도로 깊이 박혔다.

“끄어어어어어어!”

온갖 것을 토해내며 그레고리가 그 자리에 웅크렸다. 본인이 쏟은 구토물에 그대로 얼굴이 박혔지만 그런 사실을 깨닫지 못할 정도로 복부의 통증이 고통스러운 것 같았다.

토해낼 것이 다 사라진 뒤에도 여전히 배를 누르며 끙끙거리고 있다. 그래도 십여 초 정도가 지나자 다소 나아졌는지 비통함이 묻은 표정으로 이쪽을 올려다보는 그레고리. 자신의 입장을 완전히 이해한 것 같았다. 정화 마술을 걸면서 굴욕감 섞인 신음을 내뱉고 있다.

“이것저것 알려줘.”

“……큭.”

역시 전투원이 아닌 그레고리는 통증에 대한 내성이 높지 않았다. 폭력을 쓴 심문을 받을 각오는 하고 있었겠지만, 실제로 고통을 겪고 그 각오가 꺾여버린 모습이다. 힐을 받으면서 저렇게 절망적인 얼굴을 하는 사람은 좀처럼 없을 것이다.

“으아아아…… 말할게요…… 말하겠습니다…… 부, 부디 말하게 해 주세요.”

10분 후에는 울면서 그렇게 간청해 왔다.

이야기를 들어보니 그레고리는 레이도스 왕국의 귀족이었다.

무려 자작이라고 했다.

물론 20여 년 전 상인으로 위장해 베리오스 왕국에 들어온 이후로는 귀족다운 생활을 한 적은 없는 것 같지만. 그럼에도 레이도스 왕국을 향한 충성심을 잃지 않는 점은 대단하다고 생각했는데, 단순히 충성심이 높다기보단 배신하면 살해당할 것이라는 두려움이 강한 것 같았다.

실제로 조국을 배신하려다 살해된 동료 스파이도 있다고 했다. 스파이를 감시하는 스파이가 있는 걸지도 모르겠다. 게다가 레이도스 왕국의 스파이는 좀 특수했다. 상대국에 대해 항상 공작을 펼치는 것이 아니라, 유사시 움직이기 쉽도록 평소에는 성실하게 활동하는 경우가 대부분이었다.

필리어스 왕국에 숨어 있던 살트라는 기사도 신뢰를 얻기 위해 평상시에는 평범하게 일을 하고 있었다. 그레고리도 마찬가지여서 몇 년에 한 번 레이도스 왕국에 정보를 보내는 것 외에는 정말 제대로 된 상인으로 활동을 하고 있었다고 한다. 덕분에 이 땅에서 신뢰를 얻기까지 했고, 이번 비수약과 관련된 음모도 순조롭게 진행할 수 있었던 것이다.

그레고리 쪽은 동정공의 부하였고 같은 부하인 연금술사의 계획을 돕고 있는 형태라고 했다.

"그 연금술사는 누구야?"

"제라이세라고 하는, 마치 어린애 같은 남자입니다."

프란이 눈을 부릅떴다. 놀랐다. 여기서 녀석의 이름을 듣게 될 줄은 몰랐는데.

"제라이세! 녀석이 이 나라에 있어?"

연금술사 제라이세. 각지에서 암약하는 빌어먹을 사이코 미남 연금술사. 바르보라에서는 우리도 당했던 적이 있다. 뭐, 우리도 녀석의 계획을 방해했으니 비겼다고 하면 비긴 거라고 할 수 있겠지만.

그건 그렇고 레이도스 왕국에 있었다니. 애초에 레이도스 왕국 소속인 건가? 아니, 크란젤 왕국에서 자랐다는 식의 이야기를 들은 것 같은데…….

“제라이세는 레이도스 왕국의 부하?”

“저, 정확히는 동정공의 부하입니다…….”

“놈은 다른 나라에서 쫓기고 있어.”

“우, 우리나라와 적대한 나라에서의 범죄 경력은 상관없습니다. 게다가 모험가 길드가 없는 레이도스 왕국에서는 길드가 건 현상금도 의미가 없고요.”

즉, 다른 나라의 범죄자라도 유능하다면 받아들인다는 건가. 오히려 적의 적은 아군이라는 논리로 타국에서 수배된 자를 적극 수용하고 있을 가능성도 있을지 모른다.

『혹시 저 언데드는 제라이세가 사역하는 건가?』

프란이 그 일에 대해 묻자 제라이세와는 전혀 관계가 없다고 했다. 그 언데드는 남정공의 휘하인 흑해병단에서 빌린 언데드였다. 역시 흑해병단 소속이었구나! 이성을 가진 언데드 집단이라고 들었는데, 남정공이 만들어내고 있는 건가?

”레이도스 왕국이 만들고 있어?”

“자, 자세히는 모릅니다! 하지만 흑해병단에서 이성을 가진 언데드를 만들어내는 비술을 개발했다는 것 같습니다!”

"그게 가능해?"

"저, 저 와이트 킹도 일단 제대로 된 대화는 가능했습니다. 정신이 상당히 변질되어 있기는 했습니다만…… 녀석이 말하길 인간을 강제로 언데드로 바꾼 거라고 했습니다!"

노예에게 사령 마술을 익히게 한 후 강제로 언데드로 변화시키는 방법을 취한 것 같았다. 그런 식으로 사령 마술을 사용할 수 있는 고위 언데드――즉 와이트 킹을 만들어냈던 거겠지. 다만 본체가 되는 자와의 상성에 따라 어떤 클래스의 언데드로 바뀔지는 알 수 없었기에 일면은 도박 같은 부분도 있었다.

그렇게 언데드로 만든 뒤 고위 사령술사가 지배해 레이도스 왕국에 충성을 맹세하게 하는 모양이었다.

굳이 인간을 언데드로 바꾸는 이점이라면 그 강한 이성과 대화 능력을 꼽을 수 있었다. 일반적으로는 정신이 미쳐서 복잡한 작전 행동을 시키기 어려운 언데드가, 사람으로서의 사고를 하게 됨으로써 무서울 정도로 강력한 병사로 변모하는 것이다.

다만 언데드가 된 자는 시간이 경과함에 따라 서서히 육체와 정신이 변질되어 버리기 때문에 평상시에는 반드시 관에 잠들어 있어야 했다. 그 관에는 강력한 은폐 효과도 있었기에 적국의 중추까지 들키지 않고 운반하는 것도 가능하다. 다시 생각해 보니 무시무시한 존재였다.

실제로 레이디 블루에는 채드먼이라고 하는 흑해병단 언데드가 숨어 있었다. 그 녀석이 파괴 공작을 벌이기 시작했다면 상당한 피해가 났을 것이다. 이번 와이트 킹도 실제로 날뛰었다면 상업선단이 궤멸했을 가능성도 있었겠지. 본래라면 위날렌이 등장했을 때 조금이라도 대항할 수 있는 수로 쓰기 위해 데려온 듯 보였다. 뭐, 우리가 죽여버린 데다 겨우 저 정도로 위날렌이 어떻게 됐을 것 같지는 않지만.

여러 의문도 들긴 했지만 지금은 언데드보다 비수약이 더 중요했다.

"너희의 목적이 뭐야? 비수약을 어떻게 하려고?"

"제, 제라이세 공의 최종 목적은 알려지지 않았습니다! 그저 비수약을 대량 생산하라고만!"

"그 비수약은 어디로 보내고 있어?"

"아, 아무데도……."

뭐? 무슨 뜻이지? 비수약을 만들어서 뭔가에 쓰려고 하는 거 아닌가?

하지만 그레고리의 말을 들어보니 만들어진 비수약은 이 배 창고에 대량으로 보관되어 있다고 했다. 국내용으로 소량 유통시키는 것 외에는 모두 이곳에 남아 있는 것이다.

그러다가 어디론가 운반할 것이라고 생각했는데 벌써 1년 넘게 이 상태라고.

'어째서? 비수약을 구하는 게 목적 아닌가?'

『글쎄, 어떨까……. 게다가 녀석들이 레이도스 왕국 사람이고 제라이세의 지시로 움직이고 있다는 것과 호수의 이변이 어떤 관련이 있는지도 아직 모르겠어.』

메사 상회가 무슨 짓을 한 탓에 이변이 일어났다고 생각했다. 이를테면 비수약을 어떤 식으로든 악용해 이번 이변을 일으키고 있는 게 아닐까 하는 생각을 한 것이다.

그런데 정말 그럴까?
"호수에 이변이 일어나고 있는 건 알아?"
"예, 예에."
"너희들 짓이야?"
"다, 당치도 않습니다! 그런 터무니없는 짓을 했을 리가 없지 않습니까!"
『진짜네. 이 녀석 진심으로 말하고 있어.』
그레고리에게 알려지지 않았을 뿐인 건가? 아니면 정말 상관이 없나?
『프란, 제라이세에게 강제로라도 이야기를 들을 필요가 있을 것 같아.』
프란이 그레고리에게 제라이세의 거처를 물었다.
"고, 공방입니다! 비수약 공방에 있어요!"
'로브렌이 간 곳?'
『그래, 그렇겠지.』
혹시 이대로면 도망갈 가능성도 있지 않을까? 로브렌을 무시하는 것은 아니지만, 제라이세를 붙잡아둘 수 있을 거라는 기대는 들지 않았다. 이쪽이 공방을 수상히 여기고 있다는 사실을 알게 되면 제라이세는 그 즉시 도주해 버릴 것이다. 다만 그렇다고 해서 배를 방치할 수도 없다. 전원을 포박한 것도 아니고, 상회장 등의 간부 몇몇도 잡지 못했다.
고민하고 있는데 울시의 외침이 들려왔다. 동시에 이 배를 향해 오는 여러 명의 기척이 느껴졌다.
『아무래도 모험가들이 온 것 같네.』

울시의 목소리에 긴박감은 없었다. 적은 아닐 것이다.
예상대로 갑판으로 나가보니 모험가들이 작은 배를 타고 이쪽을 향해 오는 중이었다. 개중에는 익숙한 얼굴도 있다. 이전에 모의전을 한 적 있는 랭크 C 모험가, 다골 일행이다.
"흑뢰희 님! 오랜만이오! 건강해 보여서 다행이외다!"
"응. 다골도."
"하하하. 그게 몇 안 되는 장점이니 말이오. 그나저나 로브렌 공의 부탁을 받고 이 배를 제압하러 왔는데, 무슨 일이 벌어지고 있는 거요?"
모험가들의 대장격인 다골에게 옆에 묶인 채 누워있는 그레고리가 사실을 모두 털어놓았다는 것과 이 상회가 레이도스 왕국의 은신처라는 내용을 설명했다.
"로브렌 공의 설명으로 미리 듣기는 했소만, 역시 사실이었구려……."
"나머지는 맡겨도 될까?"
"맡겨만 주시오. 허면 흑뢰희 님은 어떻게 할 예정이오?"
"공방으로 갈 거야."
"그렇군요."
"일단 이 배에 있는 사람들은 모두 포박해."
"잘 알겠소."
덕분에 우리는 공방으로 향하게 되었다. 다만 정확한 장소를 몰라서 안내를 받고 싶었다. 여기서 보이면 간단할 텐데. 그런 생각을 하고 있을 때였다.
쿠우우우우우우우우우웅!

갑자기 굉음이 울려 퍼졌다.

"윽!"

"워훙!"

『으억!』

프란과 울시가 움찔 목을 움츠렸다. 나도 놀라서 나도 모르게 소리를 내 버렸다.

소리가 들린 방향을 보니 바로 원인을 알 수 있었다. 상업선단 한쪽에 있던 소형 배에서 하늘을 향해 거대한 불기둥이 솟아오르고 있었던 것이다. 뭔가 폭발한 거겠지. 사고? 사건? 마수에게 습격이라도 당했나? 아직도 불길이 치솟는 배의 모습은 뉴스 영상에서 본 유조선 화재 모습과도 비슷했다. 뭐, 규모는 이게 더 작지만.

하지만 저 불길은 주위에 있는 배에 옮겨붙을 수도 있고 구조도 쉽지 않아 보였다.

『저 배는 무슨 배지?』

상업선단의 배는 역할도 주인도 천차만별이다. 거주용 배나 어업용, 사무실이나 공방, 길드 본부 등 우리 같은 외지인들은 겉으로만 봐서는 구분할 수 없다.

"다골. 저 배는 무슨 배야?"

"저, 저게 바로 흑뢰희 님이 향한다고 했던 공방선이오!"

제3장 인텔리전스 웨폰들

향하려던 공방선이 불기둥과 검은 연기를 내뿜고 있었다.

『로브렌 일행은 무사한 건가?』

'스승, 제라이세 짓이야?'

『모르겠어!』

하지만 그럴 가능성은 지극히 높았다.

『일단 저 배로 바로 가자!』

"응! 울시!"

"웡!"

프란은 울시의 등에 뛰어올라 폭발한 공방선으로 향했다. 공방인 만큼 가연성 약품 등을 싣고 있는 것인지 간간이 크고 작은 폭발이 뒤따르고 있다. 게다가 배 밑바닥에 구멍이라도 뚫린 것인지 빠른 속도로 가라앉기 시작한다. 보기만 해도 상당한 대참사였다.

마술로 물을 뿌리는 정도로는 수습될 것 같지 않았다.

『이봐, 로브렌이랑 다른 녀석들은…….』

"스승! 저기!"

프란이 가리키는 끝에는 판자를 붙잡고 호수에 떠 있는 로브렌의 모습이 보였다.

"로브렌!"

"아, 프란 씨……."

내가 염동을 써서 울시의 등 위로 로브렌을 끌어올렸다. 상당히 초췌한 안색이었다.

"괜찮아?"

"나는 그나마 괜찮지만……. 함께 공방에 발을 들인 다른 모험가들이……."

"무슨 일이 있던 거야?"

비통한 표정을 지어 보인 로브렌에게 프란이 폭발 원인을 물었다.

"공방에 있던 연금술사가 갑자기 병 같은 걸 던졌어. 그러자 큰 폭발이 일어났고, 다른 약품들에 불이 옮겨 붙으면서……."

"그 연금술사는?"

"모르겠어. 폭발에 휘말렸을 텐데……. 그 정도로 죽을 것 같지는 않았어."

로브렌이 말하길 금발 벽안에 어린애 같은 말투를 쓰는 청년이었다고 한다.

"그건 단순한 연금술사가 아니야. 더 끔찍한 상대야……. 보기만 해도 소름이 끼쳤어."

틀림없다. 제라이세다. 로브렌은 베테랑 모험가의 날카로운 촉으로 상대가 보통내기가 아니라는 것을 알아차린 것 같았다.

『프란, 일단 구조를 우선시하자.』

"응!"

울시와 프란은 둘로 나뉘어 호수에 떠 있는 사람들을 구출해 나갔다.

"괜찮아?"

"사, 살았어……."

"웡?"

"히이이익!"

구조한 사람들 중에는 로브렌과 함께 배에 뛰어든 모험가 외에도 공방선에서 일하는 평범한 사람들도 있었다.

모험가들은 감사를 전했지만 그렇지 않은 사람들은 울시를 보고 비명을 내지르고 있었다. 거대한 늑대에게 습격당한다고 생각한 것이다. 아니, 처음엔 울시가 입으로 끌어올리고 한 탓에 더더욱 그랬다. 덩치도 크고 얼굴도 박력 넘친다. 평범한 사람에게 겁을 먹지 말라고 하는 것도 어려운 이야기였다.

『그러니까 그렇게 침울해하지 말래도.』

"워후……."

후반에는 로브렌 등 수상 보행을 할 수 있는 모험가들도 구조에 참여해 상당한 인원을 구출해낼 수 있었다. 그래도 전원을 살리진 못해 수많은 시신을 수습해야 했지만.

프란이 주먹을 불끈 쥐고 분노에 몸을 떨었다.

"……제라이세……!"

『그 녀석, 어디로 도망친 거야?』

"그릉!"

분노를 느낀 것은 나도 울시도 마찬가지였다.

제라이세는 전이 계열 능력을 갖고 있었지만, 스스로 폭발을 일으켰다면 아직 그리 멀리 가지는 않았을 것이다. 울시의 후각으로 쫓아갈 순 없을까? 아니면 지금의 나나 프란이라면 스킬로 그 존재를 감지할 수 있을지도 모른다.

『제라이세는 아직 이 근처에——』

쿠우우우우웅!

『뭐, 뭐야?』

“저기! 또 불!”

황급히 소리의 출처를 확인하자 이곳과는 다른 배에서 불기둥이 솟아오르는 것이 보였다.

저것이 어느 배인지는 금세 알 수 있었다. 아까까지 있던 곳이었으니까.

『메사 상회 배가…….』

공방선에 이어 메사 상회의 배까지도 업화와 연기에 휩싸인 채 천천히 가라앉고 있었다.

믿을 수 없을 정도로 불길의 번짐이 빠르다. 증거 인멸을 위해 배에 어떤 장치를 해 둔 모양이었다.

“갈게!”

『그래!』

우리는 다시 구조 활동에 힘썼다. 하지만 구조한 것은 모험가뿐이었다. 상회 사람 상당수는 모험가들에 의해 구속되어 있던 탓에 불길에서 벗어나지 못한 것이다. 어떻게든 호수에 뛰어들어도 손발이 묶인 탓에 그대로 빠져 버린 사람도 있었다고. 심지어 사태는 여기서 끝이 아니었다.

쿠궁!

또 다시 큰 소리가 울려 퍼졌다. 다만 이번 소리는 폭발음이 아니었다. 몸의 중심이 울리는 것 같은 묵직한 충격은 느껴지지 않았다. 폭발 소리라기보단 뭔가가 틀어지며 부서지는 듯한 파쇄음이었다.

쿠웅! 파직!

게다가 간헐적으로 몇 번이나 들려온다.

『프란, 위로!』

"응!"

우리는 그 자리에서 날아올라 소리가 나는 방향을 살펴보았다.

『아이고…… 난리도 아니네.』

"스승! 갈게!"

『그래! 울시, 서둘러!』

"웡!"

아무래도 우리의 감지 스킬이 고장난 건 아닌 것 같았다.

『왜 저렇게 대량의 모조품이……!』

"제라이세가 불렀나?"

『그럴 리가! 생태도 잘 모른다는 모조품을 대체 어떻게!』

무려 상업선단의 배 여러 채가 모조품에 의해 습격당하고 있었다. 이미 뱃전에 달라붙어 커다란 구멍이 뚫린 배도 있다.

메사 상회나 공방선 출입을 위해 모험가들이 대거 몰리면서 경계망이 얇아진 탓이었다. 거기에 대량의 모조품이 밀려드는 바람에 대처가 늦어졌다.

이것은 우연일까? 아니, 그렇지 않다. 우리는 애초에 모조품이 비수약을 노리고 있을 거라는 추측을 하고 있었다. 그리고 공방선, 상회선이 폭발 화염에 휩싸이면서 대량의 비수약이 호수로 유출되고 말았다.

거기에 큰 소리와 눈에 띄는 불꽃 기둥. 모조품을 끌어들이기에는 충분한 조건이라고 할 수 있었다.

모조품의 기척이 너무 많아서 정확히 알 수는 없지만 선단 주위에 30마리 이상은 있을 것이다. 심지어 더 몰려오고 있겠지.
『어쨌든 모조품을 사냥한다!』
"응!"
『둘 다 너무 화려한 마술은 쓰지 마! 선단에 피해가 가지 않도록 접근전으로 막는 거다!』
"전이랑 똑같아. 괜찮아."
"웡!"
『좋아, 가자!』
우리와 울시, 둘로 나뉘어 근처에 있는 모조품부터 쓰러뜨려 나갔다. 처음엔 셋으로 나눠 움직인다는 생각도 했었다. 물속에서 싸우면 내가 혼자 움직이는 검이라는 사실이 드러날 가능성도 낮으니까. 하지만 그 방법은 쓰지 않았다.
이 부근에 아직 제라이세가 있을지도 모른다. 그런 장소에 프란을 혼자 두고 싶지는 않았다.
지금의 프란이 손쉽게 무너질 가능성은 낮을 것이다. 하지만 제라이세에게는 강도나 스테이터스만으로는 측정할 수 없는 섬뜩함이 있었다. 무슨 짓을 할지 알 수 없다는 무서움이 있는 것이다.
"스승?"
『이런, 미안해. 잠깐 제라이세의 존재가 신경 쓰여서. 그보다 우선은 모조품을 어떻게든 처리해야겠지.』
"응!"
수는 많지만 모조품을 상대로 우리가 고전하는 일은 없었다. 너무 눈에 띄는 공격은 할 수 없는 탓에 조금의 수고는 필요했지만, 이쪽이 대미지를 입는 일은 거의 없다. 배를 중심으로 공격하고 있는 모조품에게 기습을 가하는 셈이니 애초에 우리 쪽이 훨씬 유리했다. 고전할 요소가 없는 것이다. 하지만 방심하지는 않았다.

'스승, 누가 보고 있어.'

『그래, 나도 시선을 느꼈어. 하지만 어디서 느껴지는 건지는――.』

'나도 모르겠어.'

확실히 누군가가 우리를 보고 있었다. 선단 사람이 모조품들을 유린하는 수수께끼의 소녀를 경탄의 시선으로 보고 있었지만 그것과는 달랐다.

좀 더 집요하고도 오싹한 시선이었다. 마치 흥미로운 실험 대상을 관찰하는 듯한. 아니면 길가에서 눈에 들어온 어린 소녀의 유괴 계획을 짜고 있는 것 같은. 강렬한 불쾌감과 음습한 괴이함이 느껴졌다. 당장이라도 있는 곳을 찾아내 때려눕히고 싶을 정도였다. 그리고 이 녀석은 우리만 보고 있는 것이 아니다. 아무래도 이 아수라장 전체를 관찰하고 있는 것 같았다.

누구일까? 붙잡아보면 알 수 있겠지만 상대의 위치를 알 수 없었다. 어느 정도 거리가 있거나 고도의 은밀 능력을 지녔거나 둘 중 하나겠지. 하지만 그것은 나와 프란에 한한 이야기였다.

'웡웡!'

라그나로크 울프로 진화한 울시의 예민한 감각은 시선의 주인을 포착한 것 같았다. 역시나.

『울시는 그대로 그 녀석의 위치를 계속 포착해줘.』

'웡!'

우선은 모조품을 처리하는 것이 먼저였다. 다른 모험가들도 참전하기 시작했지만 아직 전력이 부족했다. 우리가 빠지면 선단에 큰 피해가 미칠 것이다.

『강한 건 로브렌과…… 시에라인가?』

전선에 복귀한 로브렌과 어디선가 등장한 시에라. 이 두 사람의 활약이 특히 눈에 띄었다.

'응. 저 검, 굉장해.'

『정말 그러네.』

놀란 프란의 말대로 시에라가 휘두르는 칠흑의 검은 상상 이상으로 강력한 마검이었다. 사기를 두르고 있어 감정을 하진 못했지만 상당한 고위 마검임에는 틀림없어 보였다. 단순히 공격력만을 말하는 것이 아니다. 확실하게 시에라의 능력을 끌어올리고 있었다. 게다가 상당한 강화율이다.

본래라면 랭크 D에 해당할 시에라의 움직임이 로브렌과 비교해도 손색이 없을 정도였다.

검은 사기를 휘두른 검을 쥐고 고속으로 물 위를 달리며 차례차례 모조품을 베어나가는 모습은 도저히 하급 모험가로는 보이지 않았다. 랭크 B라 해도 이상하지 않을 수준이다.

하지만 시에라에게서는 어쩐지 초조함과 비슷한 감정이 느껴졌다. 그것은 모조품에 대한 경계나 분노의 감정과는 결이 조금 달랐다. 막강한 상대를 앞에 둔 각오가 그렇게 만든 것인가 싶었는데, 지금 보고 있는 시에라의 힘이라면 모조품을 상대로도 문제없이 싸울 수 있었다. 저 정도에 긴장감을 느끼는 모습은 어딘가 이상했다. 그렇다면 무엇에 대한 긴장감이지?

모조품을 쓰러뜨리면서 시에라를 관찰하다 보니 뭔가를 찾는 것처럼 보이기도 했다.

아무래도 우리와 마찬가지로 전쟁터를 바라보는 시선의 주인을 찾는 것 같았다.

『뭐, 우리가 먼저 찾았지만 말이지!』

"웡!"

이긴 척하긴 했지만 찾아낸 것은 울시다. 게다가 나는 아직도 시선의 주인을 찾지 못했다.

『모조품도 얼추 마무리됐으니 부탁해, 울시.』

선단 주위에 모조품이 사라진 것을 확인한 우리는 망설이지 않고 행동을 개시했다. 상대를 놓치지 않기 위해서다.

『시선의 주인이 도망치기 전에 끝낸다!』

'웡!'

작전 자체는 어렵지 않았다. 숨어 있는 상대에게 울시가 그림자 전이를 사용해 기습을 가하고, 울시의 기척을 따라 우리도 전이한다. 문제는 상대가 전이로도 닿지 않을 정도로 멀리 있었을 경우다.

"워어어엉!"

문제는 없는 것 같다. 울시가 그 자리에서 그림자로 숨어들었다.

그리고 다음 순간에는 선단 수십 미터 후방에 울시의 기척이 나타났다.

『뭐야, 엄청 가까웠네!』

"응."

상당한 은밀 능력을 가진 상대라는 것만은 확정이다. 20미터 정도 밖에 떨어져 있지 않았는데도 나와 프란의 탐지를 속이는 수준이라면 상당한 실력이겠지.

『방심하지 마.』

"응!"

나는 전투 준비를 갖춘 프란과 함께 울시를 쫓아 전이했다. 물론 기척은 지웠다. 전이되자마자 발견되면 기습의 의미가 없으니까.

울시보다 약간 상공으로 올라간 우리의 시야 아래에서는 울시와 한 남자가 마주 보고 있었다.

울시와 마찬가지로 수면을 밟고 선 남자 주위에는 검은 촉수 같은 것이 꿈틀거리고 있었다. 울시가 날린 구속 마술이었다. 하지만 남자가 쳐놓은 장벽에 의해 막혀 있었다.

『제라이세!』

언뜻 보면 산뜻할 정도의 옅은 웃음을 지은 금발 벽안의 남자는 확실하게 본 기억이 있었다. 바로 빌어먹을 싸이코 미남 제라이세였다. 예상하긴 했지만 역시 시선의 주인은 이 녀석이었나.

"스승!"

『알았어!』

프란이 즉시 나를 휘둘렀다. 그 말에 답하듯 나는 스스로를 도 형태로 변형시켰다. 오랜만이라는 느낌이었다. 이렇게 호흡이 척척 맞아떨어진 것은.

역시 검과 그 소유자. 나는 프란의 보호자이지만 동시에 프란의 검이기도 하다. 우리가 가장 잘 통하는 곳이 싸움터인 것은 필연이겠지. 프란이 작게 고개를 끄덕였다.

"응."

그것만으로도 알 수 있었다. 프란이 하고 싶은 말을. 프란이 나한테 뭘 원하는지를.

프란이 공기 발도술을 펼치려 한다는 것을 순식간에 깨달은 나는 가장 적합한 바람의 속성검을 발동했다. 그 밖에도 지금 필요한 다양한 스킬을 발동한 나에게 프란이 만족스럽다는 듯 눈을 가늘게 떴다.

『자, 간다. 프란!』

"응!"

울시에 의해 발이 묶인 제라이세를 향해 기척을 감춘 프란이 기습을 가했다.

"……!"

하늘에서 호수면을 향해 말없이 달려드는 프란.

본래라면 드러났을 소리나 공기의 움직임, 체온 등의 온갖 기척은 스킬로 완벽하게 지워진 상태였다. 수면에 비친 자신의 그림자마저 마술로 지워버렸다.

하늘에서 내려오는 프란을 제라이세가 알아차렸을 때엔 이미 서로 간의 거리는 수 미터로 가까워져 있었다.

"우왓!"

"흡!"

얼빠진 표정을 지어 보이는 제라이세를 향해 프란이 나를 내려쳤다.

제라이세에게선 무(武)의 냄새가 나지 않았다. 소양은 있더라도 고수는 아닌 것이다. 오히려 그런 제라이세가 베이기 직전 프란의 기습을 눈치챈 것이 비정상적인 일이었다. 역시 보통내기가 아니다. 그런 생각을 강하게 하면서 나는 속성검을 다중으로 발동시켰다.

『이거나 먹어라!』

내 도신이 제라이세의 몸을 뚫고 나왔다. 저항감조차 느껴지지 않을 만큼 깔끔하게 베어낸 것이 아니다. 아무런 감촉이 없었다. 그야말로 환상을 베기라도 한 것처럼 그대로 통과해 버렸다.

『허?』

"?"

프란이 날린 참격은 제라이세의 몸을 뚫고 그 발밑 수면을 십여 미터 정도 깊이 베어냈을 뿐이었다. 직전까지는 확실히 제라이세의 기척이 느껴졌다. 그 자리에 확실히 존재하고 있었다. 그것은 틀림없다. 하지만 지금은 아니다. 모습은 보이지만 기척이나 마력이 일절 느껴지지 않았다.

우리가 디멘션 시프트를 사용했을 때의 상태와 흡사했지만, 시공 마술을 쓴 흔적은 전혀 없었다. 무슨 짓을 한 건지 모르겠다. 다만 나도 프란도 그렇게까지 놀라지 않았다. 예상 대로라고 할까 뭐랄까. 이 녀석이라면 피할지도 모른다고 마음속 어딘가에서 생각하고 있었기 때문이다.

그렇기 때문에 동요하지 않고 다음 행동으로 넘어갈 수 있었다.

"하압!"

『으랏!』

간발의 차를 두지 않고 프란이 연속으로 참격을 감행했다. 동시에 나는 마술을 계속 날렸다. 제라이세가 사용하고 있는 투과 능력의 정체는 알 수 없지만 디멘션 시프트와 같은 능력이라면 장시간 지속되지는 않을 것이다. 그렇다면 능력이 떨어질 때까지 공격을 계속한다. 그것이 우리 판단이었다.

"이게 누구야! 프란 씨잖아! 오랜만이야!"

"늦었어!"

『여유로운 척하지 마!』

"그렇게 무서운 얼굴 하지 말라고~."

제라이세가 적의 없는 태평한 미소를 지어 보였다. 그걸 보고 초조해진 프란의 속도가 더욱 올라갔지만, 제라이세의 투과 능력이 끊길 기미는 전혀 없었다. 그 히죽히죽 웃는 얼굴에 염동을 박아도, 프란의 검이 몇 번이나 번뜩였음에도 상대는 씨익 웃은 채 그 자리에 우뚝 서 있었다.

『그럼 이건 어떠냐!』

"아하하! 무영창 시공 마술이라니, 역시 대단하네!"

내가 쏜 것은 시공 마술 디멘션 소드. 상대의 방어를 완전히 무시하고 대미지를 주는 기술이지만, 디멘션 시프트를 쓴 경우에도 유효한 기술이었다.

하지만 제라이세의 짜증 나는 미소는 무너지지 않았다.

『칫!』

디멘션 소드가 반투명한 벽에 부딪혔다! 장벽인가! 아무래도 대책을 완벽하게 해둔 것 같았다. 그러나 대책을 세우고 있다는 것은 다시 말해 시공 속성 공격이 유효하다는 뜻이겠지.

『울시!』

"크릉!"

"으악! 이쪽 늑대까지!"

울시의 스킬, 차원아다. 시공 속성을 띠는 것은 디멘션 소드와 같지만 위력은 압도적으로 높았다. 아마 시공 마술이 아니라 그 상위에 해당하는 차원 마술에 상응하는 스킬일 것이다.

다가오는 송곳니를 본 제라이세가 눈앞에 장벽을 만들어냈다. 순간적으로 친 장벽이라 울시의 공격을 막을 수는 없겠지만, 한 순간만이라도 시간을 벌 생각인 것 같았다.

제라이세의 모습이 사라지고 몇 미터 떨어진 곳에 나타났다. 이상한 것은 마력의 움직임 같은 것을 전혀 감지하지 못했다는 점이다. 나는 전이한 곳을 감지하기 위해 의식을 주위에 장막처럼 펼쳤다. 그런데도 전이하는 움직임을 일절 포착할 수 없었다.

역시 상대하고 있는 제라이세는 환영일까? 아니, 환영이라면 그 환영을 만들어내기 위한 마력이 느껴져야 했다. 하지만 이 제라이세에게선 아무것도 느껴지지 않았다.

그야말로 자연현상에 의해 만들어진 신기루 같은 허상. 그렇게밖에 보이지 않는데…….

그렇다면 대화가 가능할 리도 없다. 게다가 나의 시공 마술을 막거나 울시의 공격을 피한 것이다. 역시 어떤 식으로든 자신의 실체를 지우고 있을 것이다.

『……프란, 시공 마술을 전력으로 날릴 거야. 서포트를 부탁해.』

"응."

위력이 약한 시공 마술에 과할 정도의 마력을 넣어 적지 않은 위력으로 끌어올리는 것이다.

『울시는 발을 붙잡는 데 집중해줘. 내 공격을 피하는 녀석에게 바로 달려드는 거야.』

"가릉!"

발이 빠른 제라이세의 성격상, 이대로라면 또 도망칠 것이다. 이 녀석을 놓치면 무슨 짓을 저지를지 알 수 없어! 마력을 다 쓰는 한이 있더라도 여기서 끝을 내야 해!

"프란 씨, 이런 데까지 다 오고……. 혹시 나를 쫓아온 거야?"

짜증 나는 표정을 잃지 않은 채 도발하듯 입을 연다. 그럴 리가 있겠냐!

"아니야. 그런 것보다 여기서 뭐 해? 비수약을 어쩌려고?"

"음? 알고 싶어?"

"네가 레이도스 왕국의 높은 녀석 부하가 됐다는 건 알아. 이 나라에서 무슨 계획을 꾸미는 거야?"

"흐음, 그렇게 알고 싶으면 알려줄 수도 있어."

프란의 질문에 제라이세가 선뜻 입을 열어 자신이 벌인 악행을 술술 털어놓았다. 그랬다, 이 녀석은 이런 놈이었다. 뭐, 그만큼 힘을 아낄 수 있고 사정도 알 수 있으니 고맙긴 하지만.

"우리들의 목적은 비수약이 아니야!"

"응?"

비수약이 아니라고? 저렇게 모아두고?

"궁금하다는 얼굴이네?"

"그럼 왜 비수약을 모으고 있었어?"

"저걸 일부러 모은 게 아니라, 단순히 불필요한 양을 창고에 처박아둔 것뿐이야."

영문을 모르겠다. 필요하니까 비수약을 만들어서 창고에 보관

하고 있었던 거 아닌가?

"우리가 필요했던 건 비수약 제조 과정에서 나오는 어떤 물질이거든."

"어떤 물질?"

"폐액(廢液) 말이야. 뭐, 내가 보기엔 그게 진짜고, 비수약이 폐액 같은 거지만."

프란의 놀란 모습이 놈의 자기 현시욕에 불을 지핀 것인지 더욱 주절주절 지껄여대기 시작한다.

본래 이 나라에 존재했던 알약 형태의 풍토병 특효약은 비수초 하나를 모두 사용해서 만들어진다.

우선은 비수초의 줄기 껍질이 가진 시공 마술을 희석시키는 효과로 체내에 쌓인 시공 마력을 흐트러뜨린다. 그 후 줄기 안쪽에 들어있는 시공 마력을 제어하는 힘이 작용하여 시공 마술 멀미를 치료해 주는 것이다.

하지만 제라이세와 메사 상회가 개발한 비수약은 줄기 내부에 있는 제어력이 든 부분만을 사용한 것이라고 했다.

그 결과 양자 사이에는 큰 차이가 생겨났다. 알약이 효과가 들 때까지 시간이 더 걸리는 것이다. 물약은 먹자마자 효과가 있는 느낌을 주지만 알약은 몇 시간엔 걸려 천천히 낫는다고 했다.

그 말만 들으면 물약이 더 우수해 보이지만 이것이 개발되지 않은 데엔 중대한 이유가 있었다.

우선 알약은 제작이 무척 간단하다. 물약은 추출, 분리, 병 주입 등 번잡한 작업과 고가의 기구가 필요하다. 하지만 알약은 냄비에 끓여 건조시키기만 하면 끝이다. 물론 그 작업에도 스킬이

나 약제는 필요하겠지만 준비하는 것은 어렵지 않다. 게다가 알약은 저장도 가능하고 휴대도 쉽고 가격도 싸다. 부작용도 없고 풍토병 내성도 가질 수 있다. 애초에 약으로서의 완성도가 높은 것이다. 그 제조법이 이미 널리 퍼져 있는 탓에 굳이 물약을 개발하려는 사람은 지금까지 없었다.

메사 상회가 판매를 시작했을 때도 반기는 사람도 많았던 반면 그런 쓸데없는 실험을 왜 하느냐며 어이없어하는 사람도 있었다고 한다. 그러나 메사 상회는 개발했다. 그래서 분명 그 약 자체가 필요한 거라고 생각했는데…….

설마 약 자체는 아무래도 상관없고 그 제조 과정에서 생기는 폐액이 목적이었다니. 아니, 제라이세 말대로 폐액이 목적이었다면 비수약은 단순한 부산물인 셈이었다.

"그런 걸 뭐에 쓰려고?"

"사실 호수의 중심에 볼일이 좀 있거든. 하지만 성가신 수호자들이 있어서 접근할 수가 없잖아?"

제라이세조차 비비안 가디언의 수비는 뚫지 못했나 보다. 그건 그렇고 호수의 중심에 볼일이 있다? 즉 제라이세의 진정한 목적은 봉인된 대마수?

"그래서 어떻게든 녀석들을 배제할 수 없을지 고민한 거야. 물과 시공 마력으로 만들어진 마법 생물에 가까운 존재라는 건 알고 있었으니까. 그것을 어지럽히는 비수초 추출액을 호수에 대량으로 넣으면 사라지지 않을까 생각했거든."

그것이 폐액을 원했던 이유였던 건가!

"사라지지 않아도 약체화 정도는 되지 않을까 했는데……. 설마 저렇게 변이할 줄은 몰랐지 뭐야. 게다가 이상화한 가디언은 마력 부전을 일으켜서 더 광포해지는 것 같아. 아하하하! 재미있지 않아?"

"재미없어."

여러 사람에게 폐를 끼쳐놓고 재미있다는 말 한마디로 끝내지 말라고! 이런 말을 진심으로 하고 있으니 더 질이 나쁘다.

"뭐, 계속 들어봐. 그 밖에도 흥미로운 일이 있었어. 이상화한 가디언은 왜인지 비수약을 찾게 되더라고. 원래대로 돌아가려는 본능이 작용한 게 아닐까 생각하는데, 어떻게 생각해?"

그렇군, 아마도 그것이 모조품들이 배를 습격한 이유인 듯했다. 흐트러진 마력을 비수약이 가진 마력을 제어하는 효과로 어떻게든 해결하려고 했던 것일까. 결과적으로 그로 인해 비수약에 이끌려 모여들게 된 셈이다.

"그건 그렇고 내가 있는 곳까지 잘도 도착했네. 이래 봬도 나름 들키지 않으려고 신경 써서 움직였는데."

"다 보여. 금방 알았어."

"어라~?"

프란이 제라이세의 물음에 의기양양한 얼굴로 되받아쳤지만, 알아봐준 건 카나인데? 게다가 그렇게 쉬운 일은 아니었을 것이다.

"이상하네. 그 밖에도 냄새를 맡은 녀석들은 있었지만 아무도 여기까진 도달하지 못했는데 말야……. 배신자가 있나……? 으음."

아무래도 카나의 정보망이 꽤 대단했던 모양이었다. 작은 상회인 줄로만 알았는데 사실 나라를 넘나들 정도의 대상회인가? 아니, 레이도스의 내부 정보를 가지고 있다는 건 결국 그렇다는 뜻이겠지. 상회 전체가 스파이인지 레이도스와 은밀하게 연결되어 있는 정도인지는 모르겠지만.

"그런 것보다 네 진짜 목적은 뭐야?"

"글쎄, 뭘까?"

"……마수를 부활시켜 이 나라를 멸망시킨다."

"아하하하! 아까워라! 오답! 그런 거엔 흥미가 없답니다! 세상을 멸망시키는 거라면 몰라도 말이지. 이 나라를 멸망시킨다 해도 기껏해야 이 대륙에서 몇백 년 회자되고 끝나겠지? 아하하하하. 완전 시시해!"

제라이세가 그렇게 말하며 천사 같이 천진난만한 얼굴로 비웃었다.

"이 호수에 봉인된 마수는 평범하지 않잖아? 그럼 여러 가지가 섞여있다는 뜻일 테고, 내가 만들려고 하는 궁극의 마수의 좋은 샘플이 될지도 몰라. 내 억제할 수 없는 지적 호기심 때문이랄까?"

이 정도의 일을 꾸며놓고 호기심을 채우는 게 목적이라고? 역시 이 녀석은 이해가 가지 않는다. 그냥 놔둬선 안 된다는 걸 다시 한번 깨달았다.

『프란, 준비됐어?』

'응.'

『울시도?』

'가릉!'

좋아, 프란도 울시도 준비는 완벽한 것 같다. 당연히 나도 마술과 스킬 둘 다 완벽하다. 시공 마술을 연타해 주마!

『우선 내가 선제공격으로 빈틈을 만들게. 그때 단번에 돌격해.』

'알았어.'

'웡!'

그리고 나는 제라이세의 짜증 나는 잘생긴 면상에 한 방 먹여 줄 생각으로 마술을 쓰려고 했다.

하지만 그 직전, 나는 새로운 기척을 느꼈다. 무시할 수 없는 존재감을 뿜어내는 강렬한 기척이었다. 상업선단에서 엄청난 속도로 이쪽을 향해 오고 있다. 기억에 있는 기척이다.

그쪽으로 시선을 돌리자 갈색 머리의 소년이 물 위를 뛰듯이 달려오는 모습이 보였다. 역시 시에라다. 우리를 도와주러 와준 거라 생각했는데…….

"제라이세에에!"

"으음?"

시에라의 눈은 똑바로 제라이세를 향하고 있었다. 그 귀기 어린 표정을 보니 어떤 인연이 있는 듯 보였다. 제라이세를 향해 살기를 뿜어내는 시에라의 모습은 제로스리드에게 덤벼드는 프란과 상당히 닮아 있었다. 걷잡을 수 없이 강한 분노와 증오가 그의 몸을 짓누르고 있는 모습이었다. 프란의 존재는 눈에 들어오지도 않는지 그저 쏴죽일 듯한 눈빛으로 제라이세만을 노려보고 있다.

일직선으로 다가오는 시에라를 보며 제라이세가 그 얼굴을 찌푸렸다.

"설마 저 애는……. 흐음, 많이 컸네."

역시 안면이 있구나. 도대체 어떤 관계일까?

하지만 이건 기회다. 제라이세의 시선은 물 위를 달리는 시에라를 향하고 있었다.

시에라를 멋대로 미끼로 삼게 되겠지만, 제라이세를 쓰러뜨릴 기회는 그리 많지 않았다.

『시에라의 공격에 맞춰 우리도 움직인다!』

'응!'

'웡!'

우리가 견제할 목적으로 쏟아낸 공격은 여전히 제라이세를 뚫고 지나갔지만 이건 미끼다. 우리가 쓸데없는 공격을 하고 있다고 생각하게 하고, 시에라에게 정신이 팔려 있는 제라이세를 향해 시공 마술 공격을 전력으로 날리는 것이다.

『준비됐어?』

'응.'

직후 시에라가 단숨에 뛰어올랐다. 그 머리 위에는 칠흑 같은 검이 걸려 있었다. 시에라가 어떤 공격을 날릴 생각인지는 모르겠지만, 시공 속성이 느껴지지 않는 걸 보면 제라이세에게 피해를 줄 것 같지는 않았다. 하지만 이대로 제라이세의 관심을 끌어주는 것만으로도 충분했다.

『간다!』

디멘션 소드에 한계 이상의 마력을 때려 넣고, 내보내려고 한 직전이었다.

"사기 해방!"

시에라가 날카롭게 외쳤다. 그러자 시에라에게서, 아니, 시에라가 든 검에서 엄청난 양의 사기가 쏟아져 나왔다. 주위의 공간을 집어먹으며 덧칠해 나가듯 사기가 주위를 침식해 나갔다.

"어?" 『으엉?』

제라이세와 내가 동시에 얼빠진 소리를 냈다. 시에라의 검에서 뿜어져 나온 사기는 그만큼 방대한 양이었던 것이다. 시에라의 검에 사기가 봉해져 있다는 건 알고 있었지만…….

이토록 강대했을 줄은 몰랐는데! 정말 초강력 사인을 검의 형태로 봉인하기라도 한 건가? 그 정도의 사연이라도 있지 않고서야 믿기 힘들 정도의 무시무시한 사기가 검과 시에라에게서 피어올랐다. 시에라 본인은 괜찮은 건지 생명이 걱정되는 수준이다.

'스승, 저거, 뭐야?'

『모르겠어! 하지만 절대로 경계를 게을리하지 마. 저건 이제 단순한 모험가의 범주를 넘어섰어!』

"응."

『그나저나 이 사기…….』

사기에 고유한 파장 같은 것이 있다고는 생각되지 않지만, 어딘가 익숙한 느낌이었다. 이 위압감, 처음이라는 느낌이 안 들어.

『어디였는지…… 프란은 알아?』

'응.'

『어? 알아?』

'제로스리드의 사기와 닮았어.'

그렇구나. 듣고 보니 비슷하다. 우리가 무의식 중에 일정 수준 이상의 강력한 사기를 비슷하게 느끼는 것일지도 모른다.

그러나 지금 상태는 위험하다. 사기라는 것은 필연적으로 이쪽에 혐오감을 품게 한다.

그 정도의 강력한 사기를 기습적으로 받은 우리들의 정신은 어쩔 수 없이 약간 흔들리고 말았다. 마음이 흔들리면 스킬이나 마술의 정확도도 떨어진다.

『프란, 다시 집중해! 기껏 모은 마력이 헛수고가 될 거야!』

하지만 이 정도 충격은 귀여운 수준이었다. 다음 순간 우리는 또 다른 정신적 충격에 휩싸였다.

"이치여, 흐트러져라!"

제라이세를 향해 달려드는 시에라. 그 외침에 호응하듯 칠흑 같은 사검이 요란한 빛을 발했다. 아무리 봐도 맞으면 위험한 종류의 빛 같았다. 순간적으로 장벽을 쳤지만──.

첨벙!

우리는 큰 물보라를 일으키며 호수로 떨어졌다.

『어?』

"으?"

"웡?"

프란과 울시의 공중 도약이 아무런 예고도 없이 발동하지 않게 되었다. 그뿐만이 아니다. 준비하고 있던 마술도 발동 직전 소멸돼 버렸다. 마력으로 지워지거나 마술이 봉쇄된 것도 아니다. 뭐라고 해야 하나, 스킬 자체가 흐트러지며 발동에 실패했다고 할까? 발동시키고 있던 강화 마술도 감지 스킬도 모조리 취소되었다.

아무리 생각해도 시에라의 검이 쏘아올린 저 검은 빛 때문이지? 온갖 마술과 스킬을 타파하는 힘이라고 해야 하나?

젖은 생쥐꼴이 된 프란과 울시를 재빨리 염동으로 건져내려 했는데 이번엔 문제없이 발동했다. 아무래도 아까의 빛을 받은 순간 발동 혹은 준비하고 있던 스킬이 날아가 버린 것 같다. 기껏 공들여서 마술을 준비했는데! 하지만 그것은 우리뿐만이 아니었다.

“뭐야! 정말!”

제라이세도 호수에 낙하하고 있었다. 게다가 그의 기척이 제대로 느껴졌다. 녀석이 사용하고 있던 수수께끼의 스킬도 시에라에 의해서 무효화된 것 같았다.

무시무시한 사기에 주변 스킬을 무효화할 수 있는 수수께끼 능력. 솔직히 얕보고 있었다. 시에라는 우리의 상상을 뛰어넘는 힘을 가지고 있었다.

“죽어라! 제라이세에!”

“큭! 아프잖아!”

“칫!”

호수에 던져진 제라이세에게 하늘을 달려온 시에라가 검을 내리쳤다. 그 검은 확실히 제라이세의 몸을 베어냈다. 성대하게 솟구친 피의 분수가 그 증거였다.

오른쪽 어깻죽지부터 폐 부근까지 베인 제라이세가 입에서 많은 양의 피를 뿜어내는 것이 보였다. 하지만 제라이세는 대미지가 느껴지지 않는 듯한 모습으로 수중에서 하늘로 도망쳤다. 아프다는 말을 하면서도 그 얼굴에 고통의 빛은 없다. 그래도 제라이세에게 느껴지는 생명력이 확실히 약해졌다는 것만은 알 수 있었다.

이미 포션을 사용해 상처는 막혔지만 확실히 시에라가 제라이세를 몰아붙이고 있었다.

시에라는 우리 편이라 생각해도 되겠지? 하지만 이전에 프란을 향해 살기를 내뿜었던 것을 생각하면 시에라가 프란을 향해 어떠한 감정을 갖고 있는 것도 확실해 보였다.

지금은 제라이세에게 집중하고 있는 것 같지만…….

『프란, 움직일 수 있겠어?』

'응!'

이미 스킬은 정상적으로 작동하고 있고 프란과 울시도 공중 도약을 해서 날아오른 상태였다.

그러는 사이에도 장소를 수면에서 하늘로 옮기면서 시에라와 제라이세의 치열한 싸움이 시작되고 있었다.

시에라의 움직임은 빨랐지만 검술 솜씨는 그럭저럭인 수준이다. 검의 능력으로 스테이터스는 강화되었지만 스킬은 그대로인 것 같았다.

시에라의 사검과 제라이세가 어디선가 꺼낸 수정으로 만들어진 아름다운 검이 격렬하게 맞붙었다.

"이 자시이익! 제라이세에!"

"빠르네! 하지만 그 정도로는 나한테 닿을 수 없어!"

반면 제라이세의 움직임은 믿기 힘든 수준이었다. 갑자기 고수나 다름없는 움직임을 발휘한 것이다. 확실하게 검성술 스킬을 지니고 있었다. 그것도 높은 레벨로. 아니, 마석 병기의 효과인가. 녀석은 마석에 담긴 스킬을 단시간 사용할 수 있는 기술을 갖고 있었다. 그것으로 검성술 스킬을 얻은 것 같았다.

"하아아아앗! 죽어라앗!"

"아하하하! 그 부탁은 못 들어주겠는데!"

제라이세의 웃음소리에 분노한 것인지 시에라의 공격이 더욱 거세졌다.

그런 시에라를 보며 제라이세가 진심으로 즐겁다는 미소를 지어 보였다. 보통의 경우라면 상큼한 미남의 스마일로 보였을 텐데, 불길함밖에 느껴지지 않는다. 아마 내면에서 배어 나오는 거겠지.

"아하하! 대단하다! 굉장하네, 그 검!"

"……."

"세상에, 그렇게나 어리던 애가 이렇게 자라다니!"

"윽! 네가! 지금의 네가 날 알 리가 없어!"

제라이세의 말에 시에라가 얼굴을 구겼다. 역시 아는 사이인가? 하지만 시에라가 이상한 말을 하며 그것을 부정하고 있다. 지금의 너라니, 무슨 말이지? 이미 잊었을 거란 뜻인가?

시에라랑 제라이세가 무슨 사이인지 파악이 되질 않았다. 과거에 제라이세에게 인체 실험을 당해 버려졌다, 뭐 그런 사연이라도 있나?

시에라의 말을 듣고 제라이세의 미소가 더욱 짙어졌다.

"흐흠. 과연 그럴까?"

"……헛소리! 날 혼란스럽게 할 작정이냐!"

"아니, 아니, 정말로 안다니까? 안 그래, 로미오 군?"

"……나는, 시에라다!"

"그런 이름을 쓰는 거야? 하지만 난 너희를 잘 알고 있어, 로미오와 제로스리드 씨?"

"어째서, 그걸……."

무슨 말이지? 로미오? 그리고 제로스리드라니…… 저 소년의 본명이 로미오고 어딘가에 제로스리드가 숨어 있다는 뜻인가?

하지만 시에라의 태도는 그의 이름이 정말 로미오라는 것을 인정하는 것으로밖에 보이지 않았다.

"우리를…… 감시하고 있었던 건가? 아니, 하지만 그래도……."

"글쎄, 어떨까?"

"……아무래도 상관없어. 여기서 원흉인 널 죽이면 전부 끝이니까."

"네가 날 죽일 수 있을까?"

"죽일 수 있어!"

시에라가 당황하면서도 더욱 살기를 뿜어냈다.

'스승, 어쩌지?'

『슬슬 우리도 참전할까?』

완전히 두 사람의 세계였지만, 제라이세에게 분노를 품고 있는 것은 우리도 마찬가지였다.

이름이나 제라이세에 관한 건 나중에 물어보면 되겠지.

『프란!』

'응!'

이유는 모르겠지만 제라이세가 투과 능력을 사용하지 않는 지금이 기회였다. 시에라에 의해 다시 무산되는 것을 경계한 것일까, 아니면 자주 사용할 수 있는 것은 아닌 걸까. 어쨌든 지금은 확실히 실체가 있었다.

"전력으로 갈게?"

『좋아! 여기서 끝장내자고!』

가능하면 시에라를 끌어들이고 싶지는 않았다. 물어보고 싶은 것도 있고, 일단은 우리 편이니까.

그러니 그를 포함해 한꺼번에 공격하는 범위 공격이나 대규모 공격은 사용할 수 없었다. 그렇게 되면 가진 힘을 다 실은 전력의 한방밖에 없겠지.

"각성――섬화신뢰. 검신화!"

『나왔다아!』

칼날을 뒤덮는 검신화 특유의 파멸적인 마력과 자신의 사고가 최적화되는 신기한 감각이 나와 프란을 감쌌다.

"흑뢰전동――!"

검신화를 통한 최적화는 검술까지는 미치지 못한다. 그 부분에서 우리가 가진 능력을 최대한 이끌어 냈다. 프란의 몸속에 깃든 흑천호의 힘과 신급에 준하는 검 실력. 거기에 더해 내가 갖고 있는 스킬들. 그것들이 융합되었을 때 그것은 그 누구도 피할 수 없는 필살의 일격이 된다. 흑뢰의 속도와 최고 수준의 참격, 그리고 날카롭게 갈고 닦인 은밀 능력이 그 일격에 담겨 있는 것이다.

이 공격이라면 과거 고전했던 강적들을 상대로도 통할 자신이 있었다. 그야말로 리치나 아만다 상대라도 발동만 하면 쓰러뜨릴 수 있다는 확신이 들 정도다.

뭐, 그 전 단계에서 이쪽이 쓰러질 가능성이 높지만.

흑뢰전동으로 갑자기 출현한 프란의 모습에 시에라는 전혀 반응하지 못했다. 시선도 의식도 바로 옆에 출현한 프란을 향하고 있지 않았다.

그에 반해 제라이세는 바로 반응했다. 시에라의 검을 왼손을 희생해 받아내면서, 뽑아낸 수정검으로 나를 막기 위해 움직였다. 반사 신경과 검술 수준이 우리와 호각이 아닌 이상 이런 움직임은 불가능하다. 검성술급 스킬을 얻은 거라고 생각했는데, 아무래도 더 상위인 것 같다. 게다가 마석 병기를 통해 확실하게 초반응 수준의 스킬을 몸에 지니고 있었다.

이전에는 엑스트라 스킬인 검신의 총애를 사용하기도 했었다. 그것을 생각하면 어떤 스킬을 사용할 수 있다고 해도 이상하지 않았다. 하지만 그런 제라이세도 우리의 참격을 막는 것까진 하지 못했다.

"어?"

눈앞에서 벌어진 불가사의한 현상에 놀란 제라이세가 눈을 깜빡였다.

나와 접촉하는 순간 제라이세의 손에 쥐어져 있던 검이 말끔히 소멸되어 버린 것이다.

그 직후 배가 채워지는 듯한 감각과 함께 내 안으로 마력이 흘러들었다.

『잘 먹었습니다!』

수정처럼 보이던 제라이세의 칼은 사실 마석으로 된 것이었다. 가까이 다가갔을 때 그것을 알아차리고 그대로 베어버렸다.

마석의 스킬을 일정 시간 동안 사용할 수 있게 해 주는 마석 병기. 마석으로 된 골렘 마석병. 나아가 마석을 인간 안에 심는 마인 연구 등, 제라이세는 마석 전문가라 해도 될 정도였다. 그런 제라이세가 쓰던 마석제 검이다. 아마도 어떤 특수 능력이 있는 위험한 마검이었겠지.

하지만 내 앞에서는 그저 진수성찬일 뿐이었다.

"잠깐……!"

제라이세 녀석이 진심으로 놀라는 얼굴을 보니 통쾌하네!

"타아앗!"

"끄으아아아악!"

직후, 내 칼날이 무방비한 제라이세에게 박혔다. 확실히 살을 베어낸 감촉이 들었다. 틀림없이 실체가 있다. 게다가 신 속성에 의한 공격이 예상외로 효과가 있었던 것 같았다. 시에라에게 베였을 때만 해도 안색 하나 바꾸지 않았던 제라이세가 꼴사납게 비명을 지르고 있었다.

어쩌면 이 세상 모든 속성에 대해 우위라고 하는 신 속성은 통각 둔화 계열 스킬 등을 무효화하는 효과가 있는 것일지도 모른다.

"신기…… 라니, 치사하…… 잖아……."

십자가에 못 박힌 성인처럼 양손을 좌우로 벌린 모습의 제라이세. 대량의 피를 콸콸 쏟아내면서 등부터 호수 쪽을 향해 떨어져 내린다.

하지만 나는 위화감을 느꼈다. 심장을 겨냥해 사선으로 휘두른 도중 딱딱한 물건과 부딪힌 감촉을 느낀 것이다. 평소 같으면 등뼈나 갈비뼈에 걸렸다고 생각했을 것이다. 하지만 지금 쓴 것은 프란이 온 힘을 다해 쏟아낸 필살의 일격이다. 뼈는커녕 다소 단단한 금속 정도라면 두부처럼 썰릴 것이다. 지금의 내가 딱딱하다고 느낄 정도의 강도를 가진 무언가가 제라이세 안에 있었다는 뜻이다.

사실 비슷한 감촉을 알고 있었다. 크란젤 왕도 사건 때 유사 광신검이 꽂힌 자를 베었을 때의 감촉과 똑같았다. 하지만 제라이세에게 유사 광신검이 꽂혀 있을 리가──.

"……이걸로, 끝인가……."

첨벙 하는 소리를 내며 제라이세의 몸이 호수로 떨어졌다. 그 몸에서 흘러나온 피가 호수면을 붉게 물들였다. 흘러나오는 것은 혈액만이 아니다. 그 몸 안에 있는 생명력까지도 호수에 녹아 사라져 가는 것 같았다. 제라이세의 눈에서 빛과 열이 사라지고 존재감이 급속히 희미해져 갔다.

"하하…… 안녕……."

생명력이 완전히 상실되는 마지막 순간. 제라이세가 미소를 지었다.

직후 그 육체가 안쪽부터 팽창하며 순식간에 몇 배로 부풀어 올랐다.

『위험해!』

그 기세 그대로 제라이세의 시신이 몸속에서 보라색 안개를 뿜어냈다. 아니, 몸속이 아니다. 제라이세의 시신 자체가 안개 모양으로 변이해 사방으로 흩어졌다.

푸슈우우우우웃!

위험 감지가 댕댕 경종을 울려왔지만 그것이 없더라도 보면 알 수 있었다. 저건 절대 건드리면 안 되는 것이다.

『얌전히 죽지는 않겠다는 거냐!』

"웡!"

나와 울시는 당황해서 전이를 이용해 거리를 벌렸다. 100미터 넘게 떨어졌지만 아직도 위험 감지가 반응하고 있다. 그것도 어쩔 수 없다. 우리가 있던 곳과 제라이세가 떨어진 곳 중간쯤에 있던 물새가 몸부림치며 죽는 것이 보였다.

『일단 바람으로 억누른다!』

나는 바람 마술로 광범위하게 둘러싼 뒤 그대로 압축하듯 바람 벽을 좁혀나갔다. 그리고 가까스로 모든 독무를 바람 마술로 봉하는 데 성공했다. 적어도 보라색의 요란스러운 안개는 눈에 보이는 범위에 더는 없었다.

공기 중이나 물속으로 녹아든 것은 어쩔 수 없겠지만 위기 감지가 이제 거의 반응하지 않으니 문제는 없을 것이다.

마지막은 내가 독 흡수 스킬로 모든 것을 다 먹어치우고 끝. 설령 흡혈귀처럼 몸을 독무로 변화시키는 스킬이 있었다고 해도 전부 흡수해 버리면 부활도 불가능할 것이다.

『그보다 시에라는 괜찮은 건가?』

"저기."

『오, 무사하네.』

시에라도 어느새 거리를 벌린 상태였다. 독에 당한 기색도 없었다. 제라이세의 마지막 발악도 무의미하게 끝난 것 같았다.

"……이겼어?"

"웡?"

프란과 울시는 어딘가 납득이 가지 않는 눈치였다. 나도 같은 마음이다.

『이걸로 끝인 건가?』

물론 회심의 일격이긴 했다. 말 그대로 차원이 다른 상대라도 한 방에 역전을 노릴 수 있는 공격이었던 것이다.

하지만 이렇게 깔끔하게 이길 수 있나? 상대는 그 제라이세인데? 리치 같은 격이 다른 강적들과는 다른 의미로 방심할 수 없는 상대였다.

그 공격조차도 피할 수 있을지도 모른다고 마음속 어딘가에서 생각하고 있던 것이다.

그런데——.

하지만 우리는 확실히 목격했다. 제라이세가 생명력을 잃고 사망하는 순간을. 제라이세의 얼굴이, 몸이, 손발이 무너지고, 보라색 안개로 변하는 그 순간을. 그리고 그 안개가 내게 잡아먹히는 순간을.

확실히 제라이세는 죽고 육체는 소멸했다.

석연치 않은 것은 프란이나 울시도 마찬가지였는지 그 얼굴에는 순수한 기쁨 이외의 감정이 엿보였다. 하지만 그 상황에서 살아남았을 리도 없다. 납득하지 못한 채 우리는 제라이세의 죽음을 인정할 수밖에 없었다. 우리가 그 자리에서 서 있는데 시에라가 이쪽으로 다가왔다.

"……제라이세를, 죽인 건가……?"

"응."

"그렇구나……. 고맙다."

시에라가 고개를 숙인 것에 살짝 놀랐다. 설마 이렇게 순순히 감사를 들을 거라고는 생각지도 못한 것이다. 오히려 '쓸데없는 짓 하지 마라', '내 사냥감이었는데'라는 식의 말을 들을 줄 알았는데. 그만큼 제라이세를 쓰러뜨리고 싶었다는 뜻이겠지만.

시에라는 아직도 사기를 뿜어내는 흑검을 허리에 찬 칼집에 집어넣었다. 프란의 눈이 그 검을 따라갔다.

"저기, 그 검은…… 괜찮은 거야?"

조금 전까지 방출하고 있던 무시무시한 사기에 더해 스킬을 없애는 능력. 프란이 아니더라도 궁금할 것이다.

별로 구체적이지 않은 프란의 질문에 시에라는 고개를 끄덕였다.

"문제없어. 내가 다루는 한, 해는 없어."

"그렇구나."

"으, 으응."

자신의 말에 순순히 고개를 끄덕인 프란에게 반대로 시에라가 놀란 표정을 짓고 있었다. 아마 더 추궁당할 것이라고 생각한 모양이었다.

같은 모험가인 경우, 다른 사람이 사용하는 사연 있어 보이는 무기의 출처나 입수한 곳을 끈질기게 묻는 것은 매너 위반이다. 하지만 시에라가 정말 제어할 수 있는지 없는지 하는 점에 대해서라면 더 파고들어도 이상하지 않았다. 대량의 사기를 내뿜는 강력한 검의 존재, 방치하면 주위에 큰 피해가 날 수도 있는 문제였기 때문이다.

그러나 프란은 더 이상 파고들지 않고 수긍했다. 그 반응에 맥이 탁 풀린 모양이었다. 뭐, 프란은 나 덕분에 엄청난 소드에 익숙하니 말이다. 자유의사가 있고, 사신의 파편이 봉인되어 있으며, 이외에도 여러 가지 비밀이 가득하다. 그에 비하면 사기를 좀 내뿜는 정도는 허용 범위일 것이다.

한방 먹은 듯한 얼굴로 미묘한 표정을 짓고 있는 시에라에게 프란이 물었다.

"제라이세에 대해 알고 있었어?"

"아, 으응. 인연이 좀……."

이번에도 '너와는 상관없다'라며 거절당하지 않았다.

시에라는 역시 예전부터 제라이세를 알고 있던 모양이다. 다만 제라이세가 자신들을 알고 있었다는 사실에 크게 경악했던 것으로 보아 직접적으로 아는 사이는 아닌 듯했다. 적어도 여러 번 만난 사이는 아닐 것이다.

제라이세의 음모로 인해 어떤 피해를 입었다든가, 뭐 그런 관계일지도 모르겠다.

"계속 찾고 있었는데……. 용케, 저걸 발견했네?"

제라이세를 처치한 것으로 시에라에게 인정을 받은 걸까? 예전과 같은 가시 돋친 태도는 누그러지고 더듬더듬 자신들에 대한 이야기를 들려주었다. 뭐, 정말 간단하게지만.

시에라는 최근 몇 년 동안 제라이세를 찾고 있었다고 했다. 이 주변에서 암약하고 있다는 정보는 있었지만 도저히 알아낼 수 없었다고. 제라이세를 발견하지 못했을 뿐만 아니라 녀석과 연결된 메사 상회나 그 배후인 레이도스 왕국의 정보도 알아내지 못했다. 그래도 제라이세가 이 주변에 있다는 확신은 있었던 것인지 계속 이 지역에서 녀석을 찾아다녔다고 한다.

그건 그렇고 우리가 제일 궁금해하는 부분에 대해서는 역시 직접 알려줄 것 같지 않았다. 프란도 그렇게 생각했는지 다시 시에라에게 의문을 던졌다.

"제라이세가 시에라를 로미오라고 부른 건, 어째서야?"

"아……."

"시에라가 로미오야? 그 로미오?"

우리에게 로미오는 제로스리드와 함께 있는 어린 소년이다. 그것이 눈앞의 소년과 동일 인물이라는 말은 당장은 믿기 어려웠다.

시에라와 로미오를 만난 시점부터 생각해 봐도 로미오의 몸이 단순히 성장한 것 같지도 않았다.

하지만 제라이세는 확실히 시에라를 로미오라고 불렀고, 제로스리드의 이름도 언급했었다.

대체 어떻게 된 영문인가?

"……그건……."

부정하지 않고 말을 망설인다는 건 뭔가 관련이 있다고 말하는 거랑 마찬가지인데 말이지.

"나는——."

『프란!』

"윽!"

시에라가 입을 열려고 하던 그때였다.

물속에서 마력이 부풀어 올랐다. 그리고 깊은 물속에서 무언가가 고속으로 움직이기 시작한 것을 알아차렸다.

확실히 생물은 아니다. 생명력도 없고 생물 특유의 기척도 전혀 느껴지지 않는다. 그러나 상당히 막강한 마력을 두르고 있는 것만은 확실했다.

심지어 그 반응이 나타난 곳은 제라이세가 가라앉은 곳 바로 아래였다. 무시할 수는 없었다. 시에라——로미오? 뭐, 지금은 시에라면 되겠지. 시에라도 수수께끼의 이동 물체를 눈치챈 것 같았다. 다시 허리에 찬 사검에 손을 얹고 달려나가는 프란을 뒤따랐다.

이동 물체는 물속에서 북쪽을 향해 나아갔다. 꽤 열심히 달리지 않으면 프란조차 뒤처질 것 같은 속도다. 시에라는 필사적인 모습이었다. 아직 여유가 있는 프란에 비해 이미 전속력이다. 신체 능력과 공중 도약의 숙련도는 프란이 한 수 위였다. 이 이상 속도를 올린다면 뒤처질 수도 있다.

『우선 정체를 파악할게. 나를 물속에 넣어줘.』

"응!"

프란에 의해 던져진 나는 단숨에 수수께끼의 이동 물체를 향해 다가갔다. 이미 상당한 깊이인데다 전투의 여파로 물이 탁해져서 호수 바닥까지는 내다볼 수 없었다. 하지만 확실히 물을 가르며 돌진하는 어떤 존재가 느껴졌다. 사이즈는 나보다 조금 작은 정도였고 모양은 가늘고 길다.

『흐음?』

빛 마술로 복수의 광원을 만들어냈다. 전방으로 발사된 빛이 주위를 비추며 나는 상대의 모습을 확실히 파악하는 데 성공했다.

『검…… 이라고?』

그것은 도신의 반이 부러져나간 한 자루의 가느다란 검이었다. 심지어 본 기억이 있다.

『유사 광신검이잖아!』

아까 내가 제라이세를 베었을 때 느낀 딱딱한 감촉. 혹시 정말 유사 광신검이었던 걸까?

유사 광신검이라면 저절로 움직일 가능성이 없지는 않다. 어쨌든 유사 인텔리전스 웨폰 같은 것이다. 하지만 근본인 파나틱스가 파괴된 지금 설마하니 가동되고 있는 유사 광신검이 존재할 줄은 몰랐다. 왕도에서 출몰한 유사 광신검은 파나틱스가 파괴된 시점에 모두 가동이 중단되었다.

그리고 제라이세의 손에 들려 있었다는 점도 상상 밖이다. 아니, 정말 유사 광신검이 맞나? 저 파손이 내 참격에 의한 것이라면 동족상잔이 발동하지 않았다는 것이 이상했다. 뭐가 어떻게 된 거지?

『일단 움직임을 막자.』

염동을 써서 여전히 어뢰처럼 돌진하고 있는 유사 광신검을 붙잡으려 했다. 하지만 실패로 끝났다.

『지금 확실히 피했지?』

분명 내 염동을 피했다.

이후 여러 차례 염동이나 가벼운 공격 마술을 펼쳤지만 모든 것이 허사로 돌아갔다.

그 움직임은 뭐라고 해야 할까, 굉장히 생물 같았다. 기계적 프로그래밍에 의해 미리 정해진 회피 행동이 아니다. 확실하게 이쪽의 공격을 보고, 어떻게 움직일 것인지 생각한 자의 움직임이었다.

저 칼이 나와 동종——인텔리전스 웨폰일 가능성이 매우 커졌다고 할 수 있었다.

명칭: 없음

공격력: 442 보유마력: 4680 내구도: 1000

마력 전도율 B+

스킬: 악의 감지, 아공간 잠행, 악마 지식, 악마 퇴치, 돌 가공, 돌 섭취, 돌 세공, 영창 단축, 예민 후각, 예민 미각, 은밀, 해체, 회복 마술, 해부, 화염 내성, 화염 마술, 격투술, 대장장이, 바람 마술, 감

정 방해――

감정이 가능한 것은 여기까지였다. 감정 방해 등의 효과로 전부를 볼 수는 없었다.

『엄청나네, 정말!』

단순 성능으로 보면 내 압승이지만 저 스킬의 수는 뭐야? 저 상태라면 아직 대량의 스킬을 더 소지하고 있을 것이다. 역시 저 검은 이상해!

『――』

『놓칠 줄 알고!』

유사 광신검이 더욱 속도를 냈다. 게다가 점점 부상하고 있다.

아마 저항이 있는 수중보다는 속도를 낼 수 있는 공중으로 도주하는 것을 택한 것 같았다.

물 위에서는 프란과 울시가 전속력으로 달리고 있었다. 이미 시에라는 뒤처졌다.

『프란! 울시! 놓치지마!』

"응!"

"웡!"

내 지시에 즉각 반응한 프란과 울시가 일제히 움직이기 시작한다. 프란은 뇌명 마술을, 울시는 어둠 마술을 쏘아 떨어뜨리려고 한다. 전방위에서 검을 향해 마술이 다가왔다. 하지만 그 공격은 맞지 않았다. 무려 검을 통과해 나간 것이다.

『저건…… 제라이세랑 똑같은 스킬이잖아!』

유사 광신검이 투과 능력을 발동하면서 고속으로 계속 도망쳤다. 이제 이쪽의 공격은 모두 이 수수께끼의 능력으로 빠져나가고 시공 마술만 회피하기로 한 것 같았다.

이 능력의 가장 큰 특징은 당연히 공격이 맞지 않는다는 것이지만, 또 하나 성가신 점이 있었다.

그것은 기척 같은 것이 모두 사라져 버리는 탓에 저쪽의 소모도를 알 수 없게 된다는 것이었다.

마력이 줄어드는 방식이라도 알면 이 상태가 언제 풀릴지, 얼마나 부담이 가는지 알 수 있다.

그러나 그 정보들이 모두 차단된 탓에 상대방이 앞으로 얼마나 더 많은 시간 동안 투과 능력을 유지할 수 있을지 예상할 수 없었다.

신 속성이라면 저 방어를 돌파할 수 있을지도 모르지만, 조금 전 검신화로 인해 나는 힘이 바닥난 상태다. 당분간은 사용할 수 없다. 그래서 울시를 전이시켜서 단숨에 끝내려고 했는데——.

퍼엉!

"끼잉!"

화염 마술로 강렬한 카운터를 맞고 말았다. 물어뜯으려는 순간 입 안에 폭염이 발생해 황급히 훽 물러나는 울시.

지금까지 일절 공격을 해오지 않았기에 그토록 강력한 마술을 펼칠 줄은 몰랐을 것이다. 게다가 마력의 흐름을 읽지 못하는 탓에 상대가 마술을 펼칠 타이밍도 가늠할 수 없었다.

하지만 지금의 공격은 쓸모없지 않았다. 공격한 순간 검의 기척을 확실하게 느꼈다. 금세 또 사라지긴 했지만, 이쪽에 공격을 걸기 위해서는 투과 상태를 풀어야만 가능한 것 같았다.

“울시, 괜찮아?”

“웡!”

입 주변의 털이 조금 탔지만 울시에게 이 정도는 큰 대미지가 아니었다. 비유하자면 인간이 뜨거운 국물을 단숨에 들이킨 정도다. 대미지라기보단 놀라움에 저도 모르게 물러난 것 같다. 울시가 좀 부끄러워 보이는 것도 그것이 이유일 것이다.

『하지만 지금 한순간 녀석의 마력을 측정할 수 있었어.』

“어느 정도?”

『마력은 절반 정도 남았어.』

호수 바닥에서 움직이기 시작한 직후와 비교하면 그 마력은 반감되어 있었다. 역시 저 투과 능력을 사용하려면 적지 않은 대가가 필요한 것 같았다.

“계속 갈게!”

『그래!』

“웡!”

『울시, 기세 올리는 건 좋지만 너무 들떠서 실패하면 안 된다?』

“워, 웡!”

우리는 다시 공격을 시작했지만 결국 같은 전개가 반복됐다. 저쪽도 더 이상 이쪽을 공격해 오지 않았기에 단순한 추격전이 돼 버리고 말았다.

‘스승, 시도해 보고 싶은 게 있어.’

『호오? 뭔데?』

아무래도 프란이 뭔가를 생각해 낸 것 같다. 지금의 랠리 상태를 타개할 수 있을 가능성이 있다면 뭐든지 해 보는 게 좋겠지.

단지 확인해둬야 할 것이 있었다.

『위험하지는 않지?』

'……아마도?'

그게. 중요하다. 중요한데도 프란은 고개를 갸우뚱했다.

『아, 아마도라니! 뭘 하려고 그래!』

'괜찮아. 절대로 안 위험해. 아마.'

『아니! 거기에 아마가 붙으면 불안해진다고!』

'괜찮아. 게다가 스승이 날 도와줄 테니까.'

『윽.』

그렇게 말하면 반대하기 힘들잖아!

『아, 알았어. 하지만 위험하다고 판단하면 강제로라도 말릴 거다.』

'그거면 됐어.'

『좋아, 그럼 해 봐!』

"응! 섬화신뢰!"

프란은 다시 흑뢰를 몸에 둘렀다. 하지만 곧바로 공격으로 넘어가려 하지는 않았다.

"울시."

"웡!"

울시를 불러 그 등에 뛰어오른다.

"놈을 쫓아."

"웡."

프란은 추적을 울시에게 맡기고 눈동자를 감고 의식을 집중하기 시작했다. 마력을 가다듬고 높여나간다.

"후우……."

완전히 명상 상태에 들어가 버렸다. 이 상태에서 공격당하면 어쩌려고? 아니, 이럴 때야말로 내가 나설 차례잖아. 프란의 신뢰에 보답해야지.

"하아아……."

프란이 몰입할수록 밖으로 새어나갔던 미미한 마력조차 그 안으로 수렴되는 것을 알 수 있었다. 바깥쪽은 마치 고요한 호수면처럼 한 치의 흐트러짐도 없는 상태다. 그러나 그 안 깊은 곳에서는 프란이 끌어모은 힘이 미친 듯이 요동치고 있다.

프란의 얼굴이 괴로움에 일그러진다. 스스로 집중시킨 힘을 억누르는 것만으로도 상당히 힘들 것이다.

『……윽.』

나는 나도 모르게 말을 걸 뻔하다가 멈췄다. 집중력을 흐트러뜨리면 프란 자신도 위험하기 때문이다. 지금은 믿고 지켜볼 수밖에 없다.

그리고 길고 긴 몇 분이 지났을 무렵.

"……음!"

프란이 그 눈동자를 번쩍 뜨고 힘을 해방시켰다.

"흑뢰전동!"

흑뢰화한 프란이 울시 등에서 자취를 감추고 순식간에 유사 광신검 앞으로 다가갔다.

녀석은 시공 마술을 감지하는 기술을 가지고 있었지만 흑뢰전동에는 반응하지 않았다. 어쨌든 이쪽은 단순한 고속 이동이니까. 흑뢰전동은 전이가 아니라 전이처럼 보일 정도로 빠른 번개와 같은 속도의 이동이었다. 그렇기 때문에 이에 반응하려면 물리적인 감지 능력이 필요했다.

"하앗!"

『이, 이건……!』

프란이 휘두른 것은 내가 아니었다. 프란이 높이 치켜든 것은 아무것도 쥐지 않은 왼손. 그러나 마력을 감지할 수 있는 자라면 결코 아무것도 없다고 말할 수 없을 것이다.

마치 검 같은 형상으로 방출된 고밀도 마력이 프란의 왼손에 쥐어져 있었다.

직후 그 마력이 변형되며 검은 번개가 솟아났다. 프란의 손 안에 흑뢰 모양을 가진 한 자루의 검이 만들어지고 있었다. 그 검을 겨누며 프란이 외쳤다.

"흑뢰신조!"

흑묘족의 진화 종족인 흑천호만이 사용할 수 있다는 오의였다.

신 속성을 두른 흑뢰의 검. 흑뢰전동을 조종할 수 있게 된 프란조차 발동하지 못하던 기술이었다. 잠재 능력 해방 상태가 아니면 사용할 수 없었는데, 아무래도 막판에 발동시키는 데 성공한 것 같──.

"아."

『어?』

프란이 눈앞의 검을 향해 흑뢰의 검을 내리치려던 그 순간이었다.

흑뢰의 검이 흐느적거리며 모양을 잃더니 터지듯 소멸해 버렸다. 주위에 미치는 여파가 놀라울 정도로 적었던 것이 그나마 다행인가. 미풍과 가벼운 전류 정도였던 것 같다.

"……실패."

『역시 그렇게 쉽게는 안 되나!』

"기다려!"

"웡웡!"

우리 옆을 빠져나간 유사 광신검을 쫓아 다시 달려가는 프란과 울시.

프란도 상당히 악에 받친 것인지 범위 마술 등을 마구 쓰고 있다. 마치 폭풍처럼 호수면이 솟아오르고 있다. 만약 주변에 배가 있었다면 이걸로 전복됐겠지. 하지만 닿지 않았다.

이미 상당한 거리를 달렸다. 소국만 한 크기의 호수에 꽤 깊이 들어와 있을 것이다.

유사 광신검은 도대체 어디로 향하고 있는 거지? 의아해하던 직후의 일이었다.

『프란! 멈춰!』

"!"

내 목소리에 즉각 반응한 프란이 급제동을 걸었다. 하지만 그 자리에서 딱 멈추진 못해 프란의 발뒤꿈치가 호수의 수면을 스쳤다. 거센 물보라가 치솟는 모습이 마치 분수 같다.

그렇게 젖은 생쥐꼴이 되긴 했지만 프란은 어떻게든 멈추는 데 성공했다.

『프란, 가능하면 좀 더 떨어져.』

"응."

"웡!"

『울시도 돌아왔구나.』

이미 프란도 울시도 눈치챘을 것이다. 순순히 내 말에 따라 그 장소에서 30미터 정도 떨어졌다.

『역시, 여기야.』

다양한 감지 계열 스킬이 앞으로 가지 말라는 것을 알려주고 있었다. 수면에는 아무것도 보이지 않는다. 그러나 물속에는 무수히 많은 마수들의 기척이 느껴졌다.

"비비안 가디언."

『틀림없어.』

이 앞은 침입하려고 하면 비비안 가디언에게 습격당한다고 하는 수호자의 영역이었다. 공격적인 기척은 느끼지 않았다. 확실히 잘못 침입한 정도라면 앞길을 가로막는 정도로 끝난다고 했었나. 우리도 아직 그 단계인 것 같다.

"근데 저 검은? 왜 괜찮아?"

『으음……. 무기물이라서 그런 건지 기척이 없어서 그런 건지……. 시도해 볼까.』

"괜찮아?"

『뭐, 위험하면 바로 도망가면 되지.』

물속으로 들어가자 소문의 수호자의 모습이 아주 잘 보였다. 듣던 대로 새하얀 몸체다.

"조심해."

"워후."

『그래.』

나는 프란과 울시의 배웅을 받으며 비비안 가디언의 기척이 느껴지는 지역을 향해 천천히 나아갔다. 평범하게 생각하면 무기물인 검 한 자루 정도는 넘어갈 것 같은데……. 하지만 곧 이 작전은 실패라는 것을 깨달았다.

주위에 있는 비비안 가디언들의 시선이 일제히 내게 쏠렸기 때문이다.

확실히 눈치채고 있다. 그럼에도 실낱같은 희망을 걸고 수호자의 영역으로 침투했다.

그 직후 오징어를 닮은 형태의 새하얀 마수가 내 앞을 가로막았다. 그것도 한 마리가 아니다. 다섯 마리나 되는 수호자들이 그 몸을 벽으로 삼아 내 앞길을 막고 있었다.

『으음, 나로도 안 되는 건가.』

일단 마력 등을 최대한 차단해 보았다. 이걸로 나는 마력도 거의 느껴지지 않는 금속 덩어리일 뿐이다. 하지만 그럼에도 안 됐다. 크게 우회하는 진로로 나아간 내 앞으로 비비안 가디언이 다가온 것이다.

『이 녀석들 감지 능력은 그다지 높지 않은데 말야…….』

감정해 봐도 감지 계열 스킬 레벨은 낮다. 그래도 어떤 이유로든 나를 알아채는 것 같았다.

그렇다면 이건 어떠냐. 나는 디멘션 시프트를 발동해서 다시 시도해 보았다. 눈으로는 보이지만 무기물이라 기척이 없다. 지금의 나는 투과 능력을 사용하는 유사 광신검에 가까운 상태인데――.

『먹힌다!』

역시 비비안 가디언은 움직이지 않았다. 다른 공간에 있는 상대까지는 반응하지 못하는 것 같았다. 이대로 뚫고 나간다면――.

“거기까지야.”

『어?』

“벌써 여기까지 왔구나.”

『렌이야?』

“맞아.”

내 앞에 갑자기 나타난 건 비비안 가디언이 아니라 낯익은 오드아이 소녀. 여전히 나는 기척을 느끼지 못했지만 눈으로는 볼 수 있었다. 정령인 렌이다.

“지금은 아직 이 앞으로 가면 안 돼.”

『너는 저 검의 정체를 알아? 게다가 이 앞에는 뭐가 있어?』

“……이대로라면 비극은 막을 수 없어. 제라이세를 막을 수단을 생각해.”

『비극! 저기, 프란에게도 말했었던 비극이란 건 피할 수 없는 거야?』

내 질문에 렌은 슬픈 얼굴로 고개를 저었다.

“비극 중 하나는 회피했어. 하지만 새로운 간섭자의 존재가 방해를 하고 있어.”

『누가 뭐에 간섭한다는 건데? 그게 제라이세라는 거야? 이미 쓰러뜨렸어!』

아직도 제라이세가 살아있다는 뜻인 걸까, 녀석의 음모가 아직 움직이고 있다는 뜻인 걸까.

“그래, 그들로 인해 내가 아는 미래가 크게 변모하기 시작했어. 당신들에게서 초래된 비극은 회피했지만, 제라이세 쪽에서 결국 비극을 일으킬 거야.”

『비극이라는 말을 들어도……. 구체적인 걸 알려줘!』

“여기까지 길이 변화했다면 어쩔 수 없으려나……. 이 호수에는 대마수가 봉인되어 있어. 알고 있지? 하지만 제라이세 때문에 봉인이 크게 흔들리고 있어.”

『역시 그건가!』

“대마수가 부활하면 이 나라는 그냥 끝나지 않아. 가까이 있는 프란도 목숨을 잃을 거야.”

그것이 비극인가! 하지만 그 말을 들으니 새로운 의문이 생겼다. 이미 회피했다고 했는데, 내가 검이 되는 것과 대마수 봉인이 무슨 관련이 있단 말인가?

『내가 완전한 검이 되는 게 왜 그거랑 이어지는 거야? 마수 봉인이랑 나랑은 상관없는데?』

“관계가 있는 것은 로미오. 그 아이가 가진 매그놀리아의 힘. 그것이 있다면 제라이세가 무슨 짓을 하든 부활을 막을 수 있어. 하지만 전에는 그렇게 되지 않았어.”

『전이라니…….』

‘전’이라는 수수께끼의 말. 과거에도 들었었다. 하지만 렌은 거기에는 대답하지 않았다.

“당신이 완전한 검이 되면 프란은 크게 변하고 말아. 자포자기 상태가 되어 더 공격적인 모습이 될 거야. 그 폭주를 멈춰야 할 당신은 아무 말도 하지 않게 될 거고.”

듣고 보니 그것은 가능한 미래일지도 모른다. 프란이 나를 잘 따른다는 것은 틀림없는 사실이다. 그런 내가 감정이 없는 검이 되어버린다면? 당연히 거칠어질 수밖에 없겠지.

"그 결과 프란은 제로스리드와 싸워 그를 쓰러뜨리게 돼. 목숨을 구걸해도 듣지 않고 주위가 모두 휘말릴 정도로 치열한 싸움을 벌이지. 그리고 유일한 보호자인 제로스리드를 잃은 로미오는 실의에 빠져 폭주하고 대마수 봉인에 실패해."

매그놀리아의 힘에는 사기를 흡수하는 능력이 있다고 한다. 그것을 사용하면 사신의 파편마저 들어있다는 대마수의 봉인에 간섭할 수 있는 것이다. 로미오가 폭주했다면 마수가 부활할 가능성도 충분히 있겠지. 시에라가 로미오와 깊은 관계라고 한다면 그 정보를 알고 있어도 이상하지 않았다.

사신의 파편이 들어있는 대마수 같은 것이 날뛰면 큰 피해를 볼 것이고, 프란도 말려들 것이다. 우리에게도, 주위에게도 비극이라는 건가.

"이 앞에 제라이세가 있어. 수호자들의 이상을 틈타 이미 봉인의 땅에 이르렀어."

『역시 살아있던 건가!』

폐액을 흘려보내 비비안 가디언을 이상화시킨 것은 제라이세였는데, 이미 목적을 달성했나 보다. 제라이세가 그렇게 깔끔하게 죽었을 리 없는 것이다.

『그렇다면 더더욱 이대로 가서――.』

"안 돼. 확실하게 승리할 수 있다면 말리지 않아. 하지만 궁지에 몰리면 그 남자는 주저 없이 마수를 부활시킬 거야. 이미 그 방법에 도달한 것 같아."

제라이세를 확실히 쓰러뜨린다? 그렇게 물으면 확실히 어렵다.

"그 남자는 지금까지도 유희로만 생각하고 있어. 아직 마수를 부활시킬 생각도 없어. 시간은 남아 있어."

『그 사이에 녀석을 쓰러뜨릴 준비를 하라는 건가?』

"그건 맡길게. 하지만 우리는 인간에게 큰 피해가 가는 건 원하지 않아. 어떻게든 그것만은 막아줘."

『프란을 위해 최선을 다하긴 할 거야.』

"그거면 됐어. 당신은 당신의 소중한 것들을 계속 아껴줘."

렌은 마지막으로 빙긋 웃더니 그대로 물에 녹듯 사라졌다. 역시 정령이구나.

다만, 거기서 뒤늦게 떠올랐다.

『아! 또 '전'이라는 말의 의미를 못 물어봤어!』

이 일에 깊이 관여한 것처럼 보이는 시에라라면 그 의미를 알고 있을까? 렌에게 앞으로 나아가는 것을 포기하라는 말을 들은 나는 프란 곁으로 돌아갔다.

아직 유희로 생각하니 괜찮다고 하긴 했지만 제라이세의 기분에 달렸다는 것은 이 세상에서 가장 신용할 수 없는 말이었다. 가능한 한 빨리 시에라에게 이야기를 듣고 위날렌에게 도움을 요청해야 했다.

"그럼 시에라한테 갈까?"

『그래, 그게 좋겠다. 아무리 생각해도 시에라는 무슨 사정을 아는 것 같아.』

애초에 아까도 그 유사 광신검이 아니었다면 뭔가를 들을 수 있었을 것이다.

프란과 울시는 시에라의 기척을 살피며 이동하기 시작했다.

"이제 곧이야."

『저쪽도 다가오고 있네.』

우리는 상당한 거리를 이동한 상태였지만, 서로가 서로를 향해 다가가고 있었다. 이 정도면 금방 합류할 수 있을 것이다.

"울시, 달려!"

"웡!"

그리고 곧바로 시에라와 합류할 수 있었다. 다만 저쪽은 피로에 절어 있었다.

"하아, 하아…… 그, 검은……."

"도망갔어."

"그래……."

시에라가 이대로 물 위를 계속 달리는 것은 어려워 보였다. 마력도 체력도 상당히 고갈된 듯했다. 그럼에도 제라이세와 관련이 있는 일이라 생각해서 어떻게든 필사적으로 달려온 거겠지.

당장 쓰러지진 않겠지만 휴식은 필요해 보였다.

우리는 근처에 보이는 섬으로 이동하기로 했다. 섬이라고 해도 지름 10미터 정도의 바위 덩어리이지만. 그 위에 내려앉자마자 시에라는 힘이 빠져 그대로 주저앉고 말았다. 피곤함과 체면을 저울질해 보다가 결국 프란 앞에서 추태를 보일 수 있을 정도로는 마음을 허락한 모양이었다.

몇 분을 기다린 후, 시에라의 호흡이 진정된 타이밍에 프란이 입을 열었다.

"네가 아는 모든 걸 말해줘."

"……."

어디서부터 질문을 해야 할지 알 수 없어서 일단 전부 다 말해 달라고 했다. 시에라의 정체라든가, 그가 알고 있는 제라이세의 정보라든가, 그에 관한 것을 여러모로 알고 싶었다.

몇 초 정도 잠자코 있던 시에라가 천천히 입을 열었다.

"넌 시간을 넘는 게 가능하다고 생각해?"

"시간?"

"그래."

"……음?"

프란이 잠시 생각하더니 고개를 갸우뚱했다. 시간을 넘는다는 말의 뜻을 이해하지 못한 것이다.

"지금의 네가 어떤 힘의 영향으로 갑자기 과거 세계로 갔어. 그리고 거기에는 당연하지만 아직 어린 옛날의 네가 생활하고 있어. 그런 일이 가능하다고 생각해?"

"불가능해."

"정말?"

"신의 힘이 없는 한 불가능해."

"그렇겠지. 그런데 의외로 그게 가능한 것 같아. 적어도 세 명의 경험자가 있거든."

그렇구나! 그런 거였어!

프란이 다시 고개를 갸웃했지만, 시에라의 말을 듣고 나는 어느 정도 사태를 파악할 수 있었다. 미래에서 과거로 시간 여행을 온 거라 생각하면 로미오가 두 명이 있다는 것도 납득이 간다!

프란에게도 간단히 설명해 주었다. 내 설명에 프란도 어렴풋이 이해한 것 같았다.

"그럼 너는 시간을 넘은 로미오?"

"맞아. 지금의 어린 로미오가 8년 전으로 돌아가 성장한 모습이 나야."

어른이 된 로미오가 시간을 넘은 게 아니라 어린 모습으로 이곳에 와서 성장했다는 뜻이었다.

다시 말해 이것이 '전'이라는 말의 의미였으리라. 프란에게 설명해 놓고 말하긴 그렇지만, 갑자기는 믿기 힘들었다. 그럴 수밖에 없는 게, 시간 여행이라고?

"그렇구나."

"믿어주는, 거야?"

하지만 프란은 평범하게 납득한 모습이었다.

"눈이 똑같아."

"눈?"

그러고 보니 전에도 말했었지. 로미오가 프란을 노려보는 눈과 시에라의 눈이 똑같았다고.

시에라 당사자는 별로 납득하지 못하는 눈치였다. 뭐, 눈이라는 소리를 들어도 난감할 것이다. 작게 신음하며 자신의 눈가를 쓰다듬고 있다. 다만 지금은 이해하고 넘어가기로 한 것 같다.

"뭐, 믿어준다면 상관없어."

"무슨 일이 있었어?"

"……나에게는 8년 전. 너희들에게 있어서는, 지금……. 내가 알고 있는 역사와는 많이 달라졌으니 더는 전과 같은 일이 일어나지는 않겠지만."

시에라가 자신의 몸에 일어났던 일을, 스스로도 회상하듯이 천천히 순서대로 말해 주었다.

그들에게 8년 전. 그때도 로미오와 제로스리드는 이 나라로 도망쳐 온 모양이었다. 하지만 지금의 로미오 일행과 전의 그들 사이에서는 거기서 걸어가는 길이 크게 갈렸다. 전의 두 사람은 이 나라에서 제라이세에게 붙잡혀 버렸다고 한다. 제로스리드 정도의 힘이라면 그렇게 쉽게 잡히진 않을 것 같은데 말야.

"나를 인질로 잡았거든……."

그 바람에 제로스리드는 제라이세의 입맛대로 놀아나며 다양한 실험의 피험체가 되었다고 한다.

"실험?"

"마석이나 유사 광신검을 몸에 삽입당한 채 여러 약품을 투여당했어. 어렸던 나는 변해가는 아저씨의 모습을 그저 보고 있을 수밖에 없었지."

아저씨라. 이전 세계에서도 로미오와 제로스리드의 관계는 양호했던 모양이네. 그건 그렇고 붙잡혀서 인체 실험을 당했다니……. 학원에서 보호하고 있던 로미오랑 제로스리드는 그런 말을 하지 않았었다.

"이쪽 로미오네랑은 달라?"

"우리가 그렇게 되도록 유도했으니까."

이전 세계에서는 베리오스 왕국의 모험가나 위날렌에게서 도망치다 결국 제라이세에게 사로잡히고 말았다. 하지만 이쪽에서는 시에라가 일부러 로미오의 정보를 모험가 길드에게 누설해 일찌감치 붙잡히도록 만든 것이다. 수상한 그림자를 봤다는 보고도 시에라가 발단이었던 모양이다.

"위날렌이 이전의 우리를 즉시 죽이지 않을 거라는 건 알고 있었어. 그렇다면 제라이세에게 농락당하는 것보다는 훨씬 나아."

"그렇구나."

전의 로미오 일행은 그 후 제라이세에 의해 좋을 대로 써먹혔다. 다만 로미오만은 위날렌의 보호를 받았다고 한다. 대마수 봉인에 대해 알아보던 제라이세가 위날렌에게 존재를 들켜 아지트를 급습당한 것이다.

"그래서 나는 내 핏줄과 그 피에 잠들어 있는 힘에 대해 배웠어. 내가 모르는 사이에 아저씨를 속박하고 있었다는 것도……."

그러나 로미오가 위날렌의 보호를 받은 지 며칠. 사태는 급변한다. 제라이세가 대마수의 부활을 목적으로 그 봉인의 땅에 나타난 것이다.

그 저지에 나선 것이 위날렌과 그녀에게 고용된 프란이었다.

제로스리드를 원수로 여기고 있던 프란은 그 모습을 앞에 두고 주위의 제지도 아랑곳 않고 덤벼들었다. 그 치열한 전투의 여파로 상업선단은 궤멸했다고 한다. 그 부분은 렌이 했던 말과 맞아떨어졌다. 내가 검이 되어 프란을 제지하는 자가 없었던 거겠지.

"……."

『프란?』

프란이 비통한 표정으로 고개를 숙였다. 내가 검이 되어 가고 있었던 것을 생각하니 남의 일처럼 느껴지지 않은 것이다. 지금의 프란도 이전의 프란과 마찬가지로 폭주했을지도 모르는 일이다.

다만 거기서 조금 궁금한 게 생겼다. 프란도 그 부분을 눈치챈 듯했다.

"위날렌은 나를 막지 않았어?"

그녀라면 어떻게든 프란을 막을 수도 있었을 것이다. 그러나 시에라는 고개를 저었다.

"상업선단을 버리게 되더라도 방해자인 아저씨를 억제하는 것이 우선이었으니까."

프란이 제로스리드를 제압하고 있는 동안 위날렌은 부활하기 시작한 대마수를 재봉인하려고 한 모양이었다. 로미오의 목숨을 희생해서.

"매그놀리아의 힘을 사용하면 사인의 힘을 흡수할 수 있어. 원래는 그대로 사용자의 힘이 되지만, 위날렌은 특수한 사용법을 쓰려고 했지."

매그놀리아 가문의 피에 담긴 사신의 성찬이라는 힘. 그 힘으로 대마수 안에 들어 있는 사신의 파편의 힘을 흡수하고, 그 흡수한 힘을 이용해 대규모 봉인술식을 사용한다.

즉 대마수를 약화시킴과 동시에 그 힘을 이용해 대마수 자신을 봉인하는 방법이었다.

"힘을 흡수하는 것이 고블린 정도라면 문제없었을 거야. 하지만 그때는 상대가 너무 안 좋았어. 사신의 파편에서 힘을 계속 흡수하고, 그 후에 다시 봉인술식으로 흘려보내는 파이프 역할을 하게 된다면 어린 로미오는 견디지 못하고 죽게 돼."

하지만 위날렌은 그럼에도 의식을 끝내려 하지 않았다. 어떤 희생을 치르더라도 대마수를 봉인할 생각이었을 것이다. 지금의 위날렌으로서는 상상할 수도 없는 일이었지만 여러 사람 위에 군림하는 자로서 작은 희생은 어쩔 수 없다고 판단했을지도 모른다.

"나도 지금이라면 이해할 수 있어. 원망할 생각은 없어."

스스로가 제물이 되었는데도 시에라의 목소리에는 정말 원망하는 기색이 없었다. 어쩔 수 없는 일이라며 받아들인 모양이었다. 하지만 로미오의 죽음을 받아들일 수 없는 사람도 있다. 제로스리드다. 어떻게든 로미오를 구하기 위해 발버둥 치다가 틈을 보인 탓에 프란에게 베여 쓰러지고 만 것이다.

"솔직히 그 뒤의 일은 잘 기억이 안 나. 아저씨를 구하겠다고 생각한 순간 힘이 폭주해서——."

정신을 차려보니 혼자 숲속에 쓰러져 있었다고 한다. 거기까지 말하고 시에라가 허리의 검을 뽑았다.

"다른 사람은 아무도 없었어. 단지 이 검만이, 내 옆에 떨어져 있었어."

프란이 시에라의 검을 바라보았다. 역시 사기 때문에 감정은 들지 않는다. 하지만 그 검에서는 뭐라 말로 표현할 수 없는 엄숙함이 느껴졌다.

"그 검은, 뭐야?"

"믿을 수 있을진 모르겠지만……."

시에라가 그렇게 말하며 말을 망설였다. 시간을 넘었다고 말한 인간이 이제 와서 뭘 주저하는 거야.

몇 초 정도 검을 응시하며 입을 다물고 있는 시에라. 마치 검과 대화하는 것 같았다.

그리고 결심을 굳힌 듯 고개를 든 시에라가 무거운 입을 열었다.

"이 검에는…… 제로스리드 아저씨의 의식과 힘이 깃들어 있어."

검에 제로스리드의 의식이 깃들어 있다? 그렇다는 건 즉——.

"인텔리전스 웨폰이라는 거야?"

"그래."

"호오."

믿기 어려운 이야기였지만 시에라는 거짓말을 하고 있지 않았다. 진짜 제로스리드가 깃든 인텔리전스 웨폰이었다. 지금까지도 '대화하고 있는' 것처럼 보였던 게 아니라 정말 대화를 하고 있었던 거겠지.

"노, 놀라지 않아?"

"놀랐어. 와아."

내가 아니면 모를 정도로 프란은 놀라고 있었다. 다만 경악한 정도는 아니었다. 본래에도 수수께끼가 많은 신기한 검이라고 생각하고 있었으니까. 나라는 인텔리전스 웨폰에 익숙한 프란이 보기엔 그저 '이상한 검'이 '완전 이상한 검'이 되었다는 정도의 느낌이겠지.

"그 안에 제로스리드가 들어있어?"

"이것도 믿는 거야?"

그의 입장에서는 프란이 뭐든 선뜻 믿어주는 것이 믿기 힘든 모양이었다.

내가 가진 허언의 이치와 프란의 야생의 감을 조합한 기술인데, 옆에서 보면 어떤 것도 쉽게 믿는 이상한 소녀처럼 보이겠지. 그런 시에라를 힐끔 바라본 프란이 의문을 제기했다.

"제로스리드랑 얘기는 할 수 있어? 나랑도?"

"아, 아니…… 나 이외의 대화는 무리야. 장비자와 의사소통을 가능하게 하는 동조라는 스킬로 대화하고 있으니까."

"그렇구나."

프란이 그렇게 중얼거리자 갑자기 시에라의 손에 쥐어진 칠흑 같은 검이 키잉, 하는 날카로운 소리를 냈다. 스스로 의사를 갖고 있다는 것을 보여준 것이다.

"아저씨가 사과하고 있어."

"사과해?"

"……제로스리드 아저씨를 원망하고 있잖아? 그건 알고 있어."

이쪽 세계의 제로스리드와 마찬가지로 전의 제로스리드도 이미 마음을 고쳐먹고 다른 사람이 된 것 같았다. 프란은 가볍게 미간을 좁히며 얼굴을 찌푸렸지만, 더 이상 격앙되지는 않았다. 상대의 모습이 완전히 달라져 버린 탓에 실감이 나지 않는 것이다. 게다가 프란은 이미 그 분노를 극복했기에 이제 와서 이전의 제로스리드에게 사과를 받아봐야 당황스러움밖에 느껴지지 않는 듯했다.

그 표정을 어떻게 받아들인 것인지 시에라도 그 자리에서 깊이 고개를 숙였다.

"하지만 복수하는 건 조금만 더 기다려 줄 수 없을까?"

"멈추라고 하진 않아?"

"마음은, 이해하니까…… 하지만 우리는 꼭 해야 할 일이 있어. 그걸 이루기 전까지는 살아남아야 해."

"제라이세를 향한 복수?"

"그래. 전의 세계에서는 여러 일들이 있었어. 나에게 있어서는 전의 너도 용서할 수 없는 상대였지."

그것이 프란을 향하고 있던 살기의 정체였다. 전과 지금이라는 차이는 있어도 똑같은 프란. 제로스리드를 죽기 직전까지 몰아붙인——아니, 어떠한 이유로 검이 된 것을 생각하면 죽였을지도 모른다.

그런 프란을 향한 원망이 시에라 안에는 남아 있었다. 그러나 제라이세를 향한 증오에 비하면 미미해 보였다. 제로스리드의 자업자득이라는 것도 알고 있을 테니 말이다.

"제로스리드 아저씨가 이런 몸이 된 건 녀석의 인체 실험 때문이야. 게다가 녀석이 대마수를 부활시키지 않았으면 애초에 우리가 말려들 일도 없었을 거고."

그렇게 말하는 시에라의 눈동자에는 어두운 불꽃이 번지고 있었다. 그 눈은 제로스리드에게 달려들던 프란과 굉장히 흡사했다.

이 둘은 비슷한 처지일지도 모르겠다. 어린 나이에 가혹한 운명에 휘말리고, 그럼에도 목표를 향해 강하게 나아가고 있다. 인텔리전스 웨폰을 손에 넣고 파트너로 삼고 있는 부분도 마찬가지다.

"제라이세와 결판이 나면 상대해 줄게. 그러니까 그때까지는 넘어가 줬으면 좋겠어. 부탁해."

시에라가 자신들의 비밀을 말한 이유를 이제 알았다. 여기서 프란에게 불신을 받고 적으로 돌릴 바엔 비밀을 털어놓고 신용을 얻으려는 것이었다.

고개를 숙이고 있는 시에라를 물끄러미 내려다보던 프란이 곧 고개를 끄덕인다.

"……응. 알았어."

"고마워."

시에라를 향한 직접적인 원한도 없고 말이지. 게다가 이 제로스리드는 전의 제로스리드. 이미 전의 프란이 결판을 낸 것이다.

우리가 손을 대선 안 된다.

"제로스리드가 검이 됐다는 건 알았어. 근데 어째서? 제라이세가 뭔가 했어?"

"맞아. 우리도 자세히는 모르지만, 녀석은 유사 광신검을 이용해 인간의 의식을 검에 가둔다고 말했었어."

"그게 가능해?"

"가능, 했겠지……. 어쨌든 여기 성공사례가 있으니까. 몸속에 파묻은 마석과 유사 광신검을 주입한 마석을 매개체로 한다는 건 들었지만 그게 어떻게 작용했는지까진 몰라. 애초에 시간을 넘기 직전까지 아저씨는 검이 아니었거든."

"그래?"

"내 힘이 폭주하면서 빛에 삼켜졌고――이쪽 시간으로 날아왔을 땐 어째서인지 검이 되어 있었어. 심지어 유사 광신검과는 전혀 다른 모습으로. 그것밖에 몰라."

즉, 제로스리드가 인텔리전스 웨폰이 된 것은 우연이라는 뜻인가? 그렇다면 양산은 어려우려나? 내가 상정한 최악의 경우는 인텔리전스 웨폰이 제라이세의 손에 의해 양산되고 그것이 레이도스 왕국의 손에 들어가는 것이었다. 하지만 그런 걱정은 안 해도 될 것 같다.

내가 안심하고 있자 프란이 다시 입을 열었다. 프란도 궁금했던 것이 있는 모양이다.

"하나 더 물어봐도 돼?"

"내가 대답할 수 있는 거라면."

"아까 시간을 넘은 인간이 세 명이라고 했지? 시에라랑 제로스리드, 나머지 한 명은 누구야?"

아아, 그런 말도 했었지. 나도 마침 궁금했었다. 어쩐지 머릿속에서는 예상이 됐지만, 이성이 그 답을 말하길 거부하고 있었다. 그게 여러 명 있다니, 그런 것은 그저 악몽일 뿐이다.

그러나 시에라의 입에서 나온 것은 최악의 말이었다.

"제라이세야."

역시! 그렇지 않을까 생각했다.

"우리도 아까까지 몰랐는데 저건 전의 제라이세였겠지. 아니면, 전의 제라이세에게 정보를 얻은 지금의 제라이세거나――."

"내 얘길 하고 있나보네? 이거 기쁜걸?"

갑자기 시에라의 말을 귀에 익은 목소리가 가로막았다.

"여어, 로미오 군과 프란 씨. 모처럼 쫓아오기를 기다렸는데 전혀 오지 않길래 내가 직접 왔어."

목소리가 난 쪽을 향하자 부러진 유사 광신검을 든 제라이세가 서 있었다. 여전히 짜증나는 미소다. 제라이세를 쓰러뜨렸는데도 렌이 아직 음모가 진행되고 있다는 식으로 말했던 의미도 알았다. 제라이세는 둘이었던 것이다.

"안녕, 제라이세예요~."

하지만 그 모습을 본 프란이 고개를 갸우뚱했다.

'저 녀석, 제라이세?'

『어딜 어떻게 봐도 그렇잖아?』

'……뭔가 이상해. 제라이세의 동생?'

프란은 눈앞의 제라이세에게 위화감을 느낀 모양이다. 하지만 그걸 따질 새도 없이 제라이세가 다시 입을 열었다.

"이 검이 신경 쓰이나 봐?"

그렇게 말하며 들어 올린 것은 틀림없는 유사 광신검이었다. 도신이 중간부터 사라져 있었다.

나랑 추격전을 벌인 그 유사 광신검이 틀림없다.

"그 검, 뭐야?"

"이 검은 우리가 탄생시킨 인텔리전스 웨폰이야! 이름은 그래——초절무적최강검——은 좀 너무 기니까 그냥 마검 제라이세라고 할까?"

제라이세가 그렇게 말한 순간 유사 광신검의 모습이 변화했다. 단단해야 할 검이 마치 사탕 세공이라도 하듯 팽창하고 수복하고 늘어나며 변형되었다.

몇 초 뒤, 제라이세의 손에는 유사 광신검과는 전혀 닮지 않은 화려한 모양의 검이 쥐어져 있었다.

청자색 손잡이와 날밑, 거대한 너클 가드. 형광 핑크색의 요란한 검신을 가진 쇼트소드다. 아니, 그보다 더 짧은가? 그만큼 날은 두껍고 튼튼해 보였다. 검신 아래쪽이 끝보다 굵다. 이른바 망고슈, 패링 단검이라는 것이다.

악취미. 그 한마디로 모든 설명이 가능했지만 존재감은 엄청났다.

게다가 달라진 것은 겉모습뿐만이 아니었다. 감정으로 보이던 정보에도 변화가 생겼다.

명칭이 '없음'으로 되어 있던 부분이 마검 제라이세로 바뀐 것이다. 그리고 스킬 등의 정보가 완전히 보이지 않게 되어 버렸다. 아마 이름을 지어 검으로서의 레벨이 올라갔을 것이다. 내가 울시의 이름을 지어 진화시킨 것과 비슷한 현상이다.

"인텔리전스 웨폰? 그 검이?"
"그래! 전의 내가 봉인된, 의사를 가진 검이야!"
혹시 자력으로 인텔리전스 웨폰을 만든 건가? 물론 전의 제로스리드를 소재 삼아 여러 가지 실험을 하긴 했겠지만……. 내 입으로 말하긴 좀 그렇지만 난 전설적인 존재인데? 심지어 신검보다 더 희귀하다는 말을 들었을 정도다. 게다가 '전'의 나라고 했지?
"의미를 모르겠어."
"흐음? 궁금해?"
"응."
"그럼 알려줄게!"
제라이세가 의기양양하게 외쳤다. 어떻게 보면 참 쉽다니까.
"난 말이지! 인텔리전스 웨폰을 만들 수 없을까 연구했던 적이 있어. 뭐, 영혼을 특정 그릇에 봉인하는 방법을 몰라 키메라로 관심이 옮겨갔지만 말야."
나는 신들의 손에 의해 만들어졌기 때문에 별로 의식해본 적은 없지만, 보통은 신의 관할인 영혼을 봉인하는 것은 어려운 일이다.
"하지만 연구 자료를 모으거나 간단한 실험은 계속해 왔어."
"흐음."
"덕분에 최근 몇 년 사이에 여러 새로운 발견을 할 수 있었지. 뭐, 전의 내가 제공해 준, 전의 제로스리드 씨의 데이터지만 말이야."
제라이세가 그렇게 말하며 시에라가 겨눈 칠흑의 검을 바라보았다. 전의 나. 그렇다면 이 녀석이 지금의 제라이세인가.
"게다가 이 유사 광신검. 이건 특히나 흥미로웠어. 임시라고는

해도 인텔리전스 웨폰처럼 의사를 가질 수 있었으니까!"

파나틱스를 손에 넣은 아슈트너 후작가는 뒤에서 레이도스 왕국과 이어져 있었다. 그리고 제라이세는 레이도스 왕국에 몸담고 있다. 역시 그 연결점에 의해 제라이세에게 정보가 흘러가고 있었던 것 같다.

레이도스 왕국도 여러 세력이 서로를 견제하고 있는 상황이라 제라이세가 파나틱스 계획에 어디까지 협력했는지는 알 수 없다. 다만 파나틱스 연구 자료나 유사 광신검의 실물을 손에 넣을 수 있는 정도로는 접점이 있을 것이다.

"전의 내가 기억하고 있던 데이터와 제로스리드 씨가 인텔리전스 웨폰으로 변했다는 사실을 바탕으로 여러 가지 연구를 진행해왔어."

유사 광신검을 몸에 넣은 상태로 장시간 지내게 되면 육체뿐만 아니라 영혼이 그 상태를 자연스러운 것으로 여기게 된다고 한다. 유사 광신검도 육체의 일부라고 착각하는 것이다. 그 상태에서 육체가 사라지면, 어떻게든 살고자 발버둥 치는 영혼이 유사 광신검으로 들어가게 된다고.

"물론 같은 종류의 마석을 양쪽에 박아서 이동 경로를 만들어줘야 하고 그 밖에도 여러 가지 전제가 필요하지만! 뭐, 그렇게 노력한 결과 내 스스로가 이렇게 인텔리전스 웨폰이 되는 데 성공한 셈이지. 물론 전의 나도 기뻐하고 있어. 어쨌든 인텔리전스 웨폰이 된 사람은 역사를 뒤져봐도 거의 없을 테니까! 이제 검에 정신을 옮기는 것만 남았었는데, 너희들에게 살해당하면서 모 아니면 도라는 생각으로 시도해 봤나 봐. 잘 돼서 다행이야."

"아까까지 우리가 싸우던 전의 제라이세가 그 검이야?"

"응!"

아무래도 전의 제라이세는 스스로 검이 되기를 자청한 것 같다. 자기 자신을 인체 실험의 도구로 삼았다는 건가……. 완전히 미쳤네.

그래도 프란이 이 제라이세에게 품은 위화감의 정체를 알게 됐다. 전의 제라이세와 이쪽 제라이세는 나이가 다르니까. 로미오와 시에라가 여덟 살의 차이가 나듯이 두 명의 제라이세에게도 비슷한 차이가 있었다. 다만 제라이세의 경우는 반마족이었기에 그것이 거의 겉으로 드러나지 않았는데, 조금이라도 이상을 느낀 프란이 대단했다.

'……음?'

프란이 연신 목을 갸우뚱했다. 전이니 지금이니 하는 말을 듣고 점점 헷갈린 거겠지.

『아까 프란이 쓰러뜨린 제라이세가 과거의 제라이세였고 지금은 유사 광신검이 됐어. 그리고 눈앞에 있는 건 지금의 제라이세. 이해됐어?』

"그렇구나."

"이런? 믿어주는 거야? 좀 더 이런저런 증거를 알려줄 예정이었는데…… 프란 씨, 너 너무 순진한 거 아니야? 그러다 나쁜 사람한테 속아도 모른다?"

"네가 할 말은 아냐."

"아하하하! 그건 그러네! 그래도 좀 봐줘! 멋있지 않아?"

제라이세가 그렇게 말하며 유사 광신검——아니, 마검 제라이세를 머리 위로 들어 올렸다. 그 얼굴은 장난감을 얻은 아이와 똑 같았다.

"전의 나도 한 번 더 안부를 전해달라네?"

"안 들려."

"아, 그랬지 참. 미안, 미안. 너희한테는 안 들릴 거야."

으음, 움직이지 않은 상태에서는 검에 정말 의식이 있는지 아닌지 모르겠다. 하지만 수중이나 공중에서의 움직임을 보는 한은 틀림없겠지. 이 녀석, 진짜 인텔리전스 웨폰을 만들어냈다. 야채왕자*는 아니겠지만, 무슨 인텔리전스 웨폰 바겐세일이냐고!

게다가 내 걱정이 현실이 될 것 같았다.

"인텔리전스 웨폰은 양산할 수 있어?"

"이론은 있지만, 갈 길은 아직 멀었지. 역시 우연에 의지하고 있는 부분도 있고. 응? 미안, 미안. 그래, 너도 활약하고 싶겠지?"

아무것도 모르고 보면 보이지 않는 상대와 갑자기 대화를 시작하는 위험한 녀석이었다. 앞으로 프란한테도 더 조심하라고 하자.

"전의 내가 지겨워하는 것 같으니까 일단 수다는 이 정도로만 하고, 좀 어울려줄 수 있을까?"

"……뭐에?"

"아하하하하! 그야 당연히 전의 나를 시험하는 데 말이야!"

웃음을 떠뜨린 제라이세가 자세를 취하자 마검에서 엄청난 마력이 뿜어져 나왔다.

그 마력만으로도 만만치 않은 상대임을 알 수 있었다. 하지만

---

* 드래곤볼에 나오는 베지터. 늘어난 초사이어인을 보며 바겐세일이라고 말한 대사가 유명하다.

당연히 그뿐만이 아니다.

『프란, 마검 제라이세는 상당한 스킬을 갖고 있을 거야. 최악의 경우 제라이세가 갖고 있던 스킬을 그대로 다 갖고 있을지도 몰라! 조심해!』

"응!"

녀석들이 가진 힘 중에서 가장 조심해야 할 것이라면 먼저 마술이나 스킬의 연타일 것이다. 나와 프란의 기초 전술이라고 해도 과언이 아니다. 검과 사용자가 같은 스킬을 사용할 수 있다면 상대 역시 그것이 가능하다고 생각해야겠지.

"아하하! 간다!"

자신의 참격을 프란이 막아냈음에도 제라이세는 즐거워 보였다.

"하하! 좋네! 그 검과도 충분히 겨룰 수 있겠어!"

나와 마검 제라이세가 맞붙을 때마다 상대의 내구도가 뚝뚝 깎여나갔다. 그렇지만 일격에 파괴되지 않고 자기 수복으로 계속 회복을 이어가고 있어 결과적으로 프란과 대치가 가능했다. 심지어 그 상태에서도 마술이 날아왔다.

"으."

『내가 막을 테니까 프란은 전투에 집중!』

"응!"

언뜻 보면 영창을 하고 있는 내색이 없는데 갑자기 대마술이 발동한다. 마치 무영창이나 다름없다. 은폐 계열 스킬로 인해 마력의 흐름을 알아차리기도 어렵다. 우리처럼 상대의 검이 마술을 부릴 수 있다는 사실을 알고 있어도 허를 찔릴 수밖에 없다. 처음 보는 상대라면 마술을 피하지 못하는 것도 어쩔 수 없을 것이다.

게다가 시간적인 간격도 이상하다. 스킬이나 대마술을 쏜 직후에는 아무래도 몸이 경직되고 움직임이 둔해진다. 하지만 제라이세와 마검이 번갈아 공격을 반복하는 탓에 경직이 무의미해지고 있었다.

우리가 늘 하고 있는 일인데도 막상 당해 보니 그 불합리함을 알 수 있었다.

눈에 띄게 큰 기술을 날린 직후 또 똑같은 큰 기술을 간헐적으로 던져온다. 기회라고 생각하고 파고든 상대에게는 악몽이나 다름없다.

더욱 성가신 점은 예의 투과 스킬이다. 제라이세의 기척이 사라지면서 이쪽 공격이 빠져나가고 만다. 다만 그 사용법이 아까와는 전혀 달랐다. 조금 전까지는 온오프 간격이 조금 길었다.

한번 이 수수께끼 스킬을 사용하면 한동안은 계속 사용했다. 그리고 그동안은 그쪽에서도 이쪽을 향해 공격하지는 않았다. 아마 스킬 발동 중에는 공격을 할 수 없었던 거겠지.

하지만 지금은 아니다. 수시로 온오프를 반복하며 거침없이 공격을 퍼붓는다.

마검 제라이세를 사용함으로써 스킬이 가진 어떠한 부작용을 경감할 수 있게 된 것 같았다. 혹은 한쪽이 제어를 담당함으로써 한쪽이 자유로워졌거나.

"얍, 얍!"

"칫!"

"아하하! 못 죽였네. 아쉬워라!"

반면 이쪽은 프란과 어른 로미오——시에라 두 명이 덤벼들고 있었지만 공격 수단이 부족했다.

단순히 소모가 컸다. 나는 검신화의 영향으로 힘이 동났고 프란도 마력을 다 소비해 버렸다. 제라이세 같은 방심할 수 없는 상대로 남은 힘을 다 쥐어 짜내는 어리석은 짓은 할 수 없었기에 결국 상대의 움직임을 보면서 싸워나갈 수밖에 없었다.

제라이세가 실체화하고 있는 동안. 즉 공격 중에 카운터를 노리고는 있지만 그것은 상대쪽도 알고 있는 사실. 몇 번을 노렸지만 매번 타이밍 좋게 빗겨나며 전부 실패로 끝났다.

시에라도 스킬을 소실시킨 그 수수께끼의 능력을 사용할 기미는 보이지 않았다. 이쪽을 신경 쓰는 건가?

프란은 시에라에게 다가가 말을 걸었다. 바람 마술로 제라이세에게는 들리지 않게 했다.

"저기. 로미오…… 시에라? 로미오?"

"시에라면 돼."

"시에라, 아까 그 힘 안 써?"

"아직은 무리야."

그 말만으로 이해했다. 연속으로 사용할 수 없는 능력인 거겠지. 소모가 심하거나 대가가 크거나 둘 중 하나일 것이다. 그만한 능력이니 손쉽게 아무 때나 쓸 수 있을 리가 없다.

그렇다 치더라도, 제라이세와의 싸움을 이어가면서 나는 묘한 위화감을 느꼈다.

겨우 이 정도인가? 검을 시험해 본다고 말한 것에 비해 제라이세는 진심으로 공격하는 것 같지 않았다. 물론 그 공격은 강렬했고 방심하면 당할 것이다. 하지만 인텔리전스 웨폰인 마검 제라이세를 쓰는데 겨우 이 정도인 걸까?

나는 그 부분이 이해가 가지 않았다. 시운전 느낌으로 가볍게 싸우는 건가 싶었는데 아무래도 그것도 아닌 것 같다. 만날 때마다 도발적인 언행을 반복하긴 했지만, 지금은 더 의식해서 과하게 프란 쪽을 도발하고 있는 것 같았다.

"얍, 얍! 겨우 이 정도야? 기대에 못 미치는걸!"

"지금 당장 도망가는 게 어때? 지금이라면 봐줄 수도 있는데?"

"우와! 지금 공격 굉장하다! 대단해! 그래도 아쉬웠어."

도망가도 좋다는 식의 대사는 거짓말이다. 조금씩 이해가 갔다. 아무래도 프란 일행을 도발해서 이 자리에 붙잡아 두고 싶은 모양이었다. 즉, 발을 묶어두는 것이 진짜 목적이었다. 이 앞으로 보내고 싶지 않은 것이다.

그렇다면 여기서 제라이세를 상대하고 있는 것보다 이 앞으로 향하는 편이 낫겠지. 제라이세를 쓰러뜨리면 다 끝날 일이지만, 지금의 우리로서는 확실하게 끝낼 수 있을지 어떨지 알 수 없으니까.

'그럼 어쩌지?'

『이상적인 그림은 시에라가 제라이세의 발을 묶어두는 건데.』

그 사이에 우리는 이 뒤를 확인하러 간다. 어차피 재미없는 일이 벌어지고 있을 터였다.

프란이 시에라에게 다가가 속삭였다.

"녀석의 발을 묶어줄 수 있어?"

"무슨 일인데?"

"제라이세는 우리의 발을 묶어두는 게 목적이야. 그래서 이 앞을 보고 오려고.”

“그런 거였나…….”

“어때?”

“알았어. 나도 비장의 수단을 쓸게.”

시에라가 자신 있게 외쳤다. 실제로도 시에라와 마검 제로스리드의 바닥은 아직 알 수 없었다. 이 정도로 자신 있어 보이는 걸 보면 맡겨도 되겠지.

“잠시만 녀석의 주의를 끌어줘.”

“알았어.”

가볍게 상의를 마친 후 프란이 제라이세를 향해 돌진했다.

일부러 눈에 보이는 카운터로 위장해 제라이세가 공격하기 어렵게 만들고, 그와 동시에 프란에게 의식을 집중시켰다. 거기서 내가 시공 마술 디멘션 소드 연격을 때려 넣었다.

마력을 과하게 쏟아 부은 오버 부스트 상태의 디멘션 소드는 상당한 위력을 갖고 있었다.

그것이 여러 개, 사방에서 제라이세를 덮친 것이다.

이상적인 그림은 투과 상태를 해제하고 장벽 같은 것으로 막아주는 것인데――.

제라이세는 투과 상태를 유지한 채 마검 제라이세를 휘두르며 차례차례 날아드는 디멘션 소드를 내리쳤다. 저 검에는 시공 속성까지 있는 모양이다. 하지만 이것도 상정 범위였다. 인텔리전스 웨폰을 얕보지는 않았다. 진짜 목적은 녀석의 발밑이다.

“가르릉!”

“큭! 설마 본인이 대미지를 입을 타이밍에?”

울시의 그림자 전이를 통한 차원아가 제라이세의 두 다리를 집어 삼켰다. 울시는 무려 디멘션 소드의 폭풍에 자신이 말려드는 타이밍에 맞춰 공격을 가한 것이다. 그림자에서 얼굴을 내민 울시를 향해 여러 발의 디멘션 소드가 직격했다. 하지만 그것은 울시도 각오한 바였다. 온몸에 깊은 열상을 입으면서도 그 송곳니로 확실하게 제라이세를 붙잡았다.

거기에 시에라가 단번에 파고들었다. 칠흑 같은 검에 무시무시한 사기를 휘감고.

"오오오오오오오오오오!"

시에라의 손에서 뿜어져 나온 사기 덩어리가 마치 뱀처럼 넘실거리며 제라이세의 팔을 휘감았다.

"사박흑쇄(邪縛黑鎖)!"

그렇군. 확실히 사기를 두른 사슬처럼 보인다.

그러자 검은 쇠사슬에 감긴 제라이세가 갑자기 힘을 잃고 그 자세를 무너뜨렸다.

"크! 뭐, 뭐야아……?"

"그건 사기의 사슬이다. 어때? 스킬을 유지하는 것도 힘들지?"

아무래도 사기로 만들어진 그 사슬에는 아까 사용했던 주위의 스킬을 없애는 것과 비슷한 성질이 있는 것 같았다.

"이거면 됐어?"

"응. 맡길게."

어쩐지 자신에게서 거리를 두기 시작한 프란을 보며 제라이세가 도발의 말을 던졌다.

"어? 프란 씨? 도망가는 거야?! 한참 못 본 사이에 꽤 겁쟁이가 됐네!"

"……흥."

"아! 잠깐만!"

자신을 무시하고 호수 중심으로 달려가는 프란을 보고 제라이세가 황급히 뒤를 쫓으려 했다. 하지만 그 앞을 시에라가 가로막았다. 사기의 사슬이 있는 한 시에라를 무시하고 쫓아오지는 못할 것이다.

"제라이세. 네 상대는 나다."

"젠자앙!"

제라이세의 억울한 외침을 뒤로하며 프란과 울시는 호수를 달렸다.

제4장 부활의 재액

『지금부터는 디멘션 시프트를 써서 나아가자.』

"응."

『마력도 별로 여유 있는 편은 아니니까 빨리 움직이자. 그리고 울시는 그림자 전이로 이동하면서 따라와.』

"웡!"

비비안 가디언이 이쪽을 경계하고 있다는 느낌을 받은 나는 디멘션 시프트를 발동시켰다.

울시는 호수 바닥의 바위 등으로 그림자를 이동시키면서 따라오——지는 못했다. 울시가 숨어 있는 곳이 가디언들에게 둘러싸여 있다. 그림자 속에 있어도 감지되는 것 같다.

『울시! 돌아가!』

'워후…….'

무리하게 따라오면 가디언이 폭주할 수도 있었다. 여기선 얌전히 제라이세의 발을 묶는 데 전념해 주는 것이 나았다.

나와 프란은 문제없이 물 위를 나아갔다. 그렇게 잠시 가다 보니 정면으로 신기한 무언가를 포착했다.

『뭐야, 저건?』

"기둥?"

프란의 말대로 그것은 기둥처럼 보였다. 지름 5미터 정도의 하얀 원기둥이 물속에서 하늘을 향해 우뚝 솟아 있었다. 심지어 하나가 아니다.

『위에서 봐 보자.』

"응."

상공에서 내려다보니 흰 기둥이 여럿 있었다. 원을 그리듯이 같은 간격으로 배치되어 있다. 아무리 생각해도 여기가 호수 중심부 같았다.

『이상한 마력도 느껴지네.』

"기분 나빠."

원 중앙에서 기묘한 마력이 느껴졌다. 사기는 아니지만 일반적인 마력은 아니다. 프란의 말대로 기분 나쁘고 불쾌한 마력이다.

"스승, 이대로 돌진할게."

『어쩔 수 없지.』

사실 신중하게 행동하고 싶었지만 마력에 여유가 없다. 방치할 수도 없으니 여기선 우선 마력의 정체를 확인해야 했다. 프란이 낙하하는 기세 그대로 물속에 돌진했다. 이 근처만 수심이 꽤 얕은 것인지 채 10미터도 되지 않는다. 그 호수 바닥에는 신비로운 건축물이 가라앉아 있었다.

처음 봤을 때의 인상은 딱 신전이었다. 돌기둥과 동일한 흰색 석재가 깔려 있고 중앙에는 제단 같은 것이 존재했다. 오래된 것 같은데 그런 것치고는 아주 깨끗한 상태다. 이끼나 쓰레기, 얼룩 한 점 없이 순백이라고 할 수 있는 상태를 유지하고 있다.

그리고 그 신전 중앙에 이상한 마력의 원인이 있었다. 아름다운 흰색 신전 안에서 누가 봐도 이질적인 수상함을 뿜어내고 있는 그것은, 자수정으로 이뤄진 커다란 타이어에서 가느다란 촉수가 여러 가닥 나 있는 듯한 형태였다.

'저거, 뭐야?'

『저거, 마석이야! 틀림없어. 제라이세의 마석 병기야!』

제단 바로 위에 놓인 흉측한 오브제는 주위의 마력을 흡수해 신전 안으로 쏟아붓고 있었다. 우리가 느낀 섬뜩함은 마력을 빨리는 것에 대한 혐오감이었다.

"여기까지 와 버렸구나."

"! 렌."

갑자기 나타난 것은 정령인 렌이다. 슬픈 얼굴로 이쪽을 보고 있었다.

"이 장소는 특별해. 이제 시공 마술을 풀어도 괜찮아. 수호자들은 이 장소에는 들어올 수 없으니까."

렌의 말에 디멘션 시프트를 해제해 보았다. 신전 바깥에 있는 비비안 가디언들이 움직이려는 기미조차 없다. 정말 여기까지는 안 들어오나 보다. 다만 공기는 없었기에 호흡을 위해 바람의 결계를 감쌌다. 그런 움직임에도 비비안 가디언들은 반응을 보이지 않았다.

"당신들도 그 거대한 마석을 봤어?"

"응."

렌이 수심에 찬 눈으로 마석 병기를 바라보았다. 꺼림칙한 물건을 보는 눈빛이었다.

역시 저것은 렌으로서도 달갑지 않은 무언가인 것 같았다.

『저 기분 나쁜 마석이 대마수를 부활시키기 위한 장치야?』

"그래, 주위의 마력을 이용해 마수의 봉인을 조금씩 침식하고 있어. 재봉인 의식을 치르지 않으면 며칠 안에 봉인이 스스로 파괴될 거야. 그리고 머지않아 대마수가 완전히 부활하겠지."

"그럼 그 의식을 하면?"

"재봉인 의식을 치르려면 준비가 필요해. 서두르면 맞출 수 있을지도 모르지만……."

"그 의식은 어떻게 해?"

"위날렌이라면 알고 있을 거야. 그녀가 그 의식을 치를지 어떨지는 모르겠지만."

"무슨 뜻이야?"

"직접 물어봐."

렌은 여전히 중요한 것은 알려주려 하지 않았다.

"그럼 저걸 부수면 마수는 부활하지 않아?"

"저걸 파괴하는 건 무리야. 제라이세가 겹겹이 방어벽을 덧대어서 강화했어. 나도 시도해 봤는데 상처 하나 나지 않았어. 사실상 하이 엘프급의 힘이 아닌 한 불가능해."

렌 자신도 고위의 정령으로 보였다. 그런 정령이 상처 하나 입히지 못했다니……. 확실히 대단하긴 한가 보네.

하지만 그건 다른 녀석일 경우였다.

"렌, 하나만 대답해줘. 저건 부숴도 돼?"

"가능하다면 부탁하고 싶을 정도야. 그러면 최악의 사태는 면할 수 있을 거야. 하지만 불가능해. 그러니 이 나라에서 도망가. 휘말릴 거야."

프란의 물음에 렌이 서글프게 고개를 저었다.

"부숴도 된다면 그걸로 됐어. 스승."

『그래!』

"……어떻게 되도 난 몰라."

슬픈 표정을 한 렌의 말을 뒤로하고 프란이 마석 병기에 달려들었다.

"섬화신뢰——천단!"

흑뢰가 길게 퍼지면서 신속의 참격이 내달렸다.

까앙!

하지만 그 반응은 상상과는 조금 달랐다. 무딘 칼로 단단한 바위라도 두드린 것처럼 둔탁한 감촉이었다.

"어?"

눈앞의 마석 병기에는 변화가 없었다. 프란은 고개를 갸웃거리고 있지만 나는 원인을 알았다.

『흠집이 나지 않아서 그래.』

나의 마석 흡수는 벤 마석을 포식하는 능력이다. 즉, 흠집 하나 입지 않았을 경우 능력이 발동되지 않는 것이다.

"음……."

『어쩔 수 없지……. 검신화를 쓰자.』

여기서는 조금 무리를 해야겠지. 하지만 프란이 울먹이는 얼굴로 고개를 흔들었다.

"안 돼!"

아무래도 내가 검으로 변한다는 얘기를 들은 이후로 프란이 걱정이 많아진 것 같다. 뭐, 그 마음을 모르는 건 아니지만. 검신화를 하고 있는 와중에는 나에게도 최적화의 영향이 미친다. 그 상태를 불안하게 느낀 것이겠지. 그때의 나는 정말로 검 그 자체니까. 게다가 내구도도 위험한 영역이다.

『하지만 그 정도로 하지 않으면 저기에 흠집을 내는 건 어려울 텐데?』

혼신의 힘을 담은 천단조차 흠집을 내지 못했으니까. 물론 지금의 내가 검신화를 사용하는 것은 상당히 위험하지만 아주 한순간이라면 그렇게까지 문제는 없을 것이다. 그러나 프란은 고개를 끄덕이지 않았다.

"절대 안 돼."

『그럼 어떡하려고?』

"나한테 맡겨."

프란은 결의에 찬 표정으로 내 자루를 움켜쥐었다.

"내가 반드시 저걸 베겠어. 그러니까 스승은 무리하지 않아도 돼."

프란은 그렇게 말하며 나를 잡더니 마석 앞에서 훅 힘을 뺐다. 그 상태에서 느린 호흡을 반복하면서 집중력을 높여나갔다. 그 모습은 조금 전 흑뢰신조를 쓰기 위해 마력을 가다듬던 모습과 흡사했다. 다만 지금이 더 깊었다.

단숨에 마력을 다지는 것이 아니라 시간을 들여 조금씩 힘을 모아나갈 생각인 듯했다.

솔직히 말리고 싶다. 조금 전에 실패했다는 것은 아직 프란에게는 이르다는 뜻이었다. 그런 기술을 무리하게 사용한다면 프란에게 가해지는 부담이 상당히 클 것이다. 마력 통제 같은 상위 스킬을 나와 공유하고 있으니 무리를 하면 성공할 수 있다는 게 더 걱정이었다.

그러나 프란은 이미 많은 양의 마력을 그 몸 안에서 제어하며 명상 상태에 들어섰다. 여기서 그만두게 하는 것은 반대로 더 위험했다. 게다가 검신화를 사용하지 않는다면 다른 수가 없는 것도 사실이었다.

이렇게 되면 어쩔 수 없다. 바람의 결계 등을 유지하면서 프란을 보조해 주자.

그렇지만 조금 전과 비교하여 마력의 흐름에 낭비가 적어진 느낌이었다. 혹시 한 번 쓰려고 했을 때 감을 잡은 걸까?

체내를 순환하는 마력의 흐름이나 흑뢰의 밀도에 아까와 같은 일그러짐이 압도적으로 적었다. 물론 완벽하지는 않았고 프란에게 가해지는 부담이 줄어든 것도 아니다.

그 증거로 인내심 좋은 프란이 괴로운 표정을 짓고 있다. 이 얼굴만 봐도 상당한 고통이 프란을 괴롭히고 있음을 알 수 있었다. 하지만 힐 같은 것을 걸 수도 없다. 지금처럼 미묘하고 정밀한 마력 조작을 하는 와중 다른 마력을 퍼붓는 짓은 방해밖에 되지 않기 때문이다.

나는 마음속으로 프란에게 응원을 보내며 조용히 지켜보았다.

그러던 중 갑자기 렌이 소리를 질렀다.

"제라이세가 와!"

『……! 그렇군.』

상황이 안 좋았다. 하지만 나는 프란에게 말을 걸지 않았다. 프란도 렌의 말이 들렸겠지만 일절 반응하지 않았다.

나도 그 이상은 아무것도 묻지 않았다. 지금은 프란을 방해해서는 안 된다.

그건 그렇고, 나는 제라이세의 기척이 느껴지지 않았다. 비비안 가디언의 눈을 속이기 위해 투과 능력을 사용하고 있는 것이겠지.

하지만 렌은 알고 있었다. 시간의 정령이라서 그런가? 마치 인간 소녀처럼 불안한 표정을 짓고 있는 렌을 개의치 않고 프란은 조용히 호흡을 반복했다.

그리고 짧고 밀도 깊은 시간이 지나갈 무렵, 물속으로 달려든 그림자가 있었다.

제라이세다. 품에서 마석을 꺼내자마자 그것을 발밑으로 내던진다. 그러자 강력한 마력이 뿜어져 나오며 주위의 경치가 확 달라졌다. 아무래도 바람의 돔을 만들어내는 능력을 가지고 있는 것 같았다. 저것도 마석 병기의 일종인가. 물속에 만들어진 공기의 돔 속에서 제라이세가 마검 제라이세를 뽑았다.

"따라잡았다! 거기까지만 해줄래?"

제라이세는 상당히 초조한 표정이었다. 마석 병기에 철벽 방어를 해놨을 텐데 그럼에도 불안한 모양이다. 그만큼 프란을 높이 평가하고 있다는 뜻일까? 일전에 마석병을 깨끗이 쓰러뜨린 탓에 더 경계하는 걸 수도 있다.

하지만 한발 늦었다.

"!"

번쩍 눈을 뜬 프란이 몸을 깊이 가라앉히듯 움직이기 시작했다.

"흑뢰신조!"

동시에 내 칼끝이 검은 번개로 뒤덮였다.

조금 전 프란이 꺼내려 했던 흑뢰신조는 흑뢰의 칼날을 만들어 스스로 손에 들고 휘두르는 기술이었다.

하지만 흑뢰신조는 무기에 두르는 것이 본래의 형태였다. 당연히 이 방식이 난도도 더 낮다.

프란도 그건 알고 있었지만, 단독으로 사용하는 타입을 선택한 것은 나를 걱정했기 때문이다. 하루에도 두 번씩이나 신 속성을 두른다면 부담이 심하다. 검신화로 힘이 바닥난 내가 더 최악의 상태가 될 것은 분명했다.

하지만 지금은 이 마석 병기를 파괴하지 않으면 많은 사람이 불행해진다. 반드시 성공시켜야 했다.

게다가 오늘 두 번째 검신화를 사용하는 것보다는 잠시 흑뢰신조에 쓰이는 편이 그나마 나에게 피해가 적다. 그렇기 때문에 프란은 찌르기 직전까지 흑뢰신조를 발동하지 않은 것이다. 내가 신 속성을 두르고 있는 시간을 최대한 적게 하려고 굳이 제어가 어려운 발동 방법을 택한 거겠지.

하지만 역시 프란. 막판에 완벽한 제어력을 보여주고 있었다.

"하아아아아아앗!"

『으랴아아아아앗!』

온 힘을 사용한 혼신의 일격. 발목부터 무릎, 허리, 어깨, 팔꿈치, 손목까지 모든 곳의 힘이 빠짐없이 전달된, 황홀할 정도로 아름다운 찌르기였다. 하지만 거기에 담긴 힘은 사납고 강대했다.

까아아앙!

반응은 둔탁하다. 아까 마석 병기를 향해 천단을 날렸을 때와 크게 다르지 않다. 하지만 아까와는 그 결과가 크게 달랐다.

『왔다아아!』

"응!"

눈앞에 있던 거대한 보라색 마석이 말끔히 사라져 있었다. 내 안으로 대량의 마력이 흘러들어왔다.

『으어어어어어어어어어——!』

뭐야, 이건! 엄청난 마력의 분류다! 랭크 B 마석과도 견줄 수 없을 정도의 마력이었다. 파나틱스를 동족상잔했을 때와 비슷할지도 모른다.

『——』

쾌감마저도 훌쩍 넘겨, 머리가 새하얘졌다.

'스승?'

『——』

아, 안 되겠다. 이대로는 위험해.

삼켜——.

'스승!'

아무 생각을 하지 못하고 멍해지는 와중, 프란의 목소리가 신의 계시처럼 쏟아져 내렸다.

『——프, 란?』

'괜찮아?'

급격히 의식이 각성했다. 그래, 지금은 싸우는 도중이었지.

역시 프란의 목소리는 특별하다. 어떤 순간이라도 나에게 닿아.

『미안해. 보기 흉한 모습을 보였네.』

위험했다. 지금 제라이세에게 습격당했다면 나는 아무런 도움이 되지 않았을 것이다. 그만큼 그 마석 병기에 사용되고 있는 마석은 고위급이었다. 고맙다, 제라이세. 잘 먹었어.

아아, 이럼 안 되지. 아직 조금 혼란스럽다. 정신 차리자.

"……잠깐만……. 진짜로……?"

제라이세가 멍한 얼굴을 했다. 그만큼 놀란 거겠지.

마석 병기가 사라지면서 신전을 뒤덮었고 있던 섬뜩한 마력은 사라졌지만 안심할 여유는 없었다.

'스승, 괜찮아?'

『……괜찮아, 라고 말하고 싶지만…….』

꽤 좋지 못했다. 엄청난 힘을 흡수한 혼란에서 가까스로 벗어나긴 했지만 무리를 한 탓에 일반적인 검으로서의 능력이 크게 떨어졌다. 내구도도 상당히 줄어든 데다 회복도 전혀 진행되지 않는다. 작게 손상된 날 부분이 그대로 남아있는 것만 봐도 자기 수복이 작동하지 않는 것을 알 수 있었다.

신 속성을 너무 많이 사용한 반동이었다.

『솔직히 지금의 나로 녀석과 대치하는 건 상당히 위험해.』

'알았어.'

제라이세는 아직도 망연자실한 상태였지만 언제 이쪽을 덮칠지 모른다.

그렇게 생각했는데, 다음으로 제라이세가 한 말은 우리의 상상과는 전혀 다른 것이었다.

"하하하…… 하하하! 대단해! 대단하다, 프란 씨! 역시 대단해!"

진심으로 즐겁다는 듯이 웃기 시작한 것이다. 거짓말이 아니다. 진심으로 그렇게 말하고 있다.

역시 이 녀석의 뇌 속은 우리가 감히 상상할 수 없었다.

"아니, 전의 내가 너를 상당히 경계하더라고. 그 의미를 이제야 알았어. 분명 프란 씨에게 호되게 당한 거겠지."

무슨 말이지? 지금의 제라이세와 전의 제라이세는 손을 잡고 있는 거 아닌가? 하지만 지금의 말만 들어보면 전의 제라이세가 프란을 경계하는 이유를 자세히 모르는 듯한 느낌이었다.

"전의 제라이세?"

"프란 씨는 말이야, 나와 전의 내가 어떤 관계라고 생각해?"

"동료. 제라이세 한 마리도 싫은데 두 마리가 돼서 더 최악."

"마, 마리?"

"해충은 한 마리 두 마리로 세."

"아, 아하하! 이거 정말 쉽지 않네."

프란의 입이 험했다. 아무래도 기분이 상당히 언짢은가 보네.

대마수 봉인을 무책임하게 풀어버리려는 제라이세에게 강한 분노를 느낀 것 같았다.

"뭐, 그래, 프란 씨가 날 어떻게 생각하는지는 제쳐두고——."

"해충."

"제쳐두고! 나와 전의 나는 말이지, 기껏해야 연구 동지라는 느낌이랄까? 의외로 무미건조한 관계야. 아마 프란 씨가 생각하는 것처럼 뭐든지 말할 수 있는 사이는 아닐걸?"

"왜? 전의 이야기를 들어두면 실패를 없앨 수 있어."

"그야 재미없잖아."

또 그거다. 하지만 제라이세의 행동 이념에서 그것은 절대 빼놓을 수 없는 부분이었다.

"앞일을 알고 그대로 움직인다? 듣기만 해도 재미없어! 게다가 말야, 미래란 쉽게 변하기 마련이야. 전의 나뿐만 아니라 전의 로미오 군 일행까지 있다면 더더욱 그렇지."

그건 확실히 그렇다. 실제로 이쪽에서는 시에라가 움직인 덕분에 로미오와 제로스리드는 제라이세에게 잡히지 않았다.

"그런 애매한 정보를 믿고 움직이다니 너무 위험하지 않아? 그러니까 나는 전의 나한테 과거 시간축에서 무슨 일이 있었는지 웬만하면 듣지 않으려고 하고 있어. 기껏해야 연구 성과의 데이터를 받는 정도일까?"

다시 말해 지금의 제라이세는 전의 제라이세에게 과거에 관한 정보를 거의 듣지 못했다는 말인가.

"예전의 나도 그 부분은 이해해 주고 있거든. 억지로 정보를 알려주는 짓도 안 하고. 의외로 내가 둘이라는 건 이럴 때 편리하단 말이지. 말 한마디로 다 이해해 주니까 말야."

하긴 보통의 경우였다면 지난 시간 축에서 무슨 일이 있었는지 제대로 알려주려고 할 것이다. 그야말로 어떤 실수를 하고 어떤 적을 만나는지 상세한 정보를 알고 싶고, 또 알려주고 싶겠지.

적어도 나라면 또 한 사람의 나에게 무조건 상세한 정보를 알려줬을 것이다.

"그런데 말야, 전의 내가 딱 한 가지, 신중한 태도로 참견을 한 상대가 있어. 내가 싫어해서 자세히는 말하지 않았지만, 전의 시간에서 꽤나 호된 일을 겪은 것 같아."

제라이세는 그렇게 말하며 의미심장한 시선을 프란에게 던졌다.

"나?"

"맞아. 예를 들면 너랑 처음 만났던 바르보라. 거기서는 대량의 마석병을 날뛰게 할 예정이었어."

"대량?"

"100마리는 준비해놨었지. 그런데 전의 내가 헛수고니까 절대하지 말라고 성화를 내는 거야. 그 마석을 다른 계획으로 돌리는 편이 낫다고 하도 우기길래 계획을 변경했지."

이해했다. 아마 전의 제라이세는 바르보라에서 대량의 마석병을 투입했다가 프란에게 전멸당했을 것이다. 말투로 보아 거의 아무 효과도 거두지 못했음이 분명했다. 결과에 큰 차이가 없고 제라이세에게 있어 귀중한 마석을 지킬 수 있다면 바르보라에서 마석병 투입을 포기하는 것이 확실히 이득이다.

나한테는 너무 아쉬운 일이지만. 100마리의 마석병 수준이면 마석치를 얼마나 많이 얻을 수 있었을까. 당시의 우리에게는 분명 엄청난 보너스였을 것이다.

"지금 모습을 보니 예전의 내가 널 경계하는 이유를 알겠네. 아니, 네가 아니라 네 검인가? 뭐, 프란 씨 스킬일 가능성도 있겠지만. 어쨌든 너는 마석을 소멸시킬 힘을 갖고 있어. 마석의 능력이나 힘, 종류에 상관없이 조금이라도 흠집만 내면 되지."

"……."

"흐흠. 경계하네? 정답은 아니라고 해도 멀지는 않다는 걸까?"

칫, 내 능력이 상당 부분 들통나버렸잖아! 마석병이나 마석검에 이어 거대 마석 병기까지. 이 정도로 눈앞에서 자꾸 보여주면 눈치채는 것은 당연하다.

"마석사라고 자부하는 나와는 최악의 궁합이야. 천적이라고 해도 좋아."

"……그럼 항복하면 되잖아?"

"아니, 아니. 난 아직 진 게 아닌데? 네 능력이 좀 성가신 건 맞지만."

제라이세의 시선이 나를 향했다.

흥미로운 연구 대상을 향한 눈이다. 솔직히 물건으로 보이는 건 익숙하지만 이 녀석의 시선만큼은 아무래도 기분 나쁘네. 밑바닥을 꿰뚫어 보는 듯한 섬뜩함 때문이겠지.

"그 검을 해석해서 연구해 보고 싶단 말이지."

"너 같은 놈한테는 안 줘."

"후후. 역시 그 검에 비밀이 있나 보네. 점점 흥미가 생기는걸!"

시원하게 간파당했다! 여기선 필살 화제 바꾸기야!

"……시에라는 어떻게 했어?"

"아, 그 애 말야? 궁금하다면 힘으로 물어보는 게 어때?"

"그럴게."

"힘도 다 떨어졌으면서 기세는 좋네!"

제라이세의 말대로 우리의 힘은 많이 소모됐다. 나는 말할 필요도 없고 프란도 한눈에 알 수 있을 정도로 지쳤다. 숨을 거칠게 몰아쉬는 정도는 아니지만 피로한 기색은 감출 수 없었다. 역시 흑뢰신조를 사용한 것이 상당히 무리가 된 것 같았다.

하지만 이쪽의 전력은 나와 프란뿐만이 아니거든?

『울시!』

"크릉!"

"이런!"

권속 소환으로 불러낸 울시가 제라이세를 공격했다. 하지만 화가 날 정도로 화려한 몸놀림으로 그림자의 기습을 피해버린다. 감지 능력도 반사 신경도 예사롭지 않았다.

"잘 넘겼다고 생각했는데!"

한심함마저 느껴지는 비명을 지르는 제라이세였지만, 울시의 기습을 완벽하게 피하고 있었다. 역시 시공 속성의 공격을 쓸 수 있는 울시를 경계하고 있네. 게다가 그런 울시에게 주의를 기울이면서도 프란과 정면으로 대치하고 있다. 아까의 싸움에서도 느꼈지만, 전사로서도 확실히 강했다.

"아하하하! 그 검 역시 엄청 세다! 그럼 이렇게 하면 어떻게 될까?"

"으."

『마석의 검인가?』

제라이세가 꺼낸 마석검을 받아내자 그것만으로도 검이 나에게 흡수되었다. 하지만 제라이세는 억울해하는 기색조차 보이지 않았다. 오히려 그 미소가 더욱 깊어질 뿐.

"하하하! 그럼 이건?"

『또!』

제라이세가 다시 꺼내든 마석검으로 연달아 공격해왔다. 확실히 프란이 아닌 나를 겨냥한 공격이다. 하지만 무리하게 회피하면 프란의 자세만 무너지고, 어차피 나에게는 보너스다. 굳이 회피한다는 선택지 없이 다시 그 마석검을 정면으로 받아냈다.

그 결과 제라이세의 손 안에 있는 마석검은 나에게 흡수되어 소멸됐다. 하지만 그것을 본 제라이세는 광적인 폭소를 터뜨렸다.

"굉장해! 역시 그 검의 능력이구나! 마석을 흡수하는 마검! 훌륭해! 꼭 연구하고 싶어!"

기분 나빠! 하지만 갑자기 제라이세가 진지한 얼굴이 되더니 고개를 갸우뚱한다. 그리고 뭔가 의미심장한 얼굴로 프란을 바라본다.

"어? 그런 건가? 흐음."

"……뭐야?"

"뭔가 전의 내가 그러는데, 힘이 없다고."

"힘이 없어?"

"전의 프란 씨는 더 강하고 무섭고 위험했대."

"!"

제라이세의 말에 프란이 발끈했다. 지금의 프란도 꽤 강하다. 이전의 프란은 지금의 프란과 비교해서 그렇게나 차이가 있었다는 건가?

전과 지금의 차이라고 하면, 시에라나 제라이세라고 하는 타임 슬립조가 있다는 건데……. 그렇구나. 그러고 보니 예전이랑 지금이랑 크게 다른점이 있었네.

바르보라에서의 싸움 말이다. 제라이세가 말했던 대로라면 전의 나는 마석병을 전멸시키고 상당히 강화되었을 것이다. 그야말로 네다섯 단계 정도는 단숨에 올라갔을지도 모른다.

그 결과 어떻게 됐을까? 더 강한 마수를 처치할 수 있게 되어 지금의 우리보다 강화 속도가 올라갔을 가능성은 높다. 그리고 그것 때문에. 나의 검화가 빨라졌을 가능성도 있다.

즉 나는 지금보다 더 강해진 반면 사람으로서의 마음을 완전히 잃었던 것이다.

제라이세의 말대로 지금보다 강하고(내가 강화해서), 무섭고(프란이 여유 없는 폭주 상태라), 위험했던(내가 프란을 혼내지 않으니 폭주하는 대로 힘을 휘두르기 때문에) 거겠지.

그렇게 생각하면 우리는 전의 제라이세한테 도움받은 건가? 아니, 그건 결과만 보고 하는 얘기지. 어느 쪽인가 하면 우리에게 좋은 영향을 준 것은 전의 프란일지도 모른다. 전의 프란이 난동을 부린 덕분에 돌고 돌아 지금의 우리는 구원을 얻고 희망을 가질 수 있었다.

『…….』

'스승, 왜 그래?'

『아니, 전의 프란은 어떻게 됐을까 하고.』

'……분명 괜찮아.'

『어째서?』

'왜냐하면 스승은 절대 나를 버리지 않으니까. 이상해져도 곧 원래대로 돌아와서 나를 도와줄 거야. 그러니까 괜찮아.'

『아니, 하지만 렌은 내가 완전히 검이 되어버렸다던데?』

'괜찮아. 왜냐하면 스승이니까. 분명 어떻게든 할 수 있을 거야.'

프란의 올곧은 마음이 전해져 왔다.

『그렇구나……. 그렇겠지.』

'응!'

프란이 믿어주고 있다는 것을 느낀 것뿐인데 나도 진심으로 그렇게 느껴지는 것이 신기했다. 하지만 그렇지. 이런 귀여운 프란을 남기고 내가 완전히 검이 될 리가 없다. 그건 전의 나도 분명히 같은 마음일 것이다. 그렇다면 프란의 말대로 언젠가 다시 마음이 돌아올 수 있을지도 모른다. 무슨 계기만 있어준다면 그야말로 당장이라도.

프란도 그렇다. 다소 폭주하는 일이 있더라도 곧 자신의 잘못을 깨달을 것이다. 내가 없어? 그래서 어떻다는 건가. 분명 내 도움이 없어도 스스로를 되찾고, 예전의 나를 한 대 때려서라도 제정신으로 돌려놓겠지.

게다가 지금의 우리에게는 앞일을 알 길이 없다. 앞의 시간축이 갈라져서 평행세계처럼 된 것인지, 지금의 시간에 덮어 씌워져 소멸된 것인지도 알 수 없는 것이다.

그렇다면 긍정적으로 생각하는 게 좋겠지. 마음에 걸려도 할 수 있는 건 아무것도 없으니까.

게다가 지금은 눈앞의 빌어먹을 사이코 미남을 때려눕히는 게 먼저다!

『자, 프란. 어때? 슬슬 준비는 됐어?』

'응! 다 끝났어.'

제라이세는 힘이 없다느니 뭐니 했지만, 우리는 싸우면서도 비장의 수단을 준비하고 있었다.

프란을 얕본 대가를 받아라!

'스승, 간다!'

『그래!』

원래였다면. 여기서 도망치는 것이 최선의 선택지였다. 하지만 여기서 우리가 도망치면 제라이세가 다시 마수 봉인에 무슨 짓을 할지도 모른다.

이미 봉인이 많이 약해졌다고 하니 그것만은 막고 싶었다.

그렇기 때문에 프란은 승부를 걸었다. 장시간 싸울 수 없다면 단판 승부를 노릴 뿐이다.

『하아앗!』

"타아앗!"

『공명 마술!』'공명 마술!'

나와 프란에게서 해방된 마력이 뒤섞여 하나의 마술이 생겨났다.

이것이 마랑의 평원 수행 중에 얻은 비장의 카드, 공명 마술이었다.

복수의 마술사가 마력을 공명시켜 하나의 술을 발동시키는 스킬이다. 굉장히 희귀하다고 한다.

그도 그럴 것이 유니크 스킬인 것이다. 그리고 발동하려면 협력하는 사람 모두가 이 스킬을 가지고 있어야 했다. 그것만으로도 발동 조건이 갖춰지는 일은 거의 없다고 해도 좋았다. 게다가 스킬을 갖고 있다고 다 사용할 수 있는 것도 아니다.

마력의 파장과 크기를 제어하여 정확히 딱 맞춰야 하는 것이다. 즉 공명 마술 스킬을 가지고 있고 마력 제어의 상급자여야 하는데, 그런 인간이 한데 모이는 경우가 쉽게 있을 리가 없다.

아만다조차 발동하는 것을 본 적은 몇 번밖에 없다고 했다. 던전 안쪽에 있는 상급 마수 집단이 사용했었다고 했나. 애초에 던전에 있는 마수를 위한 스킬일지도 모른다. 같은 종, 같은 능력을 가진 몬스터를 대량으로 만들어낼 수 있는 던전이라면 오히려 발동하기는 더 쉬울 테니까.

나도 그것을 소유하고 있는 마수를 마랑의 평원에서 우연히 흡수한 것뿐이었다.

촉수 같은 것으로 연결되어 있는 신기한 슬라임들로, 다섯 마리의 몸이 한 세트 같은 생태였다고 한다. 그 이름도 레저넌스 슬라임이다. 뭐, 그들이 공명 마술을 사용하기도 전에 숨통을 끊어

버렸다고 했지만.

"크윽……!"

『프란! 힘내!』

프란이 관자놀이를 가볍게 누르며 신음했다. 이것이 이 마술을 실전에서 사용할 수 없는 이유이기도 했다.

일반적인 경우 10마리, 20마리의 마수들이 무리지어 운용하는 것을 전제로 한 마술이다. 그것을 나와 프란 단둘이서 쓰는 거다 보니 사용자에 대한 부담이 상당했다.

특히 뇌 쪽의 부하가 심한 것인지 이 스킬을 쓰려고만 하면 프란이 심한 두통을 겪었다. 프란이 말하길 머릿속에서 누가 가시 박힌 망치를 휘두르고 있는 것 같다고 한다. 그렇다면 당연히 고통스럽겠지. 오히려 울며 소리치지 않는 프란이 대단해 보일 정도였다.

"아아아아!"

『좋아! 잘했어, 프란!』

프란은 비명을 지르면서도 자신의 일을 완수했다.

정신력을 쥐어 짜내어, 아픔을 견디면서도 술식을 끝까지 완성한 것이다. 나는 내 자신의 마력을 조작해 순식간에 출력을 맞췄다.

그러자 우리에게서 방출된 푸른 번개가 종횡무진 날뛰며 주위를 뒤덮었다.

그 번개는 투과 상태라 여유로운 얼굴을 짓고 있던 제라이세에게 정확히 명중했다.

"으악! 이, 이건…… 뭐야?"

"크릉!"

"윽!"

공명 마술에 맞아 크게 비틀거리는 제라이세. 그 틈을 놓치지 않은 울시의 송곳니가 제라이세의 몸에 박히며 깊은 상처를 입혔다. 게다가 번개는 아직도 휘몰아치고 있다.

이것이 공명 마술의 효과였다. 프란의 뇌명 속성과 나의 시공 속성이 섞이면서 시공 속성을 가진 뇌명이 방출된 것이다. 담을 수 있는 마술의 성질과 이미지에 따라 결과는 천차만별로 변화할 수 있다.

다만 위력은 그리 크지 않았다. 사용할 때 전원의 마력을 공명시켜야 하기 때문에 한 사람의 힘이 너무 커지면 실패하고 마는 것이다. 그러다 보니 마력이 가장 낮은 인간에게 맞춰야 했다. 이번의 경우는 내가 프란에게 맞췄다. 애초에 두통 때문에 이쪽에 맞출 상황이 못 되니까 말이다.

게다가 속성을 뒤섞는 데에도 마력이 소비되기 때문에 위력이 더욱 떨어진다.

칸나카무이나 천단에 비하면 약하다고 할 수 있을 정도다.

하지만 지금처럼 복수 속성이 먹히는 상황이라면 굉장히 효과적으로 쓸 수 있는 마술이었다. 뇌명의 속도를 가지면서도 투과 상태인 제라이세에게 대미지를 줄 수 있는 시공 속성을 갖고 있는 것이다.

"크아아아악! 뭐야, 이거……!"

뇌명 마술이라고 생각한 것일까. 투과 상태에서 뇌명을 맞은 제라이세가 놀라고 있었다. 아무리 제라이세라도 처음 본 것은 그 정체를 바로 알아보지 못하는 모양이었다.

『공명 마술의 효과가 남아 있는 지금이 기회야!』

"응!"

프란이 제라이세를 베기 위해 달려나갔다. 나도 프란도 이 일격에 모든 것을 걸겠다는 각오였다.

하지만 다음 순간, 나도 프란도 울시도 제라이세도 일제히 그 몸을 굳히며 경악스러운 표정을 지었다.

"이거……?"

"킁."

『잠깐, 잠깐! 신전 바닥에서 뭐가 나오는데! 엄청난 마력이야!』

"어, 어째서 대마수 봉인이 풀린 거지? 난 아무 짓도 안 했는데……."

신전 중앙에서 회색 마력이 기어 나오듯 느릿느릿 새어 나왔다.

우리는 크게 뒤로 물러났다.

"으, 으아아아악!"

직후 제라이세가 커다란 비명을 내질렀다. 평소처럼 꾸며낸 목소리는 아니다. 진심이 담긴 비명이다. 하지만 그것도 당연했다.

"윽……! 뭐야! 떨어져어어!"

제라이세의 몸에 가느다란 끈 같은 것이 겹겹이 달라붙으며 그를 옭아맨 것이다.

자세히 보면 해파리가 가질 법한 아주 미세한 촉수였다. 그런 무수한 촉수들이 순백색의 바닥판 틈으로 쏟아져 나와 제라이세에게 달려들고 있다.

투과 능력을 사용하고 있었겠지만 효과가 없는 듯했다.

정말 대마수가 부활하려고 하는 건가? 그런데 어째서? 여기서 싸운 것 때문에?

『렌은 어디 있지? 렌이라면 사정을 알 것 같은데.』

'응? 없어?'

그때였다. 등 뒤에서 렌의 목소리가 들렸다.

"그러니까 도망가라고 했잖아……."

"렌?"

마수의 것으로 보이는 강대한 마력이 호수 밑바닥에서 쏟아져 나오는 가운데, 슬픈 표정을 한 렌이 나타났다.

"이미 늦었어…… 정말 이런 기회가 올 거라고는 생각도 못했거든……."

『렌! 무슨 소리야!』

갑자기 눈앞에 나타난 렌이 말을 이었다.

"고마워……. 프란. 당신 덕분에 호수의 대마수가 **불완전**한 부활을 하게 될 거야……."

"렌이…… 한 거야?"

"그래."

믿을 수 없다는 표정의 프란을 보며, 죄책감 섞인 표정을 지으면서도 확실하게 긍정하는 렌.

"어째서……?"

"어차피 완전히 부활할 거라면 강제로라도 불완전하게 부활시키는 게 나아. 게다가……."

"그리고?"

"……아무것도 아니야. 그보다도 빨리 도망가. 당신들이라면 아직 도망갈 수 있어. 그리고 위날렌에게 전해줘. 각오를 다지라고. 그 말만 들으면 알 거야."

렌은 일방적인 통보를 마치더니 여느 때처럼 갑자기 사라져 버렸다.

제라이세는 아직 촉수를 떨쳐내지 못했다.

"젠자아아아아앙!"

투과 능력을 사용하지 않는 건가 했더니 아무래도 잘 발동되지 않는 모양이었다.

뭐랄까, 몸의 일부만 투과 상태라는 느낌이다. 실제로 촉수의 일부는 제라이세의 몸을 통과하고 있다.

다만 몸 전체가 투과 상태인 것은 아니어서 무수히 뻗어온 촉수 중 어느 하나가 달라붙으면 그대로 붙잡혀 버리는 것이다. 달라붙은 부분의 투과에 간신히 성공했다 해도 이번에는 다른 부분 투과에 실패해 결국 촉수에 붙잡히는 것을 반복하고 있다.

90퍼센트 정도는 본인이 부활시켰으면서, 정말 한심한 놈이네!

『프란! 울시! 일단 도망가자!』

여기선 탈출만이 살길이었다. 미지의 상대와 갑자기 접근전을 벌이는 것은 불확정 요소가 너무 많다.

"응!"

"웡!"

"아아아아아아아아아아아!"

제라이세의 날카로운 절규를 등에 업은 우리는 전속력으로 그 자리를 이탈했다.

공간 전이로 단번에 떠나려다가——실패했다.

『어?』

"?"

전이가 발동하지 않은 것은 아니다. 예정대로 전이되지 못한 것이다. 원래대로라면 상공 수십 미터까지 단번에 도망치려던 것이 몇 미터 옆으로 이동했을 뿐이다.

투과 상태인 제라이세가 촉수에게 잡혀 있는 것을 보면 아마도 시공 마술을 어지럽힐 만한 무언가가 이 근처에 존재하는 거겠지. 시간의 정령인 렌의 소행인가?

『뛰어서 달아나는 수밖에 없겠어!』

"응!"

"웡!"

신전 바닥에서 뿜어져 나오는 무수하게 많은 투명 촉수로부터 벗어나기 위해 프란과 울시는 공중 도약으로 단숨에 뛰어올랐다. 그대로 허공을 박차고, 뱀처럼 고속으로 달려드는 촉수를 피하고, 때로는 마술로 요격했다. 하지만 촉수를 파괴할 수는 있어도 증식하는 속도가 압도적으로 빨랐다.

한 개를 베는 동안 두 개, 두 개를 베는 동안 네 개, 신전에서 뿜어져 나오는 촉수는 계속 늘어났다. 게다가 체력이 고갈되어 프란은 섬화신뢰를 사용하지 못한다.

공중을 뒤덮으며 사방팔방에서 프란에게 달려드는 투명하고 가느다란 촉수들. 점점 도망칠 곳이 사라져가고 있었다. 무투 대회에서 함께 싸웠던 펠름스의 실 다발 공격이 떠올랐다.

『위험해! 이대로라면 촉수의 벽에 갇힐 거야!』

"응!"

이대로 고전하다 보면 촉수 돔에 갇힐지도 모른다.

프란은 지칠대로 지친 몸에 채찍질을 가해 더욱 속도를 냈다. 그 얼굴은 고통으로 일그러져 있었다.

젠장! 내 상태가 완벽했다면!

『아니, 잠깐만…… 어쩌면!』

황급히 스테이터스를 확인했다.

『역시! 얼마 안 남았어!』

잘하면 단숨에 다 회복할 수 있을지도 모른다.

『마석은——안 갖고 있어!』

그랬다, 내가 확인한 것은 자기 진화 항목이었다. 그리고 마석치를 50정도 얻을 수 있다면 나는 랭크 업 할 수 있을 것이다. 그러나 차원 수납에도 마석은 들어 있지 않다. 고블린의 시체가 조금 있었지만 그것만으로는 도저히 50이나 되는 마석치를 얻을 수는 없다.

프란의 수납에도 마석 같은 건 들어있지 않다. 역시 이 방법은 무리인가? 아니, 기다려봐.

『마석이라면 갖고 있을 법한 녀석이 있잖아! 프란, 조금만 버텨!』

"응!"

나는 프란의 손을 떠나 단숨에 내려갔다.

"제라이세!"

"누, 누구야?"

어디까지 속일 수 있을진 모르겠지만 분신 창조로 만들어낸 분신으로 제라이세에게 달려갔다.

"마석을 가지고 있다면 넘겨! 잘만 하면 너도 살 수 있을지도 몰라! 게다가 지금만은 널 못 본 척해줄게!"

“어? 뭐?”

“빨리 해!”

“아, 정말! 전혀 이해는 안 가지만 이젠 나도 몰라!”

제라이세는 순간 혼란스러워 보였지만 혼자만의 힘으로는 탈출이 어렵다는 것도 알고 있을 것이다. 의심하면서도 내 말을 따라보기로 한 모양이다.

품에서 중간 크기의 마석을 꺼냈다. 로브 안에 아이템 봉투라도 넣어둔 것일까.

제라이세는 그대로 손목 스냅을 이용해 분신을 향해 마석을 던졌다. 아마 위협도 C나 B급 마수의 마석일 것이다.

“가져가라, 이 도둑놈아!”

“하하하! 잘 먹으마!”

마석을 받자마자 몸으로 가리듯이 제라이세를 등지고 본체로 흡수했다. 뭐, 조금만 생각해 보면 뭘 하는지는 금세 들킬 것 같지만, 일단은.

『왔다아아!』

힘이 바닥났던 본체가 단숨에 복구되면서 엄청난 마력이 쏟아져 들어오는 것이 느껴졌다.

게다가 신 속성에 의한 대미지도 남지 않았다.

『완전 회복이다!』

흡수된 마석치는 50 조금. 아슬아슬하게 랭크 업 달성이었다. 단기간에 또다시 랭크 업을 할 수 있을 거라고는 생각도 못 했다. 내 안에 있는 펜리르 씨가 약해져 있는 탓에 요즘은 마석치 축적이 상당히 더뎠으니까. 저기 있는 대마수의 봉인을 풀기 위해 설치돼 있던 마석 병기 덕분이겠지. 지금의 나조차도 저것 하나로 500 이상은 확실히 얻을 수 있었다.

쌓인 자기 진화 포인트는 60. 이쪽도 적지만 어쩔 수 없다. 알림의 말을 믿는다면 다음 진화부터는 정상으로 돌아올 것이다.

『프란! 기다렸지!』

분신을 없애고 프란 곁으로 돌아갔다.

"울시, 와!"

"웡!"

『좋아! 단숨에 베어버린다! 프란은 탈출에 전력을 쏟아!』

"알았어."

이 촉수, 마술이라면 파괴는 가능하다. 광범위한 촉수를 순식간에 베어내면 탈출할 틈은 벌 수 있을 것이었다. 나는 쓸 수 있는 가장 큰 마술인 칸나카무이를 다중 기동시키려다——경악했다.

『으각! 이거…….』

'스승?'

『술식이 전혀 안정되지 않아!』

시공 마술을 어지럽히는 건 줄 알았는데, 아니었다. 아마 일정 이상의 마력을 사용하려 하면 무언가가 방해하러 오는 것 같았다. 구축했던 칸나카무이의 술식이 명백한 외부 간섭에 의해 왜곡되어 가는 것이 느껴졌다. 이래서는 발동시킬 수 없다.

어쩌지? 좀 더 순간적으로 쓸 수 있는 약한 주문을 수십 발 연타할까? 하지만 그것만으로는 위력이 부족하다. 불가능한 것은 아니지만 무수한 촉수를 처리할 수 있을 것 같지는 않았다.

내가 잠시 고민하고 있는데 제라이세에게서 마력이 뿜어져 나오는 것이 느껴졌다.

"오오오!"

『이건…… 장벽인가!』

"빨리 좀 해줘어!"

제라이세가 이쪽을 향해 던진 것은 엄청난 마력이 담긴 마석 병기였다. 이 장벽, 굉장하다. 촉수를 넘어 의문의 방해까지 막고 있다. 술식이 단번에 안정된 것이다. 녀석이 직접 사용하지 않은 것은 찰나의 시간 촉수를 막아봤자 탈출할 수단이 없기 때문일 것이다. 본래라면 상대의 대규모 기술 등을 한순간만 막는 도구일 테니까. 하지만 지금의 나에게는 한순간으로 충분했다.

『오오오오오오오오! 받아라아!』

나는 칸나카무이를 단숨에 가동했다. 일부러 집속률을 낮춰 범위가 확대된 상태다.

"잠깐, 나까지——."

그 결과 여섯 개의 칸나카무이가 사방으로 쏘아져 나가며 일대가 흰 번개에 감싸였다.

『지금이다!』

"응!"

소형화된 울시를 안은 프란은 마지막 힘을 쥐어짜 단숨에 하늘을 질주했다. 중간부터는 염동 에어라이드. 터지는 번개의 빛과 폭염 속을 강제로 뚫고 우리는 거침없이 위로 올라갔다.

아래를 보자 신전이 있던 자리가 수증기로 뒤덮여 제대로 보이지 않았다. 그 수증기가 전기를 띤 채 파직파직거리는 소리가 들렸다.

제라이세도 휘말렸을 텐데 어떻게 됐을까? 도움이 될 수도 있다고는 했지만 돕겠다고는 하지 않았다. 일단 직격하지 않게 쏘긴 했지만……. 도망갔을까? 뭐, 그 녀석이 저 정도에 죽었을 것 같다는 생각은 들지 않았다. 결과적으로 못 본 척하겠다는 약속은 지켜버린 셈이 됐네.

『어쨌든 이대로 신전에서 떨어지자.』

"응!"

"워후!"

나와 울시는 전속력으로 도주를 시작했다. 조금 전까지 우리가 있던 곳에서 엄청난 마력이 새어 나오기 시작했다. 꽤 먼 거리임에도 나도 프란도 울시도 전혀 안심할 수 없었다.

프란도 울시도 온몸의 털이 곤두서 있었다. 프란은 식은땀이 멈추지 않는 모습이었다.

나는 나대로 온몸을 감싸는 엄청난 압박감에 사로잡혀 있었다. 아무리 멀어져도 가라앉지 않았다. 오히려 더 강해지는 기분이다.

『적의나 악의라는 느낌도 아니긴 한데…….』

"무서워."

"웡……."

"우리를 먹고 싶어 해."

"쿵."

그랬다. 이것은 '허기'였다. 무서울 정도의 굶주림이 이 기척에서는 느껴졌다. 프란이나 울시 뿐만 아니라 나조차도 먹이로 인식하고 있다.

『게다가 사기도 섞여 있어.』

"응……."
"웡……."
대마수 안에는 정말 사신의 파편도 섞여 있는 듯했다. 주변으로 새어 나오는 마력에 섞인 사기가 꽤 강했다. 제로스리드나 뮤렐리아에 비해도 뒤지지 않는다.
"위날렌한테 가자."
『응, 그래야겠네.』
우리는 렌이 시키는 대로 위날렌을 목표로 했다.
어째서 렌이 대마수 봉인을 풀었는지도 모르겠다. 애초에 렌이 봉인을 푼 것이 맞나? 그 의문에 대한 답을 얻기 위해서라도 위날렌을 만나야 했다.
『역시 이 정도 멀어지니 영향이 적어지네.』
"하지만 아직 좀 따끔따끔해."
"웡."
수 킬로미터 이상은 떨어졌는데도 프란과 울시는 아직도 뭔가 불길한 기색을 느끼는 모양이었다. 다시 한번 대마수가 심상치 않은 존재라는 것을 알아차린 그때, 등 뒤를 돌아보던 프란이 숨을 삼켰다.
"!"
동시에 프란의 경악스러움이 전해졌다.
"스승, 저거……."
『진짜냐고……! 과연 대마수답네!』
우리의 시선 끝에는 호수를 가르며 모습을 드러내는 거대한 무언가가 있었다. 이 거리에서는 감정을 쓸 수 없었기에 강도를 완벽하게 가늠할 수 없었다. 하지만 그 거대함만큼은 한눈에 알 수 있었다. 지금 상태로도 총 길이가 10미터 이상은 될 것이다. 미드가르드오름은 가늘고 길어서 크다기보다는 길다는 느낌이었다. 게다가 바닷속에 있어서 전체를 다 볼 수 없었다.

그래서 그런지 이쪽의 대마수가 더 크게 느껴졌다. 완전히 부활하면 어느 정도 크기가 되는 것일까.

"구오오오오오오오!"

거친 포효를 내지르는 회색빛의 무언가. 그 몸은 섬뜩한 꿈틀거림과 비대화를 거듭하고 있어 전모를 파악할 수 없었다. 딱 한 가지 알 수 있는 것은 저것을 그대로 방치했다간 엄청난 피해가 날 것 같다는 사실뿐이었다.

『서둘러 돌아가자!』

"응!"

"크릉!"

우리는 황급히 세프텐트로 돌아갔다. 이미 마을은 대혼란이었다. 항구에서는 많은 사람들이 우왕좌왕하고 있었다. 부두에는 크고 작은 배가 정박해 있었고, 그중에는 돛대가 부러진 배와 불에 탄 흔적이 남은 배도 있었다. 볼 것도 없이 상업선단의 배였다. 그러나 그것치고는 수가 적었다. 전체의 5분의 1 정도일까. 설마, 그만한 배가 가라앉았다고?

항구 한쪽에는 모험가들이 모여 심각한 얼굴로 대마수를 바라보고 있었다. 여기에서는 상당히 작게 보였지만 호수 사정에 밝은 모험가들은 그 크기를 제대로 이해한 모양이었다.

그들은 곧바로 프란의 존재를 알아차렸다. 뭐, 누가 봐도 이변이 일어난 방향에서 덩치 큰 늑대를 타고 돌아왔으니 눈에 띄는 건 당연하겠지.

"거기! 혹시 흑뢰희인가?"

"아! 정말이다! 흑뢰희 님!"

모의전 때 얼굴이 알려진 거겠지. 울시를 보고 경계하는 기색도 없이 저마다 말을 걸어온다.

"큰 마수가 나왔어."

"그건 봐서 알지만……."

"나도 자세히는 몰라. 그것보다 몇 가지 묻고 싶어."

"응? 뭔데?"

"시에라 봤어?"

"시에라?"

"아, 그 어린애 말이지?"

모험가들도 구조에 참여하여 조금 전까지는 다들 호수에서 사람을 끌어올리고 있었다. 하지만 그곳에서도 시에라의 모습은 찾아볼 수 없었다고 한다.

"주제카라면 알지 않을까? 왜 그, 파란 머리에 검은 피부를 가진 여자. 꽤 눈에 띄었거든."

"그 파란 머리 녀석, 전이술로 사람들을 엄청나게 도와주던데. 원래 그런 여자가 있었나?"

"최근에 등록한 녀석이야. 다른 모험가들과 자주 부딪치길래 좀 상식이 부족한 녀석인가 싶었는데 괜찮은 녀석이었나 보네. 게다가 시공 마술사라니. 다음에 파티에 초대해 볼까?"

"전에 모조품에 관한 얘길 들었어. 호수의 이변을 해결하고 이름을 올리는 게 목적인 거 아닐까?"

"아~, 그럼 평범하게 부탁해도 거절당하겠군. 이런, 주제가 빗나갔네. 미안하지만 우리도 시에라는 못 봤어. 전이로 돌아다니던 주제카도 어딘가로 가 버렸고."

"그 녀석, 존재감이 그렇게나 강한데 평소에는 눈에 전혀 띄지 않는단 말이지. 이상한 놈이야."

결국 제라이세가 시에라를 어떻게 했는지는 알아내지 못했다. 세프텐트에서는 목격되지 않은 것 같다. 우리의 감지에도 걸리지 않는다. 지금은 이 이상은 찾을 수 없었다.

"그리고 상업선단은 어떻게 됐어?"

"참혹했지."

"선단이 저렇게 될 줄이야."

모험가들이 어두운 낯빛으로 알려주었다. 모조품의 습격과 대폭발로 인해 상당한 배가 피해를 입었고 인명피해도 심했다고 한다. 그나마 살아남은 배들은 어떻게든 주변 마을에 분산 정박하여 많은 사람들이 하선했다고.

세프텐트에는 특히 피해를 입은 배가 많이 정박해 사람들의 구호 활동이 이뤄지고 있었다.

"지금은 죽은 사람들의 신원을 확인하고 있어. 거기 광장에서."

"그래."

"안내해 줄게."

우리는 광장으로 갔다. 광장에는 수많은 사람과 십여 구의 시신이 늘어서 있었다. 가까웠던 인물의 시신에 매달린 채 흐느끼는 사람들의 모습이 처연했다. 특히 아이들의 비명과도 같은 울음소리는 보기 힘들 정도였다. 프란이 주먹을 쥐고 조용히 분노를 눌러 삼키는 것이 느껴졌다.

이 광경을 보자 다시금 제라이세를 향한 살의가 샘솟았다. 신전에서 탈출할 때 조금 무리를 해서라도 칸나카무이를 확실히 먹여줄 걸 그랬다. 다만 그때는 무엇보다도 프란의 탈출이 최우선이었으니까. 쓸데없는 행동을 할 여유가 없었다.

'스승.'

『아아, 그래.』

우리는 광장에 있던 배 관계자에게 말을 걸어 길가에서 발견하고 수납해 온 희생자들의 시신을 광장에 내려두었다. 시간은 없지만 이것만은 소홀히 해서는 안 된다고 생각한 것이다. 이곳에 있던 승무원 중에 친구나 친척이 있었던 것인지 광장에는 더 큰 탄식의 소리가 울려 퍼졌다.

'제라이세……! 다음에 만나면 반드시 쓰러뜨릴 거야.'

『응, 그러자.』

'가릉!'

그 후 우리는 조용히 묵념을 올리고 자리를 떠났다.

야영지로 돌아오자 학생들이 불안한 모습으로 집합해 있었다. 아직 사태를 파악하지 못한 것 같았다.

프란이 야영지로 내려가자 학생들이 주위로 다가왔다. 가장 먼저 말을 걸어온 사람은 캐로나다.

"프란 씨! 마을이 시끄러운데 무슨 일이 있었는지 아시나요?"

"……상업선단이 마수에게 습격당했어."

"세상에! 피해는요?"

"꽤 심해. 그래서 위날렌에게 보고해야 해."
"그렇군요. 수고를 끼쳐드려 죄송합니다."
프란이 위날렌의 이름을 꺼내자 학생들이 자연스럽게 길을 비켜주었다.
역시 학원생이다. 이럴 때 패닉에 빠져도 의미가 없다는 것을 이해하고 있었다.
"……여기 있으면 위험할지도 몰라. 대피할 준비를 진행해."
"네? 하지만……."
"교관 명령."
"아, 알겠습니다."
이럴 때 권력이 있으면 편리하다. 뭐, 원래였다면 그런 명령을 내릴 수 있는 권한은 없지만 지금은 긴급 상황이니까.
『모두의 피난을 시작하기 위해서라도 우선 위날렌과 이야기하자. 그 녀석이라면 무슨 일이 일어났다는 건 알고 있을 거야.』
"응!"
오히려 정령을 통해 모든 것을 파악하고 있어도 이상하지 않았다.
"위날렌!"
"프란……."
의자에 앉아 있는 위날렌의 얼굴은 보기 딱할 정도로 처참하게 구겨져 있었다. 머리가 흐트러진 것을 보니 분명 몇 번이나 쥐어뜯은 거겠지. 그런 짓을 했다는 말을 들어도 이해가 갈 정도로 지금의 위날렌은 궁지에 몰린 것 같은 모습이었다.
"왜 호수의 마수가 부활한 거야! 봉인의 균열은 아직 크지 않았을 텐데……? 이대로라면 렌이 사라질 거야!"

위날렌이 얼굴을 가리며 비통함 섞인 말을 쏟아냈다. 그나저나 렌이 사라진다고? 하지만——.
"그 렌이, 마수를 부활시켰어."
그랬다. 부활이 확정된 것을 조금 앞당겼을 뿐이겠지만, 마지막으로 밀어붙인 것은 렌이다. 무슨 이유가 있을 거라고는 생각하지만 그럼에도 분노를 감추지 못한 프란이 중얼거렸다.
"……뭐? 렌이? 거짓말……."
"정말."
"어째서……?"
"모르겠어."
『반대로 우리가 묻고 싶을 정도야.』
이어서 프란과 나는 호수 바닥에서 일어난 일들을 모두 전했다. 제라이세가 봉인을 풀려고 했지만 우리가 막았다는 것. 머지않아 봉인이 부서질 상태였지만 아직 시간적 여유가 조금 있었다는 것. 하지만 렌이 마수를 부활시켜 버렸다는 것.
완전체보다는 낫다고 생각했던 것 같지만, 그래도 다른 방식이 있지 않았을까.
위날렌은 믿을 수 없는 모양이었다. 넋이 나간 얼굴로 허공을 올려다보고 있다.
"렌의 전언."
"!"
"각오를 다지래."
"……하지만, 그렇게 되면 그 아이는…… 스스로……?"
역시 위날렌과 렌의 관계를 잘 모르겠다. 그 아이라는 건 렌을 말하는 건가? 그렇다면 단순한 지인이 아니지 않나. 이전의 반응만 봐도 가까운 사이처럼 보였다.

"위날렌과 렌은 어떤 관계야?"

"……우리는…… 뭐라고 해야 할까?"

"내가 물었어."

"그랬지."

위날렌이 지친 얼굴로 미소 지었다. 정신적으로 상당히 지친 모습이다.

"간단히 말하면 쌍둥이 자매야, 우리는."

"정령과 쌍둥이?"

『엘프라면 가능한가?』

역시나 정령에게 수호받는 종족답다고 생각했는데, 엘프라고 해도 불가능한 기적이라고 한다.

"렌은 원래 하이 엘프였어."

위날렌이 자신과 렌의 관계를 밝혔다. 하이 엘프에서 정령이 되었다는 뜻인가?

"렌은 대마수를 봉인하기 위해 대마수에 사로잡힌 호수의 정령과 계약을 맺고 스스로를 정령과 일체화시켰어."

"그게 가능해?"

"하이 엘프 중에서도 특히 정령 마술에 뛰어났던 렌이라서 가능했던 거지. 나는 절대 불가능해."

대마수와 일체화된 호수의 정령과 동화되었다는 것은 렌도 대마수의 일부가 되었다는 뜻이다. 그 후 렌이 내부에서 대마수를 약하게 만들고, 직접 준비해 둔 봉인술로 대마수째로 호수 중심에 봉인했다.

대마수를 봉인한 위날렌의 지인이라는 것은 쌍둥이 자매인 렌을 의미했던 것이다.

"나는 그 후 정령이 된 렌과 계약을 맺었어……. 그대로 내버려 두면 언젠가 렌은 마수에 완전히 동화되어 사라질 운명이었으니까."

보통 정령술사와 정령의 계약은 동화라고 할 정도로 깊지는 않다. 함께 있거나 필요할 때만 소환되어 힘을 빌려주는 기브 앤 테이크에 가깝다.

그러나 렌을 향한 위날렌의 지나치게 강한 마음, 보통이라면 불가능하지만 쌍둥이인 탓에 가능했던 깊은 결속력, 거기에 하이엘프가 가진 높은 정령 친화성이 의외의 사태를 초래했다.

"나는 말야. 원래는 위나라는 이름이었어."

"렌이랑 계약하고 이름을 바꿨어?"

"아니, 아니야. 렌과 계약을 했더니 영혼이 융합되어 버린 거야. 결과적으로 우리는 위나도 렌도 아닌 위날렌이라는 개인이 되었지."

본체는 위나라고 한다. 기억도 외모도 위나 그대로다. 하지만 확실히 변화가 생겼다. 렌의 취향이나 기호, 의식이 위나와 뒤섞인 것이다. 다시 말해 타인이 섞이면서 자신이 자신이 아니게 되었다는 뜻이다. 보통이라면 불쾌하게 느낄 법도 할 텐데…….

"나는 정말 날아갈 듯이 기뻤어. 이걸로 영원히 함께 있을 수 있다, 그렇게 생각했으니까."

역시 장수종의 사고는 잘 모르겠다. 뭐, 쌍둥이었다는 점도 이유였을지 모르지만.

하지만 지금 설명을 듣고 나니 한 가지 납득이 가지 않는 것이 있었다.

"그럼 내가 만난 렌은?"

"내가 계약한 렌은 호수의 정령과 일체화되어 그 자신조차 정령이 된 렌. 하지만 대마수 안에는 렌의 반신이 남아있어."

호수의 정령과 일체화된 렌의 일부만 위날렌이 되고 나머지는 아직 대마수 속에서 봉인되어 있다는 것인가? 그 때문에 위날렌의 주도권 역시 위나가 쥐고 있던 것일지도 모른다.

"렌은 짧은 시간이라면 봉인에서 벗어나 의사 표현이 가능할 수 있을지도 몰라. 나를 만나러 오지는 않았지만. 내 안의 렌과 마수 속의 렌이 서로 맞물려서 활성화되는 걸 막기 위해서였겠지……. 그래도 나는 만나고 싶은데……."

위날렌은 렌에 대한 이야기를 할 때만큼은 묘하게 불안정한 모습이었다. 쌍둥이 자매를 대한다기보다는 마치 첫눈에 반한 상대의 행동에 일희일비하는 소녀 같았다.

"렌이 말했어, 각오를 다지라는 게 무슨 뜻이야?"

"……니야."

"렌은 위날렌에게 말하면 알 거라고 했어."

"……아니."

"위날렌?"

"싫어. 그렇게 두지 않아. 절대로, 렌을 사라지게 하지 않을 거야……!"

위날렌은 잠시 중얼중얼 무언가 말하는가 싶더니 갑자기 의자에서 벌떡 일어났다.

무슨 각오를 다진 것인지 번쩍번쩍 빛나는 그 눈동자에는 광기마저 느껴졌다.

“대마수를 봉인하겠어!”

“할 수 있어?”

“지금까지라면 무리였겠지. 하지만 지금이라면 어떻게든 할 수 있을 거야.”

위날렌은 그렇게 말하고는 빠른 걸음으로 달려나갔다. 결의에 찬 표정과는 달리 그 발걸음은 어딘가 영 미덥지 못했다. 휘청거리는 것은 아니었지만 묘한 불안정함이 느껴진 것이다.

“나는, 가겠어.”

“그 전에 학생들은 어떻게 해?”

“아, 그러고 보니 그랬지…… 이 마을을 떠나 피난하라고 지시를 내려줘. 프란은 다른 교관들을 모아서 탈출할 때까지 살펴주고.”

“알았어.”

마치 학생들에 대해서는 잊고 있었다는 듯이 반응하는 위날렌. 역시 어딘가 이상하다.

하지만 대마수를 봉인할 수 있는 것은 위날렌뿐이다. 맡길 수밖에 없었다.

“괜찮아?”

“괜찮아. 나는 괜찮아.”

괜찮아 보이지는 않았다. 그러나 그것을 지적하기는 어쩐지 꺼려졌다. 그만큼 지금의 위날렌은 한계에 몰린 분위기를 띠고 있었다.

"반드시 봉인하겠어. 해야 할 준비가 있으니까 나는 갈게. 뒷일은 부탁해!"

위날렌은 소리치듯 그렇게 말하더니 그대로 달려가 버렸다. 말릴 새도 없었다. 솔직히 걱정되긴 했지만 학생들의 대피도 중요한 일이었다.

『우리는 우리가 할 일을 하자.』

"응!"

프란이 학생들 곁으로 향하자 이미 피난 준비는 끝나 있었다. 텐트 등은 포기하고 전원이 식량 위주로 짊어지고 있다.

"프란 님, 무슨 일이 있었던 거죠?"

대표로 말을 걸어온 사람은 전기 교관 이네스였다. 교사 중에서도 학생 중에서도 가장 뛰어난 그녀가 전체를 통솔하고 있는 거겠지.

"호수에 커다란 마수가 나왔어."

"마수요?"

"응."

프란의 설명에 이네스뿐 아니라 다른 교관과 학생들도 의아한 표정을 지어 보였다.

"학원장이 대처할 수 있지 않나요?"

"하고 있어."

"네? 그런데도 대피가 필요한 건가요?"

아아, 그렇구나. 학원 사람들에게 위날렌은 절대적인 존재다. 그런 위날렌이 움직였는데도 피난을 해야 하는 상황이 이해가 가지 않는 것이다.

사실상 조금 강한 정도의 마수라면 주위에 아무런 피해도 주지 않고 즉사시킬 수 있기 때문이었다.

"이번 마수는 강해. 위날렌으로도 어떻게 될지 몰라."

"마, 말도 안 돼……!"

"그렇다면 위협도 A 이상은 확실하다는 거잖아……."

"응. 그러니까 서둘러 대피해."

"알겠습니다!"

강자인 프란의 설명에 모두가 사태의 위험성을 이해한 모양이다.

단독으로 나라와 겨룰 힘을 가진 위날렌, 그리고 그 위날렌조차 승리를 확신할 수 없는 흉악한 대마수. 그런 양측이 진심으로 부딪히면 주변의 피해는 막대할 것이다.

"경로에 관한 지시는 있나요?"

"특별히 없어. 이네스에게 맡길게."

"알겠습니다."

그리하여 학원 학생들이 세프텐트 야영지를 떠났다. 마찬가지로 마을에서 도망치는 주민들의 행렬도 똑같았다. 모험가 길드에서 촌장에게 정보가 들어간 것 같다. 피난민들이 생각하는 바는 모두 같았다. 가능한 한 호수에서 벗어나는 것. 덕분에 동쪽으로 향하는 가도에는 많은 사람들로 북적였다.

그 가도를 학원 학생들과 함께 이동했다. 하지만 거기서 나는 어떤 것을 깨달았다.

『로미오와 제로스리드가 없어.』

'……그러네.'

『뒤쪽에는 있어, 울시?』

'워후.'

울시 코로도 로미오 일행이 있는 곳은 알 수 없는 모양이다. 즉 이 피난민들 중에는 없다는 뜻이다.

『어디 간 거지……?』

"괜찮을까?"

『음…….』

제로스리드야 그렇다 쳐도 로미오는 걱정이었다. 표정을 흐리는 프란을 향해 캐로나가 말을 걸어온다.

"무슨 일 있으신가요?"

"로미오, 어디 갔는지 몰라?"

"로미오……? 아, 학원장님이 데려온 귀여운 아이 말이죠?"

"응."

"네? 없나요? 그건 큰일이잖아요!"

캐로나의 외침에 동조하듯 주위 학생들도 고개를 끄덕였다.

"출현한 마수는 학원장님이 상대라도 진심으로 싸워야 하는 상대잖아요?"

"그렇다면 지켜줄 여유도 없을 텐데?"

"그럼 위험한 거 아냐……?"

이런 상황에서조차 자신들의 일뿐만 아니라 어린아이 걱정을 할 수 있는 학생들을 대견하다고 해야 할지, 위기감이 없다고 해야 할지는 미묘한 부분이었다.

하지만 프란은 그것을 좋게 받아들인 것 같았다. 자신도 같은 의견이기 때문이겠지.

『프란, 위날렌에게 명령받은 건 학생들의 탈출을 살피는 거야.』

'응.'

『이제 마을에서 탈출은 했어.』

'오오, 그렇구나.'

프란이 맹점을 찔린 얼굴로 손뼉을 딱 쳤다. 그리고 선두에 있는 이네스에게 달려갔다.

"이네스."

"예! 무슨 일이신가요!"

"이 뒤는 내가 없어도 괜찮아?"

"예! 문제없습니다!"

프란의 물음에 이네스가 즉시 고개를 끄덕였다. 다만 결코 성의 없이 대답하고 있는 것은 아니었다. 지금은 마을의 인간을 호위하고 있는 모험가 등도 있어 호위 전력은 상상 이상으로 단단했다. 이네스의 말대로 프란이 빠진다고 해도 문제는 없어 보였다.

"그리고…… 우리에게는 학생뿐만 아니라 그 아이도 보호 대상입니다. 없다는 것을 알고도 방치할 순 없어요!"

"맞아요!"

"찾으러 돌아가고 싶을 정도예요!"

교관들은 출발할 때 로미오의 존재를 확인하지 않은 것을 후회하는 모습이었다. 하지만 그것은 어쩔 수 없는 일이다. 학원에서 비비안호까지 가는 동안 로미오와 제로스리드는 위날렌의 관할이었다. 그리고 호수에 도착해서도 그들과 교관들이 마주할 일은 거의 없었다. 그런 상황에서 피난 시에만 존재를 기억하라니 불가능에 가까운 이야기였다.

그러나 그들에게도 교관으로서의 긍지 같은 것이 있는 모양이었다.

“부탁드립니다! 프란 님!”

“프란 씨. 저희도 부탁드릴게요. 그 아이를 꼭 살려주세요.”

“사실 나 그 애를 보는 게 보는 게 마음의 위안이었거든.”

“아~, 알 것 같아~.”

“무사했으면 좋겠다.”

“알았어. 로미오를 구하러 갈게.”

그리하여 우리는 많은 교관과 학원생들의 배웅을 받으며 세프텐트로 되돌아갔다.

『울시, 로미오의 냄새를 찾아줘. 프란도 탐지에 집중해 주고.』

“웡!”

“응. 알았어.”

아직 위날렌이 무슨 일을 벌인 기색은 없다. 무엇을 할 생각인지는 모르겠지만 대규모 전투가 일어나기 전에 로미오를 찾아내야 했다. 게다가 우리에게는 한 가지 불안감이 있었다.

“시에라가 그랬어. 전의 위날렌은 로미오가 죽는 것도 개의치 않고 그 힘을 이용했다고.”

『만약 위날렌이 같은 일을 할 생각이라면 어떻게 하지?』

“다른 방법이 없는지 물어볼래.”

『그랬는데 다른 방법이 없다고 하면?』

“……모르겠어.”

대마수는 절대 방치할 수 없다. 쓰러뜨리거나 봉인하거나 둘 중 하나다. 하지만 이를 위해 로미오를 희생한다는 것도 어딘가 납득이 가지 않았다.

나는 어떻게 하면 좋지? 만약 프란이 위날렌에게 칼을 겨눈다면?

이성으로는 알고 있다. 로미오를 희생해야 한다. 저울질할 것도 없다. 하지만 내 안의 감정이, 납득하지 못하고 있었다. 프란을 닮은 저 소년을 희생하는 것에 기피감을 느낀 것이다.

"스승?"

『일단 지금은 로미오를 찾자.』

"응!"

세프텐트로 돌아온 우리는 그대로 야영지로 달려갔다. 하지만 거기에 위날렌이나 로미오의 기척은 없었다.

『어디 가버린 거지……. 울시, 냄새를 더듬어볼 수 있을까?』

"웡……."

울시는 고개를 끄덕이긴 했지만 자신이 없어 보였다. 이 주변에 냄새는 남아있다. 다만 그것이 어디로 향했는지는 모호한 것 같았다. 그럼에도 단서를 얻고자 프란은 앞장선 울시를 따라 걷기 시작했다.

"이쪽?"

"웡!"

아직 탈출하지 못한 채 준비하느라 바쁜 마을 사람들 사이를 누비며 울시가 도착한 곳은 항구였다. 그 시선은 대마수를 향하고 있다. 그렇다면 위날렌이 마수를 봉인하러 갔다는 뜻일까?

『위날렌과 로미오, 제로스리드의 냄새가 같은 방향을 향하고 있구나?』

"웡."

위날렌이 두 사람을 데려갔다는 것은 확실한 것 같았다. 역시 로미오의 힘을 쓰려고 하는 건가?

"쫓아가자!"

"웡!"

프란의 재촉을 받은 울시가 날카로운 표정으로 다시 달려나갔다. 그리고 호수 위를 달리기를 10분.

『보인다! 저기다! 확실히 위날렌이 있어!』

"하지만, 어……?"

『아아! 최악의 상상이 들어맞은 것 같아!』

대마수에 가까운 호수. 거기에 지름 15미터 정도의 원형 무대 같은 것이 출현해 있었다.

순백색 돌이 깔려 있고 사방에 같은 재질로 된 기둥이 세워져 있다. 대마수가 봉인되어 있던 신전과 분위기가 매우 흡사해 보였다. 하지만 중요한 것은 그 위에 있는 인물들이다.

그 무대 중앙에 가까운 부분에 위날렌이 서 있었다. 로미오도 제로스리드도 마찬가지다. 아니, 저걸 함께라고 말해도 괜찮은 건진 모르겠지만…….

로미오와 제로스리드는 무대 중앙에 설치된 제단 같은 곳에 잠들어 있었다. 누가 봐도 산제물 같은 모양새였다. 진심으로 로미오 일행을 제물로 삼아 무언가를 할 작정인 건가?

"울시! 저기에 내려줘!"

"웡!"

프란의 지시대로 울시가 무대로 내려갔다. 하지만, 혹시 이미 늦은 건 아닐까?

주변에는 짙은 마력이 소용돌이치며 확실하게 어떤 의식이 진행 중이었다.

“위날렌!”

“……프란. 왔구나.”

“뭐 하는 거야?”

“봉인을 위한 의식을 진행 중이야. 방해하지 말아줘.”

가까이서 보니 로미오와 제로스리드의 손발은 물로 된 족쇄에 잡혀 강제로 붙잡혀 있는 것처럼 보였다. 프란의 눈이 날카롭게 가늘어졌다.

“로미오와 제로스리드에게 뭘 할 생각이야?”

“이 두 사람은 봉인을 위한 초석이 될 거야.”

“……산제물이라는 뜻?”

“그래.”

“!”

깔끔하게 인정하네!

하지만 위날렌에게 죄책감은 느껴지지 않았다. 당연하다는 듯이 고개를 끄덕인다.

“프란, 이건 필요한 거야.”

“하지만――.”

“기다려. 우리는 신경 쓰지 않아도 돼.”

프란의 말을 가로막은 것은 다름 아닌 사로잡혀 있는 제로스리드였다. 로미오는 자고 있었지만 제로스리드는 의식이 남아 있는 모양이다.

“……무슨 말이야?”

"죽는 건 나쁜이다. 로미오는 살 수 있어. 그렇지?"

"맞아. 로미오 안에 잠재된 스킬 사신의 성찬. 그 부하를 네가 모두 대신 감내한다면 로미오의 목숨은 건질 수 있어."

"그런 거다. 그러니까, 괜찮아."

즉, 로미오 대신 제로스리드가 죽는다? 그런 건가?

"제로스리드가 죽으면 로미오도 죽는 거 아냐?"

"그 계약은 이미 해지했어. 하지만 한번 생긴 결속은 쉽게 사라지지 않아. 그 결속을 이용하면 원래는 로미오에게 갈 부하를 제로스리드에게 흘려보내는 것도 가능해."

로미오와 제로스리드는 특수한 계약을 체결한 상태였기 때문에 제로스리드가 대미지를 받으면 로미오에게도 악영향이 미치는 상황이었다. 다시 말해 제로스리드가 죽으면 로미오도 목숨을 잃는 것이다.

하지만 위날렌은 그 계약을 해지한 상태에서 희미하게 남은 마력의 결속을 재이용해 로미오가 받는 대미지나 부하가 모두 제로스리드에게 옮겨가도록 술식을 구축했다고 한다.

솔직한 심정으로, 그렇다면 상관없다고 생각해 버렸다. 그러나 이의를 제기하는 사람이 있었다.

"……로미오도 제로스리드도 죽지 않을 방법은 없어?"

"으음? 제로스리드도 돕고 싶다는 거야?"

"……약속했어. 계약이 해지된 후 제로스리드의 목숨을 대가로 로미오를 고아원으로 데려가기로. 다시 말해 그 녀석의 목숨은 내 거야."

"그래서 어쩌자는 거야?"

“멋대로 죽는 건 허락 못 해. 게다가——.”

“게다가?”

“눈을 떴을 때 제로스리드가 죽어 있다면 로미오가 가여워……. 나도 눈을 떴을 때 스승이 사라져 있다면 슬플 테니까.”

계속 그렇지 않을까 생각했지만, 역시 프란은 자신과 로미오를 겹쳐보고 있는 것 같았다.

“흐음? 즉 나를 거스르겠다는 뜻인가?”

그렇게 중얼거린 위날렌에게서 무시무시한 마력이 뿜어져 나왔다. 이 살기만으로도 일반인이었다면 죽일 수 있었을 것이다. 위날렌의 위압을 맞은 프란의 이마에서 식은땀이 새어 나왔다. 하지만 위날렌을 노려보는 그 눈빛에는 결코 흐트러짐이 없다.

“다시 물을게. 로미오와 제로스리드가 죽지 않아도 되는 방법은 없어?”

“없어.”

프란의 질문에 위압감을 발하면서도 망설임 없이 대답하는 위날렌. 발붙일 곳도 없다는 말이 딱 이런 경우겠지. 하지만 나는 알아버렸다. 그 말 뒤에 숨겨진 진실을.

『프란…… 거짓말이다.』

‘지금, 위날렌이 한 말?’

『그래, 맞아.』

즉 로미오 일행을 희생시키지 않아도 되는 방법이 있는 것이다.

“……거짓말.”

“거짓말 아니야.”

『역시 거짓말이야.』

거짓말이 아니라는 말이 거짓말이었다.

"로미오 일행이 죽지 않아도 되는 방법을 알려줘!"

"……없어."

"거짓말."

"……칫."

확신을 가진 표정의 프란을 보고 자신의 거짓말이 완벽하게 간파당했다는 것을 알아차린 것일까. 위날렌의 눈이 단번에 가늘어졌다.

"내가 없다고 하잖아. 그 말로는 납득이 안 돼?"

그 몸에서 흘러나오는 위압감이 강해졌다. 하지만 프란은 한 치도 물러서지 않았다.

"알려줘."

"……하아."

명백하게 분노한 모습이었다. 하지만 그럼에도 다짜고짜 프란을 없애려고 하지 않을 정도의 분별력은 남아 있는 것 같았다. 아니, 의식이 한창인 탓에 공격을 할 수 없는 것뿐인가? 그녀가 뿜어내는 살기는 손을 대지 않는 것이 신기할 정도로 거칠었다. 이게 위날렌이라고? 아니, 어쩌면 이게 진짜 위날렌일지도 모르겠다.

"그럼, 그걸로 다른 인간이 죽는다면?"

"무슨 말이야?"

"로미오와 제로스리드를 죽이지 않고 사태를 수습한다. 그런 방법이 있다고 치자. 그게 결국 다른 인간을 제물로 삼는 방법이라면 넌 어쩔 거지?"

"그게 누군데?"

“예를 든 거야.”

“그건──.”

프란이 입을 열려던 그때였다.

“그 희생이라는 건 신경 쓸 필요 없어.”

프란의 말을 가로막듯이 소녀의 목소리가 들려왔다.

“……어?”

위날렌이 프란의 등 뒤를 보고 눈을 부릅떴다. 경악에 찬 표정이었다. 분노에서 무표정. 그리고 짜증에서 경악, 엄청 바쁘네.

“……렌…… 이야……?”

위날렌이 메마른 목소리로 중얼거렸다. 그랬다, 난입해 온 목소리의 정체는 아름다운 오드아이를 가진 정령 소녀 렌이었다.

“잠깐, 모습이 달라.”

“정령이 된 나에게 형태 같은 건 일시적인 거나 다름없지만……. 일단은 이게 진짜 모습이라고 할 수 있겠지.”

프란의 말대로 렌의 모습은 아까와 많이 달랐다. 목소리와 눈 색깔이 똑같지 않았다면 곧바로 알아보지 못했을지도 모른다. 지금 렌의 모습은 위날렌과 쌍둥이라는 말을 들어도 납득할 정도로 무척 가녀리고 마른 엘프의 특징을 짙게 반영하고 있었다. 귀도 길다.

“살아남아 줘서 다행이야, 프란.”

네가 할 소리냐고 묻고 싶었지만, 그 말에 빈정거림이나 악의는 느껴지지 않았다. 진심으로 프란의 무사함을 기뻐하고 있었다.

“오랜만이야, 위나.”

“그래! 대체 몇백 년만인지…….”

"이제 내버려 둬도 대마수는 곧 부활할 거야. 더는 나와 네 안의 렌이 서로 이끌린다고 해도 상관이 없어졌어."

그러고 보니 위날렌이 호수에 너무 가까이 다가가면 대마수가 활성화되어 봉인이 풀려 버린다고 했었지. 그래서 렌은 위날렌을 만나지 못했던 것이다. 그러나 부활이 이미 멈출 수 없는 단계에 놓인 이상 이제 만나지 않을 의미는 없다는 말인가.

하지만 두 사람의 표정은 대조적이었다.

위날렌은 울 것 같은 얼굴이었다. 그러나 그 안에 있는 것은 틀림없는 기쁨이었다.

하지만 렌은 무표정. 게다가 거기에 기쁨의 빛은 없었다. 오히려 실망스러움까지 엿보였다. 하지만 대체 뭐에 대해? 게다가 아까 한 말의 의미도 모르겠다.

"저기. 희생을 신경 쓸 필요가 없다는 건 무슨 말이야?"

"후후. 왜냐하면 희생하는 건 나니까."

"어?"

고개를 갸우뚱하는 프란 옆을 지나, 렌이 위날렌 앞으로 스르륵 나아갔다.

"위날렌……. 너는 대마수를 다시 봉인할 생각인 거지?"

"그래. 지금이라면 사신의 성찬을 사용해서 다시 한번 더 봉인할 수 있어. 그렇지?"

"……그렇지. 재봉인을, 할 수 있을지도 몰라."

"그렇지?"

"하지만 넌 알고 있잖아? 내가 그걸 원하지 않는다는 걸."

렌이 그렇게 말한 직후 위날렌이 당장이라도 울음을 터뜨릴 듯한 표정을 지었다.

"……렌의 목적은, 뭐야? 대마수를 부활시켜서 뭘 하고 싶어?"

"나는 말야, 소멸하고 싶어. 그러니까 재봉인은 곤란해."

프란의 물음에 렌이 답했다. 분명 봉인된 상태에 불만을 느껴서 부활을 목표로 하고 있는 줄로만 알았다. 렌과 대마수는 연결되어 있었고, 렌 스스로가 그 봉인을 풀었으니까.

하지만 아무래도 그녀의 동기는 우리가 생각했던 것과는 결이 다른 것 같았다.

"왜 소멸하고 싶어?"

"이제 그만 해방시켜주고 싶어."

해방되고 싶은 게 아니라, 시켜주고 싶다? 즉 자신이 어떻게 되고 싶다는 문제가 아니라는 건가?

"위날렌……. 너라면 나를 소멸시킬 수 있잖아."

"……."

렌의 말에 위날렌은 무언으로 답했다. 하지만 그 안에 소용돌이치는 격정은 강하게 쥐어진 주먹 사이로 흘러내리는 붉은 피가 증명하고 있었다.

"위날렌——."

"싫어! 왜 널 소멸시켜야 하는데!"

"제발. 불완전하게 부활한 지금이야말로 가장 큰 기회야. 대마수를 완전히 없앨 수 있어."

"아니! 싫어! 네가 사라지는 건 절대 용납 못 해!"

그렇게 절규하는 위날렌은 마치 아이가 때를 쓰는 것처럼 보였다. 부정의 말을 외치며 머리를 흔든다. 그 모습은 정말 어린애 같았다. 그러나 렌은 엄한 모습으로 말을 이었다.
"위날렌. 지금의 너라면 불완전한 부활을 이룬 대마수를 소멸시킬 수 있어."
"싫어!"
"봉인을 해봤자 언제 이번처럼 또 부활을 노리는 무리가 없을 거라는 보장은 없어. 소멸시켜야 해."
"싫다고!"
어린아이처럼 양쪽 귀를 막고 싫다며 마구 고개를 내젓는 위날렌. 그것을 보고 렌은 공격 방식을 바꾸기로 한 모양이었다.
"나도, 이제 그만 소멸하고 싶어…… 더 이상 어두운 호수 바닥에 봉인돼 있는 건 지쳤어."
"싫어! 싫어!"
"위날렌……."
"왜 그런 말을 해! 나는 위나와 렌으로 돌아가기 위해 계속 노력했는데!"
마치 어린 시절로 돌아가기라도 한 것처럼, 위날렌은 굵은 눈물방울을 뚝뚝 흘리며 절규했다. 아니, 쌍둥이 자매인 렌과 만나 정말 어린 시절이었을 때의 마음으로 돌아간 것일지도 모른다.
"다른 사람 같은 건! 상관없어! 난 그냥 널 되찾고 싶어!"
"그건 불가능해."
"불가능하지 않아! 언젠가 렌과 마수를 분리할 때를 위해 준비도 하고 있어! 렌의 꿈이었던 마술 학원도 열었어! 정령화된 채로 지낼 때를 위해 정령이 학원 내에서 움직이기 쉽도록 구조도 다 갖춰놨어! 렌이 했던 것처럼 고아원에 기부도 하고, 렌의 존재를 인정받기 위해 나라를 지켜주고도 있어!"

광기마저 엿보이는 외침에 프란이 가볍게 물러섰다. 그 꼬리가 좌우로 살랑살랑 흔들거리고 귀는 납작 눌려 있다. 압력에 살짝 짓눌린 모습이었다.

"위날렌……."

렌의 얼굴이 서글프게 일그러졌다. 그것도 어쩔 수 없다.

저 말만 들으면 위날렌은 렌을 위해 인생을 바친 것이나 다름없었다. 모든 행동은 렌을 위해. 그렇게 말해도 과언이 아닐 정도다. 타인을 향한 다정함조차 렌을 위해서였던 것이다.

렌이 말했던 해방시켜 주고 싶은 상대는 아마도 위날렌을 말하는 거겠지.

"나는 그저…… 또 렌과 함께……."

"내가 분리돼 버리면 대마수는 전성기 때의 힘을 되찾고 말아. 세상이 멸망할지도 몰라."

"그런 건 몰라. 네가 없는 세상이라니, 아무래도 상관없어……."

위험하네. 대화가 오고감에 따라 점점 위날렌의 표정이 어두워져 가는 것이 보였다. 렌과 이야기하고 있는 사이에 꽁꽁 억누르고 있던 격정을 제어할 수 없게 된 것일까.

"분리……? 지금이라면 혹시 할 수 있을까……? 사신의 성찬을 사용하면 사신의 힘을 떼어낼 수 있지 않을까……? 그러면 렌을 되찾을 수 있어……? 세상 따윈 어떻게 되든……."

위날렌의 사고가 완전히 어둠 속으로 빠져들었다. 그걸 보고 렌이 슬프게 어깨를 늘어뜨렸다.

"사실은 사신의 성찬 따위 쓰지 않고 위날렌이 이대로 대마수를 없애준다면 제일 좋았겠지만…….”

“……!”

렌의 중얼거림에 기민하게 반응한 위날렌이 피가 날 정도로 입술을 깨물며 싫다고 연신 고개를 젓는다.

“그럼 제일 큰 문제점부터 해결해 볼까.”

“제일 큰 문제?”

프란이 복잡한 얼굴로 중얼거렸다. 문제가 너무 많아서 어떤 것이 렌이 말하는 ‘제일’인지 모르겠다.

“사신의 성찬을 사용하면 여러모로 도움이 된다는 건 알아? 쓰러뜨리든 봉인을 하든 말야.”

“하지만…….”

“로미오나 제로스리드, 둘 중 하나를 반드시 희생해야 하는 거지?”

“응.”

“그럼 그들의 힘을 빌리면 돼. 나와줘——.”

렌이 가볍게 손을 휘두르자 그 자리에 검은 빛이 소용돌이쳤다. 그러자 디멘션 게이트와 흡사한 그 소용돌이 속에서 인간이 나오는 것이 아닌가. 나타난 모습을 보고 프란이 작게 반가움을 표했다.

“시에라! 무사했구나.”

“그래, 어떻게든.”

제라이세의 발을 묶어두는 역할로 남겨진 시에라 일행은 강력한 마석 병기 탓에 죽을 위험에 처했었다고 한다. 그때 그들을 구해준 것이 렌이다. 물 촉수에 붙잡혀 호수 안으로 끌려 들어간 직후 전이의 힘으로 호수 어딘가에 있는 작은 섬으로 던져진 것이다.

"거기서 잠깐 쉬고 있었는데……."

렌에게 불려 와서 지금에 이른다는 건가.

"시에라 일행이 무사한 이유는 알았어. 그런데 왜 여기로 불렀어?"

"그들의 바람이었으니까. 게다가 나의 목적과도 부합해."

그들의 목적? 애초에 시에라와 제로스리드의 목적은 제라이세에 대한 복수 아닌가?

"위날렌. 그 의식에 우리도 참가할게."

"뭐? 너희들은 누구지?"

위날렌은 시에라를 모르나? 아니, 사는 마을도 다르고, 굳이 만나려고 하지 않았다면 모르는 것도 이상하지 않은가.

"랭크 E 모험가 시에라. 진짜 이름은 로미오야. 그리고 이 검은 내 파트너. 인텔리전스 웨폰인 제로스리드다."

"……뭐?"

위날렌도 역시 곧바로는 그 말의 의미를 이해하지 못한 모양이었다. 의외였지만 전의 로미오, 제라이세와 위날렌은 전혀 접점이 없어 보였다. 아니, 시에라 일행이 일부러 위날렌을 피한 거겠지. 거기서 렌이 가볍게 설명을 덧붙여 주었다. 의심의 눈초리를 보내는 위날렌이었지만, 반신이라고 할 수 있는 렌의 말에 결국 믿기로 한 것 같았다.

"그렇…… 구나. 확실히 닮긴 했네."

시간을 초월한 존재를 본 충격으로 인해 사고가 다소 진정된 것인지, 어두웠던 상태에서 다소나마 벗어난 모습이었다. 로미오와 시에라를 비교하는 위날렌의 눈동자에 이성의 빛이 돌아와 있었다.

"……그건 이해했어. 그럼 어른이 된 로미오. 네 목적은 뭐지?"

"사신의 성찬으로 로미오도 제로스리드도 죽지 않게 한다. 그것이 우리의 바람이야."

시에라는 그렇게 선언하더니, 멍하니 자신을 올려다보는 지금의 제로스리드를 바라보았다.

"로미오…… 라고……?"

"응, 맞아, 아저씨."

"하, 하하…… 꿈인가……?"

쉰 목소리로 중얼거린 제로스리드를 향해 시에라가 부드러운 얼굴로 고개를 끄덕였다.

그리고 로미오 소년도 제로스리드도 죽지 않는 새로운 방법을 위날렌에게 제안했다.

"사신의 성찬의 부하를 한 명이 짊어지면 그자는 죽어. 그렇다면 부하를 우리한테 분산시킨다면?"

"그래, 그런 뜻이구나! 두 사람의 로미오와 두 사람——이라고 부를 수 있을지는 모르겠지만, 이 제로스리드와 검인 제로스리드!"

"그래, 맞아. 사신의 성찬 효과는 상승하고 부하는 나, 지금의 제로스리드, 마검 제로스리드 세 사람이 분담하는 거야."

즉, 사신의 성찬을 사용해도 아무도 죽지 않는 방식이 있다는 뜻이었다.

하지만 위날렌의 굳은 표정은 풀리지 않았다.

"그렇다고 해도 위험하다는 건 변함이 없어. 죽지 않을 뿐 힘의 대부분을 잃게 될지도 몰라."

"그건 각오하고 있어. 하지만 우리는 로미오와 아저씨――제로스리드를 절대 버리지 않겠어. 반드시 구할 거야."

시에라도 그건 처음부터 이해하고 있는 것 같았다. 그들의 가장 큰 목적은 지금의 로미오와 제로스리드를 지키는 것이었던 건가.

"구하고 싶다면 차라리 의식을 말리는 건 어때?"

"……완전 부활한 대마수를 방치하면 어차피 이 대륙에 있는 자들은 전멸이야. 그만한 존재다. 그렇다면 조금이라도 살아남을 가능성에 거는 편이 낫겠지."

시에라 일행이 대마수를 보는 것은 두 번째다. 그 무서움을 이해하고 있는 것이리라. 대륙이 멸망한다고 단언할 정도니까. 실제로 그렇게 말하는 시에라의 안색은 좋지 않았다. 대마수를 떠올리며 두려움을 느낀 것 같았다. 그렇기 때문에 사신의 성찬을 사용해 대마수를 봉인하는 것에는 찬성하는 거겠지. 그로 인해 자신들이 위험에 빠진다 하더라도.

다만 이게 과연 렌에게 좋은 걸까? 렌은 위날렌을 집착에서 해방시켜주기 위해 대마수가 완전히 멸망하길 바라고 있다. 그러나 사신의 성찬을 사용할 수 있다면 재봉인은 가능할 것이다. 즉 렌의 바람은 이루어지지 않는다.

렌으로서는 프란을 동원해 의식을 멈추게 하고 위날렌이 대마수를 쓰러뜨릴 각오를 해 주는 것이 최선이었을 것이다. 하지만 더는 프란에게는 의식을 말릴 이유가 사라졌다. 프란이 위날렌을 막으려 했던 것은 로미오와 제로스리드가 죽는다는 말을 들었기 때문이다. 하지만 시에라 일행이 가세하면서 죽을 위험이 사라졌다.

솔직히 반신인 렌을 소멸시키고 싶지 않다는 위날렌과 소멸하여 자신도 위날렌도 해방시키고 싶다는 렌의 마음이 모두 이해가 갔다. 다만 렌을 소멸시키려 할 경우엔 위날렌과는 완전히 적대하게 되겠지. 그 위험을 무릅쓰고 렌을 소멸시키고 싶으냐 한다면……. 렌도 그 사실은 알고 있는 것 같았다.

직접 시에라 일행을 데려와 놓고도 어딘가 내키지 않는 표정을 짓고 있다.

"그들이 나설 차례가 없는 편이 제일 좋았는데……."

그렇구나, 보험 같은 느낌이었을까. 위날렌이 대마수를 멸망시킬 결심을 해줬다면 아무 문제가 없다. 하지만 설득하지 못하면 대마수를 봉인해야 했다. 그 경우 사신의 성찬이 필요한 이상 시에라 일행은 필요하다. 그런 거겠지.

"위날렌……."

"……몇 번을 물어도 나는……."

잔잔해지던 위날렌과 렌 사이에 다시금 긴장감이 감돌았다.

내가 보기에도 이 두 사람의 의견은 평행선인 채 맞물리지 않을 듯했다. 주도권을 쥐고 있는 위날렌이 꺾이지 않는 한. 그리고 조금 전의 광기 어린 모습을 보면 의견을 바꾼다는 미래는 상상할 수 없었다.

하지만 그 틈을 비집고 들어간 것은 다름 아닌 프란이었다. 고위 존재가 뿜어내는 위압감에 짓눌리면서도 용기 있게 질문을 던졌다.

"저기, 정말 양쪽의 소원 모두를 들어줄 방법은 없어?"
"그건 불가능해. 프란, 난 소멸하고 싶어. 하지만 위날렌은——."
"렌이 소멸하는 건 절대로 사양이야. 언젠가 렌을 부활시키고 나는 위나로 돌아갈 거야."
"거기."
프란이 손가락을 척하고 렌에게 들이대자 그녀가 고개를 갸웃한다.
"렌이 소멸하고 싶은 이유는 위날렌을 위해?"
"그래, 정령을 통해 위날렌을 지켜봐 왔어. 하지만 나 때문에 무리하는 모습은 더 이상 보고 싶지 않아. 게다가 요즘 위날렌은 어딘가 이상해."
"내가, 이상하다고?"
"응. 근데 그 이유를 프란, 당신들 덕분에 알았어. 아무리 쌍둥이라 할지라도, 두 인간의 정신이 섞인 채 제정신으로 있는 게 기적이었던 거야."
아아! 위날렌의 정신 상태가 이상한 건 렌을 만난 것이 원인이라고 생각했는데……. 위나와 렌의 의식이 뒤섞이면서 무리가 발생하기 시작한 거였나!
검화로 인해 감정을 잃어가던 나를 보며 육체와 정신의 관계에 생각이 미친 거겠지.
그렇다면 위험한 거 아닌가? 위날렌이 미쳐 날뛰기라도 하면 나라 하나는 손쉽게 무너질 텐데. 위협도로 따지면 A 이상은 확실하다.
"주체인 내가 소멸하면 위날렌은 위나로 돌아갈 수 있어. 위나를 위한 것만이 아냐. 그러면 많은 사람들이 구원받을 거야."

광증이 시작되려는 징후가 보이는 위날렌을 제정신으로 되돌린다. 그것이 소멸을 고집하는 이유였나.

"렌이 원래 모습으로 돌아가고 위나가 해방되면 돼. 소멸할 필요 없어."

프란의 말에 렌이 고개를 저었다.

"아까도 말했지만 내가 대마수 속에서 분리돼 버리면 대마수가 힘을 되찾아 버려."

"사신의 성찬으로 어떻게 할 수 없을까?"

프란의 말에 나는 감탄하고 말았다. 그래. 렌 대신에 사신의 성찬으로 힘을 억제하면 어떨까? 불완전하게 부활하여 약체화 상태인 지금의 대마수라면 위날렌의 힘으로 소멸시킬 수 있지 않을까? 렌이 몸을 바쳐 만든 약체화를 사신의 성찬으로 대신하면 되잖아?

하지만 위날렌이나 렌 모두 고개를 저었다.

"약체화시킬 수는 있어. 하지만 소멸시킬 방법이 없어."

"위날렌이라면 쓰러뜨릴 수 있지 않아? 사신의 성찬으로 약하게 하고, 위날렌이 처치하면."

"사신의 성찬을 이용해 마수를 약화시키기 위한 의식은 나밖에 할 수 없어. 하지만 그 의식을 치르면 내 힘은 상당히 소모될 거야. 소멸시킬 만한 힘은 남지 않아."

"렌이 대신 해 줄 수는 없어?"

"미안해. 내 이 몸은 임시 형태일 뿐이야. 본래의 권능인 시간과 물의 힘은 어느 정도 쓸 수 있지만, 그 이상은 할 수 없어."

"그래……."

위날렌이 의식도 전투도 모두 치르기는 어려워 보였다. 그렇게 입맛대로 흘러가지는 않는다는 건가.

"적어도 저 마수가 좀 더 약화될 수 있다면……."

"무슨 말이야?"

"대마수의 힘이 더 약화한다면 의식을 치른 후에 남은 힘으로도 쓰러뜨릴 수 있어."

"그건 대미지를 줘서 약하게 만들면 된다는 뜻?"

그럼 우리나 시에라가 대마수에게 전력으로 공격하면 되지 않을까?

"불가능해. 대마수에게는 가까이 갈 수 없어."

위날렌이 서글픈 어조로 중얼거렸다. 가까이 갈 수 없다? 장벽이 단단하다거나 반격이 거세다고 하면 알겠지만, 가까이 갈 수 없다는 건 무슨 뜻이지? 그러자 렌이 간결하게 설명해 주었다.

"당신은 모를지도 모르지만 사신이란 살아있는 모든 것을 지배해 미치게 하는 힘을 갖고 있어. 나처럼 정령화되지 않는 한 저항하기 어려워."

"약한 인간은 가까이 다가가기만 해도 지배를 받아버려. 그리고 저 대마수 안에 잠들어 있는 사신의 파편은 사신의 목. 거기서 나오는 목소리는 더 강한 저주의 힘을 갖고 있지."

위날렌이 그렇게 말하며 대마수를 가리켰다.

"이 거리에서. 대마수의 목소리가 들리지 않는 것에 위화감이 느껴지지 않아? 아직 봉인에서 벗어나는 중이라고 해도 목소리 정도는 들을 수 있을 텐데 말야."

그렇다. 사실 우리는 그 포효를 듣고 있었다.

"이 무대에는 대마수의 목소리를 차단하기 위한 결계가 쳐져 있어."

그런 거군. 거리가 멀어서 그런 줄 알았더니 이 무대를 둘러싼 결계 덕분이었나.

"나조차도 저 마수에게는 필요 이상으로 다가갈 수 없어. 지배당하고 말 테니까. 그 전에 비장의 공격을 한발 넣어서 소멸시키는 건 가능해도, 몇 번이나 공격해서 약화시키는 건 무리야."

즉 0이나 10밖에 없다는 말인가. 가까이 가서 바로 소멸시키지 못하면 그 뒤 대마수에게 지배당하고 만다. 그러니까 큰 공격 한 방을 맞혀서 반드시 쓰러뜨려야 한다.

하지만 지금의 이야기를 듣고 나와 프란에게는 어떤 희망이 싹트고 있었다.

『사신의 지배라…….』

'스승이라면 괜찮아?'

『으응, 그럴 거야.』

이전에 펜리르가 말했었다. 지구인인 내 영혼에는 사신의 지배력이 미치지 못한다고.

『문제는 프란이 어떠냐는 건데. 알림은 모르려나?』

〈검이란 장비자와 불가분의 존재입니다. 장비자도 사신의 지배를 무효화하는 것이 가능합니다〉

『울시는 어때?』

〈스승과의 영혼의 연결을 확인. 개체명 울시도 사신의 지배를 무효화하는 것이 가능합니다〉

『좋아! 우리라면 싸울 수 있다는 뜻이네!』

〈네. 문제없습니다〉

땡큐, 알림. 역시 의지가 되네!

『프란, 울시. 들었지?』

'응! 우리라면 로미오도 위날렌도. 거기에 제로스리드까지 도울 수 있어!'

'웡!'

『우리가 대마수를 약하게 만드는 거야.』

"웡!"

"그렇게 하면 렌을 분리한 다음 사신의 성찬으로 약화시켜서 위날렌이 처지할 수 있어!"

갑자기 대마수를 공격하겠다고 나선 프란에게 위날렌이 어이없다는 듯한 시선을 보냈다.

렌도 비슷한 표정이다. 역시 쌍둥이. 렌 쪽이 훨씬 젊은 외모이긴 하지만 비슷한 표정을 지으니 서로 꼭 닮았다. 뭐, 그래서 렌도 모습을 바꾼 거겠지만. 그렇지 않아도 기묘한 소녀가 위날렌과 똑같은 모습을 하고 있으면 분명 소동이 벌어졌을 것이다.

"나랑 렌이 하는 말 제대로 들은 거야? 대마수에게는 접근할 수 없어."

"괜찮아."

"아니, 기합으로 어떻게 될 문제가 아닌데?"

"나와 울시는 사신의 지배가 통하지 않으니까, 괜찮아."

"허?"

"뭐?"

얼이 나간 표정도 꼭 닮았다.

"사신의 지배를 무효화할 수 있어. 전혀 문제없어."

"그런 건, 불가능해……."

프란의 발언을 들은 렌이 눈을 동그랗게 떴다. 위날렌도 마찬가지로 놀라고 있다.

"……거짓말은 아니지?"

"……그런 능력은 들어본 적도 없어."

"하지만 사실."

프란이 그렇게 주장해도 주위 사람들은 쉽게 믿지 못하는 것인지 의심의 눈길을 보내고 있었다.

"솔직히 이 상황에서 프란이 지배를 당해 폭주하기 시작하면 손쓸 수조차 없는 상황이 될 텐데?"

"하지만 정말 대마수를 약하게 만들 수 있다면……. 렌을 분리시킬 수 있을지도 몰라."

"맡겨줘."

결국 프란이 아무리 주장해도 위날렌 일행의 의구심은 걷히지 않았다. 사신의 지배를 무효화할 수 있다는 말이 그 정도로 믿기 어려운 이야기인 거겠지. 강자라면 지배를 튕겨낼 수 있겠지만 그것도 무효화하는 것은 아니다. 그저 버텨내는 것뿐이다. 사기라고 해도 신은 신. 그 힘을 무효화할 수 있는 존재 같은 것이 있을 리 없다. 그것이 그녀들의 상식인 것 같았다.

다만 프란이 '이 엄청 굉장한 검의 힘!'이라고 말하자 어느 정도는 납득한 모습이었다. 위날렌이나 렌은 내 정체를 아니까. 인텔리전스 웨폰이라면 그럴 수 있다고 판단한 거겠지. 게다가 나를 모르는 시에라도 무언가를 느낀 듯했다.

"……나도, 같이 갈게."

"시에라? 의식은 괜찮아?"

"대마수에게 대미지를 준 후 의식으로 복귀하면 돼."

"그 전에 사신의 지배를 잊은 거 아니야? 아까도 말했지만 나 같은 정령체가 아니면 조종당할 거야. 뭐, 프란이라는 예외가 있긴 하지만."

"믿어주는 거야?"

"내 감이, 그러는 편이 좋다고 말하고 있어."

"감?"

"이래 보여도 시간을 관장하는 정령이야. 단순한 감은 아냐."

미래를 보는 것까지는 아니더라도 더 나은 선택지를 고르는 힘 같은 것이 있는 것일까.

"그 감이 시에라도 괜찮을 것 같다고 하긴 하는데……."

"나 같은 경우는 이 검 때문이야. 제로스리드 아저씨가 봉쇄된 마검 제로스리드. 이걸로 사신의 지배를 막을 수 있어."

제로스리드는 사인이었기 때문에 사신의 지배에 대한 내성이 있는 건가? 아니, 사인이라면 더 사신의 영향을 받지 않을까?

"제로스리드 아저씨가 가진 동족상잔이라는 스킬 덕분에 사신의 힘을 반대로 흡수할 수 있어."

그렇구나, 그 스킬 덕분인 건가. 나도 소지하고 있지만 상상 이상으로 사용할 수 있는 범위가 넓은 것 같았다. 이건 나도 좀 연구해 볼 필요가 있겠네.

그런 생각을 하고 있는데 문득 묘한 마력의 일그러짐을 깨달았다. 무대 상공 몇 미터 지점에서 시공 속성 마력이 느껴지는 소용돌이 같은 것이 보인 것이다. 렌이 뭔가 하는 건가?

그러자 그 소용돌이에서 갑자기 사람의 그림자가 솟아나오는 것이 아닌가.

"그 공격이라는 거, 나도 참가시켜 주겠어?"

"!"

"누구야!"

갑자기 하늘에서 내려온 목소리에 놀란 사람은 프란뿐만이 아니었다. 시에라도 렌도 위날렌도 모두 놀란 표정으로 하늘을 올려다보고 있었다. 아무도 눈치채지 못한 것이다. 그건 그렇고 렌의 소행은 아니었네. 상대는 소용돌이를 통해 이쪽의 이야기를 듣고 있었던 모양이었다.

그곳에는 키가 큰 여자가 떠 있었다. 아니, 뭔가를 발판 삼아서 있는 모습이었다. 제멋대로 길게 늘어뜨린 사파이어 같은 푸른 머리에 루비를 닮은 붉은 눈동자. 그리고 초콜릿 같은 매끄러움과 달콤함이 느껴지는 아름다운 피부. 틀림없다, 질 할멈이 말했던 주제카였다.

무투인이 입을 법한 붉은색 무투복에 로브가 달린 흰 외투라는 가벼운 옷차림이지만, 겉모습만 봐도 그 실력을 단번에 알 수 있었다. 전이를 전혀 감지하지 못한 렌이 진지한 표정으로 추궁했다.

"어떻게 여기까지 온 거지? 이 호수에서 내 눈을 속이다니……."

"뭐, 나도 시공 마술엔 재주가 좀 있어서 말야. 대처 방법도 숙지하고 있거든."

"……정체가 뭐지? 넌 본 적이 없는데."

“내 이름은 주제카. 일단 모험가로 등록돼 있어. 하지만 지금 그런 문답을 하고 있을 여유가 있나? 움직여야 할 때 아닌가?”

주제카의 말이 맞았다. 그러나 갑자기 나타난 의문의 인간을 믿을 수 없는 것은 우리도 마찬가지였다. 그런 우리의 의문을 날려준 것은 시에라였다.

“네가 누군지는 몰라. 하지만 네 힘을 빌려줄 수 있다면 부탁할게.”

그래. 지금은 조금이라도 더 전력이 필요한 상황이었다. 틀림없이 강한 인간이 협력을 제안하고 있다. 그것이 전부다. 하지만 적인지 아군인지만은 확실히 해 두고 싶었다. 나는 프란에게 한 가지 질문을 하게 했다.

“그럼 하나만 물을게. 너는 우리 편이야?”

“그렇지. 지금은 맞아. 적의 적은 아군이라는 말만 해두지. 제라이세의 폭거를 멈추고 싶거든.”

『거짓말은 하지 않았어.』

“응. 믿을게.”

“……프란과 시에라가 믿는다면 나도 믿을게. 감이 그렇게 말하고 있어.”

“렌이 그렇게 말한다면 나도. 하지만 사신의 지배는 괜찮아?”

“그것도 문제없어. 나도 사신의 지배를 튕겨 내는 방법을 갖고 있거든.”

그것도 사실이었다. 사신의 지배를 받지 않는 희귀한 인재들이 한곳에 이 정도로 모이다니……. 하지만 대마수를 쓰러뜨릴 가능성이 높아졌다는 것만은 확실했다.

"그럼 나와 울시와 시에라와 주제카가 사신을 공격할게."
"기다려. 사신의 성찬을 쓴다고 해도 그렇게 쉽게 의식을 재개할 수는 없어."
"그런 거야?"
"당연하지."
뭐, 생각해 보면 당연한가. 그 자리에서 간단히 논의한 결과 최적의 작전을 생각해낼 수 있었다.
"그럼 정리할게. 먼저 내가 사신의 성찬을 사용하기 위한 의식을 시작한다. 그 시점에서 시에라와 로미오, 그리고 두 제로스리드는 여기에 있어줘야 해."
"응."
"그 사이 프란과 주제카가 공격, 의식 발동이 종료된 시점에 시에라도 공격에 가담한다."
"맡겨줘."
사신의 성찬이 발동한다고 해도 그 효과는 한순간에 발휘되는 것이 아니라고 했다. 애초에 사신의 성찬은 대상인 사인들에게서 힘을 흡수하여 자신의 힘으로 만드는 능력이다. 그 과정에서 약해진 사인에게 명령을 내릴 수 있다는 것뿐이다.
이번에는 대마수 속에 잠든 사신의 파편에서 사기를 빼앗아 원래대로라면 로미오에게 흘러 들어갈 사기를 두 제로스리드와 시에라에게 분산시킬 예정이었다. 그 의식이 어느 정도 제대로된 효과를 미치기 전까지는 시에라 일행은 의식 장소에 있어야 했다.
다만 사신의 성찬을 발동해 사기의 흐름이 만들어지면 시에라 일행이 의식장에서 벗어나도 문제는 없다고 한다. 거기서부터는 시에라와 마검 제로스리드, 지금의 제로스리드도 참전할 수 있는 것이다.

"그리고 그 후의 결과는 당신들의 노력에 따라 달라지겠지."

"대마수의 힘을 확실히 깎아낼 수만 있다면 렌을 분리시킨 후 내가 대마수를 소멸시킬게."

"하지만 못하게 된다면 나는 분리하지 않고, 위날렌의 봉인술로 재봉인한다."

잘하면 전원의 소망이 이루어진다. 설령 실패하더라도 최소한 봉인까지는 할 수 있을 것이다. 솔직히 재봉인은 문제를 미루는, 냄새나는 무언가에 뚜껑만 덮어두는 해결책이다. 그럼에도 대마수가 부활하는 것보다는 훨씬 나았다. 프란은 그렇게 끝낼 생각이 없는 것 같지만.

"반드시 모두가 웃는 얼굴로 끝낼 수 있게 할 거야."

프란은 결의에 찬 표정으로 그렇게 중얼거리더니 대마수를 향해 걷기 시작했다.

제5장 대마수

“나는 갈게.”

“조심해. 무리하면 안 돼.”

힘내라고 말하지 않는 부분에서 렌의 호인적인 성격이 드러났다. 뭐, 정령이지만.

여기서 프란이 무리를 해서라도 대마수의 힘을 줄이지 않으면 렌의 바람은 이루어지지 않는 것이다. 하지만 렌이 가장 걱정하는 것은 프란의 안위였다. 하지만 프란에 한해서는 그 말이 더 효과가 있었던 것 같다.

“응, 열심히 할게. 무리 안 해.”

렌의 말에 고개를 끄덕이는 프란의 표정은 당장이라도 무리해도 이상하지 않을 정도로 의욕에 가득 차 있었다. 만난 지 얼마 안 된 주제카조차 쓴웃음을 짓고 있으니 말 다 했다.

『프란, 본인 신변의 안전이 제일이다?』

‘알아.’

『안다는 사람의 얼굴이 아닌데.』

그걸 떠나서 묘하게 의욕이 넘치는 것 같았다. 뭔가 의욕이 향상될 만한 일이 있었나?

‘사신의 파편과 싸우는 거, 처음.’

『아, 확실히 그렇긴 하네.』

‘흑묘족의 저주를 풀기 위해서는 언젠가 싸울지도 모르는 상대. 얼마나 강한지 알아두는 편이 좋아.’

프란의 목표는 신벌에 의해 흑묘족 전체에게 내려진 저주를 푸는 것. 그러기 위해서는 흑묘족의 힘만으로 위협도 S의 사인 혹은 사신의 권속을 쓰러뜨려야 한다. 그것은 곧 사신의 파편을 토벌한다는 뜻이었다. 솔직히 말하면 지금의 프란보다 더 강한 흑묘족을 여러 명 갖추지 않고서는 달성할 수 없는 목표였다.

그야말로 수십 년의 시간을 들이지 않으면 불가능하다. 아니, 잘못하면 그 이상을 넘어 몇 세대는 필요할지도 모른다. 하지만 그것이 프란이 걸음을 멈출 이유는 되지 않았다.

『완전히 똑같은 건 아닌데?』

'알아.'

『원래 사신의 파편보다 강한지도 약한지도 잘 모르는데…….』

'사신의 파편의 힘을 실감할 기회.'

그저 한결같이 희망에 찬 표정으로 웃고 있다.

이런 긍정적인 생각을 할 수 있다는 점이 프란의 강한 마음과 이어져 있는 거겠지.

『그러게. 이번에는 여러모로 섞여 있지만 힘의 일부에 닿을 수는 있을 것 같아.』

'응!'

"맞아, 이걸……."

렌이 만들어낸 물이 샤워기 물처럼 변해 프란에게 쏟아졌다. 그 직후 프란의 체력이 회복되는 것이 느껴졌다. 완전 회복까지는 아니지만 꽤 편해졌을 것이다.

"치유의 물이야. 나는 이 정도밖에 할 수 없으니까."

"고마워."

"시에라 일행이 참전하기 전까지는 무리하면 안 돼?"
"응. 하지만 상대가 약하면 쓰러뜨려도 되는 거지?"
이봐, 이봐! 내가 말해보고 싶은 대사 랭킹 상위 『쓰러뜨려도 상관없지?』잖아! 근데 이거 경우에 따라서는 사망 플래그인데요!
'스승? 무슨 일 있어?'
『아니, 아니. 아무것도 아니야. 프란의 의욕에 감탄했을 뿐이야.』
'흐음?'
위험할 것 같으면 강제로라도 도망가게 해야지.
그리고 프란은 울시를 타고 대마수를 향해 달려갔다.
"웡웡!"
울시가 전속력으로 달리면 1킬로미터 정도의 거리는 순식간에 메워진다.
『너무 가까이 다가가진 마! 여기서부턴 놈의 사정거리라고 해도 이상하지 않아!』
"웡!"
"커졌어?"
『아아. 그러네.』
우리가 처음 확인했을 때와 비교해 대마수의 육체는 몇 배로 불어나 있었다. 이조차 아직 부활 도중이니 본래는 어느 정도 크기일까. 암적색과 잿빛, 보라색의 삼색 촉수가 이리저리 꿈틀거리는 거대한 덩어리는 아직도 비대해지고 있었다.
『프란, 몸은 어때?』
"괜찮아."
프란은 그렇게 말했지만 오늘은 격전이 계속되었다. 더군다나 검신화까지 써서 소모가 엄청날 것이다. 원래라면 휴식을 취하게 하고 싶은데 그럴 시간은 없었다.

『처음에는 내 마술 위주로 싸울게. 프란은 무리하지 말고 상대를 관찰하는 걸 우선으로 해줘.』

"……알았어."

자신의 상태를 이해하는 프란도 마지못해 승낙했다. 그리고 나는 옆에 있는 주제카를 바라보았다.

"회의한 대로 난 신경 쓰지 말고 마음대로 움직여도 상관없어."

주제카는 이쪽에 맞출 자신이 있다고 했다. 뭐, 그렇게 말한다면 믿어보도록 할까.

『울시는 회피를 맡아줘. 부탁할게.』

"웡!"

"! 온다!"

『역시 여기서도 닿는 건가!』

꿈틀거리는 거대한 덩어리 정상부에서 칠흑 같은 마력탄이 뿜어져 나왔다. 높게 발사된 마력탄은 그대로 호를 그리며 프란을 향해 내려왔다. 게다가 도중에 터지면서 확산되기 시작했다. 말 그대로 탄막이었다.

『울시!』

"웡웡!"

마력탄 한 발 한 발에 담긴 힘이 굉장하다. 마력탄이 떨어진 호수 위로 십여 미터 가까운 물기둥이 솟아오르는 것이 보였다. 하지만 명중률 자체는 허술했다. 아니, 이 거구치고는 꽤 세밀한 건가? 이 정도라면 울시는 여유롭게 회피할 수 있을 것이다.

『다음은 이쪽 차례지! 먼저 이거나 먹어라! 칸나카무이!』
쏜 것은 한방. 하지만 평범한 칸나카무이가 아니다. 집속시켜 위력을 높인 데다 파사현정의 힘을 실은, 사인용으로 만든 필살의 일격이었다. 마랑의 평원에서 싸운 방어 특화형의 위협도 C 마수 미노타우로스 제너럴을 일격에 소멸시키는 위력을 보이기도 했다.
『으랴앗!』
성스러운 힘을 휘감은 흰 번개가, 뻗어 나온 무수한 촉수를 뚫고 본체에 작렬했다. 착탄 직후 굉음과 함께 무수한 번개가 방출되며 직시할 수 없을 정도의 섬광이 주위를 뒤덮었다. 대마수의 몸 위를 달리는 무수한 번개는 마치 거대한 식물의 뿌리처럼 보였다.
관통까지는 아니었지만 덩어리의 거구에 커다란 크레이터가 나 있었다. 게다가 주변의 살도 타오르며 탄화되고 무너져 있었다. 다만 큰 대미지를 주었는가 하면…….
『칫. 파사현정을 실었는데도 평범하게 재생하는 건가.』
“전부가 사신이 아니라?”
『아마 그럴 거야.』
“……대미지 없어?”
『아주 미세하지만 녀석이 뿜어내는 마력이 줄어들었어.』
정말 미량이지만. 주제카가 마력탄으로 추가타를 가했지만 그것도 별 효과는 없어 보였다.
“나도 참가할까?”
『아니, 우선 놈의 약점을 찾고 싶어. 프란은 무리하지 말고 간단한 공격만 해줘.』

“응. 알았어.”

『울시, 좀 더 가까이 갈 수 있겠어? 이번에는 염동 캐터펄트로 직접 공격하고 싶어.』

“크릉!”

『좋아, 가자!』

“응! 하아앗!”

울시의 고속이동 돌진력까지 이용해 프란이 나를 투척했다.

『흐햐아아앗!』

전력을 다해 염동을 펼친 나는 대마수를 향해 일직선으로 돌진했다. 요격을 위해 뻗어 나오는 끈처럼 가는 촉수. 하지만 그 강도는 보이는 그대로 별다른 위협은 아니었다.

나는 기세 그대로 백 개가 넘는 촉수 포위망을 뚫고 대마수의 그로테스크한 거구에 박혔다.

『우오오오오!』

“그오오오오오오오오오!”

대마수의 포효가 들렸다. 고통이라기보다는 성가셔하는 느낌인가? 조금은 괴롭게 하는 것 같긴 한데……. 아까 칸나카무이와 같은 정도의 크레이터가 생겼지만 확실한 대미지를 입힌 것 같지는 않았다.

『파사현정을 펼쳐도 이 정도인가!』

대마수 안의 사신의 비율이 적은 데다 상대가 지나치게 고위급이다.

『칫! 이건……!』

도려낸 살점이 단숨에 재생되기 시작했다. 이대로 가다가는 대마수의 몸속에 삼켜질 것이다. 그리고 확실하게 그것을 노리고 있다. 즉 그 정도의 전략을 생각하는 지성과 이성이 있다는 것이다.

전이로 탈출했지만 내구도가 꽤나 깎였다. 체액에 부식이나 산성 계열 효과가 있는 것 같았다.

『이 덩치로 봐서는 내가 뚫은 구멍은 단순한 찰과상 정도려나?』

다시 대마수 주위를 날아다니며 그 모습을 확인했다. 아직도 촉수들이 뒤엉키면서 비대해지는 중이라 덩어리라는 말 외엔 표현할 수 없는 모습이었다. 머리는 고사하고 손도 발도 꼬리도 날개도 없다.

보라색, 검붉은색, 회색의 촉수로 형성된 그로테스크한 고층 빌딩이라고 해야 할까…….

"그어…… 구어어어……!"

『응?』

뭔가 이상한 소리가 났다. 신음소리? 입이 어디 있는지도 모르지만 확실히 목소리처럼 들렸다.

"그고오…… 그오오오오오오오!"

『우왓! 징그러!』

이변이 일어난 곳은 덩어리의 정상이었다. 하늘에서 바라보던 내 시야 아래에서 유난히 촉수가 격렬하게 꿈틀거리더니 그 아래에 무언가가 솟아오른 것이다.

『입?』

"구오오오오오오!"

촉수를 헤집듯이 나타난 그것은 틀림없는 입의 모양이었다. 대마수의 입인 건가?

『사람 같네.』

짐승 같은 송곳니도 없고, 거대하지만 이형인 것도 아니다. 검붉은 잇몸과 거기에 늘어선 네모지고 하얀 치아. 그 입모양은 인간과 흡사했다. 이형 속에 있으면서 이형이 아니라는 것이 더 이상했지만.

"그고오오오오오오오오오오…… 복조오옹해라아아!"

『뭐라고?』

"복조옹해라아아아!"

말을 했다. 마치 상태가 좋지 않은 확성기 너머로 말하는 것처럼 거대하고 귀에 거슬리는 목소리지만, 확실하게 말을 하고 있었다.

"복조오옹해라아아아아아아!"

언령이라고 해야 할까. 목소리에 사기가 배어 있었다. 그렇군, 이 목소리를 들은 자가 지배를 당하는 것도 이해할 수 있었다.

하지만 나에게는 통하지 않았다. 아마 일반적인 경우라면 지배를 튕기거나 거부하기 위해 많은 에너지를 써야 했을 것이다. 하지만 솔직히 나한테는 아무 의미가 없었다. 그도 그럴 것이 지배당할 것 같다는 실감조차 나지 않으니까. 단순히 시끄러운 소리로만 들릴 뿐이다.

"복종해라!"

『싫은데!』

"복종해라아!"

『평생 거기서 헛수고나 하셔!』

"복종해라!"
그 말밖에 못 하는 거냐!
『시끄러워! 그걸 떠나서 눈에 보이는 큰 약점을 만들어줘서 고마울 정도다!』
"복종해라아!"
진짜로 복종하라는 말밖에 못하나 보다. 저것이 울음소리 대신이라는 건가? 징그러워!
"복종——."
『이거나 먹어라!』
나는 부서진 스피커처럼 같은 말을 반복하는 대마수의 입을 향해 칸나카무이를 쏘아붙였다. 열린 입 안으로 흰 번개가 삼켜졌다.
"복종해애아아아아아아아아아악!"
『바깥보다는 효과가 있나……?』
처음 칸나카무이를 날렸을 때보다 대마수의 마력이 더 줄어든 것 같긴 한데…….
어쨌든 대마수에게 움직임이 생겼다. 프란 곁으로 한 번 돌아가자.
『프란, 목소리 들려도 괜찮지?』
"응. 시끄럽기만 해."
"웡!"
좋아, 프란도 울시도 사신의 지배는 아무런 영향이 없었다. 둘 다 귀를 납작 접은 채 얼굴을 찌푸리고 있을 뿐이었다. 사신의 지배가 문제가 없다는 걸 확실히 확인했다. 뭐, 엄청난 음량으로 울리는 대마수의 목소리는 요란하긴 했지만. 견딜 수 없을 정도는 아니다.

『점 공격과 내부 공격은 시도해 봤어. 이제 면 공격을 시도해 보고 싶어.』

“면?”

『마술로 전체를 뒤덮는 공격을 할 거야. 프란도 좀 도와줘.』

“알았어.”

그리고 우리가 쏜 것은 레벨 9 뇌명 마술, 에카토 케라우노스였다.

“하아앗!”

『으랴아아앗!』

다중 기동된 고위 뇌명 마술에 의해 수백 발의 번개가 대마수를 향해 쏟아졌다. 그 거구로 전류가 흐르며 스파크가 튀는 모습은 화려하기 그지없었다. 심지어 대마수의 몸을 타고 호수마저 번개가 치며 광범위하게 섬광을 발하고 있었다.

“보보보조조조조조오오오오!”

『아직! 안 끝났다고!』

파사현정을 실은 번개는 효과가 있다. 그런 확신을 갖고 나는 계속 번개를 내리쳤다. 10연발이라는 화려한 공격. 대마수를 사로잡은 번개는 1000발을 넘었을 것이다.

그렇게 번개 폭풍으로 대마수를 공격하다 보니 대마수가 크게 꿈틀거리는 것이 보였다.

몸 전체가 가볍게 수축하는가 싶더니, 그 직후――.

“복종해라아아!”

쪼그라들었던 덩어리가 단숨에 팽창하면서 마력의 폭풍이 몰아쳤다.

『말도 안 돼! 힘으로 빠져나갔어!』

대마수는 온몸에서 마력을 대량으로 방출하여 마술을 날려버린 것이다.

엄청난 마력량이다. 휘몰아치는 마력에 내가 말려들면 그것만으로 분쇄될지도 모른다. 대마수는 역시 규격 외였다.

『칫. 입힌 대미지도 별 영향이 없어 보이네.』

"꽤 탔는데?"

『겉으론 말이지.』

표면의 상처 같은 건 금방 재생해 버릴 것이다. 대마수가 내포한 마력은 확실하게 줄지 않고 있었다.

『작은 공격을 많이 맞히는 것보단 강한 공격을 입히는 편이 좋을 것 같아.』

"그렇군요."

"웡."

내가 그렇게 말하자 프란이 손을 들었다.

"나, 해 보고 싶은 게 있어."

『해 보고 싶은 거? 너무 무모한 짓은 안 했으면 좋겠는데…….』

"괜찮아."

『……어쩔 수 없지.』

"응! 고마워, 스승."

그 올곧은 눈을 보자 쉽게는 말릴 수 없을 것 같았다. 그럼 한번만 시켜보자.

『그래서? 뭘 하려고?』

"응. 벨 거야!"
간단한 대답이었지만 시도해 볼 만했다. 내 염동 캐터펄트로 돌진 공격은 해봤지만 아직 물리 공격은 그 정도밖에 시도하지 않았다.
"스승도 도와줘."
『그래!』
"울시도."
"웡!"
『아하, 그건가!』
"응!"
마랑의 평원 수행을 통해 프란은 나뿐만 아니라 울시와도 비기를 만들었었다.
엄청나게 무모해서 연습 풍경을 봤을 때는 나조차 벌려진 입이 다물어지지 않았을 정도였다. 뭐, 입은 없지만! 솔직히 몇 번이나 말리려고 했지만 체력이 바닥난 상태로도 즐거워하는 프란과 울시를 보니 말릴 수가 없었다.
그 덕분에 다행히 필살기는 완성하긴 했지만……. 그건 일반적인 사람이었다면 분명 후유증이 남았을 정도의 큰 부상을 몇 번이나 겪은 끝에 얻은 것이었다.
『타이밍은 맡길게. 나는 자기 강화와 방어에 집중할 테니까.』
"부탁해."
"웡!"
프란과 울시가 단숨에 하늘로 올라갔다. 그 고도는 1000미터를 넘어섰다.

"섬화신뢰——갈게, 울시."

"크릉!"

자기 강화를 거듭하는 프란을 남기고 울시는 더욱 상승해 갔다.

"가릉가르르릉!"

직후, 울시가 프란을 향해 돌진했다.

스킬을 사용한 덕에 그 속도는 평범한 공중 도약으로 달리는 것보다 훨씬 빨랐다. 그런 울시가 자신의 거구로 프란을 짓누를 듯한 기세로 일절 감속하지 않고 돌진해 온 것이다.

그리고 그 앞발을 프란을 향해 휘둘렀다. 힘 조절은 고사하고 발톱 투기까지 발동한 혼신의 일격이다. 하지만 프란에게 동요는 없었다.

"흐아아아아앗!"

"크르으으으응!"

놀랍게도 프란은 그 공격을 피하기는커녕 울시에게 등을 돌리고 있었다. 울시의 앞발을 요격하듯 두 다리를 모아 후방으로 내밀었다. 방향이 반대였다면 울시의 발바닥 위에 무릎을 구부린 프란이 엉거주춤 서 있는 것처럼 보였을지도 모른다.

하지만 실제로 울시의 발바닥은 위에서 내려오고 있었고 프란은 아래를 향하고 있었다.

그리고 이것이 맞는 움직임이었다. 늘 하던 천공 발도술이라면 만들어낸 실을 묶어 반동을 쓰거나 공중 도약으로 하늘을 발로 차서 초속을 얻었을 것이다. 이번에는 거기에서 울시의 공격 반동을 이용했다.

울시의 파워를 사용해 단번에 프란이 발사되었다. 마치 내가 염동 캐터펄트를 사용했을 때와 같은 기세로. 그것도 당연하다. 어쨌든 정말 내 염동 캐터펄트를 참고해서 만든 것이니까.

"하아아앗!"

괴력이나 순발 등의 강화 스킬에 무기(武技)까지 실은 울시의 풀 파워를 추진력으로 바꿔, 프란이 유성과 같은 속도로 대마수를 향해 내려갔다.

울시의 힘과 프란 자신의 가속 스킬이 합쳐지며 더는 눈으로 쫓기조차 힘든 속도가 되었다. 프란이 빠져나간 자리에 검은 번개가 날리고 있어 그것으로 프란의 궤적을 확인할 수 있을 정도였다.

장벽이 무언가를 튕겨내는 감촉. 스스로도 모르는 사이에 대마수의 촉수를 친 거겠지.

1000미터 정도 되었던 대마수와의 거리가 순식간에 메워졌다.

"——천단!"

"복조옹……."

살을 베는 감촉 따위는 없다. 너무 날카롭고 빠른 탓이었다. 물을 자르는 것과 다를 바 없을 정도의 저항감이다. 휘둘러진 나 자신조차 무슨 일이 일어났는지 인식하지 못하고 있었다.

깨달았을 때는 대마수의 몸이 비명과 함께 꼭대기부터 두 개로 갈라져 있었다.

『전이!』

약간 떨어진 곳으로 긴급 대피하는 우리.

"윽……."

『프란! 재생을 사용해』

"끄…… 윽……."

프란은 대마수의 공격을 직접 맞지는 않았다. 그러나 그 온몸은 만신창이였다.

"쿨럭……."

토해낸 피에 위의 내용물이 섞여 있었다. 체내 손상 정도를 파악하는 것이 두려울 정도다.

당연하다. 울시의 혼신이 담긴 공격을 받아낸 것이다. 다리 등에 장벽을 두르고 마술이나 재생을 사용해 대미지를 줄였다고는 하지만 충격은 상당했으리라.

게다가 평원에서는 그 반동을 이용할 뿐이었는데, 이번에는 프란 자신이 더욱 전력을 내어 가속했다.

그 부하는 상상을 초월할 것이다. 가속을 견디지 못해 내장과 근육, 뼈가 완전히 부서져 있었다. 다리도 상태가 심각했다. 내출혈과 골절, 근파열로 인해 퉁퉁 부은 상태였다.

특히 심한 것은 부러진 팔꿈치로, 뼈가 드러나 있는 오른팔이었다. 그리고 모세혈관이 끊어지면서 빨갛게 물들며 끊임없이 피가 흐르는 두 눈. 이런 상태에서 천단을 쓸 수 있었던 것도 놀라운데, 천단에 의한 추가적인 부하를 받아내고도 아직 의식이 있다는 것이 놀라웠다.

"아직 전투 중…… 그러니까."

전투 중이니 의식을 놓을 수는 없다. 그건 알지만, 그것을 실행할 수 있을지 어떨지는 별개다.

가공할 정도의 정신력이었다. 진심으로 존경스럽다. 내가 프란의 입장이었다면 아픔과 괴로움으로 울부짖었을 것이다. 아니, 그 전에 울시의 공격 반동을 이용해 가속할 생각조차 하지 못했을 것 같지만…….

『굉장했어! 다만 무모한 짓은 하지 말라고 했는데!』

“저 정도가 아니면 안 통해.”

『그건 그렇지만…….』

“하지만…….”

『하지만?』

“못 쓰러뜨렸어.”

정말 쓰러뜨릴 생각이었냐! 하지만 분하다는 듯 중얼거리는 프란의 말대로 대마수를 쓰러뜨리지는 못했다. 정상부인 입에서부터 몸의 절반 정도가 두 동강 난 채 좌우로 갈라져 있다.

하지만 뿌리 부근에서는 이미 단면에서 나온 촉수끼리 얽혀들며 복구가 시작되고 있었다.

『저걸로도 생명력이 크게 줄진 않았네.』

“흑뢰신조…… 실패했어…….”

『아까 상황에서는 어쩔 수 없었어.』

오히려 지금의 일격이 완성형이 아니었다는 것이 놀랍다. 프란의 말대로 그 일격에 흑뢰신조의 신 속성이 실려 있었다면 정말 복구 불가능한 대미지를 입힐 수 있었을지도 모른다.

하지만 아직 순간적으로 발동할 수 없는 데다 극심한 통증을 참아내야 했다. 실패하는 것도 어쩔 수 없었다.

『녀석의 마력은 많이 줄었어. 오히려 잘해 줬어.』

“응…….”

『게다가 아직 끝이 아니야!』

뇌명 마술이 효과가 없다면 다른 마술로 공격하면 된다. 나는 화염 마술 플레어 익스플로드, 빛 마술 라이트 익스플로전을 십여 발씩, 아직 다 아물지 않은 대마수의 절단면으로 날려보냈다. 붉은색과 흰색의 섬광이 마수의 상처를 수놓으며 폭음이 울려 퍼졌다.

"엄청난 검과 마술! 무시무시한 아이구나! 나도 지고 있을 순 없지!"

그렇게 외친 것은 갑자기 솟아난 주제카였다. 시공 마술로 자취를 감추고 있던 것 같았다. 그런 그녀도 놀라울 정도로 엄청난 마력을 지니고 있었다. 이 정도의 마력을 다루면서도 이만큼 완벽하게 기척을 지워내다니. 이 여자, 역시 단순한 모험가가 아니다.

"추악한 마수여! 이거나 먹어라!"

100개가 넘는 시공 속성 마력탄이 대마수의 상처를 향해 쏟아졌다.

"복종해라아아아아!"

『저것도 큰 대미지는 없나?』

지금 주제카의 공격, 극대 마술 수준의 마력이 사용된 건데? 아무래도 뇌명 마술뿐만 아니라 어떤 속성도 효과가 없는 모양이었다. 마술 내성이 있는 데다 재생력도 높다니 정말이지 성가시네!

"웡웡!"

"울시."

울시가 돌아왔다. 그러나 그 모습은 처참했다. 프란과 울시의 비기는 서로에게 엄청난 반동을 주는 것이었다. 당연히 상처를 입는 것은 프란뿐만이 아니다. 이미 재생으로 고쳤겠지만 흩날린 피가 얼굴이나 어깨 여기저기에 묻어 있다. 아마 다리가 부러진 정도로 끝나진 않았으리라.

프란을 날려보내는 캐터펄트 역할을 해 준 오른쪽 앞다리는 내부로 들어와 날뛰는 충격을 견디지 못했을 것이다. 그 충격으로 안쪽이 파열됐을 것이고.

"괜찮아?"

"웡!"

프란이 울시의 콧등을 쓰다듬어 주었다.

그때, 이쪽으로 다가오는 기척이 느껴졌다. 하지만 적도 주제카도 아니었다.

"이, 이건…… 어마어마하네. 저걸 공격했다고……? 대체 어떻게……."

"아주 화려하게 싸웠구나."

"……시간이 다 됐어."

『그러네.』

두 사람의 그림자가 다가왔다. 적은 아니지만 솔직히 이 이상 다가오지 않았으면 좋겠다.

"여기서부터 우리도 가세할게."

"……뭐든 명령해줘."

다가온 것은 고위급 사인조차 능가할 정도의 사기를 몸에 두른 시에라와 제로스리드였다.

"……음."

등장한 시에라와 제로스리드를 보고 프란이 얼굴을 찌푸렸다. 다만 그것은 악감정에서 오는 것이 아니었다. 단순히 두 사람에게서 흘러나오는 강력한 사기에 무의식적으로 혐오감을 느낀 것이리라.

"그나저나 저런 공격으로도 쓰러뜨릴 수 없는 건가……."

아직도 프란이 남긴 참격의 상처가 남아 있는 대마수를 보며 시에라가 진지한 얼굴로 중얼거렸다.

"……둘 다, 사신의 지배는 괜찮아?"

"응, 문제없어."

"나도다."

시에라는 소지한 마검 제로스리드의 동족상잔을 통해 동종의 사기를 흡수해 힘으로 변환할 수 있었다. 그로 인해 사기를 매개로 발동하는 사신의 지배도 무효화되는 듯했다.

지금의 제로스리드는 뭐, 말할 것도 없다.

다만 완벽하게는 신용할 수 없다고 생각했다. 동족상잔으로 힘을 흡수하는 동안이면 몰라도 허용치를 넘어서면 어떻게 될지 모르기 때문이다. 시에라 일행 역시 그 사실을 알고 있었다.

"우리도 곧바로 참여할게. 제멋대로 힘이 계속 늘어나고 있는데 이 이상은 제어가 위험해."

"나도 마찬가지야."

서로의 속셈도 모르고 두터운 신뢰가 있는 것도 아니다. 프란 일행은 몇 초 정도 말을 주고받고 결국 각자 공격하기로 했다. 시에라와 제로스리드라면 협력할 수 있겠지만 프란은 무리일 테니까. 게다가 그들의 싸움을 봐두고 싶기도 했다.

『저 녀석들, 보아하니 처음부터 큰 걸 날리려나 본데. 우리는 살짝 기어를 낮춰서 원거리에서 약점을 찾아보자.』

"응."

"웡!"

예상대로 시에라와 제로스리드는 사기를 드러낸 채 대마수를 향해 달려들었다.

줄곧 궁금했는데, 사기로 공격하는 건가? 사신의 파편을 집어넣고 있는 상대에게도 효과가 있나?

시에라 일행은 저마다 사기를 쏘며 대마수를 공격하기 시작했다. 거대한 폭발이 일어나고 무수한 촉수가 날아가는 모습이 보였다. 사기로도 대미지를 줄 수 있는 것 같았다. 파사현정이 별다른 효과를 주지 못한 것만 봐도 알 수 있듯이 사신으로서의 성질은 그렇게 강하지 않은 것 같았다.

상대를 지배하는 능력에 특화되어 있는 것이다. 물론 육체적인 부분은 일반적인 생물이라고는 말할 수 없지만 사신으로서의 속성은 희박할지도 모른다.

그 후에는 나도 원거리에서 마술을 날려보았다. 정화나 대지, 물 등 가진 속성을 모두 시험해 봤지만 약점이라고 부를 만한 것은 없었다. 속성 면에서 약한 것이 없다면 약점이 되는 부위는 어떨까? 핵이나 급소는 존재하지 않는 걸까? 공격을 시에라 일행에게 맡기고 대마수를 계속 관찰했다. 마력의 흐름이나 농도. 재생하는 경우 법칙은 없나? 공격할 때는 어떻지?

『으음?』

"뭔가 이상해?"

『그렇단 말이지…….』

미묘하게 위화감이 느껴졌다. 하지만 나도 프란도 그 정체를 파악할 수 없었다.

『결국 무식하게 힘으로 꺾을 수밖에 없는 건가……?』
"알기 쉬워서 좋아."
『그건 그렇지만…….』
프란의 움직임이 나빠지고 있는 것을 나는 놓치지 않았다. 육체적으로나 정신적으로나 프란 본인은 자각하지 못한 피로가 축적되고 있었다.
『프란. 조금이라도 회복에 집중해. 마지막으로 크게 한 방 날리기 위해서라도 말야.』
"알았어."
촉수 등을 공격하면서 어디에 공격을 퍼부을지 고민하고 있는데, 프란과 울시가 불현듯 눈에 띄게 반응했다.
살짝 놀란 표정으로 살짝 경사진 위를 올려다본다. 현재 수면 가까이 있는 우리가 봤을 때 10미터 정도 떨어진 비스듬한 상공에 시에라와 제로스리드가 있다. 프란 일행이 놀란 것은 그 두 사람이 내뿜는 사기가 급격히 커졌기 때문이었다. 뭔가 큰 공격을 날릴 생각인 것 같았다.
『좀 떨어지자.』
"응."
"웡."
위치는 앞쪽이 제로스리드, 뒤쪽이 시에라다. 서로가 사기를 자신의 머리 위에 집중시키고 있었다. 엄호가 될지는 모르겠지만 우리는 화려한 마술을 써서 조금이라도 대마수의 주의를 이쪽으로 돌리려고 노력했다. 그렇게 지켜보다보니 시에라 일행의 준비가 끝난 것 같았다.

『저건…… 사기의 창인가?』

"제로스리드가 든 건? 고리야?"

시에라가 만들어낸 것은 원뿔 모양으로 된 사기의 창이었다. 압축된 사기 덩어리다. 저걸 쏴서 공격하는 거겠지. 그런데 제로스리드의 머리 위에 있는 것은 대체 뭐지? 프란이 말한 대로 고리 그 자체였다. 시에라가 만들어낸 사기의 창보다 조금 큰 지름을 가진 검은 고리가 세 개. 그것도 서로 같은 간격으로 이어져 있다. 차크람 같은 느낌으로 사용하는 걸까?

『어쨌든 장벽!』

"응!"

어떤 공격을 날릴 생각인지는 모르겠지만 저 정도의 사기다. 엄청난 위력이 될 것만은 분명해 보였다. 우리는 더 거리를 벌리면서 장벽을 활짝 펼쳤다. 그 직후 시에라가 움직였다.

"받아라앗!"

시에라가 들어 올린 오른손을 아래로 휘두르자 보이지 않는 손이 날리기라도 한 것처럼 사기의 창이 힘차게 쏘아져 나갔다. 다만 우리가 보기엔 살짝 맥이 빠질 정도의 속도일 뿐이었다. 아니, 사기를 집어넣는 게 중요한 거고 속도는 별로 중요하지 않은 건가?

하지만 그렇지 않았다. 사기의 창 사선 위쪽으로 제로스리드가 만들어낸 세 개의 고리가 나란히 놓여 있었다. 놀랍게도 그 고리를 통과할 때마다 사기의 창이 가속하는 것이 아닌가.

사기의 흐름을 제어하여 시에라가 던진 사기의 창을 단번에 가속시킨 것 같았다. 그런 거였군. 사기로 사기에 간섭할 수 있는 시에라와 제로스리드 콤비만이 할 수 있는 공격이었다.

게다가 가속하면서 고리를 흡수해 창 자체가 거대해졌다.

"빨라!"

내 염동 캐터펄트 수준의 속도에 이른 거대한 사기의 창이 대마수의 촉수를 파괴하면서 그 머리에 박혔다.

쿠우우우우우우우웅!

『오오오?』

충격파와 강한 사기가 우리가 있는 곳까지 휘몰아쳤다. 쓰나미 같은 높은 파도가 발생하면서 호수면이 심하게 흔들리는 것이 보였다. 엄청난 대폭발이다. 압축된 사기가 단번에 풀려난 것이다.

시에라와 제로스리드의 협공에 직격탄을 맞은 대마수에게 거대한 구멍이 뚫려 있었다. 내가 쏜 칸나카무이보다 훨씬 큰 상처였다.

하지만――.

『……저걸로도 안 되는 건가.』

상처는 즉시 복구를 시작했다. 아무리 공격을 해도 금방 재생되는 대마수에 이제는 질릴 지경이었다. 그러나 그런 와중에도 우리에겐 약간의 광명이 보였다.

『수복은 시작됐지만…… 좀 느린가?』

"응!"

나와 프란이 공격했을 때보다 재생 속도가 약간 느려지고 있었다. 계속 힘을 소모시킨 성과인 건가? 아니면 지금의 공격에 이유가 있을까? 어쨌든 그 이유를 알면 사태를 타개할 수 있을지도 모른다.

스킬을 펼치며 대마수를 관찰했다.

『저 구멍, 역시 재생이 더뎌.』

파사현정을 실은 칸나카무이보다도 사기 쪽이 더 큰 대미지를 입혔다는 걸까? 아니면 축적시켜 온 대미지가 드디어 표면화된 건가? 그도 아니면 사신의 성찬이 가진 효과일 가능성도 있다. 지금도 대마수에게서 상당한 기세로 사기가 흘러나와 시에라나 제로스리드에게 흘러 들어가는 것이 보이고 있을 정도다. 저렇게나 힘을 빨아들이고 있으니 영향이 생긴다고 해도 이상하지 않은 상황이었다.

시에라 일행에게 이야기를 들어보려고 한 그때였다.

"고전하고 있는 것 같네."

"렌?"

갑자기 등장한 것은 정령인 렌이었다.

『응원하러 와준 건가?』

"응, 조금이라도 힘이 됐으면 해서."

『저기, 녀석한테 약점은 없어?』

"비슷한 거라면 없진 않아."

『뭐? 진짜야?』

"정말?"

선뜻 고개를 끄덕이는 렌. 나도 프란도 무심코 되묻고 말았다.

『마석은 아니지? 마석을 파괴할 수 있다면 평범하게 쓰러뜨릴 수 있으니까.』

"물론 마석도 있지만 지금은 아직 봉인 중이야."

렌이 말하길 지금의 대마수는 전체의 몇분의 1 정도라고 한다. 사람으로 치면 겨우 한쪽 팔이 밖으로 나왔을 정도라고. 당연히 마석 같은 것도 아직 봉인되어 있을 수밖에.

저게 한쪽 팔 정도라니……. 다 나오면 정말 이 대륙 정도는 깔끔하게 멸망할 것 같다.

"약점이 뭐야?"

"비슷한 거라고 했지? 확실한 약점은 아니지만……."

그렇게 말하며 렌이 시에라 일행이 뚫어놓은 구멍에서 조금 떨어진 곳을 가리켰다.

"저기를 봐."

"어디?"

『……아아, 상처가 있어!』

"저런 작은 상처인데도 치료가 느리지? 게다가 저 촉수도, 저 촉수도 그래."

렌이 새롭게 가리킨 대마수의 촉수를 바라보았다. 듣고 보니 확실히 촉수 일부가 재생하지 않고 끊어진 채로 있었다. 워낙 수가 많다 보니 눈치채지 못한 것이다.

"저 촉수에는 생명 마술에 가까운 성질의 마력이 남아 있어. 저 상처도."

"생명 마술……."

프란이 그렇게 중얼거리며 울시의 등을 툭툭 쳤다. 그에 반응한 울시가 등 뒤의 프란을 돌아본다. 그랬다, 촉수까지는 판별할 수 없지만 본체에 뚫린 작은 상처는 틀림없이 울시가 물어뜯은 흔적이었다.

『그래! 재생 방해 스킬이다!』

지금까지 크게 실감한 적이 없었기 때문에 완전히 의식 저편에

놔두고 있었는데, 울시는 상대의 재생을 방해할 수 있는 스킬을 가지고 있었다. 아무래도 그것이 대마수에게 효과를 미친 것 같았다.

"약점이라고 할 정도는 아니지만, 그 엄청난 재생력도 결국은 스킬에 의한 거야. 그걸 방해하는 마술이나 능력이라면 효과가 있어."

상처 재생이 느리다는 것은 그 부분을 메우는 데 다른 어느 때보다 마력이나 사기를 더 소모한다는 뜻이다. 울시가 공격에 가담하면 평소보다 더 효율적으로 대미지를 줄 수 있을 것이다.

게다가 재생 방해는 울시가 아니라도 사용할 수 있다.

『프란, 생명 마술 중에 상대의 치유를 방해하는 기술이 있었을 거야.』

울시가 그것으로 한때 한쪽 눈을 잃었던 적이 있다. 그 경험이 있었기에 진화한 울시가 재생 방해 스킬을 손에 넣은 것이지만…….

'포인트를 써서?'

『그래!』

우리에겐 자기 진화가 있다. 더구나 생명 마술은 이미 소지하고 있었다.

『하지만 몇 번째 단계에서 그 기술을 배울지는 몰라. 으음……. 일단 1레벨씩 올려볼까…….』

〈해당 마술은 생명 마술 레벨 5에서 습득 가능합니다〉

『오오! 진짜냐!』

〈네. 무기 등으로 생물에 상처를 입혔을 때 일시적으로 치유,

재생 능력을 방해하는 것이 가능합니다〉

『빙고네!』

나는 알림의 조언대로 생명 마술을 5까지 상승시켰다.

『좋아! 배웠다!』

생명 마술 힐 디스터브. 알림의 설명대로였다. 이 기술을 무기나 육체에 걸고 공격하면 한동안 상대방의 상처 치유를 더디게 하고 재생을 방해할 수 있는 기술이다.

대마수의 경우 육체가 너무 거대해 전체적으로 효과가 발휘되지는 않았다. 그리고 시에라 일행의 경우 사기에 원래 재생을 방해하는 성질이 있는 것 같았다. 역시 만물의 적.

『게다가 그 외에도 좋은 기술을 배웠어.』

오히려 이것이 더 반가울 정도다. 생명 마술은 단순히 회복력에 간섭하는 마술이 아니었다. 생물 전반의 육체에 효과를 미치는 기술들이 즐비했던 것이다. 회복력이나 육체의 이상 치유 속도를 상승시키는 기술부터 시작해 근력과 신경을 강화하는 기술. 그리고 몸을 단단하게 만들어 육체 강도를 높이는 기술 등도 존재했다.

처음에는 의미를 잘 몰라서 알림에게 물어봤지만, 이 육체의 강도를 높이는 기술이야말로 지금의 프란에게 필요한 기술이었다.

'어떤 기술을 배웠어?'

『이 기술 굉장한데? 육체의 강도를 높여주니까 기술 같은 것의 반동을 경감하는 효과도 있어.』

즉 지금의 프란처럼 기술을 쓸 때마다 자폭하는 인간을 위한 마술이었다. 이것만 있으면 섬화신뢰의 반동뿐만 아니라 천단이나 천공 발도술 부하에 의한 자폭 대미지도 크게 경감할 수 있을 것이다.

뭐, 써봐야 알겠지만. 어차피 프란은 내가 말해도 멈추지 않을 것이다. 아쉽지만 써야할 상황은 금방 오겠지. 가능하면 무리하지 않았으면 좋겠는데…….

『그럼 바로 회복 방해 기술. 힐 디스터브를 시도해 볼까?』

"응!"

가볍게 고개를 끄덕인 프란이 울시에게 말을 걸었다.

"울시."

"웡!"

『잠깐잠깐잠깐! 혹시 또 그걸 할 생각은 아니겠지?』

그것──다시 말해 프란과 울시의 협력 공격이다. 이름이 없어서 그거라는 말밖에 할 수 없지만, 그 말만으로도 전해졌을 것이다.

"응. 이번에는 생명 마술도 있어. 녀석을 쓰러뜨릴 거야!"

『아니, 아무리 그래도 갑자기 실전에서 그거랑 조합하는 건 위험이 크지.』

두 방법 모두 어느 정도의 효과가 있을지 아직 모른다니까? 겁이 없어도 너무 없잖아!

"음……."

『그건 조금 더 시도해 본 후에 하자?』

"알았어. 그리고 스승, 그거 아니야. 이름 생각했어."

『호오? 뭐라고 하는데?』

별일이네. 프란은 의외로 그런 부분에선 적당주의였기에 본인이 나서서 그런 말을 꺼내는 것은 처음이었다. 그만큼 자신 있는 기술이라는 뜻일까.

"후보가 세 개 있어."

『호오?』

꽤 많네. 꼭 듣고 싶군.

『첫 번째는?』

"하이퍼 스페셜 엑설런트 미라클 슬래시."

『기각.』

"안 돼?"

『아니, 그게……. 가능하면 다른 게 좋지 않을까 하고.』

뭐랄까. 프란이 어린아이라는 사실을 새삼스레 실감했다. 물론 귀엽지만 말이야……. 나중에 기술 이름 때문에 프란이 놀림을 당하는 것도 싫으니까, 가능하면 하이퍼 미라클――아~ 뭐였더라?

〈하이퍼 스페셜 엑설런트 미라클 슬래시입니다〉

『알림! 잊어도 돼!』

아무튼 그건 기각이다.

"알았어. 그럼 두 번째."

『그, 그래.』

"슈퍼 울시 어택."

『……그, 그렇군…….』

아까보다는 나은가? 아니, 아까 그게 너무 심해서 괜찮게 느껴지는 것뿐인가? 어쩌지, 슬슬 뭐가 뭔지 모르겠다.

『마, 마지막 것도 물어보고 싶은데.』

"응! 랑식(狼式) 발도술."

『오! 그거 좋잖아!』

그보다 더는 선택지가 없어! 뭐, 마지막 걸로 결정이네.

『랑식 발도술. 좋은 것 같은데?』

"그래? 슈퍼 울시 어택이 더 멋있어."

"웡!"

프란도 울시도 반짝반짝 빛나는 눈으로 나를 보지 말라고! 왠지 부정하기 힘들잖아!

『그, 그렇지 않아! 라, 랑식 발도술로 하자! 응?』

그 후 나의 필사적인 설득 끝에 프란과 울시의 합동술은 랑식 발도술이라고 부르게 되었다.

『뭐, 지금은 나한테 맡겨줘.』

"응!"

프란은 나를 거꾸로 들고 크게 휘둘렀다. 갑자기 전력 공격을 하는 것보단 원거리부터 시도해 봐야지. 그렇게 생각하면 염동 캐터펄트는 꽤나 흉악하다. 보통이라면 무기 등에 힐 디스터브를 걸고 가까이 가서 직접 공격을 가해야 한다. 하지만 나라면 원거리인데 직접 공격한다는 취사 선택이 가능하다.

"간다!"

『하아아아아앗!』

다시 한번 염동 캐터펄트. 이번에는 파사현정에다 생명 마술도 걸려 있다. 다만 오산도 있었다.

『으음…… 난 생명체가 아니니까 말야.』

회복을 촉진하는 기술이나 육체를 강화하는 기술은 나에게 효과가 없었다. 나는 검이니 어쩔 수 없다고 말하면 어쩔 수 없지만……. 생명 마술의 효과가 있다면 염동 캐터펄트 등의 반동을 줄일 수 있을 거라 생각했기에 조금 아쉬웠다.

『뭐, 중요한 힐 디스터브는 문제없이 발동했으니 상관없나.』

나는 마력 방출 같은 것을 이용해서 속도를 거침없이 높여나간 뒤, 수많은 촉수를 베며 대마수의 몸에 박혔다. 아까와 마찬가지로 커다란 크레이터가 뚫렸다. 역시 강도는 그리 높지 않다. 이 녀석 정도의 재생력이 있으면 이걸로도 별문제는 되지 않겠지만…….

『더 도려내 주마!』

나는 크레이터 중심에 박힌 채 형태 변형을 발동했다.

이번에 모습을 바꾸는 것은 강사가 아니다. 아무리 대마수의 육체 강도가 낮다고 해도 가는 실이 몸속에서 날뛰는 것을 허락하지는 않을 것이다. 그것보다 조금 더 굵은, 바늘에 가까운 느낌이었다. 내 도신이 10여 미터 길이의 바늘이 되어 대마수의 몸속을 무참히 유린했다.

이 정도도 대마수에게는 큰 상처가 아니겠지만, 조금이라도 많이 힘을 소모시켜야지.

『자…… 어떠냐?』

전이로 프란 곁에 돌아온 나는 대마수를 관찰했다.

내가 만들어놓은 구멍은 눈에 띄게 재생 속도가 느렸다. 다른 상처의 100분의 1을 밑도는 속도였다.

『좋아, 효과가 있어!』

"응! 전혀 재생하지 않아!"

기뻐하는 우리를 보며 렌이 놀란 표정을 지어 보였다.

"생명 마술을 쓸 수 있었구나. 그런 거에 비해서는 전혀 쓰지 않았던 것 같은데…….”

그러다가 문득 납득이 간다는 얼굴로 고개를 끄덕였다.

“아아, 검 씨의 능력이구나. 본인의 스킬을 강화하는 힘 말이야.”

『어? 아니, 글쎄애?』

“미안해. 난 과거가 보이니까 싫어도 알게 돼.”

『…….』

“괜찮아. 아무에게도 말하지 않을게.”

과거를 볼 수 있다는 건 먼 과거뿐만 아니라 방금 일어난 일도 알 수 있다는 뜻이다.

『어, 어쨌든 다음에는 전력으로 간다!』

“응!”

『찔끔찔끔 해봤자 체력만 깎일 뿐이야. 이걸로 마무리 지을 생각으로 모든 힘을 쏟는다.』

“알았어.”

우리가 다음으로 내보낼 공격에 대한 이야기를 하고 있는데 대마수에게서 한층 강렬한 마력이 뿜어져 나왔다.

“복조오옹해라아아아아아아!”

『움직임이! 마력도……!』

“뭔가 아까보다 더 꿈틀거려.”

대마수의 움직임에 확실한 변화가 있었다. 지금까지는 촉수가 얽혀 비대화를 계속했었는데, 그 움직임이 순간 멈추는가 싶더니 격렬하게 꿈틀거리기 시작한 것이다. 변화는 그뿐만이 아니었다.

“보고 있어?”

『그래, 틀림없이.』

녀석의 눈이 어디 붙어 있는지는 모르겠다. 안구 같은 건 존재하지 않고 마력 감지나 생명 감지로 이쪽을 느끼고 있을지도 모르지만, 확실히 그 의식은 우리를 향하고 있었다.

지금까지는 우리의 존재를 인식조차 하고 있었는지 의심스러웠다. 파리가 있나 싶은 정도의 존재감이었겠지. 하지만 지금은 대마수에게 있어 확실한 위협으로 인식된 것이다.

"물에서 마력을 빨아올리고 있어."

『물? 호수에서?』

"유감스럽게도 저 대마수에겐 내가 가진 정령의 힘도 섞여 있어. 그 정도는 쉬운 일이야."

렌은 시간과 물의 정령이다. 그리고 비비안호의 물에는 시공 계열의 마력이 포함되어 있다.

렌의 힘까지 지니고 있는 대마수에게는 궁합이 좋은 성질인 것인지 물을 빨아들여서 자신의 힘으로 바꾸는 것도 가능하다고 했다.

『아니, 잠깐만. 이 호수의 물에 시공 마력이 포함되어 있는 건…….』

"나나 대마수 때문이야."

『어쩐지 친화성이 높더라니!』

대마수 촉수의 꿈틀거림이 심해지면서 점차 온몸에 변화가 나타나기 시작했다. 마치 혹 같은 큰 덩어리가 대마수 거구 곳곳에 나타나기 시작한 것이다. 보글보글 거품처럼 부풀어 오르며 그 수를 늘려가는 거대한 혹. 각각이 상당한 마력과 사기를 지니고 있는 것이 느껴졌다.

어떤 공격을 준비하는 건가? 그렇다면 상당히 위험할지도 몰라! 커져가는 압력 앞에 나는 프란을 지키기 위한 장벽을 겹겹이 쳐두었다. 하지만 내 예상은 빗나갔다. 대마수가 이쪽을 쓰러뜨려야 할 적으로 인식한 것은 분명하지만, 아직 직접적인 공격 행동에 나선 것은 아니었다.

"복종해라아아아아!"

『크……!』

"!"

완만하게 증대되던 대마수의 마력이 순식간에 몇 배로 높아졌다. 무심코 후방으로 전이하여 대마수와 거리를 벌렸을 정도다. 그만큼 폭발적인 마력과 적의였다. 강렬한 악의와 적의가 우리를 향하고 있었다.

두렵다.

프란을 도망치게 한다는 이유만이 아니었다. 나 자신도 대마수와 이 거리에 있는 것이 두려웠다.

『울시도 이탈해!』

"웡!"

"……입이 잔뜩."

『아아…….』

프란의 말대로 대마수의 모습이 크게 변화하고 있었다.

온몸에서 입이 돋아나고 있다. 그 징그럽고 무수했던 혹이 입 모양으로 변화한 것이다.

그 형상은 거의 사람이었다. 대마수가 가장 먼저 정수리에 만들었던 거대한 입. 그에 비하면 크기는 10분의 1 정도지만 모양은 흡사했다. 백은 족히 넘을 것이다.

“““““““——파아이어어애로오오오.”””””””

“스승!”

『그래!』

중첩된 복수의 하울링 같은 영창이 울려 퍼지는가 싶더니 대량의 불화살이 대마수 주위 공간을 가득 메웠다.

1000개가 넘는 불화살은 확실히 우리나 시에라 일행에게 그 칼끝을 겨누고 있었다.

직후 시야가 진홍색으로 물들었다. 연속되는 폭음이 끊임없이 울려 퍼졌다. 다중 기동한 플레임 배리어가 없었다면 나도 프란도 통구이가 됐을 것이다.

대마수가 다중 기동한 파이어 애로가 프란이 있는 쪽을 노리고 일제히 날아왔다.

아니, 다중 기동이라고 할 정도로 간단한 것이 아니다. 마치 수백 명의 마술사가 동시에 마술을 쓴 것 같은 압도적인 물량이었다. 아무래도 대마수의 몸에 만들어진 입 하나하나가 마술을 쓸 수 있는 것 같았다.

『제어는…… 문제없겠지.』

상대는 규격을 벗어난 대마수다. 우리의 상상 따위는 훨씬 뛰어넘는 제어력을 갖고 있을 것이다. 마력에 관해서는 거의 무궁무진하다고 봐도 좋다. 적어도 주위에 호수의 물이 있는 한 지금의 공격을 앞으로 1000번 정도 반복해도 놈의 마력은 거뜬하겠지.

“으!”

『촉수도 마력탄도……! 젠장!』

“또 온다!”

『알고 있어!』

또 한 번의 화살 폭풍. 게다가 지금까지와 마찬가지로 촉수와 마력탄도 우리를 향하고 있었다.

조금 전까지 대마수는 부활을 최우선으로 삼고 있던 탓에 우리는 안중에도 없었다. 촉수나 마력탄은 우리를 향한 명확한 공격이 아니라 무의식 중의 방어 행동이었을 것이다. 소가 파리를 꼬리로 때리는 것과 같다. 그렇다는 건 즉, 마술 등의 공격과는 별개로 촉수를 손쉽게 쓸 수 있다는 뜻이기도 했다.

『당장 공격하지 않으면 수에 짓눌리겠어!』

내 외침이 들린 것은 아니겠지만, 대마수가 다시 마력을 모으는 것이 느껴졌다.

순간적인 축적 후 새로운 마술이 방출된다.

“““““““““——워어터어어애로오오오.”””””””””

『이번에는 물 마술……!』

약간의 폭발을 수반하는 파이어 애로와 달리 이쪽은 한 발 자체의 공격 범위는 좁은 편이다. 그 대신 관통력이 뛰어나 물리적 위력은 물화살이 더 위였다. 게다가 생성된 물화살 개수는 조금 전 파이어 애로로 만들어진 불화살 수를 크게 웃돌았다.

2000개는 족히 넘어 보인다. 이것도 상성의 문제인 거겠지. 정령인 렌을 품고 있는 대마수는 물과 시간에 보다 높은 친화성을 갖고 있었다. 물 마술에 더 능숙한 것은 당연했다.

그렇다면 왜 처음에 파이어 애로를 사용했냐는 의문이 남지만……. 단순히 아무 생각 없이 쓴 것일까, 아니면 폭발을 통한 공간 제압을 우선한 것일까. 만약 후자일 경우 상당히 성가셔진다. 상황에 따라 속성을 구분해 쓸 만한 지능을 가지고 있다는 뜻이니까. 바보는 아니라고 생각했지만, 예상보다 몇 단계는 사고력이 높을지도 모른다.

'스승, 어쩌지?'

『시에라 일행과 합류해 동시 공격으로 전환한다. 그것밖에 없어.』

'응.'

디멘션 시프트와 쇼트 점프로 물 마술을 피하면서 우리는 앞으로의 움직임을 상의했다. 상대가 적극적으로 공격을 가하게 된 이상 관망할 수도 없다. 시간이 지날수록 수적 열세로 인해 이쪽이 불리해질 것이다.

그건 그렇고 역시나 높은 지능이 엿보였다. 물화살은 일정한 간격으로 각각이 부딪치지 않도록 계산되어 발사되고 있었다. 본능만으로 움직이는 괴물에게는 불가능한 재주였다.

쏟아지는 화살 폭풍은 아직도 그치지 않았다.

쿠구구구구구구구구궁!

무수한 포탄이 끝임없이 착탄하는 듯한 광경이다. 무섭도록 넓은 범위의 호수면이 심하게 요동치며 높은 파도의 비말이 계속 솟구치고 있었다. 여전히 촉수와 마력탄도 발사되고 있었기에 마수 반경 50미터권 안에 안심할 수 있는 곳은 없어 보였다.

『이 정돈데 밖에 나온 게 아직 팔 하나인 거냐고.』

심지어 사신의 성찬에 의해 약화까지 됐다고 들었는데?

『시에라네는…… 일단은 무사한가 보네!』

공격이 멈춘 뒤에야 시에라 일행의 안부를 확인했다. 그 모습은 우리보다 훨씬 뒤쪽에 있었다. 사정권 밖까지 후퇴해서 지금의 공격을 그럭저럭 잘 넘긴 것 같았다.

하지만 상처가 없지는 않았다. 특히나 심각한 것은 제로스리드. 하체가 완전히 사라져 있다. 머리에 커다란 구멍도 뚫려 있어 아마 사인이 아니라면 즉사했을 것이다. 이제서야 재생이 시작되고 있다.

시에라도 상당히 깊은 상처를 입었지만 제로스리드에 비하면 경상이었다.

"아저씨! 나 같은 건 안 감싸도 되는데……!"

"윽…… 신경 쓰지, 마라……."

"하지만!"

제로스리드가 시에라를 감싸준 모양이다. 성장해도 제로스리드에게 로미오는 로미오라는 건가. 뭐, 그 마음을 모르는 건 아니다. 나도 눈앞에 미래의 어른 프란이 오면 신경이 쓰이고 말 것이다.

주제카의 모습은 보이지 않았다. 당한 건가? 아니, 그 녀석의 시공 마술이라면 분명 괜찮겠지.

『잠깐 거리를 벌리자! 시에라네 근처까지 물러나!』

'응!'

이 자리에 머무는 것의 위험성은 프란도 인지하고 있는 것인지 내 제안에 즉각 움직이기 시작했다.

우리는 대마수의 사정거리 밖으로 후퇴하여 제로스리드를 치료해 주었다. 치유 마술에 생명 마술을 함께 쓰면 위협적일 정도로 빠른 회복을 할 수 있었다. 제로스리드의 큰 부상이 엄청난 속도로 회복되었다.

"미안하다."

"널 위한 게 아니야. 시에라를 위해. 그리고 이후에도 방패가 되어줘야 하니까."

프란, 갑자기 츤데레!

"제대로 방패가 되어 보이지."

"흥. 시에라, 괜찮아?"

"그래, 그쪽도 괜찮아? 체력이 꽤 깎인 것 같은데."

"괜찮아."

시에라 너희들에 비하면 말이지.

"그래……. 알고 있겠지만 자잘한 공격으로는 안 될 것 같아."

"응."

"아직 우리에게 전력 공격을 할 수 있는 힘이 남아있는 지금, 최대의 공격을 박아 넣는다."

시에라 일행도 우리랑 같은 판단을 한 모양이다. 즉 일격에 승부를 보겠다는 것이다.

"준비하는 동안 내가 미끼가 되지."

회복력이 가장 높은 제로스리드라면 미끼 역할을 할 수 있었다. 그만큼 공격에 쓸 수 있는 힘은 줄어들겠지만 그 부분은 시에라와 프란에게 맡기겠다는 뜻이겠지.

"그러니까 그 사이에——."

제로스리드가 말을 멈추고 경악한 표정으로 뒤를 바라본다. 프란 일행도 같은 방향을 바라보았다.

〈대상 내부에서 마력 반응. 급격히 높아지고 있습니다. 회피를 권장〉

『말도 안 돼!』

알림의 충고를 들은 난 순간적으로 전이했다. 직후 10미터 정도 옆으로 이동한 우리를 스쳐 지나가듯 거대한 광선이 지나갔다.

직격탄을 맞지 않았음에도, 그 여파만으로 장벽이 깎여나갔다. 엄청난 충격이 우리를 뒤흔들었다. 대마수가 쏜 마력 광선이다.

『마술 사정거리에서 벗어나도 포기하지 않는 거냐고!』

광선의 행선지를 눈으로 좇자 아득히 먼 수면에 착탄한 것이 보였다. 엄청난 굉음과 함께 50미터가 넘는 거대한 물기둥이 치솟았다.

『이봐…… 저렇게 먼 곳까지도 닿는 거야?』

다행히 주변에 선박의 모습은 없다. 피난했을 테니까. 하지만 지금 상태로 봐선 저 광선이라면 더 멀리까지도 공격할 수 있을 것이다.

어쩌면 호수의 중심에서 수십 킬로미터 앞에 있는 육지로도 공격을 날릴 수 있을지도 모른다. 광선이 방출된 각도에 따라서는 큰 2차 피해가 날 수도 있었다.

〈두 발째, 옵니다〉

『칫!』

"내가──."

"우오오오오!"

프란이 움직이기도 전에 대마수에게 돌진한 것은 제로스리드였다. 사기로 만든 거대한 방패를 들고 스스로 광선의 사선 위로 뛰어든 것이다.

방출된 대마수의 광선과 사기의 방패가 서로 부딪히며 폭풍을 동반할 정도의 충격이 발생했다.

"윽…… 크으으으으윽!"

사기의 방패로 직격을 막아냈다고는 하지만, 엄청난 양의 열기가 제로스리드의 온몸을 불사르고 있었다. 이제 겨우 회복한 몸의 끝부분이 붉어지며 탄화된 끝에 재생되고, 또 다시 타올랐다.

불에 탄 몸에서 연기를 내뿜으면서도 제로스리드는 광선을 계속 막아내고 있었다.

"내가! 맡을게! 너희들은! 공격해!"

제로스리드가 고개만 이쪽으로 돌리더니 큰 소리로 외쳤다. 그 눈빛은 사인이라고는 생각되지 않을 정도로 진지했다.

Side 제로스리드

사람이 변하게 되는 계기는 아주 사소한 것에서 시작된다. 극적인 사건이 일어나는 것이 아니라 어느 날 갑자기 찾아오는 작은 계기. 그것이 깨닫지 못하는 사이에 사람을 바꿔버린다.

일의 시작은 아는 이의 부탁이었다. 뮤렐리아. 사신에게 정신을 침식당한 가여운 여자. 모든 관심이 로미오에게만 쏠려있는 여자. 그리고 아름다운 여자였다.

처음 봤을 때의 충격은 기억하고 있다. 여자를 보고 아름답다고 생각한 것은 그때가 처음이었으니까. 육욕조차 일지 않았다. 다만 그 아름다움에 넋을 잃었다. 얼굴의 생김새만이 아니다. 그 강렬함, 일그러짐, 냉철함. 사랑이라는 환상에 휘둘리는 나약함이나 타인을 향한 오만함. 그것들을 모두 품고 있는 그 존재 자체에 매료되었다.

나는 전장에서 태어나, 그 전장에서 버려지고, 그곳에서 자라났다.

전장이라고 하면 매일 아침부터 밤까지 24시간 내내 서로 죽고 죽인다고 생각하기 쉽지만 그렇지 않다. 이동에는 며칠이나 시간이 걸리고, 적들이 보이지 않는 밤에는 양쪽 진영 모두 병사를 후퇴시키는 일이 많다.

그리고 전선에서 물러나면 병사들은 술을 마시고 노름을 하며 하루하루를 보낸다. 물건을 팔러 오는 상인도 있는가 하면 몸을 파는 창부까지 찾아온다. 일부러 전쟁터 같은 곳에 찾아올 정도인 것이다. 귀족을 상대하는 고급 창부들과는 다르다. 오히려 동네 창관에 있을 수 없는 사정을 가진 여자들뿐이었다.

내 어머니는 그런 창부 중 한 명이었을 것이다. 뭐, 만난 적도 없으니 상황적으로 그렇지 않을까 생각했을 뿐이지만.

어떤 경위로 그렇게 되었는지는 알 수 없다. 다만 나는 전장에서 태어나 그대로 팔려나갔다. 나를 산 것은 마수사를 갖춘 용병부대였다고 한다. 산 이유는 간단했다. 마수의 먹이로 삼기 위해서다. 사역하는 마수에게 일부러 사람의 맛을 알려줌으로써 전장에서 전의를 높이는 것이다.

그러나 내가 마수의 위 속에 들어가기도 전에 그 용병단은 궤멸했고, 나는 살아남았다. 그때쯤 두세 살이 되어 있었던 것 같다.

어느 정도 자란 뒤 팔린 것인지, 젖먹이를 용병단이 잠시 키웠는지는 알 수 없다.

다만 자력으로 움직일 수 있을 만큼 몸이 완성되어 있던 덕분에 버려진 채 쇠약사한다는 최악의 결말을 맞이하지는 않았다.

시체에서 옷을 벗겨내고, 흙탕물을 마시고, 사람과 사인의 육신을 먹고 전장을 집 삼아 살았다. 어린 시절이기에 기억이 애매해 더 할 말은 딱히 없지만.

어떤 용병단이 줍기 전까지 나는 그런 짐승 같은 생활을 하며 지냈다. 나를 주운——포획했다고 말하는 편이 좋을지도 모르겠지만. 어쨌든 나를 주운 용병단에는 나를 어머니에게서 사들였던 용병단의 생존자가 소속되어 있었고, 그 녀석이 나에게 이런저런 것들을 알려주었다.

그 용병단은 줄어든 병사를 아이로 보전할 생각이었다고 한다. 노예를 사는 것보다 줍는 것이 더 싸다. 겨우 그런 이유로 나는 '제로스리드'라는 이름을 받았고 용병으로서 자라났다.

용병에게 필요한 것은 웬만큼 몸에 익혔다. 나의 출신이나 이전 용병단의 이야기 등도 그에게 배운 정보였다. 결국 그 단도 몇 년 후에는 싸움에 져서 시중들던 사람까지 포함해 전멸하고 말았지만.

그 후에는 용병으로 각지를 전전하며 계속 전장에서 살았다. 마을 등지에서 산 적도 있지만 답답하기만 할 뿐이었다. 조금만 날뛰어도 위병이 달려오고, 무엇을 하든 돈이 필요했다. 모든 것이 미적지근하고 거슬리는 곳이었다.

그런 점에서 전장은 최고다. 사람도 원하는 만큼 죽일 수 있고, 매일매일 더 강해질 수 있다. 무엇보다 살아 있다는 실감이 들었다. 게다가 단순하다는 점도 좋았다. 살아있는 자가 정의. 죽은 자는 패자. 이긴 자가 빼앗고 진 자가 빼앗긴다. 이렇게 알기 쉬운 곳도 달리 없을 것이다.

린포드 영감의 권유에 응한 것도 힘을 얻을 수 있다는 말을 들었기 때문이었다. 사신이니 지명수배니 하는 것들은 상관없다. 싸울 수만 있다면 그걸로 좋다.

내기나 노름판에 빠지는 용병들을 본 적이 있는데, 내게는 그것이 싸움이었던 것뿐이다. 극상이라 일컬어지는 술을 입에 담아보아도 적이 흘리는 피 이상으로 나의 갈증을 해소해 주지는 못했다. 장난삼아 여자를 안아본 적도 있지만 강적과의 사투 이상의 흥분은 얻지 못했다.

그런 내가 처음으로 싸움 이외에서 감동을 느낀 상대가 뮤렐리아다. 반했다는 풋내기 같은 소릴 할 생각은 없다. 하지만 강자를 앞에 두고 싸우고 싶다는 욕망보다 이야기를 해 보고 싶다는 마음이 먼저 솟아오른 건 이후에도 이전에도 그때뿐이었다.

실제로 대화를 해 보고 제정신이 아니라는 것은 파악했지만. 그런 여자를 아름답다고 느끼는 나도 제정신은 아니었으리라. 그런 상대의 마지막 소원이다. 이뤄줘도 나쁘지 않겠지. 그렇게 생각하고 로미오를 데리고 나온 것인데…….

"아저씨. 누구야?"

"아저씨, 저건 뭐야?"

"아저씨, 더 빨리 달려!"

"아저씨. 괜찮아?"

애송이의 뒤치다꺼리는 해본 적도 없다. 귀찮은 일투성이다. 금방 피곤하다며 주저앉고, 사소한 일로 아프다며 떼를 쓴다. 나를 앞에 두고 울음을 터뜨리지 않는 건 다행이었지만, 묘하게 잘 따르는 것도 상당히 피곤했다.

대체 무슨 이유로? 물론 나로서는 최대한 신사적으로 대해 주긴 했다. 뮤렐리아가 남긴 아이였고, 아이를 무사히 데려가는 것도 의뢰의 일부였으니까.

하지만 나의 어디에 따를 만한 요소가 있는 거지? 이 아이도 제정신이 아닌 걸까?

그래도 어떻게든 여행을 이어가며 바르보라의 고아원까지 데려갔는데……. 설마 나랑 헤어지고 싶지 않다며 고집을 부릴 줄은 몰랐다. 의미를 알 수 없었다.

하지만 더욱 의미를 알 수 없었던 것은 그런 로미오를 덥석 떠맡아버린 스스로였다. 뭘 하고 있는 거지? 바보 아냐? 하지만 차마 로미오를 두고 올 수가 없었다. 애송이가 웃는 얼굴을 보고 쓴웃음을 짓고 있는 자신이 있다.

그럴 때마다 떠오르는 것은 어째서인지 뮤렐리아, 그리고 그 마지막 직전에 죽였던 흑묘족 노인이었다.

저 두 눈. 전혀 닮지 않았을 텐데도 나를 바라보던 할망구의 눈빛과 로미오를 맡겨온 뮤렐리아의 눈빛이 뇌리에 떠올랐다가 사라졌다. 필사적이면서도 맑은 수면 같은 눈이 나를 바라보고 있는 것만 같았다.

"아저씨. 왜 그래?"

"아무것도 아니야. 이제 자."

"응……."

열이 나서 드러누운 로미오를 보고, 왜 내가 초조함을 느끼는 거지? 그 괴물 같은 하이 엘프에게 찍히고 말았지만 짐만 되는 로미오를 두고 도망친다면 나 한 명은 도망갈 수 있을지도 모른다.

하지만 그럴 수 없었다. 도저히. 나는 대체, 어떻게 돼 버린 거지? 고작 어린아이 한 명에게, 왜 이렇게까지 휘둘리는 것인가?

"……! 으오오오오오오오오오?"

순간적으로 의식이 날아갔던 것 같다. 옛날 생각이 잠시 난 것 같은데 기억은 잘 나지 않는다. 주마등이라는 건가?

지금은 시에라――로미오가 성장한 모습이라고 한다. 믿기 어려운 이야기지만 그 기척은 로미오와 똑 닮아있었다――를 지켜내야만 했다.

로미오가 가진 특수 능력은 사인에게 영향을 미치고 지배할 수 있다는 것이었는데…….

"상관, 없어……!"

내가 로미오를 신경 쓰는 이유는 말하려면 얼마든지 할 수 있을 것이다. 하지만 모든 것이 아무래도 좋았다.

지금은 그저 시에라를 지킨다. 지키기 위한 힘이 있다. 그 이외의 것은 모두 사소한 일이었다.

"오아아아아아아! 괴물놈아아아아! 난 아직, 죽지 않았다! 얼마든지 오라고! 으아아아아아아아아아아아아"

"복종해애애애라아아아아아아아아아!"

*

적자색 빛의 분류를 받아내고 있는 제로스리드의 사기가 급격히 감소하는 것이 느껴졌다. 사신의 성찬으로 로미오에게 공급받고 있는 것 이상으로 소모가 심한 듯했다.

사기의 방패와 광선이 서로 대립하며 검은 사기의 파편이 흩날렸다. 난무하는 검은빛은 점차 그 강렬함과 농도를 더해갔다.

"프란! 30초 후! 할 수 있겠어?"

"알았어!"

시에라가 그 말만을 외치더니 그 자리에서 명상하듯 눈을 감고 집중을 시작했다. 엄청날 정도의 무방비함이다. 제로스리드가 자신을 지켜줄 것이라고 굳게 믿고 있는 거겠지.

'우리도 하자.'

『……어쩔 수 없지.』

더 이상 무리하지 말라고 말할 수 있는 단계는 지났다. 오히려 지금은 무리를 해야 하는 상황이었다.

'전부 내보낼게.'

『전부…… 라.』

'응. 전부. 울시.'

'웡!'

프란과 울시는 전속력으로 급상승했다. 공격은 30초 뒤니까. 우물쭈물하고 있을 틈이 없다. 짧게 느껴지기도 했지만 그것이 제로스리드가 견딜 수 있는 한계. 시에라는 그렇게 판단한 거겠지.

"울시, 한 번 더 할게."

"웡!"

프란은 랑식을 할 생각이었다. 과연 생명 마술로 얼마나 자상(自傷) 대미지를 경감시킬 수 있을지…….

프란의 말에 울시는 기쁘다는 듯 짖었다. 꺼리는 내색 따위는 조금도 느껴지지 않는다. 프란에게 도움이 될 수 있다는 것이 진심으로 기쁜 모습이었다.

'스승도. 그거, 할 수 있어?'

『물론이지.』

내가 쓸 것은 수행의 성과로 얻은 마지막 비장의 카드였다. 아니, 비장이라는 말을 쓸 정도로 고난도의 일을 하는 것은 아니지만.

여러 가지를 소모하여 단시간 공격력을 몇 단계 높일 뿐이다. 간단히 말하자면 모든 마력을 검신에 집어넣는다. 그뿐이었다.

지금 나의 보유 마력은 10000이 넘는다. 마력 전도율은 SS-. 효율은 340%다. 현재로서 최소한의 마력만을 남기고 전부 전도시킨다고 하면――.

〈기본 공격력은 35000을 넘을 것으로 계산됩니다〉

그랬다. 완전히 초월적인 공격력이다. 뭐, 리스크도 초월적이지만.

어쨌든 그 부하는 완전히 내 강도를 넘어섰다. 마랑의 평원에서 시도해 봤는데 2000 이상의 마력을 전도시키면 반동이 오는 것 같았다.

처음에는 쓸 때마다 내구도가 줄어들다가, 담는 마력을 그 이상으로 늘리면 아무것도 하지 않아도 내구도가 줄어들기 시작한다.

전도 마력이 10000을 넘어섰을 땐 도신의 열화 속도가 비정상적으로 상승했었다. 1초 만에 100 이상. 게다가 가볍게 휘두르기만 해도 1000이나 2000씩 내구도가 줄어드는 일도 잦았다.

거기에 천단이니 검신화니 하는 부하가 가해지면 1분도 버티지 못한다. 아니, 십수 초조차 위험할 수 있다. 그래도 프란이 한다고 하면 안 할 수는 없었다.

랑식 발도술+나의 과잉 마력 전도+검신화. 아마도 지금 우리가 쓸 수 있는 최대 위력의 공격일 것이다. 하지만 사용하기 위해서는 고도의 집중과 마력의 운용이 필요했다.

대마수에게서 방출되는 공격을 회피하면서 하기란 상당히 어려웠다. 마력탄을 피하면서 프란이 약간 초조한 표정을 지었다. 이대로라면 30초 이내에 공격 시간을 맞추지 못할지도 모른다.

그러던 중, 우리가 공격하기보다 먼저 대마수를 향해 파고드는 그림자가 있었다. 파란 머리를 늘어뜨리며 허공을 달리는 장신의 여성. 주제카였다.

“버밀리언 아이, 기동! 녀석의 약점을 드러내라!”

주제카의 눈이 기묘하게 빛났다. 엄청난 마력이 방출되고 있다. 그뿐만이 아니다. 주제카가 순식간에 엄청난 마력을 짜냈다. 솔직히 말하면 프란이 랑식을 위해 준비하려는 마력과 지금 주제카가 내뿜는 마력은 동등하다고 해도 좋을 정도였다.

확실히 마력 조작 솜씨는 프란보다 뛰어났다.

“뚫어라, 비창(緋槍)! 버밀리언 스피어어어어!”

뻗어나온 주제카의 손에서 강대한 마력이 방출되었다.

피처럼 짙은 주홍빛의 섬광이 수면을 비추고 가느다란 빛줄기가 공간을 찢으며 나아갔다. 한계까지 압축된 마력탄은 비창이라는 이름 그대로 붉은 창 같았다.

관통력을 중시한 것인지 그 일격이 대마수를 관통했다. 무려 그 대마수를. 붉은 빛이 호수 표면을 뚫고 사라졌고, 대마수의 육체에 건너편이 보일 정도의 구멍이 나 있었다.

‘굉장하다!’

『그러게.』

분하지만 지금의 우리로선 저것과 똑같은 공격을 할 수 없었다. 게다가 여기서 끝이 아니었다.

"복조오옹해애애라아아아!"

"시끄럽다고! 무식하게 덩치만 커선!"

무려 아까 그 붉은 창이 돌아온 것이다. 그리고 한 번 더 대마수를 관통하더니 또다시 급격히 휘어져서 돌아왔다. 주제카가 시공 마술을 부려 비창의 궤도를 비틀고 있었다.

비창은 마수를 관통할 때마다 위력이 감소하더니 여섯 번 정도 지나자 자연 소멸되고 말았지만, 대마수에게 확실하게 상처를 입힌 것을 알 수 있었다. 녀석이 뿜어내던 마력이 확연히 줄어든 것이 느껴졌다. 비색의 마안으로 확실한 약점만을 공격한 것일지도 모른다.

"아까 그 기세는 어디 간 거야! 날 잡아보라고! 덩치 큰 괴물아!"

"복조오오옹해앳!"

"이쪽이다! 이 굼벵아!"

대마수의 주의가 완전히 주제카를 향하고 있었다. 주제카를 위험한 상대로 인식한 것이다. 그것도 그녀의 노림수였을 것이다.

입이나 표정에 확연히 드러날 정도로 체력이 깎인 상황에서도 대마수를 도발해 준 덕분에 확실하게 준비를 마칠 수 있었다.

"후우우우우."

"크르르르."

프란 일행은 조용히 마력을 가다듬고 준비를 완료했다. 물론 나도 마찬가지다.

『알림도 서포트 부탁할게』

〈알겠습니다〉

『그러고 보니 갑자기 말할 수 있게 된 거야?』

〈개체명 스승의 랭크가 상승함으로 인해 활동 영역을 근소하게 확보하는 것에 성공〉

다시 말해 내 레벨업에 의해 알림의 능력이 약간 회복됐다는 뜻이었다.

하늘에서 대마수를 내려다보니 강렬한 마력탄이 그 거구에 지름 20미터가량의 크레이터를 뚫은 상태였다. 주제카의 시공 마술이다.

주제카는 여전히 전이를 이용해 이리저리 뛰어다니며 대마수의 공격을 받아내고 있다. 저 상태에서 저 정도의 공격을 하다니…… 솔직히 그녀가 적이었다면 이길 자신이 없었다. 시공 마술의 솜씨는 나를 뛰어넘었다. 누군지는 궁금하지만 지금은 우리 편이라 다행이다.

그녀의 공격 덕분에 탄막이 더욱 약해졌다. 기회였다.

〈가칭 시에라와의 공격 타이밍을 동기화시킵니다. 카운트 17, 16, 15――〉

알림이 카운트를 진행해 주었다. 이것으로 공격의 타이밍도 완벽하다.

다만 여기까지 와서 나는 고민에 빠지고 말았다. 잠재 능력 해방을 사용할까 말까. 솔직히 마력 과잉 전도와 잠재 능력 해방을 결합한 경험은 지금까지 없었다. 다짜고짜 실전에서 쓰기엔 위험이 너무 크다.

하지만——.

〈11, 10——〉

대마수의 엄청난 힘을 본 이상 힘을 아낄 마음은 없었다. 진심으로 공격할 것이다. 하지만 그것으로 나 자신을 희생할 수는 없었다.

『프란이 슬퍼할 테니까.』

〈잠재 능력 해방을 사용하지 않더라도 대마수에게 규정치 이상의 대미지를 줄 확률 81%〉

『잠재 능력 해방을 사용했을 경우엔?』

〈대마수에게 규정치 이상의 대미지를 입힐 확률 99%. 다만 개체명 스승에게 심각한 대미지가 남아 향후 10일 이상 능력이 현저히 저하될 것으로 보입니다〉

『그렇군……』

〈또한 개체명 스승이 파괴될 확률 15%〉

최악의 사태도 있을 수 있다는 건가…….

〈7, 6——〉

『잠재 능력 해방은 사용하지 않는 편이 좋을까…….』

〈네, 사용을 자제할 것을 권장합니다〉

『그렇구나.』

내가 잠재 능력 해방을 사용하지 않기로 결정한 직후였다.

"잠깐, 연결할게."

『렌!』

갑자기 등장한 것은 렌이었다. 역시 나는 정령 감지가 안 되네.

〈4, 3——〉

아주 찰나 내 검신에 닿은 렌에게서 마력이 흘러들었다. 지금은 조금이라도 고마웠다. 다만 그 직후 뜻밖의 사태가 발생했다.

〈제안. 잠재 능력 해방의 사용을 권장합니다〉

『뭐?』

거의 공격 시작 직전이라고 할 수 있는 순간, 알림이 갑자기 그런 말을 한 것이다.

『어? 무슨 말이야?』

렌 때문인가? 뭔가 당했나?

〈개체명 스승, 개체명 프란에게 있어 가장 최선의 선택으로 보여집니다〉

『잠깐, 그게 무슨……』

〈2, 1──〉

시, 시간이! 하지만 나는 그렇다 쳐도 프란에게도 최선이라고? 그런 말을 들으면 사용하지 않을 수가 없잖아!

『아아아! 더는 몰라! 잠재 능력 해바아아앙!』

〈0〉

"크르르르르르릉!"

"하아아아아아앗!"

『으랴아아!』

그리고 프란이 다시금 한 줄기 유성으로 변했다. 울시의 앞발에 의해 프란이 발사되는 것과 거의 동시에 나는 필요 최소한의 마력만을 남기고 모든 마력을 검신에 전도시켰다.

게다가 형상을 도 형태로 변화시키면서 염동이나 마술로 프란의 가속을 뒷받침했다. 배운 지 얼마 안 된 생명 마술을 통한 서포

트도 잊지 않았다. 잠재력 해방으로 사고가 초가속되고 있는 덕분에 그 일련의 모든 행동이 무척 매끄러웠다. 대가는 컸지만…….

『으으으윽……!』

내구도는 이미 반토막이다.

'스승!'

『괜찮아! 가!』

사고 가속으로 인해 극한까지 지연된 시간 속에서도 프란의 돌진 속도는 맹렬했다. 주위의 경치가 고속도로 차창처럼 흘러갔다.

프란이 나를 최상단에 배치했다. 이대로 검신화를――.

〈시공의 흔들림을 확인〉

『뭐――?』

'!'

알림의 목소리가 들린 순간이었다. 고속으로 흐르던 모든 경치가 딱 멈췄다.

시간이 멈췄어? 아니, 아니다. 우리의 지각이 더욱 가속화된 것이다. 그러다 보니 주위가 마치 멈춘 것처럼 보일 정도로 시간 차가 생겨버렸다.

그런데 어째서? 원래도 시공 마술을 써서 한계 직전까지 가속하고 있었는데? 잠재 능력 해방 상태라고 해도 갑자기 아무런 예고도 없이 더 가속할 수는 없다.

그것도 조금 빨라졌다는 수준이 아니었다. 그야말로 수백 배 이상의 지각 가속이었다.

'몸이 안 움직여.'

『나도.』

사태를 파악하려고 주위의 기척을 살폈다. 하지만 홍수처럼 밀려드는 방대한 정보를 처리하지 못해 나는 현기증과도 같은 증상을 겪고 있었다.

『큭…….』

'뭔가 있는데?'

『프, 프란, 괜찮아?』

'?'

나도 이런 상태다. 프란은 더욱 심각한 상태가 아닐까 걱정했는데……. 프란의 염화에서는 그저 의아해하는 느낌만이 전해졌다. 아무렇지도 않은 건가? 마술의 다중 기동 때와 차원이 다른 엄청난 부하가 뇌에 걸렸다 해도 이상하지 않을 텐데.

"내가 힘을 빌려줘서 그래."

『렌! 네가 뭔가 한 거야?』

"응, 맞아. 검 씨도——."

렌이 그렇게 말한 순간 내 시야가 단숨에 하얗게 물들었다. 그 대신 정보의 탁류가 훅 가라앉았다. 그렇구나, 프란이 멀쩡했던 건 이런 상태였기 때문인 건가.

'스승, 저거.'

『아아, 보이네…….』

하얀 공간 안쪽. 먼 곳에 무언가가 있었다. 움직이는 것이 느껴졌다.

『저건 프란인가?』

'스승도 있어.'

우리 눈앞에 우리가 있었다. 마치 입체영상처럼 바로 앞쪽에 그 모습이 비치고 있었다. 다만 프란의 생김새가 조금 다르다. 흑천호의 장비는 비슷했지만 스커트가 아니라 바지였고, 세부적인 것도 많이 달랐다. 제일 눈에 띄는 것은 왼쪽 귀에 걸린 귀걸이. 지금 프란이 하고 있는 귀걸이가 아니라 푸른 보석이 달린 귀 장식을 하고 있었다.

게다가 그곳의 나와 프란에게는 기척이 있었다. 허상이 아니다. 비슷하지만 묘하게 다른, 신비로운 기척이다. 이 기척을 느꼈다면 나는 틀림없이 프란이라고 판단했을 것이다. 그러나 나를 들고 있는 프란과 눈앞에 나타난 프란을 비교하면 근소한 차이가 있었다.

직접 비교하고 있기 때문에 알 수 있는 정말 근소한 차이이긴 하지만……. 프란이지만 내가 아는 프란은 아닌, 그런 신기한 감각이다.

게다가 뭐야, 저 무시무시한 사기는? 저쪽의 내가 발하고 있는 걸까? 하지만 프란은 그 사기에 태연하게 몸을 내맡기고 있었다. 오히려 그 사기를 조종하는 것처럼 보이기까지 했다.

하지만 지금은 그런 건 아무래도 좋았다.

『프란! 괜찮아?! 이봐!』

귀 장식을 한 프란은 온몸이 엉망진창이었다. 몸을 지나치게 강화한 탓이었다. 서 있을 뿐인데도 반동으로 인해 대미지를 계속 입고 있는 모습이었다. 뼈가 비틀리는 소리가 들려왔다. 내부에 흐르는 마력의 압력으로 온몸에 극심한 통증이 일고 있는 것인지 피눈물을 흘리며 이를 악물고 있다. 그 모습은 비장함 그 자체였다. 귀 장식을 한 프란은 그런 상태에서 또 하나의 나를 들고 있었다.

왜 저쪽의 나는 프란을 회복시켜주지 않는 거야! 프란은 왜 저러고 있는 거고? 게다가 저 상태에서도 뭔가 기술을 더 쓸 생각인 것 같았다. 나를 똑바로 세우고 있다.

내 눈에는 새하얀 공간 속에 귀 장식을 한 프란 일행의 영상이 보이고 있는 상황이다. 그 주변 상황이 어떤지는 알 수 없다.

저쪽 프란 일행에게 우리는 보이지 않는 것인지 반응은 돌아오지 않는다.

『프란! 젠장! 회복 마술이 발동하지 않아! 어째서?』

내가 이를 악물고 있는데 귀 장식을 한 프란에게서 움직임이 보였다. 슬픈 듯, 그리고 어딘가 자포자기한 얼굴로 작게 중얼거린다.

"스승, 갈게."

『알았다.』

마치 친한 사람이 죽은 게 아닐까 싶을 정도로 깊게 가라앉은 목소리와 표정의 프란. 그 이면에는 확실히 말로 표현할 수 없는 소녀의 SOS가 담겨 있었다.

「누가 좀 도와줘.」

말로는 정확히 형언할 수 없는 그런 사념이, 목소리가 되어 들린 기분이었다.

하지만 대화를 해야 할 검에서 나온 말에는 한기가 들 정도로 감정이 없었다.

"스승을 개방하는 게 좋을까?"
『나는 검이다. 판단할 권리는 없다. 프란이 결정해.』
"스승이 어떻게 생각하는지 알고 싶어."
『사용할 경우 녀석을 확실히 격파할 수 있을 거다. 다만 힘의 소모에 따라 향후 전투에 영향을 준다. 경우에 따라서는 생명의 위험도 있겠지. 사용하지 않을 경우 격파할 수 있을지 어떨지는 알 수 없다. 다만 전투 지속력은 유지할 수 있다.』
"그게 아니야. 그런 게 아니야. 스승은 어느 쪽이 낫다고 생각하는지 들려줘."
『그 질문에 대답할 권한은 없다.』
분노로 머리가 터질 것 같았다. 뭐야, 저건? 저게 나라고? 아니, 저딴 게 나라니 절대로 인정할 수 없어. 대체 뭘 하는 건데! 프란이 울 것 같은 얼굴로 의지해 오고 있잖아!
도와주라고! 대답할 권한이 없다니 뭐야! 거기선 '그럴 필요 없어! 내가 어떻게든 해줄게!'라든가, 아니면 '써서 한 방에 쓰러뜨리자! 같이 가자!'라든가, 뭐든 괜찮아!
말을 걸어서 프란의 불안감을 없애줘야 할 장면이잖아! '걱정하지 마'라는 한마디라도 좋아!
나는 저편의 나를 향해 나도 모르게 고함을 치고 말았다.
『야! 거기 있는 바보 같은 놈! 얌마! 프란을 울리지 말라고! 아무리 나라도 용서 못 한다!』

Side 프란?

"프란, 로미오 일행을 봐줘서 고마워."
"렌……."
"너는 상냥한 아이구나. 화가 났을 때도 무의식적으로 로미오를 휘말리지 않게 하려고 힘을 제어했어."
"딱히……. 이유는 몰라도 그 애가 필사적이었으니까."
"덕분에 로미오와 제로스리드, 제라이세를 놔줄 수 있었어. 게다가 네가 허락해 준 덕분에 검 씨의 힘도 빌릴 수 있었어. 이게 없었다면 **건너는 것**엔 성공하지 못했을 거야."
"녀석들은 어디로 도망갔어?"
"아주 먼 곳으로."
"그래……, 제라이세도 놔줄 필요가 있었어?"
"응, 당신들을 위해서라도 말이지."
"?"
여전히 정령 렌이 하는 말은 그 의미를 잘 모르겠다. 하지만 렌이 적이 아니라는 것만은 안다. 그래서 렌이 부탁했던 대로 제로스리드의 숨통을 끊는 것을 포기했다.
로미오 일행은 어디론가 전이된 것 같은데, 어디로 간 걸까?
"프란, 이걸로 주위에 말려들 우려가 있는 사람은 없어졌어. 실력을 다 드러내도 괜찮아."
"다……. 괜찮아?"
"그래…… 위날렌조차 멀리 떨어져 있어. 그러니 괜찮아."
"응…… 알겠어."
우리는 강해졌다. 뮤렐리아에게 지고 울시를 잃은 그날 이후로.
"스승, 열심히 하자."

『알았다.』

"……응."

스승의 모습이 이상해진 건 언제부터였을까? 바르보라에서 제라이세가 조종하던 마석 골렘을 엄청나게 쓰러뜨렸을 때? 아니면 무투 대회에서 우승했을 때?

수인국에 처음 왔을 때는 그나마 지금 같지는 않았던 것 같다.

하지만 깨달은 순간 말을 걸어주는 일이 줄어 있었다. 그리고 적었던 것이 완전히 사라졌고, 내가 말을 걸지 않으면 말해 주지 않게 되었다.

그뿐만이 아니다. 뭘 물어봐도 쌀쌀맞았다.

『나는 검이니까.』

『프란이 생각해.』

『그게 프란의 선택이라면 따르지.』

지금까지처럼 듣기만 해도 안심이 되는 부드러운 목소리는 사라지고 말았다. 마치 사람이 아닌 것 같은 목소리.

스승의 목소리가 더 듣고 싶다. 하지만 직접 말을 거는 것이 무서워지고 말았다. 말해봤자 또 그 불쾌한 목소리로 『나는 프란의 검이니까 프란을 따르겠다』라고 말할 뿐일 테니까.

아무리 열심히 해도 스승은 전혀 칭찬해 주지 않는다. 칭찬을 해도 불쾌한 목소리로 『잘했다』라고 말할 뿐. 동네에서 술 취한 사람한테 무시당해서 조금 날뛴 탓에 가게까지 조금 휘말렸었다. 그런데 그때 스승이 내게 주의를 주기 위해 했던 『과했어, 프란』이라는 말.

아주 조금이지만 예전 스승의 목소리였던 것 같았다. 더 나쁜 아이가 되면 스승은 또 예전 같은 목소리를 들려줄까? 그렇게 생각했지만 그것도 처음뿐이었다. 이내 아무 말도 하지 않게 되었다.

그러던 차에 녀석과 재회했다. 제로스리드. 키아라의 원수 중 한 명.

잊은 적은 없지만 쫓을 생각도 없었다. 키아라가 원수를 갚지 말라고 말해 줬으니까. 그런데 눈앞에 나타나 버렸다. 그것도 아이를 데리고.

제로스리드도 로미오도 어째서인지 무척 편안해 보였다. 험한 꼴을 잔뜩 당하고, 지금도 여전히 붙잡혀 있는데. 마치, 행복해 보였다. 행복하게 웃고 있었다.

저런 미소, 나는 지을 수 있나? 뭔가 짜증이 울컥 치밀었다.

"저기, 스승. 난 왜 이런 기분이 드는 걸까?"

『이해할 수 없다. 뭔가 스트레스를 받을 요인이 있었나?』

"모르겠어……."

『스트레스로 짐작 가는 것도 없나?』

"모르겠어! 왜 그런 건지!"

『그럼 나도 모른다.』

뭔가 이제 모든 것이 아무래도 좋았다. 일단 제로스리드를 죽이자. 그런 생각을 하고 있는데 렌에게 저지당했다.

게다가 렌에게 로미오 일행을 돕는 데 스승의 차원 마술이 꼭 필요하니 힘을 보태달라는 부탁마저 받았다. 렌은 한 번 목숨을 구해준 은인. 그 말을 거절할 수는 없었다.

왜 우리가 제로스리드를 도와주고 있는 걸까?

정리되지 않는 머릿속이 뒤죽박죽 섞여버렸다. 치밀어 오르는 짜증을 억누를 수가 없었다. 이 답답하고 해소되지 않는 기분을 전부 대마수에게 쏟아버리자.

전력을 다해도 된다고 했다. 전에 마랑의 평원에서 전력을 드러냈을 때는 여신님이 만들었다는 결계를 깨버려서 여신님에게 혼난 적도 있었다. 하지만 이곳은 마랑의 평원보다도 몇 배나 넓은 호수다.

우리가 진심으로 공격해도, 괜찮아. 그렇다면 해 주겠어.

"……힘을 드러내라…… 사신의 파편."

『모든 것을 부숴라! 모든 것을――.』

"시끄러워. 너는 힘만 보태면 돼."

내 말에 따라 스승 안에 봉인되어 있던 사신의 파편에서 대량의 사기가 쏟아져 나왔다. 전에는 이 사기를 제어하지 못해 폭주해 버렸지만, 지금은 완벽하게 지배할 수 있다.

인정하고 싶지 않지만 뮤렐리아와 같은 계통의 힘이라고 한다. 이 힘을 얻었을 때는 구역질 날 정도로 싫었는데, 지금은 이용해 줄 생각이다.

"……야천(夜天)의 혼, 기동."

이것은 다크나이트 울프의 유니크 스킬. 뮤렐리아의 공격으로부터 우리를 감싸며 죽은 울시가 마지막으로 우리에게 맡긴 마석에서 계승받은 힘. 지금과 같은 밤일 때만 스테이터스를 강화할 수 있는 스킬이다.

"스승, 다른 강화 스킬도 모두 기동해."

『알았다.』

예전에는 알림이라는 부드러운 목소리를 가진 언니가 여러 가지 조언을 해 줬는데, 사기의 제어 영역이 어떻다고 하면서 얼마 전 사라져 버렸다.

강화를 너무 많이 해서 몸이 비명을 질러대는 것이 느껴졌다.

매번 생각한다. 죽을지도 모른다고. 스승이 지금처럼 되기 전에는 한 번도 생각해본 적이 없었는데, 지금은 좀 무섭다. 그래도 죽으면 죽는 대로 상관없다는 생각도 든다. 그렇다면 평소대로, 그저 시도해볼 뿐.

"스승, 회복은 적당히 해도 되니까 전부 다 강화로 돌려."

『알았다.』

나는 전신의 통증을 참으며 다시 입을 열었다.

"스승을 개방하는 게 좋을까?"

『나는 검이다. 판단할 권리는 없다. 프란이 결정해.』

"스승이 어떻게 생각하는지 알고 싶어."

『사용할 경우 녀석을 확실히 격파할 수 있을 거다. 다만 힘의 소모에 따라 향후 전투에 영향을 준다. 경우에 따라서는 생명의 위험도 있겠지. 사용하지 않을 경우 격파할 수 있을지 어떨지는 알 수 없다. 다만 전투 지속력은 유지할 수 있다.』

"그게 아니야. 그런 게 아니야. 스승은 어느 쪽이 낫다고 생각하는지 들려줘."

『그 질문에 대답할 권한은 없다.』

스승의 평소와 같은 대답에 조금 실망하던 그때였다.

『야! 거기 있는 바보 같은 놈! 얌마! 프란을 울리지 말라고! 아무리 나라도 용서 못 한다!』

스승의 상냥한 목소리가 들린 것 같았다.

『프란! 괜찮아?!』

또 다시 들려오는 부드러운 외침. 내가 잘못 들은 게 아닌가? 하지만 어디서?

기척이 느껴지지 않는다. 내가 고개를 기울이고 있는데 다시 렌이 나타났다.

방금 헤어졌는데 왜?

"프란. 당신에겐 앞으로 가혹한 싸움이 기다리고 있어. 이건 운명이 아니라 지금의 당신에겐 필연적인 흐름. 하지만 지금 상태로는 분명 목숨을 잃을 거야."

"렌?"

"그러니까 이건 내가――우리가 주는 선물. 소소하지만 받아줘."

렌이 그렇게 말하며 두 팔을 벌린 직후였다. 주변 공간이 새하얗게 물들었다.

"거기 있는 거, 렌?"

또 한 명의 렌이 있었다. 그렇게 생각한 순간 또 다른 렌 옆으로 사람의 그림자가 더 나타났다.

그것은, 나와 스승이었다.

저것은 틀림없는 나와 스승. 하지만 좀 다르다. 장비라든가, 표정이라든가.

직감이지만 이해할 수 있었다. 다른 세상인지, 아니면 또 다른 내 모습인지는 모르겠지만, 저 나는 어딘가의 나. 그리고 아까 목소리의 주인은 저쪽 스승이다.

『프란!』

"스승."

『오! 들렸구나!』
내 중얼거림이 전해진 것 같다. 부럽다. 저쪽의 스승은 여전히 스승이구나…….
『지금 치료해줄게!』
저쪽의 스승이 뭔가 하려고 하다가 실패한 것 같다.
『왜 마술이 안 드는 거야!』
"미안해. 완벽하게 연결할 수는 없었어. 양쪽의 힘이 상승한 상태인 걸 이용하고, 결속을 이용했지만, 그럼에도 가능한 건 여기까지."
"로미오, 제로스리드, 제라이세. 시간을 초월한 세 명의 인연을 이용하고, 스승의 힘까지 빌려도 간신히 서로의 목소리를 전달하는 것만 가능해. 하지만 아주 조금이라도……. 잠깐 기다려."
이쪽 렌과 저쪽 렌이 각자 입을 열어 그렇게 말하며 미안하다는 듯이 고개를 숙였다. 잘은 모르겠지만 저쪽의 나와 스승과 내가 대화할 수 있는 것만으로도 기적인 것 같았다.
나는 저쪽의 나에게 말을 걸었다.
"저기……나."
"왜? 나?"
"……너는 행복해?"
"응. 스승도 울시도 있어서 매일 행복해. 너는 행복하지 않아?"
"응……."
아아, 역시. 저쪽의 나는 행복하구나. 그야 당연하지. 왜냐하면 스승도 울시도 있잖아.
"왜냐하면…… 스승이……."

"무슨 일 있어?"
"스승이 말이지……."
"응."
저쪽의 내가 부드럽게 고개를 끄덕여주었다. 그러자, 더는 말이 멈추지 않았다.
"다정하지 않아……. 전혀, 아무 말도 안 해 줘! 칭찬도 안 해주고 혼내주지도 않아!"
내 입에서 흘러나온 것은 지금까지 아무한테도 말한 적 없는 진심.
그 말을 해버리면 정말 진짜가 되어버릴 것만 같아서…….
"이런 스승은 싫어! 이런 건 스승이 아니야! 저쪽 스승 같은 스승이 좋아!"
잇달아 말이 쏟아져 나왔다.
"있지! 어떻게 하면 스승은 원래대로 돌아가? 어떻게 하면 예전처럼 웃어주는 거야! 대답해 봐! 응?"
나는 모든 심정을 쏟아냈다.
흘러넘치는 말들을, 전부 다.
"스승, 나는 어떻게 하면 돼……?"
『이해 불가. 나는 특별한 이상이 없다. 그보다 프란 너에게 동요가 보인다.』
하지만 스승에게서 돌아온 것은 기대했던 말이 아니었다. 저쪽 스승의 목소리를 듣는 바람에 조금 기대해 버렸지만, 역시 그렇겠지…….
『이 상태에서의 전투 행동은 위험하다. 동요를 억제해라.』

“그런 말을 듣고 싶은 게 아냐!”

『프란. 흥분을 가라앉혀라.』

“시끄러워! 입 다물어! 닥쳐, 닥치라고! 그 목소리로 나한테 말 걸지 마! 너 같은 건 스승이 아니야!”

내가 그렇게 외친 직후, 부드러운 목소리가 멍하니 중얼거렸다.

『오, 오오오……. 프, 프란이 비행 청소년이 됐어!』

어쩐지 좀 상처받은 듯한 목소리다.

“비행 청소년?”

“비행 청소년이 뭐야?”

두 사람의 내가 동시에 고개를 갸우뚱했다. 처음 들어보는 말이었다.

『아, 아아. 그게 뭐랄까, 언동이 험한, 나쁜 아이라는 뜻이려나? 부모나 선생님한테 폭언을 한다거나?』

“그렇구나! 그럼 저쪽의 난, 비행 청소년이야.”

“그렇지 않아. 난 나쁜 애가 아냐.”

“하지만 비행 청소년인데?”

“비행 청소년 아냐!”

왜 그럴까. 놀림을 당하고 있는데, 굉장히 즐겁다.

하지만 그런 즐거운 기분에 찬물을 끼얹는 소리가 들렸다.

『현 상황. 프란의 공격성은 이전보다 훨씬 높다. 비행 청소년이라는 말은 딱 들어맞는다.』

즐거웠던 기분이 단번에 식었다. 왠지 비참해지는 기분에 참지 못하고 고개를 숙이고 말았다. 왜 이렇게 괴로운 거지?

그런 내 귀에 고함 소리가 들려왔다.

『야! 너 임마! 뭘 쓸데없이 폼을 잡고 있는 거야! 그러고도 나라고 할 수 있냐!』

『……무슨 소리지?』

『프란이 비행 청소년이라고? 그렇다면 그건 우리의 책임이야! 네가 그렇게 되지 않도록 주의를 줬으면 됐잖아!』

『나는 검이다. 그럴 권한은 없다.』

『아니지! 권한이라든가, 그딴 건 아무래도 상관없어! 우리가 뭔데? 우린 프란의 스승이잖아!』

『스승이란 단순한 이름. 개체명을 식별하기 위한 기호일 뿐이다. 나의 본질은 검이다.』

『아니야! 나는 검이기 이전에 스승이다! 게다가 스승이 단순한 기호라고? 그것도 틀렸어!』

『틀리지 않았다. 사실이다.』

『틀렸어! 스승이라는 건 프란이 지어준 이름이라고! 그건 우리의 목표이자 프란의 희망이야! 그러길 바란다는 소망이 담겨 있다고! 그런 것도 잊어버린 거냐! 검이라고? 그 전에 우리는 스승이다!』

『나는…….』

『봐라! 프란이 울고 있잖아! 그걸 보고도 아무것도 느끼지 못하는 거냐고!』

저쪽 스승의 말을 듣고 깨달았다. 나는 어느새 울고 있었어. 왜 눈물이 멈추지 않는 거지?

『……울고 있, 어?』

『그래! 그렇다고! 울고 있는 프란을 보고 넌 위로의 말 한마디도 못 건네는 거냐! 몸도 마음도, 검이 되어버린 거냐고!』
"스승……."
『나는…….』
『다시 물을게. 너는 울고 있는 프란을 보고도, 아무 말도 걸지 않을 거야?』
『나는…….』
『프란의 눈물을 보고, 정말 아무것도 느끼지 않느냐고 묻는 거야! 바보 같은 놈아!』
『나는……!』
이쪽 스승의 목소리가 오랜만에 사람처럼 들렸다. 동시에 그리운 목소리가 들렸다.
〈가칭 스승에게 동요를 확인〉
"어? 알림?"
〈네, 개체명 프란의 말투를 빌리자면, 가칭 저쪽의 알림에게 활동 영역을 확보하기 위한 힘을 양도받았습니다〉
"사라진 게 아니었구나……."
〈가칭 스승이 파괴되지 않는 한 가칭 알림이 소멸하는 일은 없습니다〉
"그렇구나……."
〈가칭 스승의 검화 상태에 동요를 확인. 동일 존재와 자신의 차이를 관측하고 그 차이의 크기에 충격을 받고 있습니다〉
『알림……. 나는…….』
〈개체명 프란에게 제안. 현 상태라면 한층 더 동요를 주는 것이 가능〉

"동요……. 내가 어떻게 해야 돼?"
〈목소리를. 무서워하지 마세요〉
"어……?"
〈지금이 마지막 기회일지도 모릅니다〉
알림의 목소리가 저쪽에도 들린 것일까. 저쪽의 프란이 작게 고개를 끄덕였다.
"힘내. 비행 청소년인 나."
"비행 청소년 아냐."
반사적으로 대꾸한 나를 보며 저쪽의 내가 키득키득 웃는다. 불쾌한 웃음이 아니다.
"응. 잘 있어, 나."
『프란! 난 네 편이야! 무슨 일이 있어도 계속!』
알림과 저쪽의 나에게 재촉을 받은 나는 조심스럽게 입을 열었다.
"응…… 저기, 스승. 들려?"
『프란……? 나는…….』
이쪽 스승에게서도 조금은 부드러운 목소리가 들려왔다.

*

"프란, 검 씨. 접속이 끊어져!"
렌의 목소리가 우리에게 들려왔다. 이 불가사의한 상태가 끝을 맞이한다는 뜻이겠지.
마지막으로 뭔가 한마디라도 더 해주고 싶어!
"응. 잘 있어, 나."

이쪽 프란을 보며 희미하게 미소 지은 저쪽 프란을 향해 나는 소리쳤다.

『프란! 난 네 편이야! 무슨 일이 있어도 계속!』

그 직후였다. 귀 장식을 한 프란과 바보 같은 나와 저쪽 렌의 모습이 사라졌다.

『이걸로 끝인가?』

"응, 연결이 끊겼어."

렌의 말대로 더는 기척이 느껴지지 않았다.

『저기, 렌. 저 프란 일행은 도대체 뭐야?』

"저건 전의 프란과 스승. 시에라나 제라이세가 이쪽 시간대로 사라진 직후일 거야."

『저쪽의 나는…… 검화가 진행된 나라는 건가?』

"맞아."

"저게 스승?"

프란이 슬픈 얼굴로 중얼거렸다. 아무래도 내가 저렇게 되었을 때를 상상해 버린 것 같았다.

『저쪽 프란은 어떻게 돼?』

"미안해. 이제 완전히는 모르겠어. 하지만 미래는 많이 바뀌었을 거야. 그래서 접속도 끊겼고."

"변하기 전의 미래는 어떤 미래였어? 별로 좋지 않아?"

"프란이 절망 끝에 폭주하고, 모든 힘을 다해 스승 안에 봉인된 사신의 파편과 격돌하게 돼. 많은 인간을 끌어들이면서 말야."

상당히 심각하다……. 하지만 확실히 저쪽의 프란은 그렇게 될지도 모른다는 위태로움이 있었다. 그리고 그것을 말려야 할 나는 저 꼴이다.

『하지만 미래는 바뀐 거지?』

"당신들 덕분이야. 프란과 검 씨가 저쪽 두 사람에게 건넨 말이 미래를 바꿔줬어……."

『그럼 저쪽 프란은 렌이 말했던 것처럼 죽지는 않게 됐다는 거지?』

"응, 적어도 검 씨는 마음을 되찾았을 거야. 그 정도로 미래가 바뀌지 않으면, 접속이 그렇게 갑자기 끊기지는 않거든."

『그렇구나…….』

"이젠 조금이라도 더 좋은 미래로 바뀌기를 바랄 수밖에 없어."

"응……."

저쪽의 우리는 어떻게 됐을까? 상처받았던 프란의 마음은 조금이나마 치유되었을까? 검이 되어 있던 나는 조금이라도 나아졌을까?

"스승, 분명 괜찮아."

『그럴까?』

"응, 왜냐하면 우리의 말이, 닿았으니까. 그러니까 괜찮아."

『……그렇지. 나랑 프란이니까! 계기만 있다면 분명 좋은 쪽으로 바뀌겠지?』

"응."

프란이 말하니까 정말 그렇게 느껴진다.

『저쪽 알림도 부활한 것 같았고.』

〈네, 가칭 그쪽의 알림과 정보 공유를 실시했습니다. 유효하게 활용할 겁니다〉

『정보 공유?』

〈개체명 스승의 행동 패턴을 해석한 정보나 거기서 도출되는 검화를 방지 · 해제하기 위한 방법의 고찰입니다〉

『그, 그렇구나.』

즉 내 성격을 분석한 데이터라는 거지? 그걸 사용해서 저쪽의 내가 검화하지 않도록 알림이 여러 가지 타개책을 생각해 준다면 안심이다. 알림은 유능하니까! 뭔가 내 내면을 분석당한 것 같아서 살짝 부끄럽긴 하지만.

〈또한 일부 스킬 정보의 교환에도 성공했습니다〉

『그렇다는 건 새로운 스킬을 획득했다는 건가?』

〈네, 이쪽에서는 파사현정, 마력 공급의 정보를 제공하고 가칭 저쪽의 알림으로부터 정령 감지, 사기 지배 정보를 제공받았습니다. 정보를 바탕으로 스킬 정령 감지, 유니크 스킬 사기 지배 입수에 성공. 또――〉

기, 길다! 그 짧은 시간에 알림들끼리 방대한 양의 정보를 주고받은 모양이었다.

〈파사현정, 사기 지배 정보를 바탕으로 유니크 스킬 신기 조작 입수에 성공. 신기 조작, 정령 감지 정보를 바탕으로 유니크 스킬 정령의 손 입수에 성공〉

이, 이것저것 손에 넣어 버렸네. 간단히 설명하자면 정령 감지는 이름 그대로의 능력이다. 정령을 느낄 수 있는 것 같다. 이로써 나도 정령을 스킬로 감지할 수 있게 되는 걸까?

사기 지배는 사기를 조종하기 위한 스킬이다. 마력 조작의 사기 버전 같은 느낌이었지만, 좀 더 상위 버전이라 영향력이 더 강한 것 같았다. 그리고 지금 우리한테 정말 필요한 신기 조작. 이것은 말 그대로 신 속성을 다루는 것에 능숙해지는 스킬이다. 자상 대미지를 조금이라도 줄일 수 있을지도 모른다.

마지막으로 가장 의미가 불분명한 정령의 손. 이는 정령에 영향을 미칠 수 있는 스킬이었다. 만지거나 공격할 수도 있다고 한다. 뭐, 완벽하게 사용하는 건 상당히 어려워 보이지만. 앞으로의 수련에 달려있겠지.

여러 가지 시도를 해보고 싶었지만 우리에게는 그 이상의 검증을 할 시간이 남아 있지 않았다.

"미안해. 슬슬 시간의 흐름이 원래대로 돌아갈 거야. 부디 조심하길……."

『잠깐! 그러면 엄청나게 위험한 상황 아냐……?』

지금의 초가속 상태에서 갑자기 정상적인 시간으로 돌아가면 어떤 일이 일어날지 알 수 없다. 최악의 경우는 균형을 잃는 것이다. 어쨌든 우리는 천공에서 대마수를 향해 고속으로 날아가고 있는 중이었다. 단계를 밟으며 천천히 원래대로 돌아갈 수는 없을까 생각했지만――.

"렌, 괜찮아? 힘들어 보여."

"조금 무리를 한 것뿐이야…… 하지만 이제 더 이상은……."

주위 경치가 점점 흘러가는 것이 보였다. 곧 원래의 시간으로 돌아간다!

〈시간 가속이 해제될 때까지, 남은 시간 3초〉

『프란! 균형을 잃지 마!』

"응! 맡겨줘!"

프란이 의욕에 찬 표정으로 고개를 끄덕였다. 아무래도 저쪽의 프란과 나를 보고 불이 붙은 것 같았다.

"질 수는 없어."

『오! 그렇지!』

다른 말은 하지 않겠지만, 나도 같은 마음이야!

"검신화!"

프란이 그렇게 외친 직후, 렌에 의한 정신의 초가속이 풀리면서 주위 경치가 강물의 탁류처럼 단숨에 흘러가기 시작했다.

『큭.』

알고는 있었지만 감각의 어긋남이 엄청나! 정지한 것처럼 보이던 상태에서 갑자기 엄청난 초가속. 그 직후 무수한 입이 몸 위로 떠오른 대마수의 추악한 육체가 시야 앞에 크게 비쳤다.

충돌은——하지 않았다. 프란이 해낸 것이다. 감각의 어긋남을 순식간에 수정해 검신화, 잠재 능력 해방, 파사현정 등 우리가 가진 모든 것을 담은 최고의 일격을 화려하게 쏟아냈다.

노리던 곳보다 살짝 오른쪽으로 빗나가긴 했지만, 그 부분은 어쩔 수 없지.

"하아앗!"

『으랴아!』

내 검신을 달리는 엄청난 힘의 분류가 대마수를 향해 해방되었다.

나는 참격과 거의 동시에 잠재 능력 해방 등의 강화 스킬을 해제하고 전이를 발동했다. 그 정도로 하지 않으면 전이를 통한 탈출에 성공할 수 없었다.

약간 남아 있는 무언가를 벤 느낌. 그것이 공격의 성공을 말해 주었다.

『어때?』

"……응."

대마수와 충돌하기 직전, 상공으로 전이된 우리는 그곳에서 엄청난 광경을 보았다.

『성공한 건가……. 시에라도.』

"응."

대마수에게 거대한 상처가 두 개 뚫려 있었다. 세로로 평행하기 나 있는 두 참격의 흔적.

대마수에게서 느껴지는 존재감이 몇 단계 약해진 것이 느껴졌다. 우리의 공격은 확실히 큰 대미지를 입힌 것 같았다. 하나는 우리 참격에 의해 생긴 것이고, 또 하나는――.

"시에라."

시야 아래에서는 시에라가 마검 제로스리드를 휘두른 모습 그대로 굳어 있었다. 아니, 경계를 유지하고 있는 건가? 천천히 제로스리드를 내리며 가볍게 숨을 내쉬고 있다.

아무튼 또 다른 상처는 확실히 시에라가 입힌 것 같았다.

『시에라의 공격도 우리들의 혼신의 일격과 거의 다르지 않은 위력을 갖고 있었던 것 같네…….』

"응."

놀랍다. 이렇게 상처가 나란히 나 있으니 더 잘 알 수 있었다. 상처의 폭이나 깊이 등이 모두 비슷했다.

『아니, 우리의 공격은 신 속성이야. 상처 회복이 느릴 거야!』

그렇게 생각했는데…….

"복조오옹해라아아아……."

"재생, 시작 안 해."

『저쪽 상처도?』

아무래도 상처 부위로 사기가 침식해 재생을 방해하는 것 같았다.

다소 자세가 흐트러졌다고는 해도, 설마 거의 동등한 위력의 공격을 감행했을 거라고는 생각도 못했는데.

복잡한 표정으로 시에라를 보고 있는데, 그 자리에서 무너져 내리는 것이 보였다. 온몸을 검은 사기가 뒤덮고 있다. 좀 위험한 상태 아닌가? 지금의 제로스리드가 크게 당황하여 끌어안고 있다. 완전히 의식을 잃은 모습이었다.

제로스리드 자신도 대마수의 광선을 계속 받아내는 바람에 엉망이었지만, 시에라에게 쏟아진 반동은 그 이상일 것이다.

뭐, 우리도 남 걱정할 때는 아니지만.

"……으."

『프란, 어때?』

"……좀, 힘들어……."

『그렇구나…… 사실 나도…….』

"응……."

부유 스킬이 없었다면 우리도 이미 호수 위로 낙하했을 것이다. 그만큼 반동이 심했다. 생명 마술이나 신기 조작을 써도 이런 상태다. 없었으면 어땠을까 생각하니 식은땀이 흘렀다.

"스승, 역시 안 나아."

『신기의 영향이 더해진 데다 잠재 능력 해방도 써버렸으니까. 내구도가 전혀 회복이 안 돼.』

내구도는 100을 남기고 있었다. 정말로 한동안 나는 고물이나 다름없는 상태일 것이다.

이번에 잠재력 해방으로 소비한 마석치는 5000정도일까. 뭐, 그 덕분에 저쪽과의 접속도 가능했던 것 모양이니 후회는 없지만 말이야.

"웡!"

"울시."

울시가 비틀비틀 앞다리를 절면서 우리에게 달려왔다.

우리 중에서는 앞다리가 부러졌을 뿐인 울시가 그나마 제일 나은 상태였다.

"지금 고쳐줄게."

"워후."

『울시, 한동안은 너한테 의지할게.』

나도 프란도 상처의 치유가 극단적으로 느렸다. 지금 상태로는 제대로 된 전투조차 할 수 없었다.

"웡!"

"부탁해."

『일단 시에라 일행과 합류하자.』

"아니. 지금 당장 여기서 벗어나……."

『렌?』

어디 있는 거지? 목소리만 들렸는데……. 이제 막 손에 넣은 정령 감지를 써봐도 알 수 없었다.

"실체를 유지할 수 없는 것뿐이야. 어떻게든 목소리만 전달하고 있어……."

"저쪽과 이쪽을 연결한 것 때문이야?"

"그 밖에도 여러 이유로…… 미래를 너무 많이 본, 그 대가야……. 그것보다도, 여기서 떨어져……."

무슨 일이 벌어진 건지는 모르겠지만 괴로워하는 렌에게 이 이상 말을 시키는 것은 내키지 않았다.

저런 상태에서도 일부러 그런 말을 하러 왔다는 건 정말 벗어나지 않으면 위험한 상황이라는 거겠지.

"울시."

"웡!"

우리는 중간중간 상황을 확인하면서 도망쳤다. 그 직후, 대마수의 몸에서 엄청난 마력이 방출됐다.

""""우그아아아아아아!""""

모든 입들이 거친 비명을 지르며 고통스럽게 그 거대한 몸을 비틀어댔다.

"끼이잉!"

『크윽!』

대마수가 온몸에서 뿜어낸 무시무시한 마력의 파도에 노출되자 울시가 비명을 지르며 마력 장벽을 활짝 펼쳤다. 힘을 다 써버린 나와 프란은 아무것도 할 수 없는 탓에 울시에게 의지할 수밖에 없었다.

"울시, 힘내……."

『힘내라!』

"카르르르릉!"

울시가 장벽을 더욱 두텁게 만들어 그 자리에서 버텼다.

"그르륵……."
그 사이에도 대마수의 온몸에서는 수만 개의 촉수가 생겨났고, 그 촉수가 서로 꿈틀거리며 엄청나게 이리저리 흔들리고 있었다. 폭주하고 있다기보단 통증에 이성을 잃고 발버둥 치는 것처럼 보였다. 간혹 장벽이 촉수에 부딪혔지만 울시는 이를 악물고 버텨냈다.
""""그아아아아아악!""""
"커졌어."
『……렌이 분리돼서 그런 건가?』
날뛰는 대마수의 부피가 단숨에 늘어난 것이 보였다. 렌의 모습은 보이지 않지만 그녀가 분리됐다면 대마수의 힘이 단번에 늘어났을 것이다. 그녀가 대마수의 힘을 봉인하고 거기서 힘을 약화시키고 있었으니까.
""""우그어어어어어어!""""
『뭐, 뭐야?』
마력의 물결이 가라앉는가 싶더니 이번에는 대마수의 팽창이 더욱 빠르게 진행되기 시작했다. 그러나 그 모습은 어쩐지 이상하다. 찌직찌직, 살이 찢어지는 듯한 소리가 들리며 그와 함께 대마수의 육체가 곳곳에서 터지기 시작한 것이다.
그 열상에서 쏟아져 나온 대량의 검붉은 액체가 주위로 흘러나왔다. 하지만 곧 열상은 재생되고 또 새로운 열상이 생겨난다. 그러는 사이에도 대마수의 육체는 계속 비대해지고 있었다.
혹시 억지로 봉인에서 벗어나려고 하는 것은 아닐까? 지금까지는 약화된 봉인을 조금씩 넓혀가며 무리하지 않고 탈출하려 했다. 그러나 사태가 급변한 것이다. 자신에게 공격을 가하는 존재의 출현과 렌에 의한 약체화 소실. 결과적으로 대마수는 봉인 탈출을 우선시한 것이 아닐까? 대미지를 입고서라도 힘을 되찾는 것을 우선시했다고 생각하면 이 모습도 이해가 갔다.

『어떻게 생각해?』

〈네, 동의합니다〉

『그럼 위험한 거 아냐?』

팔 하나만으로도 그 정도로 규격 외였다. 우리와 시에라 일행이 온 힘을 쏟고도 쓰러뜨리지 못한 것이다. 그것이 다소 약화된다고는 하나 완전 부활해 버린다면? 이렇게 된 이상 서둘러 위날렌의 오의 같은 것으로 저지시킬 필요가 있어 보였다. 아니, 이미 준비를 시작했을 것이다.

『위날렌이라면 우리까지 한꺼번에 공격해도 이상하지 않아!』

"웡!"

프란은 위날렌을 어떻게 생각하는지 모르겠지만, 그 여자에 대한 내 평가는 상당히 추락한 편이었다. 반대로 다소 불신하고 있던 렌에 대한 호감도는 꾸준히 상승하고 있었다. 스스로도 가볍다는 자각은 있었다.

하지만 도망치려던 울시의 진로를 가로막는 그림자가 있었다. 확실하게 이쪽을 방해하려는 의사가 전해졌다. 그 그림자는 긴박한 상황이라고는 생각하기 힘든 편안한 모습으로 말을 걸어왔다.

"안녕, 프란 씨. 그 검, 나한테 잠깐 빌려주지 않을래?"

제6장 선연, 악연

"안녕, 프란 씨. 그 검, 나한테 잠깐 빌려주지 않을래?"

"!"

『역시 안 죽었구나!』

"……제라이세."

거기에 있던 것은 웃고 있는 미남 청년, 제라이세였다. 오른손에 화려한 마검 제라이세를 들고 이쪽을 바라보고 있다.

"그때 나한테 말 걸었던 남자. 그거, 그 검의 화신체(化身體) 같은 거였지?"

"무슨 뜻?"

"후후. 말하기 싫으면 안 해도 괜찮아. 그 검을 분해해 보면 알 수 있는 일이니까."

프란은 강렬한 살기를 내뿜었지만 제라이세에게 덤벼드는 짓은 하지 않았다. 지금의 우리 힘은 완전히 바닥이었기에 도저히 전투 따위는 할 수 없었다.

게다가 제라이세는 혼자가 아니었다. 녀석 옆에는 검은 로브를 입은 마술사가 조용히 떠 있다. 미약한 마력밖에 느껴지지 않는 것이 오히려 더 오싹했다.

그 칠흑의 로브 안쪽에서 해골의 텅 빈 눈구멍이 이쪽을 바라보고 있었다. 그 해골의 얼굴은 가면이 아니었다. 누가 봐도 명백한 언데드. 마력의 질이 확실하게 사람과는 달랐다.

심지어 제대로 된 언데드도 아니다.

해골에 뚫린 두 눈구멍은 마치 바닥 없는 어둠이 가득 들어차 있는 것처럼 보였다.

그 어둠 속에서 당장에라도 불길한 무언가가 쏟아져 나와 이쪽을 집어삼켜 버릴 것 같은 기묘한 두려움을 느꼈다.

프란이 부르르 등을 떨었다. 나와 똑같이 무언가를 느낀 거겠지. 정체를 알 수 없다는 점과 보기만 해도 느껴지는 흉악함. 이 녀석, 엄청나게 강하다. 실력이 확실하게 느껴지지 않는다는 것은 언데드이면서도 본인의 힘을 은폐할 수 있을 만큼의 실력과 이성을 지녔다는 뜻이었다.

"크카카카――."

그 섬뜩한 언데드가 쉰 목소리를 내뱉었다.

"크카카카카! 설마 이런 곳에서 네놈들을 보게 될 줄이야!"

무슨 뜻이지? 지금의 발언은 마치 프란을 알고 있는 것 같은데…….

"?"

당연히 내가 기억하지 못하는 것을 프란이 기억할 리도 없었다. 고개를 갸우뚱하고 있다.

"누구?"

"모르는 것도 무리는 아니지. 나도 직접 아는 건 아니니까!"

누군가에게 들었다는 뜻인가? 나는 일단 눈앞의 상대를 감정했다. 오랜만에 감정이 통하는 느낌이 들었다. 요즘은 랭크가 아득히 높거나 사기를 둘렀거나 정령이라는 등의 이유로 천안을 가지고 있음에도 내 감정이 전혀 통하지 않았으니까.

명칭: 네임리스

종족: 데미리치: 사령: 마수

Lv: 52

생명: 1932 마력: 1298 완력: 1869 민첩: 810

스킬: 영창 단축 6, 원념 장벽 3, 원념 조작 8, 공황 2, 공포 2, 권성기 5, 권성술 7, 권투기 10, 권투술 10, 강력 7, 재생 8, 순발 9, 사령 지배 3, 사령 조작 10, 사령 마술 10, 정신 이상 내성 4, 변칙 전투 8, 마술 내성 7, 마력 감지 6, 마력 방출 5, 명부 마술 3, 어둠 마술 4, 원령, 골체 변형, 상태 이상 무효, 진동 제어, 사령 지휘, 사령 폭주, 마력 제어

유니크 스킬: 원념 흡수, 황천의 표식

칭호: 흑해병단장, 사령의 왕

장비: 연장 마석장 3식, 부룡의 장갑, 대분묘주의 로브, 원념 봉인 서클릿, 정화 내성 반지, 정화 내성 팔찌, 원령옥

『프란! 강해!』

'그 정도야?'

『그래. 혼자서 위협도 B 이상. 게다가 장 수준의 사령술사다!』

종합적인 위협도로 따지면 A라고 해도 이상하지 않았다. 부유도에서 싸운 리치에는 미치지 못하지만 그 휘하인 레젠더리 스켈레톤보다는 확실히 강했다.

"제라이세의 부하?"

"이 녀석의 부하라고? 바보 같은 소리 마라! 이 몸은 영광스러운 흑해병단 제1석! 단장이다! 레이도스 왕국에 새롭게 탄생한 최강의 군단이지! 적기사들을 대신하여 전설이 될 이름이다! 이번에는 공작의 부탁을 받아 잠시 힘을 빌려주는 것에 지나지 않는다!"
"흑해병단! 아이스맨이 말했어! 채드먼도!"
"호오? 어쩐지 녀석들과 연락이 안 된다 했더니……! 네놈인가!"
"네가 단장?"
"그렇다. 이 몸은 사령들의 왕, 네임리스다! 기억해 둬라! 아니, 네놈은 여기서 죽겠구나, 참. 그렇게 되면 기억할 수 있을 리가 없겠군."
"으음."
이 녀석, 제라이세만큼이나 쉽네. 도발할 필요도 없이 알아서 이런저런 정보를 나불대고 있다.
"흑해병단은 언데드 부대?"
"그렇다! 내 비술에 의해 탄생한 최강의 언데드들로 이뤄진 최강의 군단이지! 그 괘씸한 사령술사에게도 다음 전투에서 피의 축제를 벌여주마!"
즉, 아이스맨이나 채드먼 같은 녀석들도 이 녀석이 명부 마술로 만들어 내고 있었다는 건가. 하지만 이 녀석의 마술이나 스킬이라면 불가능하지 않을지도 모른다.
그리고 이 녀석들의 표적은 장이다. 뭐, 레이도스 왕국 입장에서는 천적 같은 존재일 테니까 그 대책을 세우는 것은 당연하다면 당연한가. 실제로 장을 죽인다고 단언할 수 있을 정도의 강함도 갖고 있다.
"크카카카! 이 자리에서 항복한다면 고통 없이 죽인 후에 내 부하로 삼아줄 수도 있다――다른 상대였다면 그렇게 말했겠지만…….”

“!”

프란이 순간적으로 몸을 움직일 정도의 무시무시한 살기가 데미리치에게서 뿜어 나왔다. 살의뿐만이 아니다. 분노와 미움, 원한이 뒤섞여 프란의 살갗에 소름이 돋아났다. 원한으로 태어난 영혼은 산 자에 대해 증오심을 느낀다고 한다. 하지만 지금은 그것뿐만은 아닌 것 같았다.

“너만은 여기서 죽인다. 그렇게 해야만 하겠군…….”

“……왜?”

“소리치고 있거든.”

“?”

“이 몸 안에 녹아든 사령의 황제——리치의 원한이 네놈들을 죽이라고 외치고 있다! 부유도에서의 빚을 갚아달라고 말이지!”

데미리치——네임리스는 마른 가지 같은 오른손으로 자신의 흰 해골을 감싸듯이 덮었다.

마치 탄식하는 비극의 주인공 같은 행동이었지만, 그렇지 않았다. 오히려 당장이라도 터질 듯한 격정을 조금이라도 억누르기 위한 행위였다. 그 증거로 그 가느다란 손가락 사이로 엿보이는 혼탁한 눈구멍에서는 온갖 어두운 감정들이 새어 나오고 있었다.

“리치라면, 그 리치?”

“크카카카! 부유도에서 부서진 던전 마스터이자 레이도스 왕국의 실험체였던 그 개체 말이다!”

이봐, 진짜냐고. 레이도스 왕국과 연관이 있는 리치와 데미리치라는 부분에서 다소 관련이 있지 않을까 생각하긴 했다. 하지만 정말 직접적인 접점이 있었다니!

"이 몸은 개인적으로 네게 감사하고 있을 정도다. 덕분에 리치의 원념 조각을 회수할 수 있었으니까!"

듣고 보니 비슷해 보이기도 한다. 겉모습은 뭐, 같은 해골이니까 닮은 건 당연하려나.

하지만 그 몸에 두른 분위기나 말투 같은 것도 무척 비슷하다는 느낌이었다.

"우리는 부유도 낙하 지점에서 회수한 리치의 원한 조각을 받아들여 생겨났다! 희미하게 남은 리치의 기억의 잔재가 네가 원수라는 걸 알려주고 있구나!"

그렇군. 그 리치의 기억과 원한을 이어받았다면 프란을 원망할 동기는 충분할 것이다.

"그러니까! 네놈은! 여기서 죽어라아아!"

그렇게 외친 데미리치가 엄청난 속도로 돌진해 왔다.

"크릉!"

"으윽! 도망가지 마라아!"

『이대로 이탈한다!』

이런 상태에서 누가 싸울 줄 알고!

"웡!"

"이런, 잠깐 기다려!"

네임리스는 근접 전투에서도 무척 강하긴 하지만, 굳이 어느 쪽인가 따지자면 지휘관에 걸맞은 능력이었다. 역시나 울시와 추격전을 벌이자 따라잡지는 못했다.

다만 상대는 2명이다. 도망치려던 울시의 진로를 제라이세가 막고 있었다. 전투력은 네임리스만 못해도 뭘 할지 모른다는 오싹함으로는 이 녀석이 더 위였다.

"울시, 힘내."

"웡!"

"크카카카카! 받아라아아!"

네임리스가 고속으로 비행하며 이쪽으로 달려들었다.

"크르릉!"

굉장하다, 울시! 권성술을 가지고 있는 네임리스의 주먹을 앞발로 받아냈다. 부족한 부분에서는 송곳니도 쓰면서 그럭저럭 잘 싸우고 있었다. 타격 소리만이 울려 퍼지는 한순간의 교착 상태.

하지만 이것이야말로 녀석들의 목적이었다. 네임리스에 의해 발이 묶인 사이 제라이세의 마술이 우리를 덮친 것이다. 거대한 검은 소용돌이 같은 것이 네임리스와 우리를 통째로 삼키면서 시야에 들어온 경치가 확 달라졌다.

"워후?"

"어?"

『이, 이게 뭐야!』

아마 디멘션 게이트처럼 공간과 공간을 연결하는 기술이었을 것이다. 은폐된 데다 그 소용돌이 자체에는 위험이 없었기 때문에 감지 계열 스킬의 반응도 둔했다. 뭐, 지금의 나와 프란은 그 부분도 꽤 약해진 상태니 울시가 눈치채지 못했다면 우리가 눈치챌 수 있을 리도 없었겠지만.

하지만 구멍이 이어진 곳은 누가 봐도 위험한 곳이었다. 눈앞에 대마수의 몸뚱이가 있던 것이다. 꿈틀거리는 촉수가 지척에서 보였다. 전이된 곳은 대마수의 눈앞이었다. 촉수가 우리에게 반응하여 덤벼들었다. 설마 대마수를 이용해 우리를 처치할 셈인가!

"아하하하! 물론 그 검에 관심은 있지만 말야, 그것보단 처치하는 게 우선이긴 하지! 내 천적이니까!"

"윽!"

프란이 제라이세를 노려보았지만 이내 놈의 모습은 사라졌다. 울시의 장벽 주위를 무수히 많은 촉수들이 덮기 시작한 것이다.

"크카카카! 그대로 마수에게 삼켜져라!"

한 발 앞서 이탈한 네임리스의 고함소리에 호응하듯 대마수의 촉수가 꿈틀거린다.

대위기다. 대마수의 촉수에 붙잡혀 삼켜지기 직전이었다. 아직 울시의 장벽이 지켜주고 있지만 10초도 안 되어 한계를 맞을 것이다. 장벽의 마력이 급격히 희미해지는 것이 느껴졌다.

물론 탈출을 할 수 없는 것은 아니었다. 전이를 사용하면 된다. 문제는 그러면 나의 마력이 진짜 완전히 다 바닥난다는 것. 그때는 정말 완전히 울시를 의지해야 했다.

『울시, 부탁한다?』

'웡!'

내 말에 울시가 힘차게 고개를 끄덕였다. 뭘 해야 할지 알고 있는 거겠지.

『좋아, 간다――아니, 잠깐만!』

지금 깨달았는데, 주위의 마력이 이상했다. 기묘한 마력이 주위를 뒤덮고 있었다. 제라이세도 네임리스도, 하물며 대마수도 아니다. 공격적인 기색은 없고 오히려 지켜주는 듯한 안도감마저 들었다. 이어서 우리를 겹겹이 덮고 있던 촉수의 벽이 날아갈 듯한 기세로 벗겨지기 시작했다.

무언가가 고속으로 부딪치는 듯한 둔탁한 작렬음과 함께 우리의 시야가 조금씩 트였다.

주제카구나! 그녀가 또 도와준 것이다.

"무슨 일이냐!"

네임리스도 주제카를 찾지 못한 것인지 크게 놀라 소리쳤다. 심지어 엄호는 그뿐만이 아니었다. 나와 프란과 울시의 체력이 아주 조금 회복되었다.

"얼른 도망가."

어딘가에서 렌의 목소리가 들려왔다. 염화처럼 머릿속에 직접 목소리가 울려 퍼지는 것이 아니라, 렌이 우리 귓가에 속삭인다는 느낌이었다. 그녀가 힘을 나누어 준 것 같았다.

"앞으로 몇 분만 있으면 위날렌의 공격이 올 거야."

『비장의 수단인가!』

"이제 더 이상은 도와줄 수 있을지 알 수 없어……. 최선을 다해, 도망쳐……."

렌이 괴롭게 중얼거리는가 싶더니, 더는 목소리가 들리지 않게 되었다. 하지만 지금은 렌 걱정을 할 때가 아니었다.

『울시! 간다! 도망가지 않으면 말려들 거야!』

"웡!"

렌의 목소리에 깃든 초조한 기색으로 미루어 봤을 때 이제 거의 직전인 것 같았다.

"크카카카! 무슨 짓을 했는지는 모르겠지만 놓치지 않겠다!"

하지만 우리 앞을 가로막는 그림자가 있었다. 네임리스다. 주제카의 엄호에 놀랐을 텐데도 곧바로 정신을 차리고 울시를 기다리고 있었다.

"우하아아!"

"크릉……!"

네임리스가 좌우 주먹을 연속으로 내밀자 그때마다 충격파가 발생해 울시를 덮쳤다. 게다가 그 충격파는 울시가 도망갈 곳을 막아버리듯 광범위하게 날아왔다. 얼핏 보면 도망갈 수 있는 곳처럼 보이는 부분도 함정이었다. 그 앞에 제라이세가 기다리고 있다. 짐승을 쫓아 덫을 놓듯이 울시를 몰아갈 작정인 듯했다. 하지만 울시는 네임리스와 제라이세의 노림수를 즉시 간파했다.

"크르르르릉!"

"뭐라고! 거기로 빠져나가다니!"

일부러 가장 탄막이 두꺼운 부분으로 돌진한 울시가 어둠 마술과 장벽을 사용해 충격파를 상쇄하면서 강제로 뚫고 나온 것이다.

권성기에 의해 뿜어져 나온 충격파를 정면으로 돌파했으니 무사할 리가 없다. 울시의 온몸이 상처를 입으며 피가 뿜어져 나왔다. 우리를 지키기 위해 등 쪽의 장벽을 두껍게 만들다 보니 스스로의 몸을 지키기 위한 장벽의 강도가 부족해진 것이다. 하지만 울시는 자신의 상처 따위는 아랑곳 않고 그대로 돌진했다.

"도망칠 수 없——윽! 누구야!"

"뭐, 이름을 댈 만한 수준은 아니야. 하지만 방해는 해 주마!"

곧바로 몸을 돌려 우리를 쫓으려 했던 네임리스를, 갑자기 등장한 주제카가 방해하고 있었다.

"가라! 검은 늑대여!"
"크아!"
주제카는 힘을 소모한 상태에서 그 흉악한 네임리스와 정면으로 대치하고 있었다. 오리하르콘 창을 사용하는 것인지 호각으로 공방을 벌이고 있다. 덕분에 살았지만 아직 끝은 아니었다.
"말했잖아, 도망 못 간다니까!"
우리의 전방으로 전이하여 쫓아온 제라이세가 공격을 날렸다. 여전히 태평스러운 어조였지만 날린 기술은 흉악함 그 자체였다.
시공 속성을 띤 무수한 마력탄이 일제히 발사된 것이다. 마치 거대한 벽이 아닐까 싶을 정도의 양과 밀도였다. 원래는 함정에 빠진 우리를 완전히 끝내기 위해 준비했던 기술이겠지. 담긴 마력의 크기는 내 몸이 떨릴 정도였다.
한 방 한 방의 위력이 조금 전 네임리스가 날린 권성기를 뛰어넘는다.
이건 위험하다. 어쨌든 시공 속성이기에 디멘션 시프트를 써도 도망칠 수 없다. 그러면서도 광범위한 영향력을 미치다 보니 회피도 어려웠다. 장벽을 활짝 펼치고 버틸 수밖에 없었다. 하지만 그렇게 생각하는 우리 앞에서, 제라이세가 두 번째 공격을 위해 마력을 집중하는 것이 보였다.
설마 연타가 가능하다고? 아니, 제라이세와 마검 제라이세가 교대로 던진다면 가능할 수도 있다! 이 타이밍에 인텔리전스 웨폰의 성가신 점이 발휘될 줄이야! 그럼에도 울시의 발길은 멈추지 않았다.
『울시! 뭘 하려는……!』

"크르으으으으응!"

울시가 마력탄의 벽을 날카로운 시선으로 바라본 채 정면으로 부딪힌다.

끼긱 끼긱 끽!

마치 금속끼리 스치는 듯한 날카로운 소리와 함께 우리 주위를 뒤덮는 장벽에 충격이 갔다. 그럴 때마다 장벽이 얇아지는 것이 느껴졌다. 하지만 문제는 거기가 아니었다.

"울시!"

『본인에게도 장벽을 쳐!』

"가우웅!"

울시는 아직까지도 자신의 몸에 최소한의 장벽밖에 치지 않았다. 머리를 보호하듯 전방에 집중해 장벽을 펴고는 있지만 그뿐이다. 측면에 마력탄이 스치면서 엄청난 양의 피가 뿜어져 나왔다. 그럼에도 울시의 전진은 멈추지 않았다.

그 몸에서 대량의 붉은 피를 흩뿌리면서도 탄막을 필사적으로 빠져나간다.

"말도 안 돼애!"

이 모습엔 제라이세도 진심으로 놀란 모양이었다. 눈을 부릅뜨고 소리를 내지르고 있다. 그렇지만 녀석의 움직임이 멈추는 일은 없었다. 곧바로 마검을 치켜든 제라이세는 두 번째 공격을 날리려 했다. 게다가 품에서 커다란 마석을 꺼내며 히죽 웃는다. 내포된 방대한 마력과 끊임없이 경종을 울리는 위기 감지 스킬로 봤을 때 상당히 흉악한 마석 병기일 것이다. 녀석들의 계획은 마력탄으로 울시를 멈추게 하고 마석 병기로 숨통을 끊는다, 같은 걸까.

하지만 울시를 너무 많이 얕봤다. 울시는 우리의 부하 같은 것이 아니다. 새로운 진화까지 도달한, 우리가 의지할 수 있는 파트너인 것이다.

"크아아아아!"

"!"

울시가 단번에 가속했다. 그랬다. 전속력으로 도망치고 있는 것처럼 가장했지만 사실 최고 속도는 아니었던 것이다. 이것은 방심하고 있었던 것이 아니라 등에 탄 프란을 배려하고 있던 것이었다.

하지만 덕분에 제라이세의 뒤를 노릴 수 있었다. 제라이세는 상상 이상의 속도로 급격히 접근해 온 울시를 보고 당황한 표정을 짓고 있다.

프란은 급가속에 괴로운 얼굴을 하고 있었지만 소리 한 번 지르지 않았다. 울시도 등에 탄 주인이 힘들어하는 것을 알면서도 속도를 늦추지 않았다. 그 모든 것이 다 이 한 방을 위해서였다.

"가르으으응!"

"그래도오오오!"

파고드는 울시를 향해 마검 제라이세가 옆으로 휘둘러지며 마력탄이 날아갔다. 응축이 부족한 탓에 조금 전보다 위력은 약했지만 그만큼 가까운 상태에서 날린 것이다. 울시가 이를 피하는 것은 불가능에 가까웠다. 확실하게 맞는다. 그렇게 확신한 제라이세의 표정이 살짝 여유를 되찾았다. 물론 이 공격의 위력은 대단했다. 직격당하면 위협도 C인 마수라도 소멸할 것이다.

하지만 울시를 이 정도에 쓰러뜨릴 수 있다고 생각하는 거냐? 수행을 거치면서 더 강해졌다고.

"크르응!"

울시가 자신이 가진 비장의 수를 발동했다. 레벨 7 암흑 마술 다크 엠브레이스. 본래는 어둠을 온몸에 둘러 방어력과 신체 성능을 높이는 기술이다.

하지만 수행의 결과, 울시는 이 기술을 나름대로 재해석하는 데 성공했다.

생성된 칠흑 같은 어둠이 울시의 머리만을 뒤덮었다. 이렇게 함으로써 물어뜯는 힘만을 강화한 것이다. 동시에 차원아가 발동하는 것이 보였다.

거대 늑대인 울시가 진심으로 물어뜯으면 오리하르콘조차 사탕처럼 부술 수 있었다. 여기에 어둠 속성, 시공 속성까지 복합적으로 맞물린 초강력 일격이었다.

프란과의 합체 기술이 아니라 스스로 적을 막기 위해 고안해낸 기술. 이것이야말로 울시의 필살 송곳니였다. 이 기술을『단계아(斷界牙)』라고 이름 붙인 아만다가 말하길, 직격하면 자신이라도 치명상을 피할 수 없을 것이라고 했다.

"크르아아아아!"

"끄아아아악!"

제라이세가 쏜 시공의 탄환을 어둠의 장벽으로 튕겨낸 울시는 본래의 크기로 돌아와 제라이세의 몸을 물었다. 하나하나가 통나무 말뚝만 한 울시의 송곳니가 제라이세의 하체를 짓뭉개는 모습이 보였다.

"끄윽…… 이런 말은 못 들, 었어……."

가슴 위의 상반신만 남은 채 허공에서 흔들리는 제라이세가 그렇게 중얼거리는 소리가 들렸다.

그렇구나. 제라이세는 마검이 된 자신에게서 울시의 정보를 미리 입수한 것인지도 모른다. 어쩌면 울시가 다크니스 울프라는 것을 알고 있었다면 진화할 모습을 예상할 수도 있었을 것이다.

소형화된 울시는 얼핏 보면 다크나이트 울프나 게헤나 울프로 보였다. 어느 쪽도 직접적인 전투력은 그리 크지 않다. 그래서 제라이세는 울시의 전투력을 잘못 파악한 것이다.

꽤나 참혹한 모습이 돼버렸지만, 그럼에도 제라이세의 생명력은 아직 다하지 않았다. 오히려 재생이 시작되려는 징후가 포착됐다.

"어라? 재생이, 둔한데……. 정말이지, 그 늑대…… 대체 뭐야……?"

제라이세의 눈에는 위기감이란 전혀 없었고, 있는 것은 호기심. 이런 상황에서도 흔들림 없는 변태였다.

아니, 여기서도 도주할 자신이 있는 거겠지. 마검 제라이세가 있는 한 다양한 능력을 발동할 수 있을 테니까. 제라이세는 마석병기를 없애고 마검 제라이세를 장비했지만, 큰 타격을 입어 꼼짝도 하지 못하는 상황임에는 확실했다. 쓰러뜨릴 기회였다.

"크르르르……."

울시는 아직 움직일 수 없다. 큰 기술을 쓴 반동 탓이다. 나와 프란은 제라이세에게 일격을 가할 만한 공격을 날릴 힘이 남아 있지 않았다. 이제 한 방이면 되는데!

"아하하, 일단 오늘은 이만 실례할게——."

젠장! 도망간다!

"——아?"

무슨 일이지? 제라이세가 전이를 발동한 것 같은데, 아무 일도 일어나지 않는다. 실패한 건가? 그렇게 생각했는데 제라이세의 주위로 무슨 기척이 느껴졌다. 정확히는 알 수 없었지만, 나는 확신이 들었다.

렌이다! 시간과 물의 정령인 렌이라면 상대의 전이를 방해할 수 있어! 그때서야 비로소 제라이세의 얼굴에 초조한 기색이 드러났다.

"젠장…… 아공간 잠행이 왜 발동하지 않는 거야!"

아공간 잠행? 그게 제라이세 무적 모드의 정체였던 건가! 디멘션 시프트와 비슷한 효과를 갖고 있는 거겠지. 제라이세의 재주라면 마력의 움직임을 흘리지 않고 발동할 수 있는 것일지도 모른다.

"뭔가가 방해하는 건가……? 귀찮게——윽! 이건!"

"흥."

프란이었다. 한계 직전으로 혹사시킨 몸에 더욱 채찍질을 가해 마력탄을 던진 것이다. 위력은 한없이 약했다. 그야말로 고블린조차 죽이지 못할 정도로. 하지만 제라이세의 자세를 무너뜨리는 정도는 할 수 있었던 것 같다. 프란의 눈이 나를 바라보았다. 알고 있어. 나도 최선을 다해 볼게!

『으랴아아아!』

내가 발동한 것은 염동이었다. 그야말로 정말 찰나의 한순간.

하지만 하체를 잃고 균형 감각을 잃은 지금의 제라이세는 엉뚱한 방향에서 느닷없이 가해진 힘에 거스르지 못했다.
제라이세가, 그 녀석 시선으로 봤을 땐 오른쪽 아래로 힘껏 당겨진다. 그뿐이었다. 그뿐이지만――.
"어?"
제라이세의 몸에 무수한 촉수가 얽혀들었다. 물론 제라이세는 그동안 주위에서 꿈틀거리던 촉수를 계속 피하고 있었다. 하지만 울시에게 뻗어온 촉수의 궤도로 내가 제라이세를 끌어내렸다. 이 정도로 쓰러뜨리진 못하겠지만, 우리가 도망갈 시간 정도는 벌 수 있을 것이다.
"이건……? 치잇!"
"도망 못 간다! 연금술사여!"
자신의 몸에 휘감기는 촉수를 뿌리치려고 제라이세가 몸을 바둥거렸다. 투과해서 도망갈 수 있지 않을까 싶었는데 그럴 기미는 보이지 않았다. 주제카가 시공 마술을 방해하고 있는 듯했다. 시공 마술에 능숙한 그녀는 대항할 수 있는 방법도 갖고 있다고 말했었다.
"젠장! 누구야, 너! 잠깐, 그 외모는…… 설마!"
"호오? 눈치챘나?"
"유환(幽幻)의――아니, 지금은 비안(緋眼)이 됐던가? 왜 이런 곳에 있는 거지?"
"나라를 위해서다. 네 폭주는 더 이상 방치할 수 없어."
그러고 보니 그녀는 적의 적은 아군――즉, 제라이세가 자신의 적이라고 단언했었다. 뭔가 인연이 있는 모양이었다. 다만 제라이세에게 어떤 괴롭힘을 가하고 있는 상태에서는 공격을 할 수 없는 것인지, 주제카는 그 비색의 눈동자로 제라이세를 노려본 채 움직임을 멈추고 있었다.

"너무하네! 나는 레이도스 왕국을 위해 최선을 다하고 있는데!"

"널 알게 된 것은 크란젤 왕국의 바르보라 사건이었다. 바르보라에 잠입시켰던 수하가 소식이 끊겨서 말이지. 그걸 조사하다 보니 네게 도달했지. 레이도스 왕국을 위해? 네가 다른 누군가를 위해 일할 인간이 아니라는 것 정도는 알고 있다. 이 독충 같은 자식!"

"다들 날 벌레 취급이나 하고, 너무해!"

제라이세는 끌려 내려가지 않으려고 허공에서 버티고 있었다. 재생에도 마력을 써야 할 것이다. 게다가 몰려드는 촉수를 베어 내기 위해서도 마술을 쓰고 있다.

"레이도스 왕국 적기사단의 6대 단장 중 한 명인 비안의 주제카! 가장 신출귀몰하고 성가신 상대라고 들었는데…… 사실이었네! 프란 씨! 이 여자는 레이도스 왕국의 대간부야! 재상 직속의 위험한 녀석! 내버려 둬도 괜찮은 걸까?"

지금의 제라이세는 레이도스 왕국에 고용되어 있었다. 레이도스 왕국에 소속된 동지라면 서로를 잘 알고 있어도 이상하지 않다. 옅은 웃음을 지은 제라이세가 이쪽을 쳐다보았다. 주제카와 프란이 한바탕 싸움을 벌이지 않을까 기대하고 있는 것이었다. 하지만 프란은 완전히 무시였다. 주제카에겐 도움을 받고 있었고, 이 상황에서는 제라이세가 훨씬 더 귀찮았으니까.

"레이도스의 높은 사람보다 네가 더 싫어."

"에엑! 그건 아니지!"
"크크큭, 어지간히도 날뛰었나보군. 연금술사."
"비안, 넌 이 시기에 이런 곳에 있어도 되는 거야? 왕이 부재인 동안 왕도의 수비를 맡고 있지 않았어? 궁정 귀족들이 자기 입맛에 맞는 왕을 세우려고 대립하는 바람에 내란 직전이라고 하던데? 재상만으로는 힘에 부치는 거 아냐?"
"재상은 바보들을 무시할 것뿐이다. 게다가 정보가 꽤 낡았군. 이미 새 왕은 뽑혔다. 애초에 왕을 선택한다고? 아무것도 모르는 권력의 망자들이 시답잖은 다툼을 벌이고 있는 것 같다만 무의미하다. 왕은 우리가 선택하는 것이 아니다. 왕은 누가 무슨 말을 하든 왕이니까."
"나 계속 궁금했거든. 내 고용주는 4공작 중 한 명인 서정공인데. 광인이라고 불리는 정신 나간 놈이야. 본인에게 이롭다면 어떤 악당이든 써먹고, 미친 설계 사상으로 만들어진 위험한 발명이라도 쓸 수 있다고 생각하면 받아들이지. 끝없는 야심과 야망과 탐욕을 지닌 그야말로 미치광이 공작인데, 그런 인물이 어째서인지 공작 정도에서 만족하고 있어. 레이도스 왕국은 내란 직전이야. 왕위를 찬탈한다거나, 독립을 한다거나, 하려고 하면 얼마든지 할 수 있잖아? 그런데 아무리 악독한 음모를 꾸미고 있어도, 아무리 재상의 명령을 무시하더라도 왕가만은 거역하지 않으려는 것처럼 보여. 애초부터 왕가를 거역하겠다는 생각은 털끝만큼도 없는 것 같아."
제라이세는 말하면서 궁지를 벗어날 방법을 찾고 있는 것 같았다. 다만 레이도스의 정보를 얻을 수 있는 또 다른 기회이기도 했다. 좀 더 떠들어줘.

"그건 충성심 같은 걸 가질 인간이 아냐. 공작들은 뭔가 다른 이유로 왕가를 군주로 받들어 모시고 있지. 도대체 어떤 이유일까? 너무 궁금해. 알려줘."

주제카에게 자신이 레이도스의 어떤 비밀을 알아차렸다는 것을 어필하고 싶은 모양이었다. 촉수에 얽매인 상태로 길다면 긴 자신의 고찰을 입에 담는다. 동요를 유도하여 주제카의 기술을 풀어볼 요량인 거겠지. 하지만 그 말을 들은 주제카는 당황하는 기색도 없이 씨익 웃을 뿐이었다.

"좋은 말을 들었구나. 서정공도 네놈과 같은 독충에게 비밀을 술술 말할 정도로는 미치지 않았다는 사실을 알았다."

"으악! 젠장, 젠자아앙!"

제라이세의 몸에 감기는 촉수의 수가 많아졌다. 이거라면 정말——?

"크카카카카! 한심한 모습이구나! 제라이세여!"

"됐으니까 빨리 도와줘!"

"크카카카!"

망할! 시간이 다 됐어! 네임리스가 와버렸다. 아무리 울시라도 프란을 등에 업고 감싸면서 네임리스를 이길 수는 없을 것이다. 여기서는 놈들이 방심하고 있는 틈을 타서 도망쳐야 했다. 울시도 그 사실을 아는지 슬금슬금 뒷걸음질을 치고 있었다. 주제카와 협력해서 조금만 더 하면 제라이세를 쓰러뜨릴 수 있었을지도 모르는데!

하지만 그 직후였다. 눈앞에서 믿을 수 없는 광경이 펼쳐졌다.

"크카카카카! 그렇게나 내 도움이 필요한가?"
"으겍?"
"그렇게 이상한 표정을 다 짓고, 무슨 일이지? 연금술사 양반?"
"……하, 하하. 이럴 때 장난은 안 했으면 좋겠는데."
제라이세를 돕기는커녕, 네임리스가 느닷없이 제라이세의 목을 잡아챘다. 귀에 거슬리는 폭소를 터뜨리며 한계까지 힘을 주고 있다.
제라이세가 괴로운 표정을 지으면서도 아직 조금의 여유가 남은 태도로 대답했지만…….
"흥. 농담이 아니다. 제라이세여."
"끄어억……."
검은색의 걸쭉하고 끈적한 진흙처럼, 오염된 빛깔의 기운 같은 것이 네임리스의 팔에서 쏟아져 나왔다. 직시하는 것만으로도 가슴속이 짙은 불쾌감으로 가득 찰 정도로 꺼림칙한 무언가가.
어디선가 본 적이 있는 것 같은데……. 맞아! 부유도다! 리치에게서 쏟아져 나온 원념과 비슷해! 다만 두려움으로 보자면 이쪽이 몇 단계나 높았다. 원념을 졸여서 농축시키면 저렇게 되지 않을까. 원한이 제라이세의 몸을 기어다니더니 점차 뒤덮어 간다.
"젠, 장……?"
제라이세가 마검 제라이세를 치켜들었다. 그러나 검은 아무런 반응을 보이지 않았다. 마치 말 없는 검이 되어버린 것 같았다.
"어……?"
"크카카카! 크카카카카카칵! 유감이구나! 네놈에게는 힘을 빌려주고 싶지 않다는군!"

"이럴 수는……."

"원념에 절여 내 하인으로…… 흠, 그런가? 그렇군. 존재 자체를 용서할 수 없다고?"

"누구와…… 대화하는……."

"크카카. 누구냐고? 네 분신이다만?"

네임리스의 말에 제라이세가 자신의 손에 쥐인 검으로 시선을 떨어뜨렸다. 그 직후였다.

"뭐, 됐다. 일단 이 검은 회수해 둬야겠군."

"아……."

네임리스가 제라이세에게서 마검을 빼앗았다. 그러나 검은 조금도 저항하지 않았다. 인텔리전스 웨폰이라면 공격도 할 수 있을 텐데……. 검이 네임리스를 거부하는 기색은 보이지 않았다. 그 광경에는 주제카도 놀란 모습이었다.

"검도 네놈이 거슬리는 모양이구나! 크카카카카! 어떻게 된 건지 영문을 모르겠다는 얼굴이군!"

"……어, 어째서? 우리는 서로에 대해 다 알고 있을 텐데……."

"네놈도 몸을 잃어보면 알게 될 거다. 정체성이라는 건 자아를 유지하기 위해서 꽤 중요한 법이지. 검인 제라이세가 유일한 존재가 되기 위해서는 결국 네놈이 방해가 된다는 거야."

"……하하, 그래? 검이 되면서 결국 다른 존재로…… 그런 건가……."

"그 호기심에 대한 탐욕, 싫지는 않지만……. 내 목적을 이루기 위해 네 존재는 역시 거슬려. 우리들을 위해 죽어라."

으득!

네임리스가 잡고 있던 손에 힘을 주자, 제라이세의 목이 너무나도 손쉽게 으스러지며 쿵 하고 머리가 옆으로 쓰러졌다.

"크카카카, 잘 가라. 미치광이 연금술사여."

네임리스가 그 손을 놓자 제라이세의 몸이 대마수를 향해 추락했다. 아직 죽지는 않은 것 같지만 저 상태로는 꼼짝도 못 할 것이다. 그리고 그대로 촉수에게 사로잡혔다.

촉수에 얽혀들며 엄청난 힘에 압축된 제라이세가 대마수 속으로 삼켜졌다. 고기와 뼈가 으스러지는 소리는 마치 거대한 생물이 음식을 씹는 것 같았다. 더는 제라이세의 기척은커녕 일말의 생명력조차 느껴지지 않았다.

죽은…… 건가? 그 끈질겼던 제라이세가?

하지만 우리에겐 혼란스러워할 여유조차 남아 있지 않았다.

"웡!"

울시가 경계하듯 포효했다.

『큭! 위날렌이 있는 곳에서 굉장한 마력이! 이제 온다!』

"주제카! 도망쳐!"

"나는 괜찮아. 이번에는 신세를 졌군."

"나야말로."

"나에 대해선 어디든 보고해도 상관없어. 우리나라 바보 녀석들이 폐를 끼쳤다."

레이도스 왕국 적기사단 단장이라 불리는 여성이 고개를 숙였다. 자세한 내막을 듣고 싶었지만 그럴 틈은 없었다.

"그쪽이 무사히 도망치기를 바라지. 다음에 만났을 때는 적으로 만날지도 모르지만, 잘 있어라."

주제카는 그렇게 말하자마자 전이로 사라졌다. 저거라면 걱정 없겠지. 그녀의 말대로 오히려 우리가 더 위험했다. 네임리스가 이쪽으로 오기 전에 우리는 전속력으로 그 자리를 이탈했다. 울시가 온 힘을 다해 호수 위를 내달렸다.

『울시, 힘내!』

"이제 조금이야."

"아, 아우!"

위액을 토하면서도 계속 달린 울시의 노력 덕분에 우리가 가까스로 이탈한 직후. 대마수의 머리 위로 거대한 물덩어리가 출현했다. 지름 100미터는 거뜬히 넘었다.

"굉, 장하다."

『아아, 그러게. 엄청난 신기야.』

"크응……."

담겨 있는 마력이 방대하다거나 하는 수준의 이야기가 아니다. 물덩어리에서는 주위를 온통 뒤덮을 정도의 강렬한 신기가 뿜어져 나왔다. 검신화를 사용하고 있을 때의 나와 비슷한 분위기가 전체에서 느껴졌다.

설마 저 물 전체에 신 속성이 부여된 걸까?

무리를 한 후유증으로 감지 계열 스킬이 무뎌져 있는 것이 이번만큼은 다행이었다.

만약 평소와 같은 감지 능력이 남아 있었다면 너무 강렬한 존재감과 쏟아지는 방대한 정보량에 패닉에 빠졌을지도 모른다. 실제로 울시는 겁에 질려 있다. 온몸을 부들부들 떨고 귀는 납작하게 접혔다.

"워후……."

꼬리를 다리 사이에 끼운 울시가 초조한 표정으로 계속 달렸다. 혼신의 달리기다. 프란이 위아래로 흔들리며 신음하고 있었지만 울시가 속도를 늦추는 일은 없었다. 그 신기를 눈앞에서 보니 아무리 거리를 둬도 안심할 수 없는 거겠지. 하지만 그것이 프란을 위한 것이기도 했다.

저게 발동된 것이 조금이라도 거리를 벌린 직후라 다행이었다.

아니, 어쩌면 우리가 이탈하는 것을 기다려준 것이 아닐까? 뭐, 위날렌도 조금 엇나갔을 뿐 악인은 아니니까 조금 기다리는 정도는 해 줬을지도 모르겠다.

우리가 지켜보는 가운데 신수의 공이 크게 그 형태를 바꿨다. 옆으로 크게 벌어지기 시작한 것이다.

그리고 어느샌가 무수하게 작은 사이즈로 변화했다. 뭐, 작다고 해도 하나하나가 프란을 삼킬 수 있을 정도는 되는 것 같지만. 내가 그런 생각을 한 직후였다.

쿠궁!

묵직하고 날카로운 파열음과 함께 대마수의 육체에 깊은 도랑이 패였다. 위에서부터 아래를 향해 일직선으로 선이 떨어지는 것처럼 보였다. 초고속으로 방출된 물덩어리가 대마수의 몸을 거침없이 깎아낸 것이다. 우리조차 희미하게 그림자를 포착하는 것밖에 할 수 없을 정도로 엄청난 속도였다.

거기서부터는 도저히 현실에서 벌어지고 있다고는 생각되지 않는 광경이 펼쳐졌다.

콰과과과과과과광!

파열음이 연속으로 울려 퍼지며 대마수의 몸이 순식간에 깎여 나갔다.

마수의 육체를 뚫고 나온 물은 당연히 호수와 충돌한다. 그때마다 50미터가 넘는 물기둥이 피어오르는 광경에는 웃음조차 나오지 않았다. 대마수가 1000발 이상의 워터 애로를 만들어냈었는데, 그것이 귀엽게 느껴질 정도의 위력이었다.

그런 와중 발생한 거대한 쓰나미는 부자연스러울 정도로 짧은 거리에서 가볍게 가라앉았다. 그것조차 위날렌이 제어하고 있다는 것일까.

대체 어떤 기술이나 스킬을 사용해야 저런 일을 할 수 있을지 상상조차 되지 않았지만, 저것이야말로 위날렌이 가진 비장의 카드라고 할 수 있겠지.

이미 대마수의 육체는 절반 이상 소멸했고, 게다가 물덩어리는 계속 발사되고 있었다.

대마수의 머리 위에서 흔들리는 신수 덩어리가 점점 작아지는 것이 보였다. 그러나 대마수의 육체를 깎고 있는 물덩어리의 수가 줄어드는 기색은 없다. 자세히 관찰하니 호수의 물이 관처럼 빨려 올라가 공중에서 갈라지며 새로운 물덩어리가 만들어지고 있는 것이 보였다. 심지어 그 물덩어리들에서도 신기가 느껴졌다. 저것들 전부에 신 속성을 부여하고 있다고?

새로운 물덩어리는 마치 비 오는 영상을 역재생으로 보고 있는 것처럼 일직선으로 하늘을 향해 올라갔다. 그리고 일정한 높이에 이르러, 이번에는 중력에 이끌리듯 낙하하기 시작하며 대마수에게 쏟아졌다.

그 사이클이 반복되는 한 대마수를 향한 공격은 멈추지 않을 것이다. 뭐, 위날렌의 마력이 계속되는 한은 말이다.

하지만 정말 이대로 쓰러뜨릴 수 있을까? 대마수 몸의 축소가 어느 단계에서 멈춰 있었다. 아무리 공격을 받아 육체가 깎이더라도 순식간에 재생해 버리는 것이다. 거대한 육체를 유지하는 것보단 작아진 몸에 힘을 집중해 지키는 편이 소모가 적은 건지도 모른다.

한 방 한 방의 파괴력이 우리의 천단에 필적하는 물덩어리를 기관총처럼 끊임없이 쏘아대는 위날렌.

그리고 강력한 장벽과 순간 재생을 동시에 행하는 대마수.

불과 수십 초 동안에만 얼마나 많은 양의 마력이 소비됐는지 상상도 할 수 없었다.

그럼에도 위날렌과 대마수의 소모전은 계속되었다.

저런 싸움에는 손끝 하나 댈 수 없었다. 우리 같은 건 여파에 휘말려 그대로 소멸되겠지. 우리가 할 수 있는 일은 오직 이 신화급의 싸움을 지켜보는 것뿐이었다. 나는 멍하니. 울시는 겁에 질려 있다. 그리고 프란은 어딘가 분해 보였다.

『프란, 왜 그래?』

'위날렌도 대마수도 굉장해.'

『저건 정말 이 세계에서도 정상에 있는 놈들의 싸움이니까…….』

'그래도 분해.'

『……그렇구나.』

'응. 게다가 나도 언젠가는 대마수 같은 녀석을 쓰러뜨려야 해. 어쩔 수 없다는 말은 못 해……!'

설마 그 싸움을 보면서 곧바로 분하다는 감상이 나오다니……. 공포를 느끼고 있진 않은 건가? 아니, 그럴 리가 없다. 저 광경을 보고 두려움을 품지 않는 인간이 이상한 것이다. 그런 것이 아니라, 분하다는 마음으로 스스로를 고양시켜 두려움을 극복한 것이다.

역시 프란이다. 나도 멍하니 있을 수만은 없지! 그래, 우리는 언젠가 흑묘족의 저주를 풀어야 한다. 그 말은 곧 저 대마수 같은 흉악하기 짝이 없는 적을 자력으로 쓰러뜨려야 한다는 뜻이었다.

"웡!"

어느새 울시에게서도 두려움이 가셔 있었다. 나와 같은 마음이겠지. 그 눈으로 싸움을 지켜보고자 기합에 찬 얼굴로 뒤를 돌아보고 있었다.

『그렇지. 어쩔 수 없다는 소린 할 수 없겠지.』

"웡웡!"

"응……!"

하이 엘프와 대마수가 벌이는 신화 같은 싸움을 지켜보면서, 우리는 가까스로 안전권이라고 생각되는 곳까지 거리를 벌릴 수 있었다. 여기서도 여파가 완전히 없진 않으니 기가 질릴 정도다.

하지만 얼마 지나지 않아 소모전에 변화가 오고 있었다.

"멈췄어?"

"웡?"

위날렌이 내려치던 수탄의 폭풍이 갑자기 그친 것이다.

『혹시 위날렌의 마력이 다했나?』

저 정도의 공격이다. 아무리 하이 엘프라고는 하지만 그 소모는 엄청날 것이다.

대마수를 쓰러뜨리기 전에 힘이 빠졌을 가능성도 충분히 있을 법했다. 실제로 대마수의 육체가 천천히 재생을 시작하고 있었다. 아니, 그 거대함 때문에 느려 보이지만 실제로는 상당한 속도였다.

『신 속성의 대미지도 영향이 없는 건가!』

이건 위험하지 않나? 울시에게 더욱 전력을 다해 도주를 시키는 편이…….

"스승, 저거."

『어?』

내가 고민하고 있는데 프란이 갑자기 호수를 가리켰다. 그쪽을 확인해 보니 그곳에서는 다시금 이상 현상이 벌어지기 시작하고 있었다.

"실?"

"워후?"

『확실히 실 같긴 한데…….』

프란의 말대로 호수의 물이 가늘고 긴 실처럼 변형되어 가는 것이 보였다. 마치 보이지 않는 손에 의해 물이 꼬아지며 실이 되어 가는 듯한 광경이었다.

수면에서 뻗어나온 실은 엄청난 속도로 그 수를 늘려갔다. 불과 몇 초 후, 호수 한 면을 뒤덮을 정도의 무수한 실들이 생겨나고 있었다. 그 실들은 아까 그 물덩어리처럼 다시 하늘로 올라갔다.

그 수는 1000이나 2000으로는 도저히 셀 수 없을 정도였다. 족히 만은 넘어 보였다.

"저것도 위날렌이?"

『그렇겠지. 저 물실 하나하나에서 신 속성이 느껴져.』

그랬다. 그 실에서는 흉포한 신 속성의 기척이 느껴졌다. 위날렌의 비장의 수는 끝난 것이 아니었다. 단지 대마수를 향한 공격 방식을 바꾼 것뿐이었다.

"가르릉!"

『움직일 수 있겠어……?』

"웡!"

울시가 마력의 움직임을 느낀 것일까. 프란에게 장벽을 두르고 다시 전력으로 달리기 시작했다. 그 직후, 실이 일제히 꿈틀거리고 대마수의 거대한 눈이 휘둥그레졌다.

『굉장하다…….』

"응."

"워후."

우리 셋은 멍하니 그 모습을 지켜보았다.

실 한 올은 무척 가늘다. 애초에 우리가 실이라고 인식했을 정도의 가늘기였다. 그 실에 얽혀 봤자 대마수에게 영향은 없을 것이다. 하지만 그것이 천 가닥이라면? 만 가닥이라면? 그 이상이라면?

그 대답은 우리 눈앞에 있었다. 방대한 양의 실에 휘감긴 대마수는 몸 색이 원래부터 흰색이었나 싶을 정도로 온몸이 실에 뒤덮여 있었다. 게다가 점차 대마수의 온몸이 물실에 의해 조여지며 구속되어 갔다.

하지만 당연히 위날렌의 목적은 대마수의 움직임을 막는 것이 아니었다.

실이 뻗어나가는 호수면이 광범위하게 넘실거리면서 그 물결이 점점 거세졌다.

"저기, 뭔가 대마수가 커졌어."

『듣고 보니…… 아니, 커지고 있다기보단──.』

"봉인에서 나왔다?"

『맞아, 맞아. 그런 느낌이야!』

대마수가 봉인을 뜯고 나오려고 하는 건가? 그렇게 생각했는데 아무래도 다른 것 같았다. 어느 쪽인가 하면 억지로 끌려 나오는 것처럼 보였다.

대마수의 비명이 울려 퍼졌다. 그래, 확실한 비명이었다.

"그아아아아아아아아아아아아아아아악!"

그리고 대마수의 몸이 단번에 봉인 밖으로 끌려 나왔다. 마치 좁은 구멍에서 검붉은 젤리가 무더기로 쏟아져 나오는 듯한 광경이었다.

뭐, 좁은 구멍이라고 해도 지름은 수십 미터나 됐지만.

육체가 부활하기도 전에 억지로 봉인 밖으로 끌려나온 탓에 육체의 강도가 현저히 취약해진 것 같았다. 호수로 쏟아져 나온 덩어리가 신 속성을 띤 물에 닿기만 해도 풍화되어 사라지는 것이 보였다.

게다가 원래 봉인에서 나와 있던 부분, 아까까지 우리가 공격했던 고깃덩어리도 이미 원형을 유지하고 있지 않았다. 그 실은 단순한 실이 아니라 공격력도 갖추고 있었던 모양이다. 닿은 부분을 깎아내고 재생을 방해하는 역할을 한 거겠지.

대마수에게 달려드는 물실은 아직도 그 수를 늘리고 있었다. 그야말로 반경 50미터 정도의 호수는 거의 위날렌의 지배하에 놓여 있다고 해도 과언이 아니었다.

이제 대마수는 피할 수 없었다.

"오오오오오우우오오오오오오……!"

대마수가 내뱉은 그 포효는 마치 고문을 당하는 죄인의 탄식 소리 같았다. 그리고 그 소리를 끝으로 대마수가 더는 포효하는 일은 없었다.

이미 그 온몸이 힘없이 무너져 내리면서 무수히 있던 입이 하나도 남아 있지 않게 된 것이다.

무한한 생명력을 자랑할 것 같았던 대마수의 최후였다.

대마수를 거대한 고치처럼 감싸고 있던 실이 천천히 풀려 나갔다. 그리고 모든 실이 호수의 물로 돌아왔을 때, 그곳에는 아무것도 없었다.

대마수의 흔적은 일절 남아 있지 않았다.

그토록 사나웠던 호수가 순식간에 가라앉았다. 방금 그 싸움은 우리가 본 환상이 아니었나 싶을 정도로 잔잔한 고요함이었다.

『끝난…… 건가?』

"?"

"웡?"

아무리 주위를 둘러봐도 대마수의 기척은 조금도 느껴지지 않았다. 전투의 잔재는 수면에서 뿜어져 나오는 신성한 기척뿐이다.

그토록 난폭하고 대규모였던, 신화급 격전의 끝은 놀라울 정도로 고요했다. 프란과 울시가 부르르 몸을 떨었다. 이 정적이 반대로 더 두려웠던 거겠지. 나도 같은 마음이었다.
『위날렌에게 가자.』
"웡."

놀라울 정도로 잔잔한 호수 위를 울시가 달렸다.
『역시 대마수의 흔적이 없어…….』
"응."
『게다가 어느새 비비안 가디언의 모습도 사라졌는데?』
"웡."
지금까지는 이 근처에서 비비안 가디언의 습격을 받았는데, 그림자도 안 보인다.
대마수가 사라진 것과 관련이 있는 것 같지만 자세한 내막은 알 수 없었다.
그 자세한 사정을 알고 있는 자를 향해 우리는 서둘러 달려갔다.
"위날렌, 있어."
"웡!"
『무사했나. 뭐, 역시 자폭은 하지 않을 거라 생각했지만.』
위날렌 일행이 의식을 치르던 하얀 무대가 보였다. 조금 전의 싸움으로 무너지거나 파괴된 기색은 없다. 로미오 일행은 어떻지? 무사한가?
더 가까워지자 위날렌 일행의 기척이 느껴졌다. 위날렌, 로미오, 시에라, 제로스리드. 전원이 있다. 다만 살아 있다는 것과 무사하다는 것은 다르다. 무대에 도착한 우리는 그것을 다시 한번 깨닫고 말았다.

로미오는 아직 의식이 없지만 생명력이나 호흡에는 문제가 없다. 그저 정신을 잃은 것뿐이다. 시에라나 제로스리드가 당황하지 않는 것으로 보아 심각하지는 않은 것 같았다. 조만간 눈을 뜨겠지.

시에라, 제로스리드는 만신창이였다. 피는 멈춘 것 같지만 생명력은 아직 회복되지 않았다. 우리처럼 무리한 반동으로 재생력이 떨어진 모양이었다.

하지만 둘 다 의식은 있고 포션을 마시고 얌전히 쉬면 더 나빠지는 일은 없을 것이다. 하지만 위날렌 만큼은 전혀 안심할 수 없는 상황이었다.

『이게 무슨…….』

"위날렌……. 괜찮아……?"

"후후…… 괜찮지는, 않네."

기력이 다한 모습으로 쓴웃음을 짓는 위날렌. 위날렌의 몸 일부가 밤의 어둠을 구현한 듯한 검은색의 무언가로 뒤덮여 있었다. 오른쪽 눈에서 오른쪽 귀 일부, 소매로 보이는 오른쪽 손목부터 그 아래도.

마력이나 장기, 사기의 종류가 아니다. 그 검은 무언가에서는 마력이나 존재감이 일절 느껴지지 않았다. 오히려 그 안쪽에 있어야 할 위날렌 육체의 존재조차 감지할 수 없었다. 아니, 애초에 육체가 있긴 한가? 검은 무언가가 덮고 있는 거라 생각했는데, 육체가 변질된 것 같기도 했다.

어느 쪽이든, 무슨 일이 있었는지 가늠조차 할 수 없었다.

"그거, 어떻게 된 거야?"

"설명하기 어려운데…… 가불의 대가라고 할까?"

"?"

"그래, 미래를 가불한 거야."

미래를 가불해? 말의 뜻을 잘 모르겠다. 프란도 울시도 목을 갸우뚱하고 있다.

"내가 렌과 계약한 건 알지?"

"응."

"렌의 속성은 시간과 물."

"그것도 알아."

"내가 가진 스킬 신수 창조는 위나의 물 조종 능력과 렌의 물의 정령으로서의 힘이 합쳐지면서 얻게 된 능력. 원래 쓸 수 있었던 성수 창조 스킬이 진화해서 만들어진 힘이야."

"그렇구나."

원래 위나가 갖고 있던 힘이 렌과의 융합으로 인해 더 강화됐다는 말인가.

"그것과는 별개로 렌의 영향이 강한 힘이 있어. 그게 가불. 본래라면 미래의 자신이 만들어 낼 예정인 마력을 먼저 생성해내는 시공 계통의 능력이야."

"미래의 자신에게서 마력을 빌린다고? 그래서 가불?"

"그런 느낌이지. 며칠 동안 마력을 전혀 다룰 수 없게 되는 대신 그 순간엔 엄청난 마력을 만들어 내는 능력. 그렇게 생각하면 돼."

"그 비장의 수단 반동이 그 검은 부분이야?"

"반은 정답. 애초에 내 비장의 수단은 가불도, 신수 창조도 아니야."

"그럼 뭐야?"

프란이 천진난만하게 되물었다. 비장의 수단을 그렇게 쉽게 가르쳐줄까 싶었지만, 위날렌은 딱히 숨김없이 말해 주었다.

"하이 엘프가 가진 비장의 수단은 아신화(亞神化)라고 하는 능력. 효과는 단순해. 스테이터스의 상승과 스킬의 강화. 뭐, 그 비율이 비상식적인 수준이지만. 특히 스킬의 경우는 아신화 상태에서는 한 단계 위의 스킬로 진화했다고 해도 과언이 아닐 정도의 성능을 발휘할 수 있어."

"아신화를 한 뒤에 가불과 신수 창조를 쓴 거야?"

"맞아. 이 몸은 아신화로 강화한 가불을 장시간 행사한 결과야——."

아신화 상태에서 사용한 가불은 마력 이외의 무언가를 끌어낼 수 있다고 한다. 그것이 무엇인지는 본인도 모른다고.

"몰라?"

"미래의 자신에게서 알 수 없는 무언가를 빌려 알 수 없는 엄청난 힘을 얻는다. 그런 거야."

"무섭지 않아?"

"무섭지. 하지만 그러는 동안은 아신화로 강화되는 것 이상의 엄청난 강화가 진행돼. 그 상태로도 대마수를 소멸시킬 수 있을지 없을지는 알 수 없어. 그러니 안 할 수는 없었어."

원래도 괴물인 하이 엘프가 아신화로 초강화된 데다, 아신화 상태의 가불로 더욱 강화된 셈이다. 그 상태에서 신수 창조 스킬과 대해 마술 아쿠에리어스 콤보를 발동하면 반경 50미터 이내의 물에 임의로 신 속성을 부여한 후 원하는 대로 조종하는 것이

가능하다고 했다.

“대단하다…… 그런데 무언가라는 게 뭐야?”

“……글쎄? 하지만 이 꼴을 보면 제대로 된 게 아니라는 건 느껴지지 않아?”

“그럼 그 검은 건 아신화의 가불 때문에?”

“맞아, 이렇게 되면 감각도 없고 움직일 수도 없어. 오른쪽 눈도 안 보이고 오른쪽 귀도 안 들려.”

위날렌이 오른팔을 들어 보였지만 손가락은 전혀 움직이지 않았다. 가볍게 손가락이 구부러진, 마우스를 사용할 때의 손 모양 그대로 굳어 있다. 정말 자신의 뜻으로는 움직일 수 없는 모양이었다.

“낫는 거야?”

“몇 년만 있으면 원래대로 돌아갈 거야. 전에도 그랬으니까.”

연 단위! 아니, 그 엄청났던 힘을 생각하면 오히려 대가적으로는 그렇게 무거운 건 아닌가? 장수종인 하이 엘프이고……. 아니, 아니, 그래도 연 단위는 길지.

“이렇게 한계 직전까지 사용한 건 처음이라 정확히는 모르겠지만.”

“한계 직전?”

“그래, 앞으로 10초 정도 더 아신화를 발동했다면 죽었을 거야.”

“어?”

“팔과 얼굴 일부 정도라면 견딜 수 있어. 하지만 이 검은 부분이 뇌까지 도달하면 당연히 뇌가 멈춰. 그리고 뇌나 심장이 멈추면 나도 어쩔 수 없다는 거지.”

위날렌이 그렇게 말하며 어깨를 으쓱했다.

"너희들이 힘을 약화시켜 주지 않았다면 쓰러뜨리기 전에 난 죽었을 거야. 고마워."

"……응."

프란이 복잡한 표정으로 고개를 끄덕였다. 위날렌과 대마수의 싸움을 본 직후라, 자신들의 도움 따위는 무척 미미하게 느껴졌으리라. 하지만 위날렌이 거짓말을 하는 것 같지는 않았다. 즉, 정말 도움이 되었다는 뜻이다. 하지만 위날렌이 치른 대가는 컸다. 자신이 더 강했다면……. 그렇게 생각하는 모양이었다. 그 마음은 이해했다. 나도 같은 마음이었으니까.

"그런 얼굴 안 해도 돼. 이 상태로도 정령 마술은 사용할 수 있고, 발만 움직이면 어디든 갈 수 있어."

위날렌의 그 말에 마음을 바꾼 것일까. 프란은 고개를 끄덕이더니 아직 중요한 것을 확인하지 못했다는 것을 떠올렸다.

"대마수는 이제 완전히 소멸한 거야?"

"응, 틀림없이."

확언하는 위날렌. 그녀가 이렇게까지 단언한다면 어느 정도의 확신이 있다는 뜻이겠지. 그렇다면 정말 걱정하지 않아도 될 것 같았다. 그러면 한 가지 더 궁금한 걸 물어볼까?

"렌은 어디 있어?"

"웅?"

그랬다, 렌의 안부다. 상당히 무리해서 힘을 소모한 것 같았다. 게다가 우리를 돕기 위해 마지막까지 무리를 하게 만들었다. 그때부터 전혀 기척이 느껴지지 않았다. 정령 감지로도 반응이 없다.

내 정령 감지로는 잡히지 않을 정도로 기척이 희박한 것뿐인가, 아니면 힘을 완전히 다 써버리고 만 것일까. 아니, 만약 우리를 도와준 탓에 렌이 사라져 버렸다면 위날렌은 더 광분하고 있었겠지. 그렇다면 전자일 확률이 높다고 생각하지만…….

"지금 부를게."

다행이다, 역시 소멸되지는 않았나 보다.

위날렌이 멀쩡한 왼쪽 눈을 감고 가볍게 집중했다. 그러자 그녀의 몇 미터 앞 땅에 마법진이 그려졌고, 그 안에서 하얀 그림자가 후욱 떠오르듯 나타났다.

금발과 오드아이, 엘프 귀. 틀림없는 렌이다.

하지만 그 모습은 마치 유령 같았다. 정령이니 반투명해도 이상하지 않을지도 모르지만, 확실히 존재감 자체가 희미해져 버렸다.

"고마워. 당신들 덕분에 위날렌도 로미오도 죽지 않았어……."

매우 작아서 알아듣긴 어렵지만 렌의 목소리가 확실히 들렸다.

"괜찮아?"

"응……."

도저히 괜찮아 보이진 않았지만, 렌은 함박웃음을 지으며 고개를 끄덕였다. 렌은 큰 대가를 치렀음에도 결과에는 만족하는 것 같았다.

하지만 그런 렌을 보며 쓴 벌레를 삼킨 듯한 얼굴을 하는 것은 위날렌 쪽이었다.

"렌. 왜 그렇게 힘을 쓴 거야! 프란 일행이 공격하던 순간 뭔가를 했다는 건 알았지만……."

"……여러 일들이 있었어."

위날렌이 말하는 건 두 렌에 의해 이쪽과 저쪽이 연결되어 비행 청소년이 된 프란과 바보 같은 나에게 목소리를 전달할 수 있었던 그 신비로운 시간을 뜻하는 거겠지. 위날렌에게도 자세한 내용은 알리지 않았던 모양이다. 렌의 체력이 깎인 것은 우리조차 확실히 느꼈을 정도였으니 위날렌이 모를 리가 없다.

"내겐 말할 수 없어?"

"아직 끝나지 않았으니까……."

아직 끝나지 않았다니 무슨 말이야? 연결은 끊겼지? 아직 저쪽 프란이 구원받지 못했다거나 그런 말인가?

"위날렌, 이대로라면 난 나로 돌아갈 수 없어. 그건 알아……?"

"문제없어. 내 안에 있는 렌의 힘을 너에게 돌려주면 그만이야."

"안 돼. 그러면 네가 견디지 못해. 분리하기 위해 상당한 힘을 쓰게 될 거야."

"알고 있어. 하지만 네가 렌으로 돌아갈 수 있다면 내 목숨 같은 건 필요 없어."

"그러니까, 안 되는 거야."

슬픈 얼굴을 한 렌이 고개를 저었다. 목숨이 필요 없다니 꽤나 흉흉한 말이네. 아무도 목숨을 잃지 않고 무사히 대마수를 쓰러뜨렸습니다. 모두가 행복했습니다, 그렇게는 끝나지 않는다는 건가.

"무슨 뜻이야?"

"……솔직히 나는 꽤 많은 힘을 써버렸어. 이대로라면, 자연 소멸할지도 모를 정도로."

"하지만 내가 힘을 돌려주면 문제없어."

"그렇게 되면 네가 죽고 말아. 넌 지금도 한계잖아. 분리로 힘을 쓰면 목숨을 잃을 거야."

지금 상태로는 렌이 소멸할지도 모른다. 이를 막기 위해서는 위날렌에게 융합되어 있는 렌의 힘을 분리해서 돌려주는 수밖에 없다. 하지만 분리에는 상당한 힘이 들기에 지금의 위날렌으로는 견딜 수 없다고. 가불에 대한 대가는 보기보다 큰 모양이다.

즉 렌이나 위날렌 중 한 명밖에 구할 수 없다는 뜻이었다.

"그거 큰일이잖아."

"워, 웡!"

프란이 우리만 알 수 있는 경악한 표정을 짓고 있었다.

"우리가 좀 더 대마수의 힘을 줄였다면……."

"……미안해."

어느새 시에라가 다가와 있었다. 마검 제로스리드를 지팡이 삼아 가까스로 걷고 있다는 느낌이었다. 이야기를 듣고 프란과 같은 결론에 이른 거겠지. 분통한 표정을 짓고 있다.

다만 시에라의 얼굴에 지금까지처럼 귀기 비슷한 것은 없었다. 아마 제라이세의 죽음을 본 거겠지. 그들의 가장 큰 목적은 제라이세에 대한 복수와 로미오, 제로스리드의 구출이었으니까.

마검 제라이세의 소재는 불분명했지만 인간 제라이세는 죽었고, 로미오와 제로스리드는 살아남았다.

목적의 대부분이 달성되며 시에라가 안고 있던 슬픔 같은 것들이 전부는 아니더라도 상당히 해소된 것 같았다.

"아니, 사과하기엔 일러……. 프란, 당신들의 도움이 필요해."

"우리들? 나랑 시에라?"

"아니……. 프란과 그 검의 힘. 당신들은 정령을 끊어낼 수 있는 힘을 얻지 않았어?"

"?"

끊어내는 힘인지 뭔지는 모르겠지만 짐작 가는 것은 있었다.

『정령의 손을 말하는 건가?』

"맞아, 그 힘이 있다면 나와 위나의 연을 끊을 수 있어. 연이 끊어지면 자연스럽게 힘이 분리돼. 위나의 체력 소모는 최소한으로 끝날 수 있어."

"그럼 둘 다 살 수 있어?"

"응, 당신들에게 부담이 될 거라는 걸 알고 하는 부탁이야. 부디 우리를 구해줘."

렌이 조용히 고개를 숙였다. 두 사람을 구할 수 있다면 조금 정도의 무리는 할 수 있지만…….

『구체적인 방법은?』

이제 막 얻은 정령의 손이라는 스킬. 솔직히 아직 한 번도 안 써봐서 사용감조차 알지 못했다. 공격력이 있는 스킬인가? 게다가 부담이 된다는 것은 힘의 소모가 큰 스킬이라는 거겠지. 하지만 두 사람을 구할 수 있다면 다소의 무리는 할 만했다.

"어떻게 해야 돼?"

"정령의 손을 써서 나와 위나 사이에 있는 연(緣)을 끊으면 돼. 그러면 위나와 렌은 알아서 분리돼."

"연?"

"위나와 렌을 하나의 존재로 정의하고 있는 연결고리. 위나와 렌을 위날렌으로 만들어 버린, 원인 그 자체."

"?"

프란이 고개를 갸우뚱했다. 그 연이라고 하는 것이 전혀 보이지 않는 것이다. 마력을 아무리 더듬어도 전혀 알 수 없었다. 보이지 않는 것을 끊으라고 해도…….

"그건 어디 있어?"

"눈에는 보이지 않아. 하지만 정령 감지가 있다면 느낄 수 있을 거야."

『그런 거구나.』

정령 감지인가. 역시 마술로 된 연결고리가 아니라 정령 특유의 무언가인 듯했다.

'스승?'

『그래, 알고 있어.』

나는 정령 감지에 집중했다. 주위의 기척을 살피자 정령인 렌의 존재를 아주 미약하게 느낄 수는 있었다. 그러나 연이 뭔지는 전혀 알 수 없었다.

『그 연이라는 건 렌과 위날렌 사이에 있는 거지?』

'응, 맞아.'

렌이 고개를 끄덕였다. 역시 거기에 있는 것 같은데…….

『……으음.』

유감스럽게도 아무것도 느끼지 않았다. 이러면 차라리 렌에게 지시를 받아서 정령의 손을 적당히 발동하면 안 되는 건가? 이쯤에 있다는 지시를 받고 그곳을 정령의 손으로 베는 느낌으로.

하지만 렌은 고개를 저었다.

'평소였다면 그럴 수 있어.'

『평소였다면?』

'정령의 손은 힘의 소모가 심한 스킬. 게다가 나와 위나의 연을 끊는 데 상당한 저항이 있을 거야. 검 씨의 지금 상태라면 도중에 반드시 한계가 올 거야.'

즉, 정령의 손을 적당히 발동하여 적당히 휘두르는 사용법으로는 마력의 소비가 따라잡지 못한다는 것이다. 체력이 텅 빈 지금의 나라면 체력이 완전히 동날지도 모른다.

『알았어.』

결국 정령 감지를 힘내서 해볼 수밖에 없는 건가. 나는 모든 스킬을 닫고 완전히 정령 감지에만 집중하기로 했다. 주위의 기척이 모두 사라지고 완전히 무의 세계에 몰입한 나는 오직 정령의 기척만을 찾았다. 하지만 렌의 기척 이외에는 아무것도 느껴지지 않았다.

역시 나는 정령이랑 궁합이 안 맞는 거겠지. 그 후로도 몇 번이나 도전했지만 소용없었다.

『으음.』

'스승, 안 돼?'

『그래. 렌 외에 정령 같은 힘은 느껴지지 않아.』

'렌과 위날렌 사이에 뭔가 있어.'

『프란은 알겠어?』

'응.'

나와는 반대로 프란은 정령과 궁합이 잘 맞는 것 같았다. 프란이 바라보는 곳을 나도 바라보았지만 뭐가 있어 보이지는 않는다. 그러자 프란이 조금 앞으로 나와 허공으로 손을 뻗었다.

'여기. 여기 있어.'

보이지 않는 무언가를 쓰다듬듯이 손을 좌우로 움직인다. 거기에 렌과 위날렌을 연결하는 정령의 힘이 있다고 한다.

거기에 있다는 걸 알 수 있다면——.

더 깊게, 더 집중했다. 그저 오롯이 감각만을 가다듬다 보니, 불현듯 프란과 동조되는 듯한 이상한 감각이 엄습했다. 프란이 보고 있는 것이 나에게도 보인다……?

우선은 렌의 기척이 보다 강하게 느껴졌다. 막연한 것이 아니라 정령이라는 걸 처음으로 제대로 느낄 수 있었다.

이것이 정령인가. 그렇게 느낀 순간, 렌과 위날렌 사이에 뭔가가 있다는 느낌을 받았다. 나는 약간의 위화감을 따라 더욱 신경을 집중했다.

이건가? 날카로워진 나의 감각이 확실히 그곳에 있는 무언가를 포착했다. 그곳에 있다고 이해한 순간 단번에 선명하게 떠올랐다.

간단히 말하자면 얽히고설킨 단단해 보이는 끈이라고 할까. 서로 팽팽하게 뻗어 있는 굵은 끈 한 가닥이 중간에서 복잡하게 뒤엉킨 채 묶여 있다. 그 매듭은 어린아이가 끈을 몇 번이나 묶은 뒤 거기서 더 엉망으로 만들어놓은 듯한 느낌이었다.

특히 위날렌 쪽에서 뻗어 있는 끈 모양이 너무 엉켜 있었다. 마치 렌에게서 뻗어 나온 실을 자신의 실로 삼키려는 것만 같다.

『보였다. 이게 연이라는 건가?』

〈정령 감지가 반응을 나타내고 있습니다. 렌에게 제공된 정보에 의해서도 이것이 연이라고 불리는 결합 상태의 핵심일 확률, 96%〉

『그렇다면 이걸 정령의 손으로 자르면 되는 건가?』
아직 한 번도 발동하지 않은 능력인데 잘 해낼 수 있을까? 하지만 알림이 내 말을 부정했다.
〈아닙니다. 현재 개체명 스승의 마력으로는 정령의 손을 충분히 발동할 수 없습니다〉
『그렇게나 힘을 소모하는 거야?』
〈네. 유니크 스킬로서도 상위의 소비입니다〉
그건 곤란한데.
『마력을 회복시키고 싶어도 적당한 수단이…….』
마석도 포션도 이제 없다. 나머지는 마력 강탈 등의 수단인데, 주위에는 우리만큼 지친 위날렌과 렌, 시에라 일행밖에 없다. 거기서 마력을 빼앗으면 최악의 사태가 일어날지 모른다.
이 와중에 비교적 건강한 것은 울시와 제로스리드 정도겠지. 이 두 사람에게서 마력을 공급받으면 어떻게든 될까?
『어때? 알림.』
〈네. 최소한의 마력을 확보할 수 있다고 생각됩니다〉
『좋아.』
나머지는 어떻게 마력을 공급받느냐다. 마력 강탈로 빼앗을까? 하지만 제로스리드의 경우 깃들어 있는 것은 사기다. 그걸 직접 흡수한다고 해도 힘으로 잘 변환할 수 있을지는 모르겠다. 아니, 그러고 보니 아까 손에 넣은 사기 지배 스킬이 있었지. 그걸 쓰면 사기를 마력으로 변환할 수 있지 않을까?
하지만 그러기 위해서는 제로스리드의 협력이 필요했다. 나는 프란에게 설명하고 제로스리드의 양해를 얻기로 했다.

"야."

프란! 마음에 안 드는 건 알지만, 좀 더 정중하게 말을 걸어도 좋지 않을까?

"뭐지?"

하지만 프란의 퉁명스러운 말에도 제로스리드는 진지한 표정으로 대응했다. 말투는 공손하다고 말하기 어렵지만 제대로 프란의 말을 들으려는 태도였다.

"렌과 위날렌을 돕는 데 힘이 부족해. 네 힘을 줘."

"알았다. 원하는 만큼 써도 돼."

그렇게 말하고 제로스리드는 즉각 고개를 끄덕였다. 어쩌면 처음부터 무슨 말을 들어도 고개를 끄덕일 생각이었는지도 모른다. 그 정도로 빨랐다. 하지만 납득하지 못하는 사람도 있었다.

"잠깐만. 아저씨――제로스리드 씨한테 위험은 없는 거야? 게다가 보통 사람이 사기를 조종하기는 어려울 텐데."

시에라가 그렇게 말하며 걱정스러운 시선을 제로스리드에게 향했다. 뭐, 시에라 입장에서는 제로스리드를 구하는 것이 가장 큰 목적이라고 해도 좋을 정도다. 어쩔 수 없지. 나도 완전히 신뢰하지 않는 상대에게 프란이 마력을 넘긴다는 말을 들으면 반드시 걱정될 것이다.

"검의 능력."

"……단순한 검이 아니라는 건 알고 있었지만, 그런 능력이 있는 거야?"

"응."

"하지만……."

시에라가 도저히 납득하기 어렵다는 얼굴을 하고 있었다. 하지만 나에 대해 설명할 수도 없고, 여기선 좀 강제로 이야기를 진행시킬까?

"시에라…… 라고 부를게? 괜찮아."

"하지만……."

"게다가 내 목숨은 이미 프란에게 넘겼다. 어떻게 되든 상관없어."

"무슨 뜻이야?"

눈을 동그랗게 뜨며 놀라는 시에라에게 제로스리드가 프란과의 약속을 말했다.

이 싸움이 끝나면 프란이 로미오를 바르보라 고아원으로 데려가주는 대신 제로스리드의 목숨을 좋을 대로 해도 무방하다. 그런 내용의 약속을 말이다.

이미 로미오와 제로스리드의 계약은 위날렌에 의해 해지되었고 싸움도 끝났다. 그렇다면 그의 목숨은 프란의 것이 된 셈이다.

제로스리드 입장에서는 자신의 목숨은 프란의 것이었기에 어떻게 다루어지든 상관없다. 설사 그것으로 죽는다고 해도 어쩔 수 없으니 시에라가 프란을 원망하지 않았으면 좋겠다. 아마 그렇게 말하고 싶었을 것이다.

하지만 사람의 마음을 이해하지 못하는 제로스리드의 성질이 완전히 나쁜 쪽으로 발휘되어 버리고 말았다. 이 남자에 대해 결코 자세히 아는 것은 아니지만, 아무리 생각해도 제대로 된 인간관계의 지식이 있어 보이진 않았다.

당연히 그런 이야기를 듣고 시에라가 안심할 리가 없다.

"그런 건……."

시에라가 프란을 노려보았다. 그거야 그렇겠지. 어쨌든 프란은 제로스리드를 원망하고 있다. 그것을 시에라는 알고 있을 것이다.

그렇다면 제로스리드의 목숨에 대해 생각할 이유가 없다. 제로스리드에게 사기와 마력을 모두 흡수해 죽여버릴 가능성이 충분하다고 생각했을 것이다. 내가 반대 입장이라도 무조건 의심했을 것이다.

그런 시에라에게 프란이 다가갔다. 그리고 나를 잘 보이도록 드러냈다.

'스승, 말해도 될까?'

『내가 인텔리전스 웨폰이라는 걸 말야?』

'응.'

『그걸로 지금의 시에라가 납득할 것 같지는 않은데…….』

'괜찮아. 스승에 대해 알면 반드시 알아줄 거야.'

『그래?』

'응. 무조건 괜찮아.'

『뭐, 프란이 그렇게 말한다면 괜찮지만…….』

내가 스킬을 조종하는 게 아니라 내가 스킬을 제어하니까 괜찮다고 말하고 싶은 거야? 그렇다고 해도 결국 시에라의 의심은 풀리지 않을 텐데. 이야기를 하는 것 자체는 문제가 없을 것이다. 시에라 일행은 같은 인텔리전스 웨폰과 그 사용자다. 재미로 퍼뜨리려는 짓 따위는 하지 않겠지.

"……뭐야?"

검을 자신에게 보여준 채 입을 다물어버린 프란을 향해 시에라가 미심쩍은 눈초리를 보내왔다. 하지만 프란은 개의치 않고 다시 입을 열었다.

"이 검의 이름은 스승."

"스승?"

"응. 인텔리전스 웨폰인 스승."

"뭐라고……?"

시에라의 얼굴이 단번에 놀라움으로 물들었다. 평소 오기를 부리고 있어도 이런 부분에서는 역시 어린애라는 것이 드러났다. 포커페이스가 종종 무너진다.

『안녕, 내 이름은 스승. 프란의 검이자 보호자다. 잘 부탁해.』

"저, 정말……?"

"응. 정령의 손은 스승이 쓸 거야."

『일단 여기서 제로스리드 녀석에게 복수하려는 생각은 없어. 지금은 렌과 위날렌이 최우선이니까. 게다가 로미오도 슬퍼하겠지?』

일단 솔직한 마음을 말해 두었다. 거짓말을 하기보단 여기선 솔직하게 말하는 것이 좋겠다고 생각한 것이다. 그러자 시에라의 태도가 놀라울 정도로 돌변했다. 순간 당황하는가 싶더니 묘하게 기쁜 표정을 지은 것이다.

"그, 그렇구나. 인텔리전스 웨폰인 건가……."

"응."

"……."

"……."

시에라가 순간 입을 다물었다. 아마 마검 제로스리드와 대화하고 있는 거겠지.

"알았어. 지금은 신용할게."

"고마워."

어째서? 가볍게 인사만 했을 뿐인데 갑자기 믿어줬네?

'인텔리전스 웨폰 동료니까 제대로 얘기하면 이해해줄 거라 생각했어.'

그런 일이 가능한가, 라고 생각했더니 정말 맞았나 보다. 다른 시대에서 날아와 상담하거나 의지할 수 있는 상대는 마검 제로스리드뿐. 그런 시에라에게 처음 생긴 동류다. 심지어 자신과 처지가 꽤 비슷한 같은 어린아이. 프란과 시에라가 서로 공감 비슷한 것을 느끼고 있어도 이상하지 않았다.

뭐, 이제 시에라가 반대하지 않게 됐으니 마음 편히 제로스리드에게 힘을 공급받을 수 있겠다. 이미 들켰으니 내가 직접 지시를 내리기로 했다.

『제로스리드. 지금부터 너의 힘을 빌릴게. 저항하지 말고 얌전히 있어줘.』

"……알았다."

역시 검에게 말을 거는 것에 위화감이 있는 것인지, 제로스리드가 어떻게 해야 할지 모르겠다는 듯 머뭇머뭇 고개를 끄덕였다.

모두가 소리도 내지 않고 지켜보는 가운데, 나는 사기 지배를 발동했다. 그렇구나, 확실히 지배네. 제로스리드에게서 새어나오는 사기를 내 뜻대로 조종할 수 있었다. 다음은 제로스리드 안의 사기다.

『간다.』

"그래."

사기 지배의 대상을 제로스리드 안쪽의 사기로 넓혔다.

제로스리드의 표정은 변하지 않았다. 무슨 짓을 당해도 괜찮다는 각오가 있기 때문일 것이다.

그렇게 차분한 상태에서도 역시 사인은 사인. 그 안에는 흉악한 사기가 흐르며 소용돌이치고 있었다. 이것이 고위 사인에게서 나오는 사기인가.

사기 지배로 인해 그 어느 때보다도 사기를 자세히 느낄 수 있게 되었지만, 한기가 들 정도의 압박감이 들었다. 그럼에도 사기 지배를 사용해 제로스리드의 사기에 더욱 강하게 간섭해 나갔다.

제로스리드의 몸을 감싼 사기가 조금씩 내 뜻에 따르기 시작하는 것을 알 수 있었다. 그리고 점점 제로스리드에서 떨어져 나와 나를 향한 흐름이 생기기 시작했다.

『좋아, 이 상태야…….』

"응."

제로스리드가 가볍게 몸을 움츠렸다. 본인도 자신의 사기가 외부에서 조작되는 것을 느낀 것이리라. 하지만 역시 저항감은 있다.

제로스리드는 완전히 몸을 내맡겨 주었지만, 그렇다고 해서 완벽하게 사기를 조종할 수 있는 것은 아니었다. 타인의 지배하에 있는 사기이기 때문이었다. 특히 제로스리드와 같은 고위 사인의 사기를 지배하는 경우 난도는 더욱 높다. 반대로 고블린이 상대라면 더 편하게 흡수할 수 있을 것이다.

그래도 꾸준히 스킬을 사용하자 조금씩이지만 제로스리드 속에서 사기가 빠져나와 나에게 흘러들어오는 것을 알 수 있었다.

자화자찬이지만, 상상 이상으로 잘되고 있는 거 아닌가? 아마도 나는 마력 조작이나 기력 조작에 능숙한 것 같다. 육체가 없는 만큼 고통이나 피로의 부담이 적고, 나 자신이 무엇을 하든 상관없이 마력 등의 흐름을 조종해야 하니까. 평범한 사람보다 이런 스킬에 더 익숙한 것이다.

『이제 이 사기를 마력으로 변환하면 되는 건가?』

아직 시도해 보지는 않았지만 사기 지배 스킬을 사용하면 사기를 희석해 이 힘을 마력으로 바꿀 수 있을 것도 같았다. 하지만 알림이 그 말을 부인한다.

〈아닙니다. 사기 지배 스킬 효과를 통해 사기를 그대로 다루는 것이 가능합니다〉

『어? 마력과 사기를 모두 사용할 수 있다는 거야?』

〈네. 마력에 비해 효율은 떨어지지만 변환에 따르는 감소에 비하면 사기를 그대로 사용하는 것이 얻을 수 있는 힘은 더 큽니다〉

아니, 근데 그거 괜찮은 거야? 아무리 스킬이 있다고 해도 사기를 그대로 쓰다니. 지금의 내가 견딜 수 있을까?

『사기를 내 안에 흘려보내도 아무 문제 없는 거야?』

〈계산에 의하면 일시적으로는 문제가 없습니다. 또한 가칭 알림의 연산 보조에 의해 일시적으로 사기에 의한 영향을 최소한으로 억제하는 것이 가능합니다〉

『오오, 그런가! 역시 알림!』

〈사기의 영향을 개체명 스승의 내부에서 영향력이 가장 적은 장소에 우선적으로 흘려보내 핵심 부분을 보호합니다〉

즉, 사기로 인한 대미지를 덜 중요한 곳으로 분산시킨다는 거잖아?
게다가 한 곳에 받는 대미지가 적으면 회복도 빠를 테고. 그래도 불안하긴 하지만.
『알림은 괜찮은 거야?』
〈네. 일시적인 능력 저하뿐입니다〉
『그건……. 아니, 지금은 해야 할 때야. 알림! 부탁할게!』
〈네. 제어는 맡겨주세요〉
좋아, 이제 나머지는 제로스리드의 컨디션에 달려 있겠지. 이쪽은 조금씩 사기를 흡수해 나가자.
『자, 다음은 울시다.』
“웡.”
『너도 많이 힘들겠지만 여기선 좀 버텨줘.』
“웡!”
『좋은 대답이다.』
나는 동시 연산 스킬을 사용하여 마력 흡수를 연속적으로 사용해 나갔다. 울시의 경우 나와 마력의 연결고리가 있는 덕분인지 꽤 부드럽게 마력을 흡수할 수 있었다.
〈필요 마력을 충전할 때까지, 나머지 12%〉
“킁…….”
『거의 다 했어. 힘내!』
“크릉…….”
〈필요 마력을 확보했습니다〉
『좋아!』
내가 마력 흡수를 멈추는 순간 울시는 말없이 그 자리에 엎드렸다. 의식은 있는 것 같지만 피로로 목소리가 제대로 나오지 않는 것 같았다. 재생도 멈추면서 피가 배어 나오는 것이 보였다.

하지만 여기서 사과할 틈은 없었다.

『잘 버텨줬어, 울시! 네 덕분에 마력이 많이 회복됐어!』

"우……."

이따가 염동을 써서 잔뜩 쓰다듬어 주마.

〈사기의 충전을 완료했습니다〉

『좋았어!』

그럼 어디 한번 해볼까!

나는 정령 감지로 파악한 렌과 위날렌의 연을 향해 스킬을 사용했다.

『정령의 손, 기동!』

보이지 않는 힘이 엉킨 연을 향해 뻗어 나간다. 정령의 손은 이름과 달리 손의 형태를 띠고 있지 않았다. 좀 더 형태가 없는 힘의 덩어리를 조종하는 듯한 이미지였다. 다만 나에게 당혹감은 없었다. 정령의 손은 염동과 비슷한 사용감이었던 것이다. 이 정도면 어떻게든 할 수 있을 것이다.

정령 감지도 확실히 유지되고 있었다. 아무래도 한 번 감지한 것으로 연을 인식할 수 있게 된 것 같다. 주파수가 잘 맞았다는 느낌이다. 가볍게 집중하는 것만으로 연을 볼 수 있었다.

나는 정령의 손을 움직여 연을 살짝 만져 보았다. 가볍게 만진 정도로는 꿈쩍도 안 하지만, 영혼의 손에 힘을 주면 어떻게든 되지 않을까?

『이걸 없애면 되는 거지?』

“응, 부탁해.”

『좋아!』

정령의 손에 힘을 쏟아부어 위날렌과 렌 사이에 있는 연을 끊으려 했지만…….

『칫!』

전혀 효과가 없다. 조금의 흠집조차 입히지 못했다. 게다가 모처럼 울시에게서 받은 마력이 엄청난 기세로 줄어드는 것을 알 수 있었다.

『알림은 이걸 걱정했던 거였나!』

“힘내!”

“렌을 살리기 위해, 부탁할게…….”

그동안 묵묵부답이었던 위날렌이 간만에 입을 열었다. 아마 우리의 집중을 흐트러뜨리지 않기 위해 계속 침묵했던 거겠지. 하지만 더는 참지 못한 것 같다.

『이렇게 되면 전력이다!』

관망하고 있을 여유는 없었다. 나는 남은 힘을 정령의 손에 집중시켰다. 동시에 사기도 함께 운용했다.

『끄윽…….』

아, 이거 위험하다. 사기를 방출하는 순간 내 등줄기에 오한이 느껴졌다. 등줄기가 없지 않냐는 태클을 들을 것 같지만, 감각적인 의미다. 정신이 떨리면서 오싹하고 역겨운 감각에 사로잡힌 것이다.

사실 지금까지도 몇 번인가 느낀 적이 있었다.

힘을 너무 많이 써서 부서질 뻔했을 때나, 파나틱스를 동족상잔했을 때. 그러한 위기 상황에서는 매번 이 한기가 엄습했다. 즉 지금도 위험하다는 뜻이겠지.

『사기의, 영향인가……?』

〈사기에 의한 대미지의 분산 효율을 재계산했습니다. 이어서 사기의 영향을 경감합니다〉

『가능해?』

〈네. 개체명 스승은 스킬 사용에 집중해 주세요〉

알림이 나에게 그렇게 말한 직후였다. 그녀의 선언대로 내가 느끼고 있던 오한이 단번에 완화되었다.

『살았다!』

부담이 줄어든 순간, 나는 온 힘을 쥐어짜 정령의 손에 담았다.

『우오오오!』

좋아! 아까까지 1밀리미터도 변화하지 않았던 매듭이 정령의 손에 의해 뒤틀리기 시작했어!

연에는 실체가 없기 때문에 별다른 소리 같은 건 나지 않았다. 하지만 나에게는 끼긱끼긱 하며 연이 삐걱거리는 소리가 들리는 것 같았다. 걸레를 짜는 모습을 상상하며 연의 매듭을 잡고 비틀어 올렸다.

쉽게는 끊어지지 않았다. 그것은 위나와 렌의 단단한 결속을 상징하는 것만 같았다.

거기서 더욱 힘을 준 순간이었다.

아까까지의 고생이 거짓말인 것처럼 연이 쉽사리 끊어졌다. 아니, 그것도 내 이미지일 뿐이다. 실체를 잃은 힘이 미세한 알갱이가 되어 사라졌을 뿐이다.

내 정령의 손의 간섭력이 연의 강도를 웃돈 것이다.

『좋았어어어! 어떠냐, 렌, 위날렌!』

나는 곧바로 두 사람의 상태를 확인했다.

"……."

"……."

어라? 렌도 위날렌도 입을 다물고 있다. 진지한 얼굴이다.

호, 혹시 실패한 건가? 하지만 연은 분명히 파괴했는데?

『저, 저기, 두 사람?』

내가 다시 말을 걸려고 한, 그때였다.

"……사라졌다."

"……그러네."

두 사람이 중얼거렸다.

짧은, 단 한마디의 중얼거림. 하지만 거기에는 만감이 담겨 있었다.

기쁨, 외로움, 고독, 해방, 슬픔, 희망. 우리는 이해할 수 없는, 두 사람만이 알 수 있는 수천 년간의 추억이다.

위날렌의 뺨 위로 눈물이 조용히 흘러내렸다. 아름다운 하이엘프가 조용히 눈물 흘리는 모습은 신비로움과 평온함을 간직하고 있다.

하지만 우리에겐 그 모습을 구경할 여유는 없었다. 위날렌의 몸에서 엄청난 양의 마력이 방출되기 시작했던 것이다. 그 마력은 위날렌의 마력과 비슷하면서도 똑같진 않았다. 그리고 위날렌이 통제하고 있지 않다는 것도 분명했다.

일반적으로 그냥 방출된 마력은 그대로 흩어져 대기 중으로 녹아내린다. 하지만 이 마력은 달랐다.

"렌…… 돌려줄게."

"응. 고마워, 위나."

방대한 마력이 렌에게 빨려 들어가고 있는 것을 알 수 있었다.

그렇게 위날렌에게서 렌에게 향하던 마력의 흐름이 멈춘 후, 거기에는 조금 전까지와 다름없는 모습을 한 위날렌과 렌의 모습이 있었다.

하지만 그 안쪽을 살펴보면 알 수 있었다. 그 기척의 변모는 다른 사람인가 싶을 정도로 달랐다. 강해졌다, 약해졌다 하는 수준이 아니다. 마력이나 기척의 파장 자체가 변화한 것이다.

연이 끊어지면서 위날렌의 안에 있던 렌의 존재가 분리되어 렌으로 돌아왔다는 뜻이겠지. 이 경우 위날렌의 기척이 바뀌는 것은 이해가 가는데, 왜 렌까지 바뀌어 버린 걸까? 아니, 분할되어 있던 존재가 원래대로 되돌아갔으니 변화가 생기는 건 당연한 건가? 부족했던 부분이 복구되어 본래의 모습을 되찾았다는 느낌일 테니까.

다만 위날렌은 서 있을 수 없을 정도로 힘을 소모한 것인지, 직후 그 자리에 쓰러졌다.

"위날렌? 괜찮아?"

"더는 위날렌이 아니야. 나는 위나야……."

위날렌――아니, 위나가 그렇게 말하고는 의식을 잃었다.

『이런!』

나도 힘이 거의 바닥났지만, 순간적으로 염동을 발동했다. 위날렌의 기세가 아주 미약하게 줄어들며 프란이 가까스로 그 몸을 받아들였다.
"위나?"
프란이 가볍게 흔들어도 깨어날 기미는 보이지 않는다. 여러 소모가 겹쳐 완전히 녹초가 된 거겠지.
『생명력이 많이 떨어졌어…….』
"지금은 자게 놔두자."
"응. 알았어."
렌의 말에 따라 우리는 위나를 살짝 눕혔다.
"괜찮아?"
"잠시 후 눈을 뜰 거야. 힘은 크게 줄어들겠지만……."
죽지는 않겠다는 거겠지. 위나와 달리 렌은 정령의 힘이 가득 차 있었다. 힘을 되찾아 위험한 상태를 완전히 벗어난 듯했다.
"……고마워. 당신들 덕분에 위나는 구원받았어."
렌이 그렇게 말하며 깊이 고개를 숙였다.
"물론, 나도 그렇지만……."
『저기, 렌은 어디까지 알고 있었어?』
나는 이번 기회에 계속 궁금하던 것을 물어보기로 했다.
『전에 렌은 미래가 보이는 건 아니라고 했었는데…… 그래도 미래를 바꾸기 위해 여러 가지로 움직였지?』
저쪽 프란과 접촉했을 때는 확실히 렌의 보조가 있었다.
렌이 무언가를 알림에게 전달하지 않았다면 나는 잠재력 해방을 사용하지 않았을 것이다. 그렇게 되면 저쪽 프란 일행과도 만나지 못했을 거고, 나는 새로운 스킬을 얻지도 못했겠지. 그리고 위나 일행은 살지 못했을 것이다.

애초에 저쪽의 렌이 시에라, 제로스리드, 제라이세를 이쪽으로 보내지 않았다면 나는 완전한 검이 되어버렸을 가능성이 높았던 것이다.

그 모든 것이 우연이라고는 생각되지 않았다. 다만 어디까지가 우연이고 어디까지가 렌의 손바닥 위에 있었는가? 그걸 알 수 없었다.

아니, 설사 모든 것이 손바닥 위였다고 해도 나에게 불만은 없다. 어쨌든 그 덕분에 모두 살 수 있었으니까. 오히려 감사할 정도다. 다만 궁금하긴 했다.

"……신이 아닌 나는 미래를 내다볼 수 없어. 이건 전에도 말했지?"

『응.』

심지어 신이 아니라고 하지만, 이전에 만난 혼돈의 여신은 신조차 미래는 모른다고 했을 정도다. 그것을 생각하면 완전한 미래 예지는 불가능하다는 거겠지.

『하지만 더 나은 선택지를 선택할 힘은 있는 거지?』

"그렇게까지 대단한 건 아니야. 다만 내 행동이 나에게 어떤 영향을 미치는지를 왠지 모르게 알 수 있어. 쉽게 말하자면 감이지."

몇 초 정도의 가까운 미래라면 그 감으로 예측이 가능하다고 한다.

하지만 더 먼, 훨씬 미래에 끼칠 영향을 알아보려면 엄청나게 많은 힘을 써야 한다. 만일 연 단위로 앞을 느끼려면 렌 자신이 소멸할 수도 있다고 한다.

이건 내 추측일 뿐이지만 렌은 무의식적으로 고도의 연산을 수행하고 있는 것이 아닐까? 시간의 정령이 가진 능력을 사용해 다양한 가능성을 순식간에 시뮬레이션하고, 무의식적으로 미래를 예지한 결과가 감으로 드러나고 있는 거라면?

그렇게 생각하면 먼 미래를 예지할수록 당연히 소모도 심해질 것이다. 처리하는 정보가 가속도적으로 늘어나니까. 내 동시 연산 스킬도 그런 것에 가까우니까 잘 알 수 있다.

"하지만 확실히 이 감이 여러 가지로 도움을 준 것만은 확실해……. 그래, 시작은 한 만남부터였어."

렌이 그렇게 중얼거리며 시에라 일행에게 시선을 보냈다.

"어느 날, 호숫가에 강력한 사기가 출현했어. 당연히 나는 그 대상을 확인하러 갔지. 거기서 한 소년과 사기를 발하는 검을 발견했어."

틀림없이 시에라와 마검 제로스리드일 것이다. 그들이 이 시간대에 나타났을 때 이미 렌은 그 존재를 파악한 것 같다.

"미래를 볼 수는 없어도 과거를 보는 건 쉬운 일이야. 어쨌든 이미 일어난 일을 읽으면 되니까."

우리에게 있어서는 미래시도 과거시도 똑같이 어려워 보였지만, 렌에게 있어서 과거시는 무척 간단한 행위인 듯했다. 그 결과 그녀는 이해할 수 없는 사실과 조우한다.

"아무리 봐도 소년과 검은 미래를 살고 있었어."

시에라 일행의 과거를 지켜본 렌은 많은 정보를 얻었다.

"그리고 나는 저쪽에 있는 나의 무언의 메시지를 받았지. 이 소년이 우리 희망의 시작이라는 걸 말야."

시에라는 놀란 것인지 눈을 동그랗게 뜬다.

설마 자신들의 존재가 그렇게 오래전부터 알려졌을 거라고는 생각하지 못한 것 같았다.

"그리고 그들을 발견한 나는 그 과거를 더 분명하게 보기 위해 접촉을 시도했어."

"어?"

기어이 참지 못한 것인지 시에라가 얼빠진 목소리를 냈다. 그 얼굴에는 곤혹스러움의 빛이 떠 있었다. 아마 렌이 기억에 없는 거겠지.

"처음에는 정령으로 흔적을 감췄으니 눈치채지 못했을 거야. 그다음엔 모습을 바꿔서 인사를 나눈 정도였고."

먼저 이 계획――그러니까 약간의 구원 가능성에 도박을 걸었던 것은 저쪽의 렌이었다. 저쪽의 시에라나 프란과 접촉함으로써 파멸을 피할 가능성이 있다고, 그녀의 감이 속삭인 것이다. 렌은 그 실낱같은 희망을 현실로 만들기 위해 시에라, 제로스리드, 제라이세를 저쪽에서 이쪽으로 보냈다. 그리고 이쪽의 렌과 시에라를 접촉하게 함으로써 그 희망을 계승한 것이다.

"저쪽이나 이쪽이나, 그 누구도 불행해지지 않을 수 있는 결말. 그런 게 있을 리가 없지. 하지만 만약 그런 미래에 도달하는 게 가능하다면? 나의 모든 것을 걸 가치가 있다고 생각하지 않을까?"

렌은 결심했다고 한다. 어떻게든 모두 다 구해 보이겠노라고.

"물론 사태가 움직이기 시작한 건 바로 최근이지만."

제라이세의 행방은 알 수 없었고, 프란 일행이 어디의 누구인지도 모른다. 결국 시에라를 뒤에서 도와주면서 그때가 오기를 기다릴 수밖에 없었다.

"게다가 대마수를 부활시키지 않고 어떻게든 해결할 생각이었는데……. 결국 실패하고 말았지."

렌은 대마수의 봉인을 유지한 채로 소멸시킬 생각이었던 것 같다. 하지만 위날렌의 고집과 제라이세의 암약에 의해 부활이 확정시되고 말았다. 그렇기 때문에 렌은 굳이 봉인을 해제하여 불완전하고 약화된 상태로 마수를 부활시킨 것이다. 완전한 부활보다는 나을 테니까.

하지만 시에라는 다른 부분이 신경 쓰인 모양이었다.

"우리는 모르는 사이에 도움을 받고 있었다는 건가……?"

시에라가 경악한 얼굴로 중얼거렸다. 뭐, 모르는 것도 아니다.

나는 프란에게 올 뻔했던 파멸을 피할 수만 있다면 그 과정은 아무래도 상관없다고 생각했다. 비록 모든 것이 렌이 준비해놓은 상황이었다 하더라도 말이다. 하지만 프란은 납득하기 어려울 것이다. 치열한 싸움과 모험을 뚫고 나아갔는데, 사실은 자신의 힘만이 아니었을지도 모른다니.

그와 마찬가지로 시에라 역시 자신이 쌓아온 자신감이 흔들릴 수 있을 만한 사실이었다.

"말해 두지만 내 도움은 정말 미미했어. 직접 손을 댄 건 딱 세 번뿐이야. 맨 처음 길드의 인간을 쇠약해진 그의 곁으로 유도한 것이 한 번. 위험한 마수에게 둘러싸였을 때 아주 조금 마수의 기를 끌어 탈출을 도와준 것이 한 번. 그리고 병으로 죽기 직전이었을 때 치유의 힘으로 체력을 회복시킨 것이 한 번. 그 정도일까?"

그것을 미미하다고 말해도 좋을지 어떨지는 모르겠지만, 어쨌든 하나부터 열까지 모두 렌의 손바닥 위였던 것은 아닌 것 같았다.

"……그렇구나."

시에라는 일단 수긍한 모양이다. 상상보다 렌의 도움 횟수가 적었기 때문이겠지.

뭐, 직접적으로 도와주지 않았다는 건 간접적으로 여러 번 도와줬다는 뜻인 것 같기도 하지만. 이야기가 복잡해질 것 같으니 가만히 있자.

"그런 와중 제라이세가 이 근방에 나타나 암약하기 시작했고, 그때서야 사태가 움직이기 시작했어. 거기서 이쪽 시에라——어린 로미오가 나타났고, 그리고 프란이 왔지."

렌은 프란과 접촉하기 위해 앞서서 포장마차를 열었다고 한다. 프란에게 말을 걸고 아는 사이가 되기 위해서.

그 이유도 렌의 감은 그녀와 연관된 사람 외엔 대상이 될 수 없기 때문이었다. 간단히 말하면 렌과의 사이가 깊을수록 렌의 감이 작용하기 쉬워진다고 한다.

이를 위해 렌은 프란과 수다를 떨며 강한 결속을 맺으려고 했다.

"? 나는 렌과 잠깐 잡담을 나눈 것뿐인데?"

"뭐, 내 경우엔 위날렌 말고는 아는 사람도 거의 없으니까. 그것만으로도 충분했어."

다시 말해 렌은 외톨이니까 잠깐만 대화해도 친구 인정이라는 건가?

그나저나 그 접촉은 역시 의미가 있는 거였구나.

"그 후에는 정말 힘들었어. 시에라 프란, 로미오, 위나, 제라이세. 모두의 행동을 최대한 주시하면서 어떻게든 최악의 전개만은 피하기 위해 이리저리 돌아다니고……."

렌이 직접 손을 대는 것은 어렵다. 애초에 미래를 선별하기 위해 힘을 쓴 탓에 그렇게 큰 힘을 쓸 수는 없었다고 한다. 그래서 최악의 경우에만 미세하게 손을 대서 역사의 흐름을 아주 미세하게 수정한다. 그렇게 고독하게 계속 싸워온 결과가 지금의 바로 이 역사였다.

그에 비해 제라이세를 방치했다는 것이 마음에 걸렸지만, 생각해 보니 간접적인 방해로는 제라이세를 저지하기 어려웠겠지.

"설마 이 정도까지의 결과를 이끌어 낼 수 있을 거라고는 생각 못 했지만."

"만족해?"

『위나도 렌도 엄청 힘을 썼잖아. 위나는 몇 년 동안 힘을 되찾지 못한다고 들었는데, 그건 렌도 마찬가지겠지?』

렌의 소모는 그저 일시적으로 힘을 잃은 것뿐만이 아니었다. 아무리 봐도 정령으로서의 급이 떨어진 상태였다. 지금까지가 대정령급이었다면 지금은 기껏해야 중급 정령 정도일 것이다.

"아니, 만족해. 대마수가 소멸했고 우리는 목숨을 잃지 않고 위나와 렌으로 돌아갈 수 있었어. 그 이상으로 뭘 더 바랄 수 있을까?"

『뭐, 그건 그렇지만…….』

"로미오도 시에라도 제로스리드도 무사하고, 프란도 검 씨도 폭주하지 않았어. 유일한 걱정거리였던 제라이세는 목숨을 잃었고 저쪽의 우리에게도 좋은 영향을 미쳤어. 나라도 멸망하지 않았고 백성들의 피해는 최소한으로 끝났지. 이 이상을 바라는 건 그야말로 욕심이야."

렌은 처음부터 전원이 무사히 끝난다는 선택지는 제외하고 있었을 것이다. 사실상 자신을 포함한 모든 사람이 죽고 대마수가 방치되는 것에 비하면 몇 명만 살아남아도 나은 결말이라고 생각했을 테니까.

『확실히 저런 괴물을 상대해 놓고 그 이상을 바라는 건 지나친 욕심인가…….』

"맞아. 게다가 우리는 신이 아니야. 전부를 구한다는 건 후회고 오만이야."

렌은 그렇게 말하면서 조용히 눈을 감았다. 이번 사건으로 죽은 모든 이들의 명복을 빌기라도 하는 것처럼.

에필로그

Side 전의 프란

“스승”

『프란. 나는……. 지금까지 어째서…….』

스승의 쉰 목소리가 들렸다. 하지만 나는 그 목소리를 들은 것만으로도 기뻐서 눈물이 났다.

왜냐하면 그 목소리는 틀림없이 스승의——처음 만났을 무렵 스승의 목소리였으니까.

그 목소리를 듣고 있으면 용기가 샘솟는다. 더는 스승에게 말을 거는 것이 두렵지 않다.

“스승. 힘을 줘.”

『……나의 힘…….』

“대마수를 쓰러뜨리려면 스승의 힘이 필요해. 검이 아니라 스승으로서 힘을 줘. 부탁해.”

『울고, 있는 건가…….』

“기뻐서 우는 거야. 신경 쓰지 마.”

저쪽의 우리가 사라진 후, 나는 대마수와 마주하고 있었다. 엄청난 위압감이다. 정말 이길 수 있을까? 조금 불안하다. 하지만 스승이 힘을 보태준다면 분명 이길 수 있다.

“스승. 나에게는 스승이 필요해.”

『그래…… 나는 스승이야…….』

"스승?"

『그래, 그랬어! 나는 스승. 프란의 스승이라고……!』

갑자기 스승의 어조가 바뀌었다. 무척이나 거칠다. 마치 화가 난 것 같다.

하지만 난 전혀 무섭지 않았다. 반대로 기뻤다. 왜냐하면 그 목소리는 이제 완전히 검의 목소리가 아니었으니까. 예전과 똑같은, 제대로 마음이 깃든 스승의 목소리였다.

"할 수 있어? 스승."

『아아……. 그래! 할 수 있어! 가자! 어디까지나! 내 모든 힘을 걸고!』

"응!"

『사과는 나중에 할게. 지금은 이 녀석을 날려버리자!』

뭘까. 잘은 모르겠지만 엄청난 힘을 낼 수 있을 것 같은 기분이었다. 지금이라면 어떤 적이라도 이길 수 있을 것 같아.

저 덩치 큰 괴물도 지금의 나라면 적수가 아니다. 왜냐하면 스승이 있으니까.

"전력으로 갈게!"

이걸로 모든 것을 결정짓는다. 아까워하지 않는다. 나는 가진 것 중에서도 최강의 스킬을 사용했다.

"내 피에 잠든 신성한 짐승의 사나운 힘이여. 눈을 떠라! 『신수화(神獸化)』!"

온몸을 검은 번개가 휘감으며 머리카락이 조금 자라난 것을 느낄 수 있었다. 하지만 외형의 변화는 그 정도다. 아쉽다. 신수화라는 이름이니까 온몸이 더 복슬복슬해져도 될 텐데.

하지만 이 스킬은 무척 강하다. 어느 정도냐면 섬화신뢰의 다섯 배 정도. 아마.

"스승. 그거, 괜찮아?"

『당연하지. 다 개방해도 돼. 나에게 사양하지 마. 알림도 부활했으니까 말야.』

〈스킬 관리는 맡겨주세요. 위험한 경우엔 강제 종료도 가능합니다〉

『들었지?』

"……알았어."

스승과 알림. 둘 다 무척이나 든든했다.

"그럼…… 간다!"

『그래!』

"아아아아아아! 신검 개방! 아랑검(餓狼劍) 펜리르!"

『오오오오오오오오오오오오오――.』

『프란…… 해치웠구나…….』

"응…… 하지만 호수에 구멍이 뚫려버렸어……."

『아…… 앞으로 생태계에 문제가 있으려나……?』

"그래도 대마수가 날뛰는 것보다는 훨씬 나아."

"렌, 무사했어?"

호수 근처 동산 위에서 쉬고 있던 우리 앞으로 렌이 찾아왔다.

저쪽의 우리와 연결이 끊긴 뒤에 갑자기 사라져서 무슨 안 좋은 일이 생겼나 걱정했다. 죽은 건 아닐까 하는 생각도 했는데 무사해서 다행이다.

"조금, 힘을 너무 많이 써서……."
"우리 때문이야? 저쪽의 우리랑 얘기하게 해준 것 때문에?"
"그것뿐만이 아니야……. 로미오 일행을 보낸 것도 그렇고, 그 밖에도 여러모로…… 그래도 괜찮아."
렌의 모습이 흐려졌다. 느껴지는 힘도 굉장히 적다. 정말 괜찮은 걸까?
"……무리는 하지 마."
"알아."
"저쪽의 우리는 어떻게 됐을까……?"
대마수를 쓰러뜨리고 안심하니 저쪽의 우리가 궁금했다.
"렌이라면 알아?"
"미안해. 접속은 이미 끊겨버려서."
"그렇구나. 아쉽다."
좀 더 대화해 보고 싶었는데.
하지만 괜찮아. 많은 것들을 남겨줬으니까.
"스승. 상당히 무리했는데 괜찮아?"
『그래, 멀쩡해. 힘은 텅텅 비었지만 기분은 더할 나위 없이 좋아.』
스승이 그렇게 말하며 웃었다.
얼굴이 있는 건 아니지만 난 알 수 있다. 스승은 틀림없이 전처럼 웃고 있었다.
"응."
『……미안하다, 프란. 내가 정신이 나갔었어.』
"아니. 원래대로 돌아왔다면 그걸로 됐어."
『……그래.』

"응!"

스승의 부드러운 목소리. 또다시 눈물이 쏟아진다.

스승이 스스로를 책망하는 것이 느껴졌다. 하지만 그것도 스승이 원래대로 돌아온 덕분. 기뻐할 수 있는 것도, 화낼 수 있는 것도 모두 감정이 있기 때문에 가능한 일. 나는 그것이 기뻐서 참을 수 없었다.

〈경고. 가칭 스승의 명칭에 변화의 징후가 보입니다〉

『엥? 명칭이라니……. 내 이름이 바뀐다는 거야? 어? 왜?』

〈네. 이미 변화 종료. 예전 명칭으로 돌아왔습니다. 개체명 스승의 변화에 수반해 개체명 프란에게서 신검 개방 스킬이 소실되었습니다〉

『잠깐, 어떻게 된 거야? 헉, 정말 내 이름이 스승으로 돌아갔어! 이건 더는 신검이 아니라는 뜻인가?』

〈네. 개체명 스승의 변화에 의해 신검으로서의 명칭이 박탈되고 그 권능도 상실되었습니다〉

잘은 모르겠지만 스승이 더는 신검이 아니게 된 것 같다. 그런데 왜일까? 혹시 마음을 되찾았기 때문에? 마음이 있으면 신검이 될 수 없는 걸까? 아니, 반대일지도 모르지. 신검이 되었기 때문에 마음이 사라져 버린 것일지도 모른다.

그러면 신검이 아니어도 된다. 오히려 신검은 싫어. 스승이 좋아.

『미, 미안해, 프란. 나 뭔가 신검이 아니게 됐어!』

"응."

『응? 왜 웃는 거야?』

"괜찮아, 스승은 스승이니까. 신검인지 아닌지 같은 건 아무래도 상관없어."

스승이 있어주면 그것만으로 충분하다. 알림도 있으니까.

"……여기에 울시만 있어줬다면 완벽했을 텐데."

『……그러게.』

그것만이 유일한 아쉬움이었다. 하지만 그런 우리에게 알림이 놀라운 사실을 알려줬다.

〈개체명 울시의 재소환은 불가능하지 않습니다〉

『뭐? 무슨 뜻이야?』

〈개체명 스승 안에 개체명 울시의 마석이 동화되어 있습니다. 이 인연을 이용하여 재소환을 시도하는 것이 가능합니다〉

"어떻게 하면 돼?"

〈마석을 통한 재소환은 신수 소환술을 사용해야 합니다〉

"신수 소환……. 어떻게 하면 배울 수 있어?"

〈정보가 부족합니다. 신수의 전설을 조사할 것을 권장합니다〉

"그렇구나……. 스승."

『그래, 다음 목표가 정해졌네.』

"응!"

우리의 모험은 아직도 계속된다. 활기차고 즐거운 모험이. 울시, 기다려!

작가의 말

전생했더니 검이었습니다 15권을 구매해 주셔서 감사합니다.

한마디 해도 될까요?

"으어어어어어어어! 또 페이지 조절에 실패했다!"

네, 그런 이유로 후기입니다.

매번 후기를 쓸 때마다 같은 말을 하고 있는 기분이지만, 이 페이지 수 조정이라는 게 의외로 어렵습니다.

미세한 레이아웃 조정으로 인한 몇 줄의 차이로 한 페이지가 늘어나기도 하니까요.

도저히 글을 줄일 수 없는 중요한 장면의 경우 반대로 문장을 더하다 보면 그게 원인이 되어 페이지 수가 늘기도 하고.

저는 꽤 아슬아슬하게 원고를 마무리하는 편이라 줄 바꿈에 따라 페이지 수를 조정하는 것도 쉽지가 않습니다.

응, 이렇게 적다 보니 대부분은 제 잘못이군요.

"이 무능한 것!"

"그러게요! 무능해요!"

라며 제 안의 누님들이 저를 비난하고 있습니다.

자, 늘 하는 분량 벌이는 이쯤에서 멈추고 감사의 말을.

편집자 I 씨. 이번에도 신세를 많이 졌습니다. 감사합니다.

매번 새로운 일러스트를 그려주시는 Llo(루로오) 님, 정말로 신이십니다.

코미컬라이즈 담당 마루야마 토모오 선생님. 매번 권말의 만화를 읽을 때마다 질투가 날 정도로 재미있습니다.

스핀오프 담당 이노우에 히나코 님. 귀여운 프란을 읽는 것이 즐거움 중 하나였는데 완결이라니 아쉽습니다. 수고 많으셨습니다.

친구와 지인 가족들. 그리고 이 작품의 출판에 관여해 주신 모든 분들과 응원해 주시는 독자 여러분. 감사합니다.

애니메이션 2기가 결정되었습니다!

아직 아무것도 정해지지 않았지만 다음에도 좋은 작품이 나올 수 있도록 노력할 테니 앞으로도 응원 부탁드립니다.

Curry+Rice=Curry Rice
듣고 있나요? 스승 군!
Curry+Rice
Pancake+maple =masitta
너무 저속한가? 아니 설마… 하지만 위화감이 장난 아니네.
어느 쪽이냐고 하면 이런 체육 선생님 쪽이 자연스러워…
알레사부터 마술 학원까지 100번 왕복!
……
히~…
히익~…
프란
역시 이 옷이 좋아…
END

특별기고
Teacher 프란
원안/타나카 유
만화/마루야마 토모오
프란이 전기 교관 이라니… 훌륭하게 자랐구나.
게다가 교복도 귀여워… 코디한 건 접니다!
이 안쪽 언저리에 있습니다
이것이 내 세계 현대의 일본이었다면
그래, 교사…! 여교사잖아?
휙

전생했더니 검이었습니다 15

2024년 2월 15일 1판 1쇄 발행

저　　　자 타나카 유
일 러 스 트 Llo
옮　긴　이 이소정
발　행　인 유재옥
총 괄 이 사 조병권
출판본부장 박광운
담 당 편 집 박치우
편 집　1 팀 박광운 최서영
편 집　2 팀 정영길 조찬희 박치우 정지원
편 집　3 팀 오준영 이해빈 이소의
디자인랩팀 김보라 박민솔
디지털사업팀 박상섭 김지연 윤희진
라이츠사업팀 김정미 맹미영 이윤서
영업마케팅팀 최원석 박수진
물　류　팀 허석용 백철기
경영지원팀 최정연
인쇄제작처 ㈜코리아피앤피
발　행　처 ㈜소미미디어
등　　　록 제2015-000008호
주　　　소 서울시 마포구 토정로222, 403호 (신수동, 한국출판콘텐츠센터)
판매 및 마케팅 (070) 8822-2301

ISBN 979-11-384-8190-8 04830
ISBN 979-11-5710-608-0 (세트)